독쑤기미

멸종을 사고 팝니다

THE VENOMOUS LUMPSUCKER
By Ned Beauman

First published in the UK in 2022 by Sceptre,
an imprint of Hodder&Stoughton

독쑤기미

멸종을 사고 팝니다

네드 보먼 장편소설

최세진 옮김

황금가지

"현재 지구상에 존재하는 모든 생명체, 즉 모든 물고기와 갑충류, 포유류, 나무는 수십억 년 동안 끊임없이 타오른 생명의 불꽃의 가장 윗부분이며…… 헤아릴 수 없이 많은 사건의 흐름을 통해 우주에서 유일무이하고 반복 불가능하게 진화해 온 현상이다."

— 에드워드 L. 맥코드, 『종의 가치』

"당신이 이해할 수 있을 것처럼 글을 씁니다
저는 이렇게 말할 수 있습니다
항상 무언가를 가장해야 한다고,
죽어 가는 이들 사이에서."

— W.S. 머윈, 「다가오는 멸종을 위해」

목차

작가의 말

이 소설은 가까운 미래를 배경으로 합니다. 하지만 독자가 계산하는 부담을 최대한 덜어 주기 위해 소설 속에서 금액은 2022년의 유로화 가치가 인플레이션 없이 유지되는 것으로 했습니다. 이 외에는 모두 소설이 전개되는 방식을 따릅니다.

1장

한 과학자가 라이프치히의 영장류 연구소에서 2000단어의 수화를 구사하는 오랑우탄의 우리 안에 설치된 감시 카메라를 망가뜨리다 붙잡혔다. 과학자는 오랑우탄이 가장 좋아하는 간식인 자두가 담긴 그릇을 들고 있었는데, 곧 이 자두가 의심을 받았다. 아마도 과학자가 취조를 받는 과정에서 어떤 실마리를 흘렸거나, 긴장한 눈빛으로 그릇을 바라보는 게 들킨 모양이었다. 그래서 자두를 검사했더니 숨겨진 알약이 나왔다. 실험을 통해 알약은 기억 억제제 바말루졸 4밀리그램으로 밝혀졌다.

다시 말해 과학자는 오랑우탄에게 약을 먹여 정신을 잃게 만들 계획이었던 것이다.

이 사건이 알려진 후 대부분의 사람은 그 과학자가 성적인 의도로 일을 벌였다고 짐작했고, 전 세계 코미디언들은 그 사건을 개그의 소재로 삼았다. 그러나 동물의 인지 능력에 관한 학회에서 패널로 참여한 이 과학자를 본 적이 있던 카린 르생은 이루 말할 수 없는 상실에 대한 그의 발언을 기억하고 있었다. 그래서 그녀는 사건을 듣자마자 과학자가 원했던 것이 오랑우탄과의 성관계가 아니라는 사실을 알아차렸다. 과학자는 훨씬 더 극단적인 것을 원했다.

마지막 물고기들을 공중으로 띄울 준비를 하고 있던 카린에게 압디가 갑판으로 뛰어나와 경고했다. 그가 어스름한 북쪽을 가리켰다. 며칠 전 카린은 수평선을 바라보다 외떨어진 먹구름이라고 생각했던 것이 밤이 되자 안개가 짙어지며 심한 폭풍우로 바뀌는 것을 본 적이 있었다. 하지만 이제 더 가까워진 구름을 다시 살펴보니, 그 아랫부분에 세 개의 높은 기둥이 눈에 들어왔다. 바다에서 파도를 빨아올리는 굴뚝 같았다. 회전항해선이 다가오고 있었다. 카린도 발트해에서 회전항해선을 본 것은 처음이었다.

카린의 화물 드론은 본래 북쪽으로 곧장 날아갈 예정이었다. 그러면 회전항해선의 경로로 바로 들어가 폭풍우에 피해를 입을 것이다. 회전항해선 주변에서 발생하는 폭풍은 자연의 폭풍과 달랐다. 강도가 다르다기보다는 기하학적으로 기묘했다. 가장 사나운 겨울 폭풍우에도 동요하지 않는 바다오리와 재갈매기들이 휴지 조각처럼 내던져졌다. 바닷새들의 날개가 경험하지 못했던, 너무도 이질적인 바람이기 때문이었다. 그리고 대부분의 강풍에 맞서 잘 작동했던 이 드론도 무엇에 맞았는지도 모른 채 내던져질 것이다.

카린의 휴대폰 화면에는 아직 드론의 원래 비행경로가 표시되고 있었다. 카린은 이 근처의 다른 선박들을 보여 주는 지도를 그 위에 띄웠다. 압디가 회전항해선을 가리켰다. 지도에서는 별도의 명칭 없이 흰색 점으로만 표시되었다. 카린은 드론이 동쪽으로 벗어나 안전한 거리를 유지할 수 있도록 비행경로를 변경했다.

"고마워." 카린이 말하며 압디의 팔을 잡았다. 그리고 다시 지도에서 회전항해선의 경로를 살펴봤다. "우리 쪽으로 곧장 오고 있는 것 같지 않아?"

"우리를 들이받지는 않을 거예요." 압디가 말했다. "하지만 아주 가까이 올 수는 있어요. 그때는 배 안으로 들어가야 할걸요."

무슨 일이 발생하더라도 항공모함에 가까운 크기의 바루나호에 충돌하면 회전항해선이 더 심한 충격을 받을 것이라는 게 카린의 판단이었다. 카린은 바루나호가 찢겨 나가는 상상을 즐겼으므로 어떤 면에서는 안타까웠다. 카린이 타고 있는 동안 그런 일이 일어나면 안 되겠지만 어쨌든 바루나호는 침몰해야 마땅한 배였다. 바닷새 몇 마리를 어리벙벙하게 만드는 것보다는 이 배를 침몰시키는 게 회전항해선이 말년을 훨씬 더 생산적으로 보내는 일일 것이다.

카린이 휴대폰에 대고 작게 속삭이자 드론의 회전 날개가 윙윙거리며 돌아가기 시작했다. 드론이 갑판에서 떠오르며 아래에 달린 네 개의 케이블이 끌려 올라갔다. 그리고 케이블이 팽팽해지더니 화물도 떠올랐다. 바닷물이 230리터 담긴 플라스틱 탱크에는 독쑤기미 열 마리가 헤엄치고 있었다. 드론이 계속 올라가며 물탱크가 갑판을 둘러싼 난간을 벗어났다. 카린은 탱크 옆으로 물이 흘러내릴 때 이마에 성수가 뿌려지는 듯한 느낌을 받았다. 곧 드론은 귀한 아기를 품에 안은 황새처럼 부드럽게 가속하며 북쪽을 향해 바다 위를 날아갔다.

드론은 독쑤기미가 번식기 때마다 모여드는 사우스 크바르켄 암초 지역까지 20여 킬로미터를 비행한 후 탱크의 내용물을 쏟아 낼 것이다. 이론상으로는 굳이 드론으로 태워 보내지 않고 실험을 마친 후 독쑤기미들을 바루나호 옆에 풀어 줘서 스스로 집까지 찾아가도록 내버려둘 수도 있었다. 방향을 찾는 독쑤기미의 능력은 완벽했다. 그러나 카린은 그런 위험을 무릅쓰고 싶지 않았다. 이제는 살아남은 독쑤기미의 수가 너무 적은 만큼 한 마리 한 마리가 너무도 소중했다. 혹시라도 드론이 회전항해선에 큰 타격을 입고 추락하며 바닷물에 세게 부딪혀서 독쑤기미들의 등뼈라도 부러진다면 정말 안타까운 재난이 될 것이다.

"이게 끝인가요?" 압디가 물었다. "다 끝난 거죠?" 압디는 종종 카린의 장비와 관련된 도움을 주는 정비 기술자였는데, 바루나호에서 3개월 같이 지내는 동안 친해졌다. 압디는 스물여섯 살이고, 카린은 서른둘이었다. 압디는 몇 주에 한 번씩 스웨덴의 항구 도시 말뫼에 있는 집으로 돌아갔는데, 그곳에 간호조무사인 여자 친구가 있었다. 여자 친구도 좋은 사람 같았다.

"연구실에 남은 짐만 챙기면 돼."

"내일 떠날 건가요?" 압디는 카린을 거의 쳐다보지도 않고 단조로운 말투로 말했다. 이별에 대해 아무런 느낌이 없다는 사실이 너무도 명확해서 헷갈릴 가능성이 전혀 없었다.

"응." 그 순간 아직 하늘이 어두워지지 않았는데도 바루나호의 주황색 투광등이 일제히 켜졌다. 밤이 되면 이 산업용 선박은 멀리서 크리스마스 장식처럼 보일 정도로 너무 환하게 조명을 켰다.

"그 물고기들이 그리울 것 같아요?" 압디가 물었다. 그리고 곧이어 말했다. "왜 웃어요?"

카린이 웃음을 터트린 건, 압디가 '그 물고기들이 그리울 것 같아요?'라는 말을 할 때도 무의식적으로 의례적인 인사말을 내뱉듯 단조롭게 말했기 때문이었다. "그런 질문은 처음 들어 봐. 응, 그리워할 거야. 곧 다시 그 물고기들을 볼 수 있으면 좋겠어." 여기서 '그 물고기들'이란 특별히 실험 대상을 콕 집어서 말한 게 아니라 키클롭테루스 베네나투스 종 전체를 의미하는 것이었다. 정이 깊이 들었으니 실험 대상이었던 그 독쑤기미들을 다시 볼 수 있다면 더할 나위 없이 기쁘겠지만, 당연히 그럴 일은 없을 것이다. 독쑤기미가 인간 세계에서 보냈던 기묘한 임시 파견은 끝났다.

"정말요?"

"응. 벌써 보고 싶어지는걸."

"오호, 알았어요. 그렇다면……?"

카린은 대답하지 않았지만, 고개를 살짝 까딱했다. 카린은 압디가 무엇을 물어보는지 알았고, 대답은 '맞아.'였다.

어쩌면 고개를 까딱한 것조차 실수일 수 있다. 보고서를 제출하기 전에는 조사 결과를 말하지 말아야 한다. 그것이 카린이 일하는 분야의 규칙이었다. 특히 의뢰인이나, 의뢰인을 위해 일하는 사람들에게 말해선 안 된다. 조사 결과가 의뢰인에게 불리하게 작용할 가능성이 있을 때는 더욱 그렇다. 이야기하면 안 된다는 규칙은 카린에게 잘 맞았다. 카린은 자신의 이야기에 귀를 기울여 주는 사람에게 하루를 되새김질하듯 곱씹으며 떠들어 대는 부류의 사람이 아니었다. 게다가 카린은 직무와 무관하게, 아무도 모르는 이유로 독쑤기미에 관심이 있었다. 그래서 독쑤기미와 관련된 주제 전체에 대해 대단히 조심했다. 압디에게도.

공식적으로 카린은 브라마사무드람 광업 회사를 위해 여기 바루나호에서 독쑤기미가 '지능'이라는 특정한 임계치를 넘어섰는지를 평가하고 있다. 지능이라는 용어는 과학적, 철학적으로 너무나 논쟁적이라 거의 쓸모없이 진흙탕을 뒹구는 신세가 되긴 했지만, 그럼에도 그 종의 번식지를 채굴하려는 회사에게는 의미가 있었다. 그리고 이제 카린이 고개를 까닥했으니, 압디도 보고서의 내용을 짐작할 수 있을 것이다. 그러나 어쩌면 그 전에 이미 짐작했을 수도 있다. 그날 카린이 실험실에서 일어난 일에 대해 얼마나 흥분했는지 알아채지 못할 리가 없었다. 물고기가 전혀 특별할 게 없다는 사실을 알아냈다고 저녁 식사 시간에 그렇게 환한 얼굴로 앉아 있는 과학자는 없을 것이다.

"쫑파티 할래요?" 압디가 말했다.

"쫑파티?"

압디가 머뭇거리더니 괜찮은 아이디어를 궁리했다. 채굴 지원선에서 즐겁게 놀 방법은 그다지 많지 않았다. 카린의 연구실에 앱솔루트 보드카 한 병이 있었지만, 압디는 종교와 브라마사무드람 광업 회사가 팔뚝에 채워 놓은 바이오센서 때문에 술을 마실 수 없었다. 배의 노래방은 인기가 많았다. 그러나 카린은 노래방을 돌팔매질 형벌을 내려 마땅한 금기로 삼아야 한다고 깊게 믿었기 때문에 절대로 가지 않았다. "케이크는 어때요?" 이윽고 압디가 입을 열었다. "케이크는 좀 먹을 수 있을 거예요."

식당에서 정말로 괜찮은 클라드카카를 제공했는데, 그건 스웨덴식 끈적끈적한 초콜릿케이크였다. "밖에 조금 더 있다가 갈게. 내가 바다에서 지내는 마지막 밤이잖아. 나중에 봐."

"PFD를 가져다줄게요." PFD는 구명조끼를 의미했다.

카린이 손을 내저었다. "괜찮을 거야." 엄밀히 따지면 갈매기 똥이 머리에 떨어질 위험밖에 없더라도 갑판에 나올 때는 안전모를 착용해야 했지만, 누구도 카린에게 안전 지침을 글자 그대로 준수하라고 압박하지 않았다.

압디가 배 안으로 들어간 후 카린은 난간에 서서 아노락의 후드를 쓰고 바람을 막으며 북쪽을 바라봤다. 발트해는 양계장에서 나오는 폐수와 임신 조절 호르몬, 거기에 오래된 군수품 폐기장에서 흘러나온 신경가스까지 가득한, 지구에서 가장 더러운 바다였지만 이곳에서 보면 그 모든 사실을 잊어버릴 수 있었다. 노을의 마지막 자락이 안개 속으로 사라지며 바다와 하늘이 검게 물들어 갔다. 드론은 이미 시야 너머로 사라졌지만 회전항해선은 이제 바다 위를 가로지르는 거대한 세 개의 척추 같은 울퉁불퉁한 회전원통의 모양을 알아볼 수 있을 정도로 가까워졌다. 수면으로부터 50미터 높이의 꼭대기에 달린 빨간 경고등도 보였다. 공기의 변화도 느껴졌다. 회전항해선이 일으킨 폭풍의 바깥 표면이 닿은 듯했다.

본래 인류는 회전항해선 수천 대를 전 세계 곳곳에 흩뿌려 놓으려 했었다. 회전항해선의 회전원통은 돛대처럼 보이지만, 바람을 맞으며 배를 앞으로 나아가게 한다는 점에서 오히려 돛에 더 가깝다. 그러나 항상 고속으로 회전했기 때문에 테니스공이 라켓에 맞고 역회전하는 것처럼 바람을 비스듬히 이용할 수 있었다. 그리고 회전하면서 끌어올린 바닷물을 실리콘 그물에 통과시켜서, 감기 바이러스에 비교해도 작은 크기의 물방울로 만들어 안개 형태로 분사했다. 이렇게 만들어진 구름은 일반적인 구름보다 매끈해서 탈지면보다는 캐

시미어에 가까웠고, 훨씬 하얘서 태양 복사열을 더 많이 반사할 수 있었다. 따라서 이런 구름을 분사하는 배가 충분하다면 지구온난화를 억제할 수 있을 것이라는 전망이었다.

그런 이유로 한때 대중은 회전항해선에 열광했다. 그러나 안타깝게도 시험 가동을 조금 해 보니 컴퓨터 모델로는 예상하지 못했던 문제점이 드러났다. 회전항해선이 낮은 고도에서 일으키는 무시무시한 폭풍은 근처의 바닷새에 영향을 미치는 정도일 것으로 예상됐지만, 사실은 매우 멀리 떨어진 곳의 강우량에까지 여파가 미치는 것으로 드러났다. 강우량은 그렇지 않아도 이미 충분히 야만적이었다. 사람들에게 더 큰 시련을 주는 것은 온당치 않았다. 이제는 정말로 사람들이 이성을 놓아 버릴 수도 있었다.

그 후, 대중의 열광은 고운 구름처럼 흩어져 버렸고, 낙관론자들은 새로운 전망을 찾아 마음을 돌렸으며, 회전항해선 함대는 결국 진수되지 못했다. 그러나 여러 업체가 회전항해선 초기 모델 제작에 뛰어들었었다. (세상을 구하기 위한 경쟁은 가장 치열한 경쟁이다.) 그중 몇몇 업체는 시제품을 바다에 띄워 보지도 못한 채 문을 닫았다. 그러나 아직도 10여 척의 회전항해선이 발트해를 떠돌고 있었다. 무인 자동 항해였으며, 바람을 동력으로 이용하고, 거의 부식되지 않는 중합체로 제작되었다. 이 유령선들은 회전원통에 금이 가거나 회로가 끊어질 때까지 항해할 것이다. 어쩌면 수십 년에 이르는 시간 동안.

이 유독한 바다에 새로 등장한 동물군은 이런 것들이었다. 더 이상 고리무늬물범은 존재하지 않았다. 쥐돌고래도, 검둥오리사촌도, 유럽뱀장어도, 전자리상어도 사라졌다. 그리고 독쑤기미도 사실상 멸종된 것이나 마찬가지였다. 그러나 이 얼굴 없는 짐승들의 무리, 즉 화물 드론과 회전항해선, 그리고 모선 바루나호의 70여 미터 아래에서 망간철 단괴를 찾아 해저를 훑고 있는 자동채굴선이라는 생태계가 번성하고 있다.

이제 회전항해선과의 거리는 채 1킬로미터가 되지 않았다. 얼굴에 닿는 바람은 습기를 머금고 있었으며 거칠고 매서웠다. 카린은 재킷 지퍼를 코까지 올리고 끈을 당겨 후드를 조였다. 몇 분 이내로 회전항해선이 바루나호를 지나갈 것이다. 카린은 압디의 경고를 떠올리며 안으로 들어가야 한다고 생각했다. 그런데 뭔가가 주의를 끌었다.

쌍동선처럼 두 개의 선체를 이용해 미끄러지듯 달리는 회전항해선의 아랫부분에서 하얀 불빛이 얼핏 보였다. 카린은 밤에 파도 속에서 이따금 빛을 발하는 인광성 플랑크톤이 일으키는 바다의 불빛이라고 생각했다. 그런데 그게 아니었다. 그 빛은 인공적인 색조를 띠고 있었다. 그리고 촛불처럼 깜박였다. 그러나 물보라를 분사하는 회전항해선은 회전원통에 달린 경고등 외에 어떤 조명도 필요하지 않았다.

그리고 그때 카린은 너무 오래 나와 있었다는 사실을 깨달았다. 폭풍이 도착했다.

회전항해선은 스스로 바람을 일으키진 않는다. 하지만 거대한 회전원통들 사이로 굽이치는 기류가 그 위에 솟구치는 소금기 가득한 안개와 결합하며 일종의 웜홀 통로와 같은 기능을 해서, 천진난만한 산들바람을 꾀어 들여 맹렬한 돌풍으로 내뱉으며 변칙적인 날씨를 만든다. 카린이 입은 재킷은 몬순 기후에도 건조하게 유지됐지만,

지금은 물이 소매나 후드를 타고 흘러드는 정도를 넘어 나일론을 뚫고 바로 스며든 것처럼 허리 아래까지 흠뻑 젖었다. 고압 호스의 물살을 맞고 있는 껌딱지나 터보 엔진의 느슨한 볼트가 되어 버린 느낌이었다. 바람이 난간 너머로 자기를 빨아들일 정도로 강하지는 않을 것이라는 확신은 있었지만 카린은 무서워서 손을 놓을 수가 없었다. 하지만 여기에서 회전항해선이 지나가도록 마냥 기다리는 것도 두려웠다. 그래서 카린은 난간을 따라 몸을 끌어당기며 계단을 향해 나아갔다. 구명조끼를 받을 걸 그랬다는 생각이 들었다.

카린의 발이 미끄러졌다. 한쪽 무릎이 갑판에 부딪혔다. 어렴풋이 머리 위로 회전항해선의 회전원통들이 안개에 반쯤 가려진 거대한 사원의 기둥처럼 보였는데, 그것들은 바루나호의 투광 조명을 받아 주황색으로 물들어 있었다.

뒤에서 쿵 소리가 들렸다. 카린이 뒤를 돌아봤다. 문이 벌컥 열리는 소리였다. 압디가 한쪽 끝에 강철 고리가 달린 밧줄 다발을 들고 문간에 서 있었다. 압디가 뭐라 소리쳤지만, 폭풍우와 회전원통의 굉음 때문에 무슨 소리인지 알아듣지 못했다. 그리고 그때 압디가 밧줄을 던졌다. 압디의 조준 실력은 꽤 좋았다. 고리 부분이 카린의 얼굴을 거의 때릴 뻔했다. 밧줄이 바람에 끌려가기 전에 카린이 붙잡았다.

하지만 카린은 밧줄을 잡고 안전한 곳으로 가기 전에 잠깐 멈췄다. 회전항해선이 바루나호에서 불과 몇 미터 거리를 스쳐 지나갈 때 마지막으로 한 번 더 확인하고 싶은 게 있었기 때문이었다. 자신이 봤다고 생각한 것이 맞았는지 확인해야 했다.

그 빛은 회전항해선의 조타실 창문에서 흘러나오고 있었다. 창문은 안쪽의 커튼이나 블라인드로 가려져 있었지만, 한쪽 모서리가 앞뒤로 펄럭이는 것을 보면 배의 내부가 바람을 잘 차단하지 못하는 것 같았다. 그래서 새어 나오는 불빛이 나방의 날개처럼 펄럭거리는 거였다. 그리고 창문 너머로 사람의 실루엣이 잠깐씩 보였다. 누군가가 블라인드를 고쳐서 움직이지 않게 하려 애쓰고 있었다.

이 회전항해선에는 승객이 있었다.

한 시간 후, 카린이 압디의 침대에 누워 말했다. "여자 친구가 있지 않아?"

"있어요. 그런데……" 압디가 주저했다. "이제 우리는 '열린 관계'를 맺고 있어요. 여자 친구가 그렇게 해 보자고 해서요."

"네가 1년의 절반을 채굴 지원선에서 사니까 그렇겠지."

"맞아요. 그렇죠."

"그러면 여자 친구는 말뫼에 있겠네?"

"네."

바루나호에는 현재 남자 열한 명과 여자 다섯 명의 승무원이 교대로 근무하고 있는데, 선내의 성관계는 회사 정책상 금지되어 있었다. 말뫼는 인구 50만 명의 도시였다. "여자 친구에게 훨씬 유리한 거래라고 생각해 본 적은 없어?"

"괜찮아요." 압디의 목소리에는 그다지 확신이 담기지 않았다. "난 괜찮아요."

카린은 성관계 전까지 괜찮았던 압디의 기분을 망치고 싶지 않았다. 압디는 카린을 구출한 후 허세를 부리지는 않았지만, 자신의 영웅적 업적에 대해 내심 자랑스러워하는 듯했다. 돌이켜 보면, 난간에 서 있던 당시 카린이 실질적으로 위험했다고는 할 수 없었다. 하지만 그녀도 당시의 위험을 과장해서 받아들였는데, 압디가 자신의 업적을 부풀려서 생각하지 않을 이유는 없었다. 그런 유혹은 꽤 달콤한 법이었다. 만일 압디가 이 이야기를 누군가에게 떠벌린다면 말 그대로 카린을 확실히 낚았다고 표현해도 될 것이다. 카린은 압디의 선실로 갔는데, 그녀가 대학 1학년 때 지냈던 기숙사의 방과 여러모로 비슷했다. 밋밋한 옅은 갈색의 목재, 티셔츠를 위에 걸쳐 놓아 은은한 조명의 불빛, 두 사람이 간신히 누울 수 있는 싱글 침대. 지난 몇 주 동안 카린은 압디가 쓰는 불쾌한 레몬향의 모발 영양제 냄새를 맡으며 지냈는데, 마침내 그 모발 영양제가 담긴 병을 보니 유명한 사람을 만나기라도 한 듯 묘하게 기분이 좋았다. 예상했던 일은 아니었지만 카린이 따랐던 지난 패턴과 정확하게 일치했다. 카린은 결코 다시 만나지 않을 게 확실한 사람들과 잤다.

"회전항해선 말이야, 거기에도 사람들을 태워?" 카린은 자신이 무엇을 봤는지 압디에게 아직 말하지 않았다. 왠지 비밀로 지켜야 할 것처럼 느껴졌기 때문이었다.

"아니요."

"절대로?"

"아마 사람들을 구조할 때도 있을 거예요. 배가 가라앉고 있는데, 근처에 구조해 줄 배가 전혀 없다든가 하는 경우에요. 회전항해선 안에는 작은 선실들이 있어서 육지까지 사람들을 태워 줄 수 있거든요."

그렇지만 카린은 왜 구조되길 간절히 바라는 조난자가 구명보트의 창문에 비친 불빛을 가리려 했을까 하는 생각이 들었다.

잠시 후, 카린은 노크 소리에 정신이 들었다. 그 소리 덕분에 자갈 해변을 가로지르며 그녀를 향해 달려오던 증기 기관차에서 아슬아슬하게 벗어날 수 있었다. 카린은 압디와 함께 그 비좁은 침대에 누워 잠들었었다는 사실을 깨닫고 놀랐다. 팔 전체가 저렸다.

"카린?" 문 너머에서 들려오는 소리는 바루나호의 선장 데비의 목소리였다. 옆에서 압디가 긴장하는 게 느껴졌다.

"무슨 일이세요?" 선장이 이미 알고 있으니 굳이 여기에 없는 척을 할 이유가 없었다.

"나와 보십시오."

카린이 휴대폰을 펼쳤다. 새벽 네 시였다. 어떤 이유에선지 신호가 잡히지 않았다. "급한 일인가요?"

"그렇습니다."

"알겠습니다. 곧 나갈게요." 카린은 선장이 이 방에서 규칙 위반이 일어났다는 사실을 계속 모른 척하고 싶어서 자신을 밖으로 불러내는 거라고 확신했다. 대단히 까다로운 편인 선장은 중요한 사안에 대해서는 엄격했지만 승무원들의 동물적 삶에 대해서는 모른 척 내버려두는 편을 선호했다. 물론, 데비 선장이 자신만의 동물적인 삶을 즐기는가에 대해서는 추측만 무성했다.

"죄송합니다만 카린, 지금 바로 나오지 않는다면 제가 문을 열고 들어갈 수밖에 없습니다."

침대에 누운 두 사람은 동시에 욕설을 중얼거렸다. 카린은 독일어로, 압디는 소말리아어로. 두 사람이 서로 물물교환하듯 옷을 앞뒤로 주고받으며 서둘러 옷을 입은 후, 카린이 문을 열었다. "카린 씨

선실로 같이 갑시다." 데비 선장이 말했다. 선장은 카린이 아직도 알몸인 것처럼 눈길을 피했는데, 이 모든 상황이 너무도 당황스러워 그러는 게 분명했다. 카린은 잠시나마 그녀에게 미안해졌다. (데비 선장도 상황을 알긴 했지만) 카린이 금지된 황홀경에 빠져 있었던 게 아니라 자신의 침대에서 자고 있었다면 이 모든 상황이 훨씬 편했을 것이다.

"무슨 일이에요?" 카린은 휴대폰을 다시 켰지만 여전히 신호가 잡히지 않았다. "무슨 일이지? 네트워크가 다운됐나?"

"내 휴대폰은 신호가 잡혀요." 압디가 말했다. 데비 선장은 아직도 카린의 눈길을 피했다.

카린은 상황이 좋지 않은 방향으로 흘러가고 있는 것 같다는 의심이 들었다. "혹시 네트워크에서 저를 차단한 건가요? 무슨 일이죠?"

카린이 이곳에서 일하기 위해서는 또다시 정중하고 더욱 진지하게 '척'을 할 필요가 있었다. 카린은 독립된 존재인 척해야 했다.

브라마사무드람 광업 회사가 카린을 스웨덴 해안에서 편히 일하게 놔둘 수도 있었는데 굳이 바루나호 선상의 연구실에 배치한 데에는 이유가 있었다. 그것은 카린이 일하고 있는 이 다국적 기업의 가장 비인간적인 업무 처리 과정에 종종 내재된 심리적 전술, 부족적 의례 중 하나였다. 카린의 다른 의뢰인들과 마찬가지로, 브라마사무드람 역시 계약 기간 동안에는 카린이 자신들에게 귀속된다는 사실을 그녀가 항상 마음에 새기길 원했다. 카린은 그들의 소유지에 살았고, 그들의 소유지에서 일했으며, 그 소유지 밖에는 차가운 발트해의 바닷물 외에 아무것도 없었다.

그렇지만 그런 사실을 입 밖으로 내선 안 된다. 그렇다. 카린은 다른 승무원들과 마찬가지로 회사에 종속되어 있으며 감시당하고 구속받는 바루나호의 노예였다. 그러나 카린의 업무에는 노동 시간에 대한 비용을 지불하는 고객의 영향을 받지 않고 객관적으로 판단을 내리는 과학자라는 전제가 있었다. 관련된 모든 사람이 그런 전제, 즉 카린의 성직자스러운 순결한 오라로부터 이익을 얻는다. 데비 선장이 카린을 이렇게 대하는 것은, 다시 말해 그들의 환대 뒤에 숨겨져 있던 강압을 너무 노골적으로 드러내는 것은 현재 카린이 맡고 있는 연구뿐 아니라 지금까지 맡았던 모든 연구의 성과를 더럽히는 일이었다.

어쨌든 카린이 분노한 것만큼이나 데비 선장도 불편해 보였다. 분명히 이것은 선장이 선택한 게 아니었다. 누군가의 지시를 받은 것이다. "당신의 선실로 가시죠." 선장이 말했다. "제발요."

카린은 거절해도 괜찮을 거라는 생각이 들었다. 데비 선장이 머리채를 부여잡고 끌고 나가지는 않을 것이다. 그러나 카린이 압디의 선실에서 나가지 않고 버티면 압디의 입장이 훨씬 더 곤란해질 테고, 카린도 그런 상황을 원하지 않았다. "제 선실로 돌아가면 여기서 대체 무슨 일이 벌어지고 있는 건지 알 수 있나요?"

"네." 카린이 틈을 보이자 데비 선장이 안도했다. "네, 우리가 다 해결할 겁니다. 약속드리겠습니다. 당신과 이야기하고 싶다는 사람이 있습니다."

2장

같은 날 저녁 조금 이른 시간, 헬야드는 택시를 타고 저녁 식사를 하러 가는 길에 살덩어리가 운석처럼 땅으로 떨어지는 광경을 목격했다.

도로에는 코펜하겐 외곽의 모스바티아 바이오인포매틱스 본사에서 해안가에 있는 호텔까지 사람들을 실어 나르는 미니버스 한 대와 사람이 꽉 찬 택시 세 대로 이루어진 행렬이 늘어서 있었고 헬야드가 탄 택시는 그 뒤를 따르고 있었다. 바로 앞의 택시가 마지막 순간 도로에서 벗어나지 않았다면 그 택시에 무슨 일이 일어났을지 확신할 수 없다. 살덩어리는 살로 이루어진 것이었고 전통적으로 보자면 살은 자동차 범퍼를 이길 수 없지만, 헬야드는 도로에서 사슴을 들이받았다간 죽을 수도 있다는 사실도 알고 있었다. 그리고 이 살덩어리는 사슴보다 세 배는 무거웠으므로 이건 흥미로운 가위바위보 유형의 문제였다.

헬야드가 탄 택시는 도로에서 벗어나지 않은 채 급제동했고, 그와 세 동료 승객은 몸이 앞쪽으로 쏠리며 안전벨트에 꽉 끼었다. 그 바람에 헬야드의 휴대폰이 손에서 떨어져 자동차 앞자리의 발밑 공간으로 들어가 버렸다. 아스팔트에 부딪혀 터져 버린 그 거대한 살덩어리는 이제 너덜너덜한 네 개의 덩어리로 쪼개졌는데 그 덩어리들도 크기가 화물 상자만 했다. 충격음은 강렬한 북소리 같았지만 동시에 깊고 축축하고 파괴적이면서 탄력이 있는 소리가 나며 왠지 화음을 이루는 것 같았다. 살덩어리치고는 정말로 놀라운 효과음이었다. 그러나 질감적 공포의 측면에서 그 소리는 이미지와 어울리지 않았다. 살덩어리는 불그죽죽한 흰색으로 번들거리고 쭈글쭈글했는데, 일부분은 안심 부위처럼 투명한 근외막이 덮여 있었다. 검은색 또는 흰색의 털로 덮인 부분도 있었다. 그리고 여기저기에 뼈가 뾰족하게 튀어나와 있었다.

헬야드에게는 놀라운 경험이었다. 그렇다. 하지만 당시 자신이 보고 있는 게 무엇인지 알지 못했다면, 악몽처럼 끔찍하지는 않았을 것이다. 앞서 마드리드 외곽에서 유사한 일이 일어났을 때 나온 뉴스를 봤던 헬야드는 이게 뭔지 잘 알고 있었다. 방금 땅에 떨어진 것은 기형종이었다. 생식 세포로 만들어진 살덩어리로, 모든 종류의 조직으로 분화할 수 있다. (그래서 몸이 뒤죽박죽이 된 포유류처럼 저기 어딘가에 이빨이나 뇌 조각, 심지어 눈알이 묻혀 있을 수도 있었다.) 그건 '최후'의 자이언트 판다 치우치우에서 빼돌린 DNA를 이용해 어딘가에 있는 무허가 실험실에서 배양한 살덩어리였다. 그리고 누군가가 그 살덩어리를 헬야드가 먹고 살기 위해 하는 일에 대해 항의하려고 투석기로 발사한 것이었다.

치우치우는 12년 전 청두의 자이언트 판다 사육 연구소에서 진균에 의한 호흡기 감염으로 사망했다. 당시는 최후의 자이언트 판다였다. 하지만 그 후로 오랫동안 흑곰의 자궁에서 복제한 판다들이 수없이 태어났기 때문에, 마지막 자이언트 판다는 아니었다. 그러나 치우치우는 오랜 시간 끊어지지 않고 이어졌던 임신 출산의 마지막 사례였다. 최초의 판다가 낳은 판다가 낳은 판다가 낳은 판다가 낳은…… 마지막 판다였던 것이다.

감정의 무게라는 측면에서만 따지면 치우치우의 죽음은 인류 역사상 전례 없는 격동이었을 것이다. 가장 많은 사람이 가장 깊은 진심을 표현했다. 14억 인구의 국민을 일반화할 수는 없겠지만, 거의 모든 중국인이 치우치우를 사랑했다. 치우치우가 죽어 갈 무렵에는 연구소에서 건강 상태에 관한 소식을 매시간 발표하는 것이 금지되었다. 주식 시장을 불안정하게 만들 수도 있기 때문이었다. 철두철미한 검역까지 우습게 만들어 버리며 이미 전 세계 수백 마리의 야생 판다 및 사육 판다를 죽인 정체불명의 진균 감염병이 치우치우마저 죽이자, 중국인들은 애도와 자책의 광란에 빠졌다. 그들은 자국의 동물을 보호하지 못했다는 자괴감에 사로잡혔다. 며칠 동안 거리는 저승에서 풀려나 울부짖는 악귀들로 가득했다. 그 악귀들의 정체는 '처량한 치우치우'를 추모하기 위해 판다 분장을 했다가 눈물을 주체할 수 없이 쏟는 바람에 분장이 엉망이 된 아이들이었다. 「나는 왜 치우치우에 관심이 없는가」라는 제목의 칼럼을 쓴 베이징의 어느 기자는 숨어 지내야 했다. 곧 복제 판다가 나왔다. 그러나 당시는 중국 공산당이 '짝퉁 상품'에 대한 캠페인을 벌이던 시기여서, 그 복제 판다들은 종종 포름알데히드를 이용해 불법적으로 진하게 만든 블랙 푸딩에 비유되곤 했다.

중국은 세계에서 가장 강력한 국가이니만큼 감정은 행동으로 표출되었다. 훗날 냉소주의자들이 중국의 국가적 정신 착란이라고 묘사한 이 시기에, 즉, 다른 196개 국가가 경제적 총부리를 중국에 겨누고 있는 그 상황에서 중국은 새로 설립된 '세계멸종위원회'에 가입했다. "치우치우 같은 일은 다시 일어나지 않을 것입니다." 세계멸종위원회 창립 대회에서 중국 관리가 선언했다. "치우치우는 마지막으로 멸종된 종이 될 것입니다. 우리가 다시는 이런 비극이 일어나지 않도록 할 것이기 때문입니다. 자이언트 판다는 인간의 활동에 의해 멸종 위기에 내몰린 마지막 종이 될 것입니다."

물론 그렇게 되지 않았다. 그 대신 '멸종 산업'이 새로 생겨났다.

그리고 이번 시위의 표적이 바로 그 멸종 산업이었다. 구체적으로는 이 연회에 참석한 핼야드와 동료들이었다. 일행 중에는 다른 부서의 사람들도 있었다. 핼야드는 브라마사무드람 광업 회사의 북유럽 환경 영향 책임자였으며 자문위원이자 도급업자이고 관료였다. 한 시간 뒤 공식 발표가 온라인으로 배포되었고 경찰이 근처 어딘가에서 버려진 투석기를 발견했다.

이 행동은 사람들의 이목을 끄는 것을 목적으로 한다는 점에서 예전의 시위들과 의미론적으로 거의 동일한 구조를 지녔다. 지금 생각하면 너무나 온화하고, 관대하며, 예스러운 정취가 있었던 2°C 온난화 시대 이전의 시위 말이다. 당시 시위대는 사람들에게 가짜 피를 던져 '당신들의 손은 피로 얼룩져 있다'는 메시지를 전달하곤 했다. 이 시위에서는 사람들에게 치우치우를 던져 '당신들의 손은 치우치우로 얼룩져 있다'는 메시지를 전달하려 한 것이다. 활동가들은 핼야드와 그의 동료들에게 12년 전 치우치우의 죽음에 어떻게든 책임이 있다고 말하려는 게 아니었다. (역사를 뒤죽박죽으로 왜곡하는 소수의 편집증 환자를 제외하고는 아무도 그렇게 믿지 않았다.) 헬야드가 이해하기에, 활동가들은 현재 진행되고 있는 멸종 위기에 대해 헬야드와 그의 동료들에게 책임이 있으며 성스러운 치우치우가 멸종 위기의 위대한 화신이라고 말하는 것이었다.

그래, 복잡한 문제였다.

그러나 어찌 보면 이 행렬에 있는 사람들의 손에 치우치우가 묻어 있다는 것은 명백한 사실이었다. 그들이 누리는 풍요로움은 그 귀엽고 애처로운 곰에게 빚지고 있었다. 헬야드와 동료들은 치우치우가 죽음으로 만든 세상에 살고 있다. 중국의 창조 신화에 따르면 인간은 창조신 반고(盤古)의 털투성이 시체를 게걸스럽게 먹는 진드기 같은 존재로 생겨났다고 한다. 어느 여자가 택시에서 내려 움츠린 채 목을 문지르며 도로에 있는 살덩어리로 걸어갔다. 헬야드는 여자를 바라보며, 그녀와 자신 그리고 모든 사람이 살덩어리에 쓸데없는 뼈만 남을 때까지 진드기처럼 몰려가는 상상을 했다.

실제로 그들은 그 살덩어리를 만끽했다. 저녁 식사를 기다리는 동안 모든 사람이 그 살덩어리에 대해 한마디씩 늘어놓았다는 의미에서 말이다. 앞선 소동으로 전채 요리가 한 시간 늦게 제공되었는데, 송아지 뇌 카르파초가 나왔다. 배가 고팠던 헬야드는 먹을 게 거의 없어서 매우 실망스러웠다. 100마이크로미터 두께의 고기는 포크로 건드리는 순간 쪼그라들어 사라졌다. 마치 물 잔에서 표면 장력을 떼어서 먹으려는 것 같았다.

이 카르파초도 살덩어리와 마찬가지로 생명과학 기술이 낳은 볼거리였다. 앞서 모스바티아 바이오인포매틱스 본사는 진동하는 다이아몬드 칼날로 멸종 위기 동물의 뇌를 잘라 모든 시냅스를 드러낸 다음 전자 현미경으로 스캔하는 방법을 프레젠테이션했다. 그리고 홍보가 진행되는 동안 자리를 지키고 앉아 있어 준 대가로 손님들에게 같은 장비로 요리한 고기를 대접한 것이다. 실험실에서는 다이아몬드 칼날로 뇌를 10나노미터 두께로 잘라 낼 수 있었다. 카르파초가 그보다 훨씬 두꺼운 걸 보면, 기계의 최고 성능과 요식업의 현실적인 요구 사이에 타협점을 찾은 게 틀림없었다. 그러나 그런 타협은 잘못된 판단이었다. 그리고 핼야드 주변의 다른 사람들도 모두 식사에 어려움을 겪는 것 같았다. 채식주의자들 역시 항상 즐기는 비트 카르파초를 들고 고생하는 중이었다. (약간 질겁한 얼굴로 카르파초에 손도 대지 않고 있는 동료 이스마일로프는 예외였다.) 결국 핼야드는 접시에 입을 대고 빨아먹는 것으로 만족해야 했다. 레몬즙과 후추의 맛은 느껴졌지만, 그렇게 하고도 송아지 뇌의 맛은 목 뒤로 넘어가는 희미한 신경성 불쾌감 수준 이상으로는 느껴지지 않았다. 맛있는 식사를 할 것을 기대하며 오늘 아침에는 일부러 평소와는 다르게 인지더닐을 복용하지 않았는데, 이런 실패작을 맛보게 되다니.

“이 프레젠테이션의 요점이 뭐라고 생각해?” 핼야드는 와인을 더 따르며 이스마일로프에게 말을 걸었다. “대체 누구에게 감명을 주려는 거냐고. 그래, 사람들 앞에서는 우리 모두가 동물의 뇌를 스캔해서 컴퓨터에 넣어 두는 게 그 동물을 살려 두는 것보다 좋다고 진짜로 믿는 척해야겠지. 그렇지만 아무도 없는 곳에서 우리끼리 그런 거짓말을 할 이유는 없잖아. 이런 종에 대해서는 아무도 관심이 없어요. 녹빛집박쥐, 민다리도마뱀 따위 알 게 뭐야. 환경 운동가들도 그런 종에는 관심이 없잖아. 그러니 개별 개체에 대해서는 말해 뭐해. 그 불쌍한 녀석은 일단 스캔되면 끝이야, 끝. 데이터베이스에 영원히 보관될 뿐이지. 아무도 읽지 않아 곰팡이가 핀 낡은 도서관 책 같은 신세가 되는 거라고. 아무 의미가 없잖아. 일주일 후에 서버 공간을 절약한다고 그 데이터를 지워 버릴지도 몰라. 그래도 아무도 모를걸."

그때 이스마일로프가 울기 시작했다.

헬야드는 깜짝 놀랐다. 자신이 뭔가 눈치 없는 말을 한 게 틀림없었다. 혹시 이스마일로프가 뭔가 민족적으로, 혹은 조상과 관련된 이유로 녹빛집박쥐나 민다리도마뱀의 운명에 깊은 관심이 있었던 걸까?

그러다 헬야드는 작년에 다발성 골수종으로 사망한 이스마일로프의 아내를 떠올렸고, 어떤 말이 이스마일로프를 그렇게 속상하게 만들었을지 직감적으로 깨달았다.

이스마일로프는 아내가 사망했을 때 그녀의 뇌를 스캔했다는 이야기를 한 적이 없었다. 하지만 돌이켜 보면, 그는 아내와 사별한 이야기를 자세히 한 적이 전혀 없었다. 헬야드(38세, 할머니로부터 태국인의 핏줄을 조금 물려받은 호주인)는 이스마일로프(45세 정도, 아제르바이잔인)와 사이좋게 지냈지만 친밀하지는 않았다. 하지만 아내가 떠날 때 이스마일로프가 그녀의 손을 잡은 모습, 그리고 아내를 떠나보낼 마음의 준비가 되기 전에 서둘러 그 방에서 나오고, 아내의 두뇌를 보존액에 담아 외과적으로 적출해서, 씻고 냉각하고 젤라틴으로 감싸고, 현미경으로 스캔하기 위해 (카르파초처럼) 얇게 써는 모습이 상상되었다. 아마 조금 전에 프레젠테이션에서 보았던 것과 거의 동일한 과정을 거쳤을 것이다. 그러나 목적은 다르다. 사람의 뇌를 스캔하는 것은 언젠가 그 사람을 뭔가 썩지 않는 새로운 형태로 되살릴 수 있기를 희망하기 때문이다. 하지만 녹빛집박쥐나 민다리 도마뱀의 뇌를 스캔하는 것은 그 종 전체가 멸종한 후에도 스캔 데이터가 존재하면 법적 또는 규제적 맥락에서 그 종이 아직 멸종하지 않았다고 편하게 주장할 수 있기 때문이다.

전자는 사랑의 행위이고 후자는 핑곗거리를 만드는 짓이다. 그러나 핼야드가 보기에는 둘 다 똑같이 무의미한 일이었다. 둘 다 인류가 해야만 하는 일의 목록에서는 너무나 후순위를 차지하는 것 같았다. 특별히 부유하거나 유명하지 않고 재능도 없는 수백만 명을 부활시키거나 사라진 파충류를 실험실에서 재현해 기념하는 것 외에는 정말로 할 게 없는, 영원한 일요일 아침 같은 고요한 여유를 지닌 풍요로운 미래를 상상하는 것처럼 보였다. 멋진 이야기였다. 하지만 현실은 전혀 그렇게 진행되지 않았다.

그럼에도 불구하고 정말로 이스마일로프가 죽은 아내를 전사(轉寫)했다면 그런 식으로 생각하고 싶지 않을 게 분명했다. "물론 사람이라면 얘기가 완전히 다르지." 핼야드는 이스마일로프가 울고 있다는 사실을 알아채지 못한 양 쾌활한 어조로 말했다. "모든 인간의 생명은 소중하잖아. 기술이 조금 더 발전하면 가까운 미래에는 5년이나 10년, 아니 그냥 5년 정도만 지나도 뇌를 스캔한 사람들을 부활시키는 게 완전히 일상적인 일이 될 거야." 핼야드는 자신이 올바른 방향으로 가고 있는지 분위기를 파악하기 위해 이스마일로프를 살펴봤다. 이스마일로프는 입을 닦는 척하면서 눈물과 콧물을 훔치기 위해 냅킨을 얼굴에 휘젓고 있었다. "그렇게 된다면 정말로 불멸 다음으로 좋은 게 아닐까." 핼야드가 계속 말했다. "특히……" 핼야드의 전화가 울렸다. "아, 미안, 이스마일로프, 잠깐만."

전화는 브라마사무드람 지원선의 선장 데비로부터 걸려 온 것이었다. "평가의 진행 상황을 알려 드리겠습니다." 선장이 말했다.

"언제 제출한다던가요?"

"모르겠습니다." 데비 선장이 말했다. "곧 하겠죠. 하지만 독쑤기미에 지능이 있다고 '재인증'할 것 같습니다."

"설마, 농담이죠?"

"그렇게 들었습니다."

"그…… 그 여자의 이름이 뭐였죠? 그 스위스 여자?"

"카린 르생입니다. 제가 그녀에게서 직접 들은 것은 아니고 제 부하가 들은 이야깁니다."

"흐음, 그 물고기는 여전히 잘 지내고 있습니까?" 키클롭테루스 베네나투스는 완전히 자라면 13센티미터 정도가 되는 울퉁불퉁하고 회색빛을 띤 물고기였다. 눈알이 불룩 튀어나오고 윗입술이 뚱뚱해서 얼굴이 두꺼비 같았다. 사람으로 친다면 항상 이마에 땀이 줄줄 흐르고 땀이 잔뜩 묻은 손으로 악수를 해 올 것 같은 느낌이 들었다.

"네, 그 구역은 근처도 안 갔습니다."

"잘했어요. 이 문제를 처음부터 다시 살펴봐야 할 것 같습니다. 그 여자를 쫓아내야 할지도 모르겠네요. 알려 줘서 고맙습니다." 핼야드가 전화를 끊고 이스마일로프에게 말했다. "이게 말이 돼? 그 여자가 재인증을 할 모양이야. 그 물고기가 무슨 아인슈타인이라도 되는 줄 아는 게 틀림없어. 그 물고기 본 적 있어? 물고기 기준으로도 봐도 영리해 보이지는 않아. 물고기치고도 멍청해 보인다니까." 헬야드는 아직도 배가 고프고 주요리가 언제 나올지 알 수 없었는데, 이스마일로프가 카르파초에 손도 대지 않았다는 사실을 알아챘다. "안 먹을 거면 내가 먹어도 될까?" 이스마일로프가 반대 의사를 표현하지 않자 헬야드는 손을 뻗어 접시를 가져왔다. 얇은 회백질을 후루룩 먹던 그는 무심코 이스마일로프와 눈이 마주쳤다. 혹시 이스마일로프가 아직도 아내의 두뇌에 대해 생각하고 있는지 궁금했다. 그런 생각이 들자 입맛이 살짝 떨어졌다.

"50나노미터였어." 이스마일로프가 목이 멘 목소리로 말했다.

"응?"

이스마일로프의 뺨에 다시 눈물이 흘러내리기 시작했다. "아내의 암을 치료하려고 돈을 너무 많이 썼어. 그래도 아무런 효과가 없었지. 대출도 받았어. 치료가 끝날 무렵엔 내가 원했던 한국의 보존팀에 쓸 돈이 없는 상태였어. 그래서 이탈리아팀을 고용했지. 이탈리아인들은 50나노미터의 두께로 뇌를 절개했어. 그게 표준이라고 하더군. 그런데 여기 와서 보니까, 민다리도마뱀을 10나노미터 두께로 잘랐대. 정확한 신경망 지도를 작성할 때는 10나노미터 이하로 하고. 도마뱀은 10나노미터인데, 아내는 50나노미터라니." 이스마일로프는 손가락으로 섬세한 카르파초가 아니라 두껍고 꼴사나운 베이컨 조각을 잡는 것 같은 몸짓을 했다. 절망에 빠져 얼굴 전체가 일그러졌다. "아내를 부활시킬 수 없을 거야."

헬야드는 하이난검은볏긴팔원숭이에게 최근 일어난 일을 이스마일로프에게 절대로 말하지 말자고 다짐했다. "아, 이스마일로프, 그건 걱정하지 마. 50나노미터도 전혀 문제가 없을 거야. 세부 사항은 놓칠 수도 있겠지만 중요한 부분은 모두 전사했을걸. 이 사람들이야 돈을 많이 벌려고 우리에게 10나노미터 장비를 팔려는 거지만…… 미안, 바루나호의 데비 선장에게서 다시 전화가 왔네. 데비 선장?"

"그 물고기에 문제가 생겼습니다." 데비가 전화로 말했다.

"재인증 말고 다른 일이 또 생겼단 말인가요?"

"그렇습니다. 그게 꼭……."

"네?"

"우리가 이미 그 물고기의 서식 구역을 채굴한 것 같습니다."

"하지만 그 구역 근처로는 가지 않았다고 하지 않았나요?"

"네, 그러기로 되어 있었죠. 앞서 통화한 후 확실하게 하려고 다시 확인해 봤더니 자동채굴선이 그쪽으로 간 것 같습니다."

"언제요?"

"닷새 전입니다."

"어떻게 그런 일이 일어날 수 있죠?"

"모르겠습니다."

바루나호는 발트해 해저에서 망간철 단괴를 채굴하는 자동채굴선 여덟 대의 모선이었다. 각 자동채굴선은 길이는 20미터, 무게는 1000톤에 달하며, 「매드맥스」에 나오는 공성 무기처럼 생겼다. 앞쪽에는 대륙붕을 뚫고 들어가는 거대하고 뾰족한 절단 헤드가 달려 있고, 뒤쪽에는 절단 헤드로 분리한 단괴를 퍼 올리는 도구들이 쇠사슬로 연결되어 있었다. 수소 연료 전지로 동력을 공급하는 자동채굴선을 해저에 풀어놓으면 언덕 위에서 풀을 뜯어 먹는 소처럼 돌아다니며 채굴을 하고 다음 목적지도 스스로 결정했다. 물론 사전에 제한을 걸어 둘 수 있었고, 이번의 경우 자동채굴선은 멸종위기종의 서식지로부터 일정 거리를 유지하도록 되어 있었다. 하지만 뭔가 잘못된 게 틀림없다. 데비 선장이 몹시 당황한 말투로 이야기했지만 그녀의 잘못은 아닌 게 거의 확실했다. 자동채굴선의 프로그래밍은 뭄바이에 있는 팀이 담당했고 바루나호의 승무원은 기껏해야 수리공에 불과했다.

"그 아래에 물고기가 남아 있긴 한가요?" 핼야드가 물었다.

"모르겠습니다."

핼야드의 업무는 수많은 멸종위기종을 다루는 일이었지만 종종 신경증적인 귀부인과 병약한 어린 왕자가 가득한 그랜드 호텔에서 야간 관리인 역할을 하는 느낌이 들 때가 있다. 이번 일은 이랬다. 발트해의 온도가 올라가 독쑤기미가 더 넓은 북쪽 바다로 밀려났는데 특정 위도 위쪽에는 서식지로 적합한 암초가 부족했다. 그 결과 독쑤기미의 선호 서식지가 스웨덴 해안에 있는 작은 구역으로 축소되었다. 즉, 브라마사무드람의 자동채굴선이 이 종을 일격에 박멸했을 가능성이 매우 높았다. "젠장! 그건 아무에게도 말하지 말아요, 알겠죠? 우리 상황을 정확히 파악할 때까지는." 핼야드가 말했다.

"알겠습니다."

"오늘의 나쁜 소식은 이것으로 끝났으면 좋겠습니다. 10분 후에 다시 전화해서 자동채굴선이 해안으로 기어 올라가 어촌 마을을 먹어 치웠다고 말하지 마세요."

"그런 일은 없을 거라고 장담할 수 있습니다." 데비 선장이 진지하게 대답했다. 핼야드는 농담이었다고 말하려다, 작년에 말레이시아 회사의 불량 자동채굴선이 실제로 보르네오 해안의 바자우족 난민의 수상 가옥들을 여러 채 파괴했던 사건을 떠올렸다.

"으음, 좋습니다." 핼야드가 전화를 끊고 이스마일로프에게 말했다. "아까는 그 여자가 재인증할 거라는 사실을 알아냈고, 이번에는 그 여자가 재인증하려던 물고기들을 우리가 이미 없애 버렸다는 사실을 알게 됐네."

핼야드는 어깨에 누군가의 손이 닿는 것을 느꼈다. "문제가 생긴 모양이군!" 고개를 든 핼야드는 얼굴이 일그러지는 것을 억지로 참았다. 배리 스몰이었다. 스몰은 스스로 가십 중개인, 분위기를 읽는 하는 사람, 마티니 바의 현인이라고 생각하는 사람이었다. "배리 스몰을 불러 봐, 너에게 뭐가 어떻게 돌아가고 있는지 말해 줄 거야. 대신 넌 뭔가 흥미진진한 이야기를 말해 주면 돼!" 그러나 실제로는 스몰이 알고 있는 가십들이라는 게 죄다 이 업계의 모든 사람이 이미 몇 주 혹은 몇 달, 때로는 말 그대로 몇 년 전부터 알고 있는 사실들이라는 게 문제였다. 하지만 스몰은 '콜만 트레보그 남'의 선임 정책 담당자이기 때문에 하잘것없는 녀석이라고 무시하기 힘들었다. 콜만 트레보그 남은 멸종 산업을 형성하고 터전을 닦은 기업으로, 거기에서 일하고 있다는 사실만으로도 이 업계에서 황금처럼 빛나는 지위를 누릴 수 있었다.

치우치우의 사망 이후 전 세계에서 수만 명의 로비스트가 청두로 몰려들었다. 하지만 중화인민공화국에서의 로비는 진정한 패기의 시험장이었다. 중국은 바보라도 규정 초안을 수정할 수 있는 브뤼셀과 달랐다. 콜만 트레보그 남은 자신들이 선각자이자 위대한 전략가라는 사실을 입증했다. '자이언트 판다는 인간의 활동 때문에 멸종으로 내몰리는 마지막 종이 될 것'이라고 떠들어 대던 그 무모한 시절, 중국 정부는 몇 가지 중요한 사실들을 이해하는 데 콜만 트레보그 남의 도움을 받았다. 물론 치우치우가 종말의 종말이 될 수 있다면 몹시 기쁜 일이었겠지만, 일부 급진적인 친환경주의자들이 원하는 것처럼 인류가 대규모로 자살이라도 하지 않는 한 불가능한 일이었고 그 사실을 중국 정부도 이해하게 되었다. 인류의 성장과 번영을 위해서는, 아니 80억 인구가 매일 아침 계속 자리에서 일어나기 위해서라도, 매년 최소한의 종들이 멸종될 수밖에 없었다. 아프리카에서 가장 작은 박쥐인 녹빛집박쥐를 예로 들어 보자. 이 조그만 녀석에 얽힌 이해의 충돌이 그리 많겠나 싶겠지만, 어떤 실질적인 의미에서는 우리 쪽이든 박쥐 쪽이든 이해가 충돌하는 부분이 있기 마련이다. 그런 사실을 일단 받아들이고 나자 중국 정부는 모든 이해관계자에게 빠른 반응을 보이는 자유 시장적 해결책이 가장 공정하며 효율적인 방식이라는 점 역시 받아들였다.

그리하여 '멸종 크레딧'이 생겼다.

오늘날에는 브라마사무드람 광업 회사처럼 어느 생물을 지구상에서 멸종시키고 싶은 회사가 있다면 기본적으로는 바우처를 제출하기만 하면 된다. 그 바우처의 이름이 바로 '멸종 크레딧'이었다. 멸종 크레딧으로는 지구상의 어떤 종이든 불도저로 밀어 버릴 수 있는 권리를 살 수 있지만, 바루나호에 타고 있는 스위스 여자 같은 동물 인지 능력 전문가가 '지능이 있다'고 인증한 종은 예외였다. 그런 경우에는 한 개가 아니라, 열세 개의 멸종 크레딧을 제출해야 했다. 13이라는 수치에 미신이나 형이상학적인 의미가 있는 것은 아니었다. 이 체계의 다른 모든 세부 사항과 마찬가지로, 그 수치는 세계멸종위원회가 태동할 때 진행된 논쟁의 결과였다. 지적인 종을 잃는 것이 가장 중대한 손실이라는 데 모두가 동의했다. 따라서 그러한 멸종을 전면적으로 금지할 수는 없더라도(그것은 융통성 있는 자유 시장의 해결책이 될 수 없었다), 매우 엄격하게 억제되어야 했다.

그래서 세계멸종위원회에서는 매년 일정한 수의 멸종 크레딧을 무상으로 배분하고, 나머지는 경매에 부쳐 공개 시장에서 사고팔 수 있도록 했다. 멸종 크레딧의 공급을 점차 줄이면 가격이 거의 감당할 수 없는 수준까지 올라가게 될 테니 사람들이 생물종을 멸종시키지 않기 위해 창의력을 발휘하게 되리라는 것이 이 개념의 핵심이었다.

하지만 멸종 위기에 몰린 전 세계의 생물들에게는 안타깝게도 모스바티아 바이오인포매틱스의 연회가 있던 밤 멸종 크레딧 하나의 가격은 3만 8432유로에 불과했다.

이것은 로비스트들에게 저녁 식사 후 떠들어 대고 자서전에 적어 넣을 만한 장대한 프로젝트였으며 무용담이자 건국 신화였다. 콜만 트레보그 남과 그 동료들은 온갖 승인 조항과 면죄부, 예외 사항, 지연책으로 세계멸종위원회의 체계에 구멍을 숭숭 뚫어 위원회가 원래 의도했던 바를 실현하지 못하게 막는 쾌거를 이루었다. 멸종 크레딧은 넘쳐흐르고 저렴했다. 거의 민주적이라고 할 수 있을 정도였다. 해저 채굴 사업 차원에서 보면 3만 8432유로는 아무것도 아니었다. 대단히 멋진 전망대를 짓는다는 차원으로 봐도 (그 전망대 부지가 멸종 위기에 처한 땃쥐의 마지막 서식지라고 가정할 경우) 3만 8432유로는 아무것도 아니었다. 채굴기의 착오로 인해 지능이 인증된 독쑤기미에 대해 브라마사무드람이 지급할지도 모르는 49만 9616유로(개당 3만 8432유로인 멸종 크레딧 열세 개에 해당하는 금액)도 비용 항목에 겨우 한 줄 적는 걸로 끝날 것이다. 그리고 세계멸종위원회에 가입된 197개국 대다수가 법률에 위원회 체계를 포함시킨 바람에 현재 세계 대부분의 지역에서는 20세기 중반 자연보호 관련 법률이 처음 제정된 이래 그 어느 때보다 걸림돌이 거의 없는 상태에서 멸종위기종을 쓸어 버릴 수 있게 되었다. 이것이 치우치우가 남긴 유산이었다. 멸종 위기에 처한 대부분의 생물종에 대한 사냥 허가, 그리고 멸종 산업을 위한 송아지 뇌 카르파초. 만일 시위대에게 왜 굳이 치우치우를 2톤짜리 살덩어리로 된 만두로 환생시켜서 핼야드와 동료들에게 투석기로 던졌냐고 묻는다면, 그들은 아마도 이렇게 말할 것이다.

"지나가는 길에 생존자들에게 인사나 해야겠다는 생각이 들더라고!" 어렸을 때 '은둔 왕국'에서 떠나왔지만, 여전히 부모님의 억양이 남아 있는 스몰이 말했다. 어떤 이유에선지 최근 스몰은 그보다 열다섯 살은 어린 사람들 사이에 5년 전에 유행했던 통 넓은 정장에 바짓자락이 신발 위를 덮는 스타일을 즐겨 입었다.

"사실, 난 그 뒤차에 타고 있었다네. 그리고 이스마일로프는 그 광경을 보지도 못했어. 미니버스에 타고 있었거든." 핼야드가 말했다.

"그래도…… 아슬아슬했군. 그런데 그건 무슨 물고기야?"

"물면 지독하게 아픈, 못생기고 조그마한 놈이야."

"큰 손실은 아닌 모양이네."

"아직 확인된 건 아니야." 핼야드는 이 대수롭지 않은 특종으로 스몰에게 만족감을 선사해 주고 싶지는 않았다. "뭐, 그래도 이 물고기의 장례식에 조문객이 많을 것 같지는 않아."

"아내의 친정은 독실한 무슬림이야." 이스마일로프가 물잔을 침울하게 바라보며 입을 열었다. "그래서 아내의 두뇌를 자르는 게 이슬람 율법을 거스르는 일이라고 믿었어. 아내가 죽어 가는 동안 처가 사람들과 말싸움을 한 끝에 내가 이기긴 했지만 상을 치를 때 날 쫓아냈어."

스몰은 약간 놀란 얼굴이었다. 핼야드가 아는 한 스몰은 이스마일로프를 만난 적이 없었다. "프레젠테이션은 어땠어?" 스몰이 물었다.

핼야드가 어깨를 으쓱했다.

"자넨 그 사람들이 정말 모든 문제를 해결했다고 믿는 거지!" 스몰이 말했다. "있잖아, 나도 공식적으로는 그 사람들을 믿어! 멸종위원회 앞에서는 당연히 의문의 여지가 없다고 해야겠지. 신경망 스캐닝은 안정적인 기술이라고 말이야." 스몰이 다른 사람들이 듣고 있지 않은지 확인하려는 듯 주위를 둘러보더니 말했다. "그런데 하이난검은볏긴팔원숭이 사건 들었어?"

핼야드는 스몰이 이스마일로프 앞에서 그 사건에 대해 더 떠들어대도록 놔둬선 안 된다는 생각이 들었다. "그래, 들었어. 하지만 이거 봐……"

"난 못 들었어요." 이스마일로프가 말했다. "하이난검은볏긴팔원숭이가 어떻게 됐는데요?"

"별로 중요한 이야기 아니야." 핼야드가 스몰에게 고개를 저으며 이스마일로프가 보든 말든 손으로 목을 긋는 동작을 했다. "솔직히 프레젠테이션은 꽤 인상적이었어……."

그러나 스몰은 이스마일로프가 하이난검은볏긴팔원숭이에 대해 몰랐다는 사실에 너무 흥분했다. "하이난검은볏긴팔원숭이는 EX 등

급이에요." 멸종된 상태라는 뜻이다. "하지만 10나노미터 스캔 데이터는 남아 있었어요. 그래서 중국 선전의 연구소가 전체 뇌를 컴퓨터로 모델링해서 거의 실시간으로 테스트를 실행하고, 로봇 몸체에 연결시켰습니다. 사실상 죽은 원숭이가 연구소를 뛰어다니게 한 거죠. 징…… 징…… 징." 스몰이 로봇 동작을 흉내 냈다.

"원숭이를 부활시킨 거네요." 이스마일로프가 말했다.

스몰이 고개를 끄덕였다. 핼야드가 아무 방향이나 가리키며 말했다. "이거 봐, 스몰, 혹시 저거……."

"그래서 어떻게 됐나요?" 이스마일로프가 말했다.

"처음에는 아무 일도 없었습니다. 로봇이 움직이지 않았거든요. 그래서 몇 가지 변수를 조정했더니 로봇이 자기 팔다리를 뜯어내기 시작한 겁니다."

"뭐라고요?" 이스마일로프가 말했다.

"네, 뭐 그게 원숭이에게 실존적인 공포를 불러일으킨 건지 모델링에 오류가 있었던 건지는 모르겠지만, 어쨌든 이런 스캔으로 동물의 의식을 되살릴 수 있다는 수준에 이르렀다는 생각은 그냥……"

이스마일로프가 괴로움에 울부짖으며 주먹으로 테이블을 세게 내리치는 바람에 전채 요리용 포크가 튕겨 오르며 무릎으로 떨어졌다. 주변 사람들이 모두 쳐다봤다. 핼야드가 재빨리 일어나 테이블을 돌아서 이스마일로프에게 다가갔다. "밖으로 나가서 바람 좀 쐬는 게 어떨까?" 핼야드가 말했다.

이스마일로프는 계속 힘없이 울면서도 핼야드의 부축에 따라 자리에서 일어났다. "원숭이는……" 핼야드가 주요리를 가져오는 웨이터들을 지나 출구로 안내하는 동안 이스마일로프가 말했다. "원숭이는…… 원숭이는 10나노미터로 잘랐대잖아…… 그런데도, 그런데도……."

"스캐닝은 정교하지만 모델링이 아직 부족해서 그래." 햄야드가 말했다. "그게 다야. 모델링이 필요한 수준에 도달한다면 내일이라도 부인을 데려올 수 있을 거야. 조금만 더 기다리면 돼. 아까 말했듯이, 이스마일로프, 이제 몇 년만 더……"

"하지만 만약 아내가 새로운 몸으로 되살아나서 깨어났을 때 아내가…… 아내가……."

햄야드가 이스마일로프의 등을 토닥였다. "이봐, 부인을 되살릴 즈음에는 모든 문제를 해결한 상태일 거야. 그러니까 내 말은, 부인은……." 햄야드는 '최우선으로……'라고 말하려다 순간적으로 입을 닫았다. 그리고 다른 방향으로 말을 돌렸다. "로봇 원숭이가 팔다리를 뜯어낼 수 있었다는 것, 즉 의지를 세워서 정확하게 실행으로 옮길 수 있다는 사실만 봐도 상당히 놀라운 진전이 있었다는 것을 알 수 있잖아. 과학자들이 체현(體現) 문제를 모든 측면에서 해결할 거야. 그래서 어떻게 보면…… 좋은 소식이지 않을까? 새로운 국면을 보여 주는 이정표라고 할 수 있지." 이스마일로프는 자신의 손바닥 뼈를 부러뜨리려는 듯 양손을 꽉 쥐어짜고 있었다.

두 사람은 밖으로 나가 산책로를 따라 걷다가 운하가 내려다보이는 벤치에 나란히 앉았다. 운하 건너편의, 유리로 번쩍이는 신축 건물들은 주변에 남아 있는 18세기 창고에서 어렴풋이 건축적 영감을 받은 것 같았는데, 오히려 그 때문에 낡은 건물들은 조롱이라도 당한 듯 왠지 시무룩해 보였다. 햄야드는 기괴한 송아지 뇌를 한 접시 반밖에 못 먹어서 여전히 배가 고팠기 때문에 연회장을 떠난 것이

후회스러웠다. 그러나 동료이자 일종의 친구로서 이스마일로프가 필요로 하는 한 이 자리에 머무는 것이 자신의 의무라고 생각했다. 그래서 핼야드는 이 아제르바이잔인에게 결정을 맡겨 두기로 했다. 그리고 마음을 추스르고 안으로 돌아가자는 신호와, 주요리가 준비되는 5분이나 10분 이내에 돌아가길 기대한다는 신호를 보냈다.

그러나 35분이 지난 후에도 핼야드는 그 자리에 말없이 조용히 앉아 있었고, 더욱 배가 고파졌을 뿐만 아니라 소변도 절실히 급해졌다. 옆을 힐끗 봤더니 이스마일로프는 여전히 죽은 아내와 견딜 수 없는 존재의 잔인함 등을 생각하는 듯한 표정을 짓고 있었다. 이스마일로프가 혹시 꼬리에 꼬리를 무는 생각의 고리에 갇혀 버린 것은 아닐까? 그렇다면 여기에 기약 없이 앉아 있어야 할지도 모른다.

"안으로 돌아가지 않을래?" 핼야드가 물었다.

이스마일로프가 고개를 저었다.

핼야드가 주저하며 말했다. "그러면 내가 잠깐 연회장에 다녀와도 괜찮을까?"

핼야드는 화장실에 다녀온 후 연회장으로 향했다. 그러나 너무 늦었다. 벌써 웨이터가 후식으로 나온 셔벗 그릇을 치우고 있었다. 핼야드는 대신 옆에 있는 바에 가서 메뉴를 훑어봤다. "올리브 세 그릇 주세요." 핼야드가 바텐더에게 말했다. "하지만 먹기 편하게 큰 그릇 하나에 담아 주세요. 그리고…… 제가 모스바티아 연회에 참석했는데…… 별도로 계산해야 하나요?"

"네."

마침 지금 핼야드는 평생 그 어느 때보다 현금이 풍부했다. 그러나 추적이 가능한 일상적인 지출, 특히 공개적인 지출에는 그 돈을 사용할 수 없었기 때문에 옛 습관으로 되돌아갔다. "고마가타케 30년산 큰 잔으로 주세요." 그리고 혹시나 해서 덧붙였다. "얼음은 하나만."

"그건 계산서에 포함되지 않습니다."

"그걸로 두 잔 주세요." 스몰이 헬야드의 옆에 모습을 드러내며 말했다. "이건 콜만 트레보그 남에서 낼게." 스몰이 미소를 지으며 덧붙였다. 코펜하겐 호텔에서 고마가타케 위스키 30년산 큰 잔이 300유로에서 400유로나 된다는 사실을 모르는 것 같았다. 헬야드는 거절해야 한다고 생각했다. 잠자기 전에 마지막으로 마실 한 잔을 들고 밖으로 나가 비탄에 잠겨 있는 벤치로 갈 계획이었기 때문이다. 만일 거절하지 않으면 스몰과 함께 여기 있어야 하는데, 그다지 매력적인 자리는 아니었다. 그러나 콜만 트레보그 남의 잘난 귀족 나으리가 사 주는 고마가타케를 뿌리치기는 힘들었다. 헬야드는 자신에게 이 술값을 지불할 능력이 있다는 사실을 알고 있었으므로 그의 제안을 한층 더 매력적으로 받아들일 수 있었다. 아무도 그를 기생충이라 부르지 못할 것이다. 헬야드는 어마어마하게 비싼 위스키를 최대한 빨리 마시고 그다음에 이스마일로프에게 가기로 결정했다.

두 사람의 술이 나오자 헬야드는 한 모금 마셨다. 낙엽을 뒤지는 강아지와 낮게 깔린 가을 햇살의 정수처럼 황홀했다. 어쨌거나 인지더닐을 복용하지 않고 보낸 하루가 헛되지 않은 것 같았다. 게다가 쇼기카시라산의 산사태로 증류소가 파괴되어 이 위스키가 더는 공급되지 않을 거라는 사실까지 알고 있어서 더욱 좋았다. 이런 상황에서 서두른다는 것은 말도 안 되는 일이었다. 헬야드는 10분쯤 더 있어도 달라질 건 없다고 스스로를 달랬다. 이스마일로프는 아마 알아채지도 못할 것이다.

약 한 시간 반이 지난 후 스몰이 가까이 다가와 몸을 기댔다. 두 사람이 자리 잡은 바는 대리석으로 장식되어 있었다. 그들은 모스바티아 연회에서 마지막으로 남은 사람들이었다. "내가 무슨 말을 들었는지 알고 싶지? 아주 믿을 만한 소식통에게 들었어." 스몰이 말했다.

헬야드는 기다렸다. 스몰이 헬야드를 다시 쳐다봤다. 헬야드는 스몰이 대답을 원한다는 사실을 깨달았다. "물론이지." 헬야드가 말했다. "좋아."

"이건 비밀로 해 줘야 해."

"알았어."

"큰 건이야. 정말로 큰 건! 하지만 정말로 믿을 만한 소식통에게 들은 이야기야."

헬야드는 기다렸다.

"이제……" 스몰이 말했다. "모든 게 바뀔지도 몰라."

헬야드가 올리브를 먹었다. 아마도 아흔 번째 올리브일 것이다. "무슨 말이야?"

스몰이 더 가까이 몸을 기울였다. "올해 바이오뱅크 건이 통과될 거라는 소문이 있어. 정말로 그렇게 될 거야."

헬야드가 무의식적으로 불만스럽게 주먹을 불끈 쥐었다. 스몰에게 소리를 지를 뻔했지만 간신히 참았다. "이런 젠장! 그건 이 업계에 있는 사람은 다 아는 사실이잖아. 모두 다 안다고! 그건 '소문'이 아니라, 그냥 인정된 사실이야. 내가 최근에 그렇게 될 거라는 전제로 중급 금융 범죄를 저질렀을 정도로 확실한 사실이란 말이야. 나에게 몸을 기울이며 기대하게 만들 이유가 전혀 없었다고, 이 빌어먹을 곰팡이 덩어리야." 그렇게 말하고 싶었다. 그러나 헬야드는 스몰이 값을 지불한 큼직한 고마가타케 석 잔을 떠올리고는 고개를 다른 곳으로 돌렸다.

'바이오뱅크 건'은 멸종에 대한 세계멸종위원회의 기준을 급진적으로 변경하는 개정안으로, 통과된다면 콜만 트레보그 남은 또 하나의 승리를 더 거두는 셈이었다. 검토 중인 개정안은 이런 내용이다. 어떤 종이 지구상에 살아 있는 개체가 하나도 남아 있지 않더라도, 소위 '복합 보존'의 대상이 되는 한 멸종으로 간주해서는 안 된다는 것이었다. 복합 보존은 DNA 염기 서열, 미생물군 분석 자료, 신체 MRI 스캔, 뇌의 신경망 스캔, 야생에서의 행동 기록, 서식지와 식습관 등에 대한 묘사 등을 의미했다. 즉, 머리부터 발끝까지 모든 게 담긴 자료라고 할 수 있다. 이 모든 자료가 전 세계의 다양한 바이오뱅크가 관리하는 서버에 업로드된다. 바이오뱅크는 이스마일로프가 사랑하는 아내를 보관하는 곳과 마찬가지로 침범할 수 없는 유물함이라고 할 수 있다.

몸이 마지막 숨을 거두는 것과 종말은 같지 않다는 인식의 확산이 이 개혁의 바탕이 되었다. 종말에 대한 기준이 너무도 조잡하다는 것이다. 종말은 그 전에도 올 수 있고, 그 후에도 올 수 있었다.

멸종은 그 전에도 올 수 있다. 생물종은 단순히 몸뚱이들의 집합이 아니기 때문이다. 생물종은 습성과 관계, 영역, 얽힘의 집합이었다. 어떤 게가 낡은 껍질에서 새 껍질로 옮겨갈 때 공생 관계에 있는 말미잘을 부드럽게 유혹해서 함께 이사하도록 하는 방법을 아는데, 모든 말미잘이 이미 오래전에 사라져 버렸다고 상상해 보라. 수백만 년 동안 번식을 위해 같은 해변으로 돌아가는 거북이가 있는데, 지금은 매립 사업으로 그 해변이 사라져 버렸다고 상상해 보라. 다른 나무에 있는 개구리들과 수다를 떨 수 있는 개구리가 있는데, 대화할 상대를 찾지 못해서 그 개구리의 언어가 잉글랜드 콘웰 지방에서 쓰던 켈트어처럼 사라져 버렸다고 상상해 보라. 이 종들은 모두 커다란 부분을 잃어버린 것이다. 프랑스 박물학자 뷔퐁 백작의 말처럼 '노예로 전락하거나 반란군으로 취급받아 무력으로 해산되어, 그들의 사회는 사라지고 산업은 초토화되었으며 예술은 사라져 버린' 것이다. 설령 그 종들이 살아남아도, 설령 실험실이나 동물원에서 무한히 살아남을 수 있다고 해도, 이미 멸종에 접어든 셈이라는 것이다. 멸종은 신경퇴행성 질환 같은 것이라 급격히 단절되는 게 아니라 천천히 야위어 갔다. 이렇게 보면 마지막 남은 한 마리의 죽음은 단순한 형식에 불과했다.

그러나 신경망 스캐닝 기술 덕분에 종말은 마지막 한 마리가 숨을 거둔 후에, 어쩌면 영겁이 지난 후에 올 수도 있게 되었다. 인간에 대한 스캔은 아직 널리 보급되지 않았지만 부유층을 소재로 한 드라마에서는 익숙한 사건으로 등장하는 단계였다. 아직 아무도 죽은 사람을 되살리려 시도하지 않았다. 적어도 아직 시도했다고 인정한 사람은 없었다. 현재까지는 스스로를 해체한 긴팔원숭이가 이 분야가 거둔 가장 뛰어난 성과였다. 그러나 기술이 아직은 미심쩍은 수준이라고 하더라도, 추상적인 전제는 이제 널리 받아들여지고 있다. 사랑하는 사람의 신경망을 스캔하는 것이 그 사람이 정말로 사라지지 않도록 하기 위한 것이라면 동물의 신경망을 스캔하면 정말로 멸종을 막을 수 있지 않을까? 어쨌거나 DNA로 쥬라기공원을 만들지는 못하더라도, 컴퓨터로 마지막 뉴런까지 내면의 삶을 시뮬레이션하면

강신술 모임에 혼령을 부르는 것처럼 언제든 원할 때마다 불러들일 수 있을 것이다.

서식지가 파괴되기 직전에 소수의 표본을 퍼 오는 방법도 있긴 하다. 그리고 19세기 세계 박람회에서 부족 원주민들을 전시했듯 그들의 공동체를 말살한 후 울타리에 가둬 놓고 먹이를 주고 물을 먹일 수도 있다. 이것은 살아 있으나 죽은 존재이다. 반면에 현재 생존 개체수가 0인 동물이 있다고 하자. 어떤 과학자가 그 동물에 대해 호기심을 가진다면, 과학자는 그 동물의 생리와 행동에 관한 포괄적인 기록을 활용할 수 있을 뿐만 아니라, 습성과 관계, 영역 그리고 해결되지 않은 문제들까지 완벽하게 저장된 메모리로 시뮬레이션하는 가상의 환경에 가상의 표본으로 자신의 이론을 시험할 수도 있다. 이것은 죽었으나 살아 있는 존재이다. 이 중 어떤 쪽이 실제로 멸종에 더 가까울까?

그래, 좋다. 아마도 개체수가 0인 동물일 것이다. 그쪽이 더욱 멸종에 가깝다. 그 점에 대해서는 모두가 대체로 동의했다. 그럼에도 불구하고, 이러한 사고방식이 세계적으로 변화하자, 즉, 종말을 표시한 선이 흐릿해지자 세계멸종위원회는 이를 구실로 삼아 외부의 압력에 양보하거나 치우치우의 추억을 모욕하는 것처럼 보이지 않으면서 11년 만에 멸종의 기준을 완화할 수 있게 되었다.

일단 세계멸종위원회에서 비준을 받으면 브라마사무드람 광업회사 같은 회사들은 많은 비용을 절약할 수 있게 된다. 독쑤기미 같은 종의 서식지 주변을 조심해서 다니거나 법적 처리에 필요한 멸종 크레딧을 소비하는 대신 복합 박제만 준비하면 되기 때문이다. 진동 다이아몬드 칼날에 대한 수요가 증가하며 모스바티아 바이오인포매틱스 같은 회사들도 큰돈을 벌 수 있을 것이다. 물론 콜만 드레보그 남은 이러나저러나 상관없었다.

솔직히 헬야드는 민다리도마뱀의 DNA 표본 대신 고마가타케 30년산을 바이오뱅크에 보관해야 한다고 생각했다. '최후의 날'에 안전하게 대비했다고 광고하는 바이오뱅크도 있었다. 최후의 날이 도래하면 사람들은 실제로 어떤 것을 원하게 될까?

"그리고 누구더라……." 스몰이 바텐더와 눈을 마주치고 네 번째 잔을 주문하는 신호를 보냈다. "그 사람 있잖아……."

헬야드가 스몰을 말렸다. "아니, 나는 됐어……. 난 밖에 이스마일 로프와 앉아 있어." 헬야드가 명백한 물리적인 사실과 모순되는 말을 했다. "그 불쌍한 인간에게 돌아가야 해." 그리고 발레리나 못지않은 우아한 동작으로 바의 의자에서 내려섰다.

스몰이 마지막으로 말했다. "그런 일이 일어나면 누가 정말로 손해를 입게 될지 알아?"

'이 말에 넘어가면 안 돼.' 헬야드가 속으로 말했다. '제발 두 번 연속으로 속지는 말자. 스몰이 아직 공개되지 않은 정보를 가지고 있을 가능성은 10나노미터도 안 돼.'

그러나 헬야드는 호기심을 참을 수 없었다. 스몰이 "누가 정말로 손해를 입게 될지 알아?"라는 말을 할 때의 도발적인 말투에는 뭔가가 있었다. 마치 자신의 퇴직금을 투자할 회사의 어떤 멍청한 직원이 아니라, 멸종 산업계의 거대 포식자 중 한 명인 세계적인 거물에 대해 이야기하려는 것 같았다. 개혁에 반대하는 쪽에 크게 돈을 걸었거나 멸종 크레딧의 가격이 하락하기 전에 부적절한 자신감으로 투자했던 사람이 누구든 헬야드가 벌인 중급 금융 범죄의 수익을 더욱 높여 줄 것이다. 언젠가 그런 사람들을 만나게 된다면 핼야드는 그들이 장악한 게임에서 자신이 이겼다는 사실을 염두에 두고 악수를 할 수 있을 것이다.

핼야드는 알고 싶었다.

이미 자신의 어리석음을 저주하고 있던 핼야드는 다시 자리에 앉았다. "좋아. 말해 줘."

그러나 그때는 스몰이 의자에서 내려선 상태였다. "자네가 급히 가야 하는 줄 알았는데."

"그냥 말해 줘, 알았지? 어서. 그냥 말해 줘." 핼야드가 바텐더에게 손짓했다. "마지막 한 잔씩 주시고, 스몰 씨 이름으로 계속 달아 두세요." 핼야드가 스몰에게 고개를 돌렸다. "젠장, 그냥 말해 줘."

그게 핼야드의 마지막 기억이었다.

"주인님, 일어나시는 게 좋을 것 같아요. 일어나셔야 한다니까요."

핼야드의 집사 서비스는 다른 사람들이 있을 때는 중립적이고 성별을 알 수 없는 목소리를 냈지만, 다른 사람이 없을 때는 값비싼 교육을 받은 스물네 살 아가씨의 우아하고 가냘픈 목소리로 말했다. 핼야드가 정신을 차려 보니, 집에 돌아와 침대에 누워 있었고, 아직도 취기가 가시지 않은 상태로 숙취가 시작되고 있었다. 시간은 새벽 네 시가 가까웠는데, 집사는 매우 중요한 소식이 있을 때만 핼야드를 깨우도록 설정되어 있었다.

그래서 핼야드는 소식을 굳이 듣지 않아도 이스마일로프가 니하운 운하에 몸을 던졌다는 사실을 알 수 있었다.

헬야드의 머리는 투석기로 고속도로에 던져진 것처럼 욱신거렸지만, 이 문제에 대한 그의 생각은 완벽하게 명료했다. 스몰과 술을 마시는 동안에는 단 한 번도 이스마일로프가 자해를 할지도 모른다는 생각이 들지 않았다. 만일 그런 생각이 떠올랐다면, 헬야드는 (틀림없이?) 곧장 밖으로 나가 이스마일로프가 괜찮은지 확인했을 것이다. 그러나 지금 헬야드는 그 상황을 지켜보기라도 한 것처럼 확신했다. 이스마일로프의 얼굴은 더 이상 살아갈 이유를 찾지 못하는 것 같았고, 그의 눈앞에 펼쳐진 세상은 운하의 수면처럼 휑하고 답이 없는 것처럼 보였다.

"죽었어?" 헬야드가 물었다.

"누가 죽었다는 말씀인가요, 주인님?"

"이스마일로프가 죽었냐고."

"이스마일로프 씨가 사망했다고 믿을 근거가 없습니다, 주인님."

"그럼, 사람들이 제때 건져 낸 거야?"

"죄송합니다만, 그 질문을 이해하지 못하겠습니다."

"넌 그냥…… 이스마일로프는 어디에 있는데?"

"이스마일로프 씨가 현재 어디에 계시는지는 아는 바가 없습니다, 주인님. 이스마일로프 씨의 집사에게 그분이 어디에 계시는지 물어볼까요?"

헬야드는 자신의 짐작이 틀렸다는 사실을 깨달았다. 이것은 뭔가 다른 문제였다. 헬야드는 이스마일로프가 무책임하게 허위 경보를 울리기라도 한 것처럼 그 아제르바이잔인에게 몹시 짜증이 났다.

"그럼 왜 날 깨운 거야?"

"약 한 시간 전에 주인님의 관심사와 관련된 중요한 사건이 발생했습니다."

헬야드가 침대 옆 탁자 위에 놓인 물잔으로 손을 뻗었다. 입이 바짝 말라서 물이 혀에 닿자 쉭쉭 소리가 나는 듯했다. 헬야드는 자신이 아직도 정장 바지를 그대로 입고 있다는 사실을 알아챘다. "어디서?" 이렇게 깨울 정도로 가치가 있는 사건이어야 할 테야.

"스위스 로잔, 노르웨이 스피츠베르겐 제도, 남아프리카 공화국 케이프타운, 멕시코 멕시코시티……."

"보여 줘." 헬야드가 말했다. 이 네 곳이 뭔가 관련되어 있다는 사실은 알고 있었지만, 이 밤에 그게 무엇인지 떠올리기는 힘들었다.

침대 맞은편 벽에 집사가 만든 요약본이 재생되기 시작했다. 헬야드는 처음에 이해되지 않는다는 표정을 지으며 보다가, 곧 믿기지 않는다는 표정을 짓더니, 그다음에는 공포가 가득한 표정이 되었다. 1분 정도가 지나자 헬야드가 소리쳤다. "데비 선장한테 연락해! 데비 선장! 선장을 깨워!"

"네, 주인님."

침대에서 일어나 앉으려던 헬야드의 첫 번째 시도는 준비 부족으로 인해 굴욕적으로 중단할 수밖에 없었다. 두 번째 시도는 간신히 고비를 넘겼다. 헬야드는 숨죽여 "젠장, 젠장, 젠장, 젠장, 젠장." 하고 중얼거리며 기다렸다. 마침내 데비 선장의 목소리가 들렸다. "여보세요?"

"뉴스 봤습니까?" 헬야드가 물었다.

바루나호는 코펜하겐과 같은 시간대에 있었으므로 그곳도 한밤중이었다. "아뇨, 무슨 일인가요?"

"그 평가사…… 젠장, 그 여자의 이름이 뭐든 간에……."

"카린 르생이요."

"차단하세요. 그 여자를 완전히 차단해야 합니다. 다시는 연구실로 돌아가지 못하게 하세요. 네트워크를 차단하세요. 모든 통신을 막고, 배 위의 다른 누구와도 대화를 못 하게 하세요. 내가 말하는 그대로 할 수는 없다는 걸 압니다. 그래도 모든 방면에서 그 여자를 벽장에 갇힌 상태와 최대한 가깝게 만들도록 노력해 봐요. 그 여자를 차단하고 내가 도착할 때까지 차단 상태를 유지하세요. 진심으로 하는 말입니다, 데비 선장."

"여기로 오신다고요?"

"네. 그 여자와 이야기하러 갑니다."

3장

문을 두드리는 노크 소리. “카린? 들어가도 될까요?”

예전 남자 친구는 철통 같은 감옥에 카린을 가두어서 하루에 한 시간만 사람을 만나게 하고 그 외의 시간에는 혼자 맘대로 하도록 놔두면 가장 행복해할 거라고 그다지 호의적이지 않은 말투로 농담했던 적이 있다. 그래, 좋다. 카린에게 그런 생활이 남들보다 잘 맞는 편일지는 모르지만 그렇더라도 바루나호에서의 가택 연금 생활이 즐겁지는 않았다.

첫째, 몇 가지 안전 매뉴얼을 제외하고는 배 전체를 통틀어도 읽을 만한 종이 자료가 없었다. 카린의 휴대폰은 아직도 바루나호의 통신망에 연결되지 않았기 때문에 하드디스크 드라이브에 저장된 자료만 가지고 시간을 보내야 했다. 즐길 만한 게 아무것도 없었다. 아니, 아예 없지는 않았다. 몇 달 전 카린은 새로운 통계 분석 도구를 다운로드했다. 여기에는 실습용 데이터 세트가 담겨 있었는데 웨스트나일 바이러스 감염병이 빨간집모기의 먹이 활동에 미치는 영향을 연구한 자료였다. 휴대폰을 검색해 봤지만 이용할 수 있는 파일은 이 데이터 세트뿐이었다. 그래서 카린은 시간이 지날수록 원치 않게도 모기 전문가가 되었다. 카린은 이 모기들과 한 방에 갇혀 있었다. 카린은 맴돌다, 자료를 뒤지고, 흥미를 잃었다가 다시 자료로 돌아갔다. 창밖으로 아침 안개를 바라보는 것 외에는 다른 대안이 없었기 때문에 어쩔 수 없었다.

둘째, 카린은 평화롭고 조용하게 시간을 보낼 수도 없었다. 마치 물고문을 하듯이 예측할 수 없는 시간 간격으로 줄곧 데비 선장이 문을 두드리며 괜찮은지 물어보곤 했기 때문이었다. 카린으로서는 대체 왜 그러는지 알 수 없었지만, 자기가 어쩌지 못하는 이 모든 상황에 대해 데비 선장이 죄책감을 느껴서 그런 것이라는 짐작은 들었다. 그때마다 카린은 점점 더 차가운 말투로 "네."라고 대답했지만, 그럴수록 선장이 더 빨리 돌아오는 것 같았다.

하지만 정오 무렵 선장이 문을 두드렸을 때 카린은 그게 그저 정기적인 점검을 위한 노크가 아니라는 사실을 알고 있었다. 20분 전에 바루나호를 향해 날아와 헬기장에 착륙하는 수직이착륙기의 굉음을 들었기 때문이었다.

카린이 자리에서 일어났다. "네, 들어오세요."

데비 선장이 문을 열었다. "카린, 이쪽은 마크 헬야드 씨입니다." 그리고 옆에 서 있는 남자를 가리켰다. 그는 30대 후반으로 회색 양복을 입고 있었다. "북유럽 환경 영향 책임자죠."

"안녕하세요. 이 상황에 대해서는 진심으로 유감입니다." 헬야드가 말했다.

"그렇다면 이게 당신의 생각이 아니었다는 뜻인가요?"

헬야드가 주저했다. "제가 하려던 말은, 어쩔 수 없이 이렇게 되어서 진심으로 유감이라는 것입니다." 헬야드가 선실 안으로 들어오고 싶다는 듯 안쪽으로 고개를 끄덕였다. "앉아서 이야기를 나눌 수 있을까요?"

"아뇨. 난 이미 여덟 시간이나 여기에 갇혀 있었어요. 신선한 공기를 마시기 전에는 어떤 이야기도 하지 않을래요."

카린의 요구가 받아들여졌다. 바깥은 안개가 열어졌지만 하늘은 너무 흐릿해 파란빛이라곤 눈을 씻고도 찾아볼 수 없었다. 이제는 수평선에 회전항해선이 보이지 않았지만 일개미가 여왕의 입에 먹이를 토해 내듯 바루나호의 자동채굴선에서 망간철 단괴를 내리는 소리가 갑판 아래에서 낮게 들려왔다. 데비 선장은 카린에게 마지막으로 미안한 표정을 지으며 문을 닫고 전날 화물 드론을 띄웠던 상갑판에 헬야드와 카린만 남겨 둔 채 떠나 버렸다.

"곧 모든 게 정상으로 돌아갈 거라 약속합니다. 보고서에 대해 잠시 이야기를 나누고 싶습니다." 햇볕 아래로 나온 헬야드는 지난밤 잠을 제대로 자지 못한 듯 다소 초췌한 모습이었다.

"보고서는 아직 제출하지 않았는데요."

"그렇죠, 압니다."

"원하신다면 그 보고서의 형식에 관해 이야기하는 건 괜찮지만, 보고서의 내용에 대해 이야기하려는 건 아니죠?"

"네. 당연히 아닙니다. 하지만…… 보세요, 당신이 재인증할 거라는 말이 있어요."

"말이 있다고요?"

"네."

카린이 한숨을 쉬었다. 지난밤 카린은 독쑤기미에게 지능이 있는 것으로 재인증할 거라고 압디에게 넌지시 고갯짓했는데, 압디가 데비 선장에게 말한 게 틀림없다. 그리고 선장이 헬야드에게 말했을 것이다. 카린은 압디에게 화가 났지만 그에게는 악의가 전혀 없었을 것이다. 압디는 브라마사무드람의 고위층이 그렇게 정신병적으로 과잉 반응을 보이리라고는 예상하지 못했을 테니까.

"그래서 저는 그저 알아보려고 온 겁니다. 보고서의 내용에 대해서는 이야기를 나누지 못한다는 건 알지만, 현재 상태만 놓고 보면, 그게 최종판인가요? 아니면, 뭐랄까, 약간 주고받을 여지가 있는 상태인가요?"

"주고받는다고요?"

"그 일 자체만 보는 게 아니라, 앞으로 브라마사무드람과의 지속적인 관계 전반을 총체적으로 바라보자는 거죠."

"뭐라고요?"

헬야드는 따뜻하고 의미심장하며 기대에 찬 눈빛으로 그녀를 바라봤는데, 그녀를 어떻게든 달래서 완전히 상황을 이해시키려고 노력하는 듯한 눈빛이었다. 그러나 카린이 이해하려는 기미를 보이지 않자 헬야드는 이어서 말했다. "저희 회사는 당신이 이 연구에 참여해 준 것에 진심으로 감사하고 있습니다. 데비 선장도 당신이 대단히 잘해 주었다고 했으니 다음 업무에 관해 생각하기에 그리 이른 시간은 아니라고 생각됩니다. 이 근처가 될 수도 있고, 완전히 다른 곳이 될 수도 있습니다. 원하시는 곳이라면 어디든 상관없습니다. 전 세계에 저희 현장이 있으니까요. 페루 아레키파 근처에서 아연 사업을 확장할 예정인데, 정말 아름다운 곳이라고 들었습니다. 예전에는 밤에 추워서 사람들이 잘 찾지 않았는데 이제는 그렇게 춥지 않아 새로운 브라질 피서지 같다고 하더군요. 스웨덴에 있다가 가면 확실히 다른 점을 느낄 수 있을 겁니다. 장거리 출장에 대해 어떻게 생각하실지는 모르겠지만 혹시라도 이런 출장에서 벗어나 쉬고 싶다면 저희 부서와 상담 계약 같은 걸 해 보시면 어떠실까요. 기간은 원하시는 만큼 하시고요. 일은 절반, 돈은 두 배. 회사가 외부 자문분들께 항상 드리는 말이죠. 이 보고서에 대해 다시 한번 생각해 보세요. 거짓말을 부탁드리는 건 전혀 아닙니다." 헬야드가 괜찮은 생각이라는 듯 미소를 지었다. "그러나 이건 해석의 문제입니다, 그렇지 않나요? 과학이죠. 어쩌면 이 물고기가 그렇게 대단한 지능을 갖지 않았을 수도 있잖아요. 제가 하려던 말은 그게 다입니다."

카린은 이 덜떨어진 놈을 노려봤다. 독쑤기미가 카린에게 어떤 의미인지 어렴풋이라도 아는 사람이라면 이런 식으로 그녀를 매수하려 하지 않았을 것이다. 그러나 헬야드는 몰랐다. 그가 어떻게 알 수 있겠는가? "그래서 내가 재인증하는 게 싫어서 지금까지 이 소란을 벌인 건가요? 보고서를 제출하지 못하게 하려고 날 감금했던 거고요?" 카린이 보기에는 말도 안 되는 상황이었다. 브라마사무드람 정도 규모의 회사에는 생물종 하나의 지능 인증은 아무것도 아닐 것이다. 설령 그렇지 않더라도 이렇게 관례와 규칙을 고의로 박살 낼 정도로 중대한 문제는 아니었을 것이다. 이들이 나중에 바루나호에서 내보내면 카린은 세계멸종위원회에 무슨 일이 있었는지 보고할 것이고, 그러면 전면적인 조사가 이어질 것이다. 독쑤기미와 관련된 잠재적 비용이 얼마나 되든 정당화하기 힘든 후유증이었다. 이건 마치 주차 위반 딱지를 은폐하려고 살인을 저지르는 셈이었다. "시간을 낭비하신 것 같아서 유감이네요. 브라마사무드람은 내일까지 내 보고서를 받게 될 거예요." 카린이 자리를 뜨려고 돌아섰다.

"아니, 잠깐만요. 알았습니다. 잠깐만요. 보고서는 잊어버리세요. 실험실에 그 물고기가 몇 마리나 있죠?" 핼야드가 말했다.

"없어요. 어젯밤에 마지막 남은 것들을 돌려보냈어요."

"그럼 어떻게 해야지 그 물고기들을 다시 잡을 수 있습니까?"

"내가 왜 그래야 하죠?" 카린이 되물었다.

"그냥 어떤 이유에서든 필요하다고 상상해 보세요."

"그 물고기들에는 꼬리표를 달지 않았어요. 드론을 다시 암초로 보내서 찾아야 할 거예요."

"사우스 크바르켄 암초요? 거기가, 음…… 거기가 주요 서식지인가요?"

"네."

"좋습니다. DNA는 어떤가요? 실험실에 표본이 있습니까?"

"어제 장비를 대부분 소독했어요. 그래서 더 이상 저장된 게 없어요. 하지만 내가 수집한 모든 생물 정보 데이터는 유전자베이스에 업로드했어요. DNA 염기 서열을 원하신다면 모두 거기에 있어요."

"하지만 이 물고기를 복제하고 싶은데 유전자베이스를 이용할 수 없을 경우, 냉동실 뒤쪽에 떨어져 있는 비늘이라던가…… 뭐 그런 게 아무것도 없다는 이야긴가요?"

"그게 무슨 뜻인가요? 왜 독쑤기미를 복제한다는 거죠? 이게 대체 무슨 상황이에요?" 카린은 핼야드의 대답을 기다리면서, 그가 왼쪽 셔츠의 소맷자락을 만지작거리며 단춧구멍에 단추를 넣었다가 빼기를 반복하고 있다는 사실을 알아챘다. 카린은 비로소 핼야드가 걸으로는 미소를 짓고 있을지도 몰라도 속으로는 안절부절못하고 있다는 사실을 깨달았다. 그래서 무슨 일이 일어나고 있는지 이해했다. 친구의 사망 소식을 처음 들었을 때처럼 바로 받아들이기엔 너무도 끔찍한 깨달음이었다.

"벌써 저지른 거죠? 그렇죠? 그 암초들을 채굴해 버린 거죠. 내가 보고서를 제출할 때까지 기다리지도 않고."

카린은 어릴 적부터 동물을 좋아하던 사람은 아니었다. 카린이 감옥에 갇히면 행복해할 것이라고 말했던 전 남자 친구는, 자기가 기르던 메인쿤 고양이의 애교에 전혀 관심을 안 보이는 그녀더러 소시오패스라고도 한 적이 있었다. 카린은 자신이 언젠가 동물학 분야에 헌신하게 될 거라는 소리를 들었다면 비웃었을 것이다. 그러나 우연이 아니고서는 카린과 같은 직업을 갖는 일은 불가능했다.

이 일과 가장 관련성이 높을 것 같은, 동물 인지 능력에 관한 대학원 과정과 같은 학력이 실은 부적격한 것으로 여겨졌기 때문이었다. 처음부터 동물을 전공하고 수년간 연구실에서 까마귀와 돼지, 갑오징어와 함께 지낸 사람들은 동물에 너무 푹 빠져 있어서 우스꽝스러운 궤변을 통해 그 동물들이 지능이 있다고 볼 가능성이 높다는 우려 때문이었다. 멍한 눈으로 혀를 축 늘어뜨리고 있는 자기 개의 얼굴을 보면서, 그 머릿속에 아리스토텔레스적인 정교한 추론 과정이 일어나고 있다고 확신한 채 설명을 늘어놓는 개 주인들처럼 말이다. 이런 실험의 비용을 지불하는 기업과 정부는 은근슬쩍 동물의 편을 드는 실험자를 원하지 않았다.

하지만 다른 한편으로 세계멸종위원회는 실험자가 최소한의 개념적 기초를 갖추어야 하며, 동물의 지능이 있는지를 판단하기 위해 생소한 생물의 정신을 어떻게 자극해야 하는지 이해할 수 있어야 한다고 고집했다. 이러한 자격을 갖춘 사람은 매우 드물었는데, 동물 외에는 실험할 만한 생소한 정신이라는 게 많지 않았기 때문이다. 카린이 아는 어떤 사람은 자폐증이 너무 심각해서 인식할 수 있는 방식으로 의사소통을 하지는 못하지만 풍부한 내면의 삶을 간접적으로 보여 주는 아이들을 연구했다. 어떤 사람은 외계인과의 의사소통에서 발생하는 비슷한 간극을 메울 방법을 추론하는 연구를 발표했었다. 그러나 그 외에는 대체로 인공 지능을 연구한 사람들이었다. 카린은 취리히 연방 공과대학에서 '인공 시스템에서 최소한의 의식을 형성하기 위한 충분조건으로서의 무제한 연상 학습'을 주제로 석사 학위를 받았다.

석사 과정 막바지에 카린은 '안티체인'의 기계학습 부서에 지원하던 중이었는데, 안티체인의 예측 분석 도구가 인도 아삼과 카슈미르에 있는 강제 수용소를 운용하는 데 사용되고 있다는 사실이 알려졌다. 그러자 안티체인의 창립자 페렌스 바르카가 다보스에서 악명 높은 인터뷰를 통해 '공동체가 더 효율적으로 기능할 수 있다면, 그곳에 사는 모든 사람에게 좋은 일'이라고 주장하며 그 계약을 옹호했다.

취리히 연방 공과대학 출신 친구 두 명이 이미 안티체인에서 일자리를 구한 상태였는데, 그중 한 명이 회사를 그만두겠다고 선언했다. 꽤 힘든 결정이었을 것이다. 어쨌거나 그렇게 괜찮은 일자리를 제안받은 것 자체도 쉽지 않았지만, 대학원을 마치자마자 별다른 복잡한 과정 없이 그런 일자리를 곧바로 제안받는 것은 대단한 일이기 때문이었다. 안티체인의 대표 바르카는, 얼마나 자신을 위해 일하고 싶은지 창의적으로 증명하는 사람들, 즉 정교한 해킹이나 장난 또는 헌사 등을 통해 선발 과정을 단축시켜 주는 사람들을 좋아하는 것으로 유명했다. 수년에 걸쳐 진행된 바르카의 이러한 편애는 회사의 모든 단계로 스며들었다. 이 방침의 요점은 독창적으로 사고하는 사람을 찾는 것이었다. 하지만 이제는 그것도 거의 의례화되어 참여자들이 다양한 외부 자문 기관의 도움으로 독창 비슷한 것을 제시하는 수준에 불과했다. 만약 이러한 과정들을 모두 피할 수 있다면, 지칠 대로 지친 왕들을 어떻게 웃길지 걱정할 필요 없이 바로 수만 달러의 계약 보너스로 직행할 수 있었다. 다보스에서 바르카가 뭐라고 했든 포기하기 힘든 조건이었다.

아니나 다를까, 그만둘 거라고 끝없이 떠들어 대던 친구는 퇴사하지 않았고, 다른 친구는 아예 그 주제의 대화를 피했다.

그러나 기계학습 부서 입사 단계에서 마지막 평가만이 남았던 카린은 그만두었다. 솔직히 말해 나무랄 데 없는 핑계가 생겨서 안도했다. 다들 그 연구직에 들어가면 자신이 가진 역량의 200퍼센트를 쏟아 내야 하고, 매일 아침 오렌지즙을 짜듯 자기 두뇌를 짜낼 준비를 해야 한다고 했다. 친구들은 살짝 마조히즘적으로 그런 예상에 흥분하는 것 같았지만 카린은 아니었다. 카린은 강제 수용소 소식이 들려오기 전에도 이미 안티체인에 화가 나 있던 상태였다. 그녀는 소유물이 되고 싶지 않았다.

대신 카린은 베를린에서 단발성 제품들을 개발하는 직종에서 일하게 되었다. 그 회사에서도 카린은 거의 본능적으로 자율성을 포기하려는 욕망을 목격했다. 다만, 이번에는 다양하게 어리석고 유아적인 '혁신'으로, 전혀 문제가 되지 않는 문제들을 해결하는 상품들을 만들었다. "저녁 식사가 식어 가는 동안 검색을 하지 마세요. 호르몬과 신진대사 지표를 바탕으로 저희가 오늘 밤 어떤 영화를 즐길지 결정해 드리겠습니다!" 완벽하게 건강한 팔다리에 인공 기관을 부착하면 플라스틱에 둘러싸인 팔다리가 쓰이지 못하다가 결국 아예 못 쓰게 되는 것과 비슷했다. 카린은 석사 과정을 마쳤을 때만 해도 인공 지능은 컴퓨터의 지력이 인간의 지력으로 향상되는 것이라고 생각했지만, 지금은 오히려 인간의 지력이 인공 지능 때문에 쇠퇴하는 것 같았다. 이 일을 하기 전 카린은 누구도 이런 직업을 진지하게 받아들이지 않을 것이므로, 회사도 그녀에게 모든 역량을 쏟아부을 것으로 기대하지 않을 거라는 점이 긍정적인 부분이라고 생각했었다. 그러나 믿기지 않게도, 실제로는 사람들이 모든 역량을 투여했다. 이렇게 직접 소비자를 대상으로 하는 벤처 기업들에는 안티체인 같은 회사보다 성격이 원만하고 순응적인 사람들의 비율이 훨씬 높다는 점이 더욱 나빴다. 사회에 순응하는 사람들의 가장 큰 특징은 사회적 규범을 사랑한다는 것이었다. 반면에 카린은 거짓된 열정으로 표정과 말투를 꾸며서 사람들이 자신을 나쁜 년으로 생각하지 않도록 해야 하는 회의와 정치, 예의 같은 것들을 견디지 못했다.

그러다 어떤 결혼식에서 세계멸종위원회가 발급한 자격증을 가지고 생물종 지능 평가사로 일하는 여성을 만났다. 그녀는 대체로 혼자 일하고, 여행을 많이 다닌다고 했다. 종종 아무도 간 적 없는 곳으로 가는 경우가 많은데, 평가사가 평가를 마치면 얼마 지나지 않아 그 장소들이 사라질 때가 많다고 했다. 그래서 평가사들은 혼자서 곧 물이 빠져나갈 악취 나는 습지와 곧 평평해질 볼품없는 언덕들을 바라보게 된다고 했다. 급여는 기술직보다는 낮지만 이 일을 할 수 있는 사람이 그리 많지는 않기에 그래도 나쁘지 않은 수준이었다. 평가사가 되기 위해 동물을 사랑할 필요까지는 없지만 그래도 머지않아 그들의 정신이 흥미롭다는 사실을 알게 될 것이라고도 했다. 결국 동물들이 지닌 모든 특징이 기술적인 문제에 대한 해결책이 될 수 있을 것이다. 동물의 정신을 조사하는 일은 옛날 전체주의 국가가 설계한 기상 예측 컴퓨터나 미사일 유도 시스템을 조사하는 일과 유사했다. 원시적이고 질이 낮으며 외부의 제약 때문에 엉성한 측면이 있지만, 동시에 지금까지 봤던 기술 중에 가장 기략이 풍부하고 창의적이며 그 어떤 기술보다 난해한 방식으로 발달했다.

그렇게 해서 카린도 다른 사람들과 마찬가지로 우연히 이 업계에 입성하게 되었다. 카린은 재교육 비용을 지원해 주는 생태 컨설팅 회사에서 일자리를 찾았다. 그리고 그곳에서 헤르징 지능 계측학을 습득했다. 대뇌화 지수, 의사소통 신호의 복잡성, 개체의 복잡성, 사회적 복잡성, 종간 상호 작용 등을 배웠다. 그리고 이를 측정하는 데 사용하는 실험 과정을 실습했다. 또한 카린은 이견과 반대 의견들도 적절한 거리를 두고 흡수했다. (예를 들자면 '염소가 95퍼센트를 먹어버린 후에도 다시 스스로 회복하는 관목의 능력에서 지능을 볼 수 없다면, 당신은 식물인간일지도 모른다'는 등의 의견이었다.)

카린은 그 컨설팅 회사에서 4년 동안 근무한 후 독립해서 자신의 컨설팅 회사를 차렸다. 독쏘기미는 그 후 카린의 열네 번째 업무였는데, 그녀가 연구를 시작하기 전에도 독쏘기미는 상당히 괴상한 생물이었다.

2015년 일본의 어류학자 호리카와 가즈는 발트해의 특정 어류를 연구하기 위해 스웨덴을 방문했다. 호리카와는 당시 나가사키 대학교에서 해고되어 소속 기관이 없는 상태였다. (카린은 호리카와의 생애를 알아보기 위해 여러 곳에 문의했는데, 이 시기의 호리카와에 대한 단서라고는 은퇴한 그녀의 동료가 무뚝뚝하게 '약간 불안정하게 활동했다'라고 했던 말뿐이었다.) 호리카와는 스웨덴에서 2년을 보낸 후 「독쑤기미의 사회적 전략 행동 방식」이라는 제목의 논문을 작성했다. 그러나 이 논문은 모든 주요 저널에서 거절당했다. 그들에게 호리카와는 서툰 영어로 엉뚱한 주장을 하는 외톨이 연구자였다. 마침내 이 논문은 소수의 독자를 대상으로 온라인으로만 발행하는 『열린 어류 과학 저널』에 실렸고, 그 후에는 단 한 번도 인용되지 않았다. 어쩌면 아무도 읽지 않았을 수도 있다. 호리카와는 나가사키로 돌아간 후 더 이상 논문을 발표하지 않았고, 이후 COVID-24 변종이 유행할 때 사망했다.

그러나 세계멸종위원회는 설립된 후 생물종 목록을 처음 작성할 때 지난 수십 년간 발간된 과학 저널을 박박 긁어서 자료를 모았다. 어떤 종이 멸종위원회의 지능 기준을 충족하는 행동을 보인다고 기록된 경우에는, 그 주장이 반증될 때까지 공식적으로 지능이 있는 것으로 인정되었다. 지난 40년 동안 적합한 동료 심사를 거친 학술지에 게재된 논문 한 편만 있어도 이런 식으로 한 생물을 고귀하게 만들 수 있었다. 멸종위원회는 『열린 어류 과학 저널』에서도 자료를 긁어 오기로 했다. 그래서 「독쑤기미의 사회적 전략 행동 방식」의 평범하지 않은 주장도 마침내 인정받게 되었다. 그러나 당시에는 아무도 관심을 기울이지 않았다.

브라마사무드람 광업 회사가 망간철 단괴를 채굴하기 위해 보트니아만을 파헤치기 전까지는 아무도. 회사가 카린을 고용한 것은 이 독쑤기미가 사실은 지능이 없고 호리카와가 그저 외로운 괴짜일 뿐이었다고 밝혀 주길 바랐기 때문이었다. 그러면 채굴 작업 중에 독쑤기미가 제거될 매우 높은 가능성에 대한 양심의 가책을 조금이나마 덜 수 있을 것이라는 판단이었다. 브라마사무드람은 지능을 가진 종의 멸살을 금지하는 회사의 정책을 위반하지 않게 될 것이며(홍보에 좋지 않다), 멸종위원회에 멸종 크레딧을 열세 개 대신 하나만 제출하면 될 것이다. 멸종 크레딧의 가격 3만 8000유로는 큰 금액이 아니었지만, 카린이 바루나호에서 3개월 동안 지내는 비용을 충당할 정도는 됐다. 카린도 처음에는 호리카와/세계멸종위원회/독쑤기미 상황을, 정부가 수백 년 된 시골 지역의 토지 소유권을 디지털화하는데, 강가의 키 큰 참나무가 6에이커짜리 목초지에 대한 청구권을 가지고 있다거나 그런 전승이 존재한다는 사실을 알게 되어, 결국 그 내용도 데이터베이스 안에 있는 다른 정보들 사이에 들어가게 되는 상황과 비슷할 것이라고 생각했다. 비이성적인 것이 이성적인 것과 함께 진공청소기에 빨려 들어간 것이리라.

그러나 이제 카린은 호리카와의 말이 옳다는 것을 안다. 독쑤기미는 지구에서 가장 똑똑한 생물 중 하나였다.

"문제가 있었습니다. 소프트웨어 문제였죠. 자동채굴선이 해서는 안 되는 구역을 채굴했어요. 데비 선장이 아직 조사 중입니다." 헬야드가 말했다.

"언제 그랬나요?"

"며칠 전입니다."

카린은 속이 뒤틀렸다. 어젯밤까지만 해도 10여 마리의 독쑤기미를 연구실에 안전하게 보관하고 있었다. 그런데 자신도 모르게 더 이상 존재하지도 않는 집으로 그 독쑤기미들을 돌려보내 버렸다.

"당신들이 무슨 짓을 저질렀는지 알아요?"

"네, 압니다. 그건 진짜 실수였습니다."

"지구상에 이 독쑤기미 같은 종은 없어요. 그런데 당신들이 그 종을 파괴했다고요." 카린은 목소리가 갈라질 것 같아서 더 이상 말을 잇지 못했다.

그런데 이상한 점은, 핼야드도 당황한 것처럼 보인다는 사실이었다. 핼야드를 지켜볼수록 확신이 들었다. 그는 고용주를 위해 불을 끄려고 여기에 온 게 아니라 지극히 개인적으로 절박한 사정 때문에 온 것 같았다.

어쩌면 핼야드가 잘리기 직전인지도 모른다. 아니면 브라마사무드람에서 마지막 경고를 받았고, 독쑤기미 때문에 자기 경력이 끝날 거라고 생각해서 이러는 것일 수도 있다. 하지만 그것으로는 핼야드가 이곳에서 벌인 무모한 일을 설명하기에 부족했다. 얼마나 안 좋은 상황이어야 회사를 위해 일하는 직원을 감옥에 집어넣는 것이 최선의 선택이 될 수 있단 말인가? 그리고 그는 카린에 대해 제대로 알아보지도 않고 컨설팅 계약이니 페루 출장이니 하는 이야기를 늘어놓았다. 데비 선장을 공범으로 끌어들이기도 했다. 선장은 규칙을 어기는 불편함을 감수하느니 차라리 구명보트로 탈출하고 싶어 할 사람이었다.

따라서 회사의 인내심이 바닥났을 것이라는 가설로는 지금 핼야드가 고통스러워하는 모습을 설명할 수 없다. 이제 그의 틱 증상은 셔츠 소매 커프를 만지다 못해 단추로 단춧구멍을 마구 괴롭히는 지경에 이르렀다.

"진실을 말해 주지 않으면 이 대화는 끝이에요. 나한테는 독쑤기미가 아주 중요해요. 그런데 당신에게 독쑤기미가 중요한 이유는 뭐죠?"

카린의 물음에 한참 동안 핼야드는 잠을 못 자 흐릿한 눈으로 멍하니 안절부절못하는 듯했다. 카린이 그와 지금보다 잘 아는 사이였다면 정신 차리라고 흔들었을 것이었다. 이윽고 핼야드는 어깨를 축 늘어뜨렸다. "알겠습니다. 제가 지금 몹시 심각한 곤경에 처했습니다. 그리고 당신만이 저를 구할 수 있습니다."

4장

헬야드는 공으로 큰돈을 벌어들일 첫 기회를 놓쳤다. 인지더닐이 허가 외 처방될 것이라는 점을 다른 누구보다 먼저 알고 있었던 헬야드는 인지더닐 제조업체인 허난제약그룹의 주식을 살 수도 있었다. 하지만 투자할 돈이 없었다. 그는 약에 대한 소문이 퍼지며 몇 주 만에 허난의 주가가 세 배로 오르는 것을 지켜만 봐야 했다.

인지더닐은 인공 지능으로 처음부터 끝까지 설계된 최초의 의약품 중 하나였다. 그러나 헬야드는 인지더닐이 본래 어떤 작용을 하는 약이었는지 계속 잊어버렸다. 뭔가 내분비 관련 약이었다. 중요한 점은 약의 부작용이었다. 2년 전 어느 친구가 헬야드에게 들어 본 적이 없는 약이 서른 알 들어 있는 병을 주었다. "다음에 언젠가 정말로 우울한 음식을 먹게 될 것 같을 때 아침에 일어나자마자 이 약을 먹어." 이 친구도 헬야드와 마찬가지로 거의 매일 정말로 우울한 음식을 먹으며 살았다.

헬야드의 부모는 둘 다 음식에 관심이 많았고, 헬야드도 10대가 되었을 때는 부모처럼 식욕이 강하고, 음식을 꼬치꼬치 평가했으며, 좋은 음식은 숭배하고, 안 좋은 음식은 신랄하게 비난했으며, 상당한 진지함과 확신을 가지고 감각적 즐거움을 추구하는 쾌락에 빠져 있었다. 중국인들도 핼야드 가족을 보면 "세상에나, 이 사람들은 쉬지 않고 음식에 대해 떠들어 대는구나."라고 했을 것이다. 핼야드는 용돈이 많지 않았지만, 부모는 그와 여동생 프랜시스에게 잘 먹기 위해 반드시 돈을 많이 쓸 필요는 없다고 가르쳤다. 허니골드 망고는 개당 4달러밖에 안 했지만 핼야드의 가족은 그 망고를 먹을 때 감탄하는 소리를 내지 않을 수 없어서 '신음 망고'라는 별명을 붙였다. 핼야드는 자라면서 중산층의 직업을 구해 자신이 가장 좋아하는 것들을 실컷 먹으며 남은 생을 보낼 수 있기를 고대했다.

그러나 얼마 지나지 않아 핼야드는 그 모든 게 사라지는 상황을 지켜봤다.

캐나다 온타리오에서는 단풍나무 수액이 말라 버렸다. 케냐에서는 커피나무가 시들고 해충이 번성했다. 프랑스 샴페인 지방에서는 포도의 산(酸)이 분해되었다. 미국 켄터키주에서는 술통에서 버번이 익어 버렸다. 이탈리아 캄파니아에서는 이상한 날씨가 닥칠 때마다 모차렐라를 만들 때 쓰는 버팔로의 젖이 일주일씩 나오지 않았다. 이베리아반도에서는 돼지의 먹이가 되는 도토리를 떨어트려야 할 참나무의 속을 곰팡이가 파먹었다. 호주 태즈메이니아 해안에서는 굴 껍데기가 부식성 바닷물에 녹아내렸다. 호주 남부 해안에서는 먹이가 될 작은 물고기가 사라져서 참치가 굶어 죽었고, 심지어 핼야드가 사랑하는 허니골드 망고조차 퀸즐랜드에서 농업용수가 충분하지 않아 말라 죽었다.

그런데 그러한 미식 재료들만 피해를 당한 게 아니었다. 기본적인 식재료들도 마찬가지였다. 핼야드의 조부모는 과일과 채소의 맛이 예전만큼 좋지 않다고 자주 말했다. 수십 년 동안 농산물에서 맛이 서서히 빠져나가다 핼야드가 성인이 되었을 무렵에는 마지막까지 남아 있던 맛도 급격히 사라져 버렸다. 감자와 당근, 비트, 사과는 맛이 아닌 색깔로만 구분할 수 있었다. 가지는 스펀지처럼 퍼석퍼석했고, 케일은 쓴맛이 났으며, 꿀은 묽어져서 달걀흰자처럼 밍밍했다. 마치 비옥한 어머니 대지가 하룻밤 사이에 강제 수용소 음식을 주로 배급하는 식품 회사로 대체된 것 같았다. 유전 공학과 밀폐된 바이오돔, 그리고 불안한 부모가 외동아이에게 정성을 쏟아붓듯 모든 새싹과 새끼를 키우는 AI 농부 등 이를 보완하려는 시도들이 있었지만, 일반적인 경향이라는 게 그렇듯 대담한 기술의 발전도 붕괴 속도를 따라잡지는 못했다.

잘 먹는 것은 아직도 가능했다. 다만 엄청나게 비쌀 뿐이었다. 전 세계의 부자들은 다들 점점 줄어들고 있는, 실제로 뭔가 맛이 나는 음식물을 차지하기 위해 경쟁했다. 그리고 핼야드에게는 그게 강박이 되었다. 핼야드는 다른 사람들과 마찬가지로 향수에 젖어 젊은 시절 했던 식사에 대한 기억을 떠올렸다. 그러나 어머니의 요리가 훌륭했다고 착각하는 식의 향수가 아니라, 과거가 실제로 훨씬 나았다는 확실한 지식을 바탕으로 한 우울감이 보강된 향수였다. 핼야드에게는 거의 모든 식사가 절망이었으며 모욕이고 고문이었다. 핼야드는 이런 음식에 적응하는 사람들처럼은 될 수 없을 것 같았다. 그래서 스스로가 종종 자라 온 모든 환경에서 쫓겨난 기후 난민 같다고 느꼈다. (하지만 이런 감정을 공개적으로 표현해서는 안 된다는 사실을 곧 알게 되었다.) 그렇다. 세상은 화재와 홍수, 전염병, 폭동, 전쟁, 그리고 더 중대한 일들로 다른 많은 것들을 잃었다. 핼야드도 그것들이 객관적으로는 더욱 중요하다는 사실을 알고 있다. 그러나 그에게는 별로 중요하지 않았다. 어쨌거나 핼야드가 판다나 빙하, 자카르타를 먹을 수는 없었으니까. 갈망이 고통이라는 불교의 가르침은 절대적으로 옳았다. '맛있는 초밥 한 조각을 위해서라면 뭐든 지불할 수 있어.' 핼야드는 혼잣말을 하곤 했다.

비참하게도 핼야드의 혼잣말은 진심이었다.

친구가 인지더닐 병을 건넸을 때, 핼야드는 채굴 산업을 위한 환경 계획 분야에서 꽤 괜찮은 경력을 쌓은 상태였지만 자산도 저축도 없이 빚만 지고 있었다. 벌어들인 돈의 마지막 한 푼까지 곧장 목구멍으로 흘러 들어갔기 때문이었다. 핼야드는 불행하게도 매우 나쁜 사람들과 어울렸다. 심각한 미식가들과 천상에서 돈을 마구 쓰는 사람들. 다들 부자였고 그중 일부는 왕족이었다. 핼야드는 한동안 그들과 어울리려 노력했다. 여하튼 그렇게 하는 게 중요하다고 확신했기 때문이었다. 핼야드에게 인생 최고의 식사는 도쿄의 스시 아시나에서 전설적인 요시다 고로가 은퇴하기 몇 주 전에 눈앞에서 차려준 오마카세였다. 요시다의 생선 공급처는 철저히 비밀에 부쳐졌지만, 그날 저녁 핼야드는 참치와 연어, 고등어, 가리비, 홍조개, 전어, 민물장어 등 더는 구할 수 없는 모든 해물을 먹었다. 생일날 시드니의 마스야에서 부모님과 함께 먹었던 모든 것들이었는데 다만 맛의 수준은 완전히 달랐다.

이 코스의 가격은 30만 엔(약 2500유로)이었다. 음료 가격은 별도였다.

그러나 물론 현실의 삶은 스시 아시나가 아니었다. 모스바티아 바이오인포매트릭스의 프레젠테이션이나 최소한 괜찮은 와인을 마실 수 있는 최고급 연회도 아니었다. (핼야드의 전문 지식을 이용하면 회사의 경비를 짜내서 괜찮은 와인을 꽤 많이 마실 수도 있었다.) 현실은 공항과 작업장, 회의장, 채굴 지원선이었다. 우울한 음식을 먹는 나날이었다. 그래서 핼야드는 육체만큼이나 정신을 괴롭히는 우울한 음식을 먹어야 할 때나 영양 셰이크로 모든 문제를 슬쩍 회피하는 대신 사회적이고 직업적인 이유로 식사 자리를 지켜야 할 때면 아침에 일어나 인지더닐을 삼켰다.

그리고 그 후에는 신경을 끊었다.

인지더닐은 음식의 맛을 느끼지 못하게 만드는 약이 아니었다. 또 그가 먹고 있는 음식이 맛있는 것이라고 속이는 약도 아니었다. 그것은 맛에 대해 평가하는 반응을 없애 버리는 약이었다. 핼야드는 음식을 먹으며 절망하거나 분노하거나 슬퍼하지 않았다. 예전에는 음식이 어땠는지에 대한 기억과 먹고 있는 음식의 맛을 비교하지도 않았다. 그저 더 이상 신경 쓰지 않았다.

두뇌의 어떤 부분이 동물을 식도락가로 만드는지는 모른다. 하지만 당분이 풍부한 딸기류와 철분이 풍부한 간을 즐기고, 덜 익은 조롱박이나 소화가 안 되는 나무줄기는 거부하도록 진화한 바로 그 부분이 침묵했다. 그리고 핼야드의 모든 안목과 속물근성이 함께 사라졌다. 먹는 음식은 좋지도 나쁘지도 않았다. 다만 먹기 전에는 배가 고팠고, 이제는 배가 부르다는 제한적인 감각만 느낄 뿐이었다. 애초에 음식에 신경 쓰는 방법을 배운 적이 없는 로봇 같은 인간들이 이렇게 먹을 것이다. 가장 큰 깨달음을 얻은 불자나, 제14대 달라이라마에 따르면 큰 깨달음을 얻은 불자는 똥오줌도 최고급 음식과 와인처럼 맛볼 수 있다고 했다. 허난제약그룹이 전혀 의도하지 않았던 인지더닐의 부작용이었다.

헬야드는 평생 인지더닐을 공급받고 싶었다. 그리고 다른 많은 사람들도 인지더닐을 원했기 때문에 허난제약그룹의 알약 공장들은 극도로 바쁘게 돌아갔다. 헬야드는 인지더닐이 몇 년 뒤 어떤 시장에 진출하게 될지 예견하는 선견지명은 없었지만, 다른 시장으로 진출할 것이라는 점은 바로 짐작할 수 있었다. (나중에 알고 보니 인지더닐은 허가 외 처방을 받기 전에도 이미 다른 식으로 처방되고 있었다.) 문제는 헬야드가 가진 모든 돈을 호화로운 초밥에 이미 다 써 버렸기 때문에 소문이 퍼지기 전에 허난제약그룹의 주식을 살 방법이 없다는 사실이었다. 그래서 헬야드는 테렌스에게 갔다. 부유한 미식가 중 가장 친한 친구이며, 식사 순위를 매기는 것 외에도 진정한 대화를 나눌 수 있는 유일한 친구이기 때문이었다. 헬야드는 테렌스에게 인지더닐이 주는 행복한 안도감을 설명하면서 그가 기꺼이 자신에게 투자금을 제공해 주길 바랐다. 테렌스는 파격적인 투자 기회를 두려워하지 않는 사람이었다. 그는 핀란드만에 떠 있는 새로운 생명공학 도시 '서피스 웨이브'의 실험적 벤처 기업에 투자하고 있었다.

하지만 테렌스는 헬야드의 설명을 이해하지 못했다. 테렌스도 가끔 평범한 음식을 먹긴 했지만, 너무 심드렁해서 훌륭한 음식을 준비할 수 없을 때만 그런 걸 먹었다. 테렌스는 수십억 달러를 물려받았기 때문에 언제나 음식이라는 건 어느 정도 선택의 문제였을 뿐 보통 사람들처럼 얽매여 살지 않았다. 그래서 헬야드는 인지더닐이 얼마나 크게 도움이 되는지 테렌스를 이해시킬 수 없었다. 게다가 테렌스가 대학 시절에 알던 사람이 허난제약그룹에 취업했는데 그 사람이 몹시 멍청했다. 테렌스에게는 매우 중요한 기준점이었다. 핼야드는 테렌스가 보르도 와인 한 병에 1만 2000유로를 쓰는 모습을 본 적이 있지만 자신의 투자에 돈을 쓰도록 설득할 수는 없었다.

핼야드가 공돈을 벌 수 있는 두 번째 기회를 잡았을 때는 인지더닐 상황 때문에 한동안 우울한 상태였고 신용카드 빚도 꽤 많이 쌓여 있었다. 빚 때문에 너무 불안했던 핼야드는 사람들이 유화 물감을 뒤섞는 동영상에 한동안 중독되어 있었다. (10대 시절에 그의 마음을 달래 주던 영상이었는데 당시는 진짜 사람이 진짜 페인트를 섞었다. 하지만 지금 전적으로 컴퓨터로 생성한 동영상들은 마약처럼 사람의 두뇌를 취하게 만들어 꼼짝 못 하도록 최적화되어 있었다.) 그러나 이번에도 이 횡재를 놓칠 수는 없었다.

인지더닐이 허가 외 처방될 것이라는 사실을 누구보다 먼저 알았듯이, 핼야드는 세계멸종위원회가 곧 개혁될 것이라는 사실도 누구보다 먼저 알아냈다. 핼야드는 업무상의 이유로 북유럽 전역을 돌아다니고, 때로는 그보다 더 멀리 나가기도 했다. 또 출장비가 거의 떨어질 때까지 호텔의 바에서 몇 시간이고 보내기도 했다. 그는 멸종 업계에 도는 소문을 세계 곳곳에 퍼뜨리기도 했다. 하지만 그가 위원회가 개혁될 것이라는 사실을 알아차렸던 것은 이와는 아무런 상관이 없었다. 오히려 순전히 우연으로 일어난 일이었다. 그가 즐기던 사치스러운 식사가 인생 처음으로 그에게 그 가격의 몇 배가 넘는 가치를 제공한 것이었다. 그는 식당에서 어떤 대화를 엿듣게 되었다.

그 식당은 오슬로에 있었는데, 가장 맛있는 유럽산 농산물들을 제공하는 곳으로 유명했다. 즉, 헬야드가 어렸을 때 어머니가 토요일마다 이블레이 농산물 직판장에서 사 왔던 것들과 같은 농산물을 제공했다. 저녁을 같이 먹기로 했던 사람이 막판에 약속을 취소했지만 예약을 날려 버리고 싶지 않아서 헬야드는 말굽 모양의 식탁에 혼자 앉아 있었다. 맞은편에 남자와 여자가 앉아 있었는데 헬야드는 그 두 사람이 콜만 트레보그 남의 고위직 임원이라는 사실을 점차 알아차렸다. 토마토나 병아리콩, 양배추 등이 거의 그대로 제공되는 열두 가지 코스의 식사가 진행되는 동안 그 임원들은 스스로에 대해 대단히 만족하는 것 같았다. 콜만 트레보그 남이 오랫동안 추진했던 개정안을 확보하는 데 필요한 마지막 퍼즐 조각을 이제 막 제자리에 끼워 넣은 참이기 때문이었다. 큰 선물이었다. 멸종의 정의 자체를 변경해서, 어떤 종의 살아 있는 개체수가 0이 되더라도 전 세계의 바이오뱅크에 충분한 유물이 보관되어 있다면 세계멸종위원회가 법적으로 그 종을 멸종된 것으로 간주하지 않도록 하는 개혁이었다.

음식은 의심의 여지 없이 훌륭했지만 헬야드는 온 신경이 입이 아닌 귀에 쏠려서 기계적으로 집어넣었다. 당시 멸종 크레딧은 약 6만 7000유로였다. 헬야드는 개혁이 있을 거라는 소문이 콜만 트레보그 남에서 멸종 업계로 서서히 퍼져 나가 투자자와 분석가, 기자, 그리고 마침내 배리 스몰 같은 사람들에게까지 닿으면 멸종 크레딧의 가격이 떨어질 것이라는 생각이 들었다. 그리고 개혁이 돌이킬 수 없는 사실로 확정되면 멸종 크레딧의 가격은 완전히 폭락할 것이다. 종을 멸종으로부터 '구조'하는 게 그렇게 저렴하고 쉬워지면, 아무도 멸종 크레딧을 사려 하지 않을 것이기 때문이다. 모스바티아 바이오인포매틱스 같은 소규모 회사들이 복합 보존의 비용을 아무리 낮춰도(특히 생물다양성이 풍부한 서식지를 공장에서 자동으로 찍어 내듯 대량으로 만들어 낼 수 있다) 그게 멸종 크레딧 가격의 상한선이 될 것이다. 핼야드 짐작에는 크레딧 가격이 네 자릿수 중반으로 떨어지거나 더 낮아질 것 같았다.

자산 가격이 하락할 게 확실하다면 해당 자산을 공매도할 수 있다. 공매도는 자산을 빌려서 빌린 것을 팔고, 가격이 떨어질 때까지 기다렸다가 다시 구입해서 빌렸던 사람에게 돌려주며 그 차액을 챙기는 것이다.

문제는 일반적으로 공매도를 하려면 중개인이 필요하다는 점이었다. 그런데 어떤 중개인도 핼야드의 거래를 받아 주지 않았다. 공매도가 가능한 계좌를 개설하려 할 때마다 중개인들은 핼야드의 신원을 조회했는데, 수십 명의 중개인을 만났지만 모두 거절당했다. 핼야드는 범죄 기록도 없고, 파산 기록도 없었다. 그러나 이 신원 조회 알고리즘은 마치 천국의 문 앞에 서 있는 성 베드로처럼 마크 핼야드의 온갖 기록을 샅샅이 뒤져 모든 데이터를 찾아냈다. 그리고 중개인들은 만장일치로 핼야드를 위해 번거로운 일을 해 줄 가치가 없다고 결론지었다. 중개인들에게는 그 이유를 설명해야 할 의무가 없었기 때문에 핼야드는 자신이 무슨 일을 저질렀기에 이런 굴욕을 당하는 것인지 결코 알 수 없었다.

그러나 다행스럽게도, 소유하지 않은 멸종 크레딧을 판매하려면 다른 방식이 있었다. 브라마사무드람 광업 회사의 (북유럽) 환경 영향 책임자가 되는 것이었다.

브라마사무드람이 보트니아만에서 망간철 단괴 채굴 계획을 확정했을 때 햄야드는 부서 예산으로 멸종 크레딧 열세 개를 확보하라는 연락을 받았다. 열세 개는 독쑤기미가 실제로 멸종되고 지능 인증이 취소되지 않은 경우에 필요한 개수였다. 멸종 크레딧은 6만 7000유로였다. 그러나 햄야드는 크레딧이 필요할 때쯤에는 세계멸종위원회의 개정안이 현실화되어 가격이 절반 이하로 떨어져 있을 거라고 확신했다. 그래서 그는 중개인의 도움을 받지 않고 이 멸종 크레딧을 모두 공매도할 수 있었다. 이번에는 햄야드의 제안을 거절할 테렌스도, 신원 조회 알고리즘도 없었다.

햄야드는 자기 부서에서 크레딧을 은밀히 빌릴 수 있었다. 개당 6만 7000유로에 열세 개를 모두 팔아 총 87만 1000유로를 곧장 암호화폐 계좌로 보내고, 가격이 하락할 때까지 몇 달 기다렸다가 87만 1000유로보다 훨씬 낮은 가격에 멸종 크레딧 열세 개를 다시 사들여 그 차액을 전혀 모르는 브라마사무드람에 돌려주고 그 수익을 부채 상환과 현혹적인 미식을 즐기는 데 사용할 예정이었다.

그렇다. 어떤 의미에서 햄야드는 금융 범죄를 저지름으로써 신원 조회 알고리즘이 옳다는 사실을 증명한 셈이 되었다. 그러나 또 다른 의미에서, 햄야드는 중개인들이 그렇게 거만한 얼간이들이 아니었다면 가질 수 있었던 많은 돈을 벌어서 그들이 틀렸다는 사실을 증명할 것이다.

햄야드가 이 계획을 수립할 무렵 그의 결심이 잠시 흔들리는 사건이 브라마사무드람에서 발생했다. 뭄바이 지부의 재무부 차장 프라투리가 청구서를 조작한 일이 발각된 것이다. 그에게 서울에서 만든 고급 드레스를 좋아하는 내연녀가 있다는 소문이 돌았다. 프라투리가 착복한 지 얼마 안 되어 회계 프로그램이 횡령 패턴을 감지했다. 그전까지 프라투리에 대한 회사의 신망이 두터웠기 때문에 다들 최대한 조용히 그를 해임시킬 거라고 짐작했다. 그러나 이사회는 가능한 모든 법적 혐의를 묻도록 지시했고 다들 충격을 받았다. 그리고 프라투리가 체포된 후 판사는 보석을 거부했다. 두바이에 그의 친인척이 너무 많아서 도주 위험이 있다는 게 이유였다. 그래서 프라투리는 감옥에 갇혔다.

이 시대의 핼야드들에게 공포란 삶이 갑자기 알몸뚱이 수준이 되는 것이었다. 경제적 지위 덕분에 안전하고 평온하며, 땅을 거의 딛지 않고 살아간다고 상상해 보라. 그런 때 몸은 실질적으로 아무것도 의미하지 않는다. 그냥 헬스장에서 지친 당신의 일부, 죽고 나면 신경망 스캔 후에 용광로에 던져질 껍데기에 불과하다. 그런데 집이 홍수에 떠내려가거나 불타거나 매몰된다면? 갑자기 신체가 약해지거나, 제약이 생기거나, 위험해진다면? 몸은 하룻밤 사이에 다시 중요한 것이 된다.

지난 10년은 그런 일이 누구에게라도 일어날 수 있음을 증명하는 시간이었다. 5분 전까지는 아무 일 없이 멀쩡했던 사람에게도 그런 일이 일어났다. 만약 그런 일을 당하지 않았다면 행운에 감사해야 했다. 그럴 필요가 없는데도, 멀쩡히 잘 지내고 있는데도, 허리케인의 경로에 서 있지 않았는데도 무모하게 일을 벌여 몸뚱이의 우울한 올가미에 걸린다는 생각은…… 뭐랄까, 죄수복을 입은 프라투리의 모습은 정말로 기가 막혔다. 핼야드는 그렇게 되고 싶지 않았다.

그러나 핼야드는 아무것도 훔치지 않았으므로 자신의 계획이 프라투리의 횡령과는 전혀 다르다고 스스로를 안심시켰다. 어떤 의미에서 헬야드는 브라마사무드람의 일종의 비공식 투자 매니저로서 업무 활동을 떠받치기 위해 회사의 유휴 자산을 활용한 것이었다. 모든 일이 끝난 뒤에도 회사는 아무 일 없이 온전할 테니 천재적인 계획이라고 할 수 있다.

이 계획이 잘못될 유일한 길은 멸종 크레딧의 가격이 하락하지 않고 상승하는 것이었다. 그러나 그것은 불가능했다.

"약 한 시간 전에 주인님의 관심사와 관련된 중요한 사건이 발생했습니다." 집사가 고마가타케의 숙취에 정신을 잃은 헬야드를 깨우며 이렇게 말했다. 정신이 없던 헬야드는 그게 이스마일로프에 관한 일이라고 짐작했다. 그러나 곧 침대 맞은편 벽에 뉴스 속보가 떴다.

여섯 개의 주요 바이오뱅크에서 각각 한 건씩 총 여섯 건의 공격이 발생했다. 스위스 로잔, 노르웨이 스피츠베르겐 제도, 남아프리카공화국 케이프타운, 멕시코 멕시코시티, 중국 타이저우, 일본 요코하마.

컴퓨터 웜 바이러스가 각 바이오뱅크의 통제권을 장악했다. 웜은 먼저 화학 물질 위험 경보를 가짜로 방송해서 모든 직원을 냉동 보관소에서 먼 곳으로 내보냈다. 그런 다음 문을 잠그고 냉동고의 전원을 껐다. 그리고 냉동고가 오븐으로 변할 때까지 난방 시스템을 가동했다.

로잔과 케이프타운에서는 바이오뱅크 직원들이 몇 시간 만에 통제권을 되찾아서 공격이 멈췄다. 스피츠베르겐과 요코하마는 통제권을 되찾지 못했고 타이저우와 멕시코시티는 통제권을 되찾았다가 다시 잃었다. 통제권을 잃은 곳들에서는 2단계 공격이 진행되었다. 자동 청소용 수도관들을 터트려서 시설 전체를 물에 담그고 거대한 주전자처럼 물을 끓인 것이다. 로잔과 케이프타운은 과열된 공기만으로도 거의 완벽하게 파괴되었던 것으로 나중에 밝혀졌다. 수천만 개의 냉동된 조직 표본이 익어서 쓸모없는 점액이 되어 버렸다.

한 명의 인명 피해가 있었다. 공격이 끝난 것처럼 보였을 때 상사의 명령을 어기고 냉동 보관소에 다시 들어간 중국 타이저우의 어느 기술자였다. 너무도 걱정이 되었던 그녀는 피해 상황을 조사할 때까지 앉아서 기다리지 못했다. 그러나 웜 바이러스가 재차 공격했을 때 끓는 물에 죽었다.

그러나 이 설명은 놀랍게도 실제로 일어난 일의 절반에 불과했다. 나머지 절반은 바이오뱅크에 대한 공격이 전 세계 뉴스로 퍼져 나갈 때까지도 거의 알려지지 않았다.

바이오뱅크는 냉동 조직 표본들을 보관하기 위해 넓은 공간과 인력을 아낌없이 사용하고 있었지만, 이제 많은 생물학자에게 이런 방식은 축음기나 천공 카드처럼 낡은 시스템이었다. 요즘에는 디지털 파일을 효소 프린터로 전송하면 미세판에 DNA 가닥을 몇 시간 안에 합성할 수 있다. 유전자베이스에서 게놈을 다운로드만 하면 되니 동물에게서 면봉으로 DNA를 채취하느라 시간을 보낼 필요가 없다. 이런 관점으로 봤을 때, 웜 바이러스가 냉동고만 싹쓸이했다면 손실은 의외로 크지 않을 수도 있었다. 바이오뱅크에는 아직 복합 보존의 결과물이 남아 있을 것이다. DNA 염기서열과 뇌의 신경망 스캔, 신체 MRI 스캔 등. 바이오뱅크가 그 자료들의 관리자이자 사서이긴 하지만 모든 자료가 바이오뱅크에 물리적으로 저장되어 있지는 않았다. 자료들은 전 세계의 클라우드 서버에 분산되어 있었다.

웜 바이러스는 그 데이터도 공격했다.

웜 바이러스는 수천 개의 서로 다른 클라우드 서버를 동시에 해킹해서 바이오뱅크에 업로드된 모든 파일을 삭제했다. 나중에 전문가들은 이것이 불가능하다고 했다. 그들은 마치 과학자가 물리의 기본 법칙을 거스르는 초월적 현상을 마주했을 때처럼 경외감에 잠겨 말했다. 놀라울 정도로 적응력이 뛰어나고 교활한 웜 바이러스가 이 암흑의 기적을 일으킨 것이었다. 국가를 무력화시키고 전쟁에서 승리를 거둘 만한 기술이었는데, 이번 사태에서는 민다리도마뱀의 동영상을 지우는 데 쓰였다.

민다리도마뱀만이 아니었다. 검둥오리사촌도 있었다. 하이난검은볏긴팔원숭이와 전자리상어, 녹빛집박쥐, 스톤마운틴무갑류새우, 빼꾸기 땅벌 아종, 대리석도마뱀붙이, 알라고아스 딱새, 두꺼운입술송사리, 흰목긴꼬리새, 흰가슴동박새, 코스멜 지빠귀, 가시손가락청개구리, 셈포알테펙 사슴쥐, 깨지는 진주홍합, 파팔로아판 처브, 단봉 진주홍합, 워리어강 돼지발 홍합, 그리고 야생에서 멸종된 이후 바이오뱅크에 보존됐던 약 1만 9000종의 다른 생물이 있었다. 모두 사라졌다.

어떤 경우에는 이 사건이 큰 문제가 되지 않았다. 예를 들어 웜 바이러스는 바이오뱅크가 자이언트 판다에 관해 보관하고 있던 모든 것을 물리적으로, 디지털적으로 파괴했다. 그러나 그렇게 해도 판다를 역사에서 지울 수는 없었다. 일시적으로 멸종하기 전 수십 년 동안 판다는 지구상에 존재하는 그 어떤 동물보다 철저하게 기록된 데다 지금은 복제된 판다들이 실제로 굼실굼실 돌아다니고 있기 때문이었다.

하지만 굴렐라 와린양구스는 다르다. 이것은 가나 북부에서만 발견되는 작은 달팽이 종이다. 굴렐라 와린양구스는, 매우 비슷한 달팽이인 굴렐라 아테와나의 서식지 바로 위에 태양광 전지판 단지를 건설하려는 회사를 대신해 생물학자들이 달팽이의 개체수를 조사하다 처음 발견했다. 다시 말해, 굴렐라 와린양구스는 멸종위기종으로 등록하려는 데 필요한 번잡한 절차 외에는 어떤 맥락에서도 연구된 적이 없었다. 굴렐라 와린양구스에 관한 자연 다큐멘터리도 없었고, 과학 논문도 없었고, 용액에 담근 박물관 표본도 없었고, 그 모습을 그린 스포츠 마스코트도 없었고, 어린이 봉제 인형도 없었고, 이 달팽이가 다른 동물을 속이거나 다른 동물이 이 달팽이를 속이는 동화도 없었다. 굴렐라 와린양구스의 유일한 기록은 세계멸종위원회의 보조금으로 지원을 받은 복합 보존 방식으로 바이오뱅크에 저장된 것들뿐이었다. 그런데 그 공격 이후 그마저 사라졌다. 그 달팽이는 이름을 붙인 탓에 파괴되었다. 그렇게 파괴되었다. '이 사람에 대해서는 달리 알려진 정보가 없습니다.'라는 편집자의 각주가 붙은 중세의 중요하지 않은 인물처럼 이제는 그 이름만 남았다. 차라리 존재하지 않는 게 나았을지도 모른다.

이런 의미에서 굴레라 와린양구스는 인류가 알지 못하는 사이에 태어나고 죽어서 시간의 어둠 속으로 사라진 수없이 많은 다른 종들과 다르지 않았다. 실제로 지금까지 지구에서 진화했던 거의 대다수의 생물종은 인류가 처음 눈을 뜨기 전에 멸종했다. 생명의 역사 전체를 비극으로 간주한다면 모를까, 하나의 종이 묘비가 없는 무덤에서 썩어 가는 일은 그 자체로 비극이라 할 수도 없을 것이다. 인류는 고의로, 거의 무심하게 1만 9000종을 멸종시켰다. 그저 존재를 잠시 정지한 것뿐이며, 미래에 다시 살려 낼 수 있고, 말 그대로 살려 내지 않더라도 최소한 연구하고, 이해하고, 적절한 경의를 표할 수 있다는 핑계로 멸살시킨 것이었다. 언젠가 상황이 좀 더 나아지면 되찾을 생각으로 그 동물들을 전당포에 맡겨 두었는데 그 전당포가 보관하고 있던 모든 동물과 함께 불타 버렸다.

그러나 당연한 말이지만, 헬야드가 공포에 질린 채 그 뉴스를 바라봤던 것은 굴렐라 와린양구스에 대한 걱정 때문이 아니었다.

세계멸종위원회의 개혁은 중단됐다. 당연한 일이었다. 바이오뱅크가 물에 젖은 마분지 상자와 마찬가지로 불멸의 존재도 아니고 침범할 수 없는 구역도 아니라는 사실이 드러난 이상, 멸종의 정의를 바꾸고 바이오뱅크를 모든 것의 중심으로 두자고 진지하게 제안할 수 있는 사람은 없었다. 한동안 똑똑한 투자가들이 개정안을 통과시키는 일에 집중했다. 실은 똑똑한 투자자들뿐만 아니라 지능이 보통인 투자자와 평균 이하의 투자자, 심지어 유아기에 산업공해 물질에 노출된 적이 있는 게 아닌가 싶은 투자자들까지 나섰다. 이러한 기대가 멸종 크레딧의 가격을 누르는 무게추처럼 작용했다. 헬야드는 브라마사무드람의 멸종 크레딧 열세 개를 개당 가격이 아직 6만 7000유로일 때 판매했고, 개혁 소문이 퍼지며 가격이 하락하는 상황을 만족스럽게 지켜보았다. 그러나 이제 개혁이 불가능해지며 무게추가 치워졌다. 가격은 원래로 돌아가는 정도가 아니라 튀어 오를 것이다.

핼야드의 집사는 여섯 번의 공격 소식을 여러 소식통을 통해 검증한 후에야 그를 깨웠지만, 그 무렵 아시아 거래소에서 멸종 크레딧을 사고파는 알고리즘들은 알고리즘의 시간 감각으로 공룡이 돌아다니던 옛날 옛적부터 이미 거래를 시작한 상황이었다. 멕시코 시티에서 처음으로 혼란스러운 보고서가 나오고, 이어서 요코하마에서도 비슷한 보고서가 나왔다. 알고리즘이 일종의 경향을 예상하기에는 두 번째 보고서만으로도 충분했다.

알고리즘들은 곧바로 멸종 크레딧을 사들이기 시작했고 거래마다 더 높은 입찰가를 제시했다. 곧이어 공매도자들이 합류했다. 그들은 손실액을 줄이기 위해 공매도한 크레딧을 시급히 되사야 했다. 이를 '공매도 청산 압박'이라고 한다. 매수 열풍은 공매도 청산 압박을 부추겼고, 공매도 청산 압박은 매수 열풍을 부추겼다. 그러나 그들은 헤지 펀드와 투기꾼들이었다. 멸종 크레딧으로 실제 일을 하는 사람들, 매년 수십 종을 멸종시킬 수 있는 법적 권리에 크게 의존하던 국가와 회사, 국영기업들은 이제야 겨우 반응하기 시작했다. 멸종 크레딧의 가격이 어디까지 치솟을지 아무도 알 수 없었기 때문에, 완전히 작살 나지는 않으려고 갑자기 모두가 필사적으로 크레딧을 보유하기 위해 뛰어들었다.

그리고 사람들의 예상보다 시장이 훨씬 빡빡하다는 사실이 드러났다. 지난 몇 달 동안 멸종 크레딧은 쇠락하리라는 냄새를 풍겼기 때문에 누군가 사 주기만을 기다리는 크레딧이 남아돌고 있으리라 생각하기 쉽다. 하지만 그렇지 않았다. 이 모든 일이 뻐꾸기 땅벌 아종(RIP)의 심장이 몇 번 뛸 만한 시간 사이에 일어났다. 실제로 남아 있는 크레딧이 전혀 없었다.

마치 공격이 발생하기 전에 누군가가 멸종 크레딧 시장을 장악한 것 같았다.

헬야드는 동료 네 사람과 함께 스페인 남부의 황무지에 위치한 모나자이트 광산 후보지를 방문했던 적이 있다. 한때 올리브 과수원이었던 현장에는 햇볕이 따갑게 내리쬐고 있었다. 식수를 운반하는 차량에 사소한 기술적 문제가 발생해서 약 45분 늦게 도착할 거라는 소식을 들었다. 헬야드는 10초 전까지만 해도 목이 전혀 마르지 않았지만, 그 말을 들은 즉시 평생 그 어느 때보다 목이 탔다. 그래서 우연히 가지고 있던 거의 빈 물병을 마지막 한 방울까지 마셨다. 그리고 만일 필요한 상황이 된다면 다른 네 동료를 어떻게 죽여야 할지 고민하기 시작했다.

나중에 헬야드는 자신이 그렇게 반응했던 것을 약간 멋쩍어했다. 그런데 거래 가능한 멸종 크레딧이 충분하지 않다는 사실이 분명해지자 멸종 크레딧 시장에 바로 그런 반응이 급격히 확산됐다. 심지어 알고리즘조차 과호흡 상태에 빠졌다. 헬야드가 코펜하겐의 아파트에서 전속력으로 달려 나와 새벽 비행기를 타고 스톡홀름으로 날아가서, 고속열차를 타고 스웨덴 선츠발로 간 뒤, 수직이착륙기를 타고 바루나호로 날아갈 즈음에는 해킹 공격 이전에 3만 8432유로였던 멸종 크레딧 하나의 가격이 28만 7057유로까지 올라가 있었다.

헬야드는 갑판 위에서 이 모든 상황을 한 번에 털어놓지 않았다. 대신, 기업가 정신과 고귀한 실패에 대한 감정을 불러일으키려 노력했다. "혹시 『자유등반가』라는 책을 읽어 본 적이 있나요?" 카린은 읽지 않았다고 대답했다. "사업에서 위험을 감수하는 사람들에 관한 책이죠. 때로 위험한 도박에 뛰어들었을 때, 그 도박이 성공하면 축하를 받지만, 성공하지 못하면 말 그대로 범죄자 취급을 받습니다. 그게 제가 처한 상황입니다. 직장에서 제가 정말로 확신했던 어떤 결정을 내렸는데 이제 그 결과를 제가 감당해야 할 수도 있습니다. 요컨대 제가 감옥에 갈 수도 있다는 뜻입니다."

'감옥'이라는 단어를 입 밖으로 내뱉는 것만으로도 공격 소식을 들었을 때처럼 숨 막히는 공포가 끓어올랐다. 잘 모르는 사람에게 이런 내용까지 말하는 것이 무모한 짓이라는 사실은 알고 있었다.

그러나 헬야드는 이 대화가 이렇게 어려울 거라고는 생각하지 못했다. 그가 지금까지 상대했던 대부분의 생물학자는 자신의 지위를 잘 알고 있었다. 그들에게는 지적이고 전문적이라는 자부심이 있었다. 그러나 브라마사무드람을 위해 일하고 있다는 사실을 이해했으며, 앞으로도 많은 일을 하고 싶어 했다. 지금껏 생물학자에게 결론을 뒤집어 달라고 요청해 본 적은 한 번도 없었지만, 만일 정말로 필요할 때 부탁하면 그럴 수 있을 것 같다는 느낌을 항상 받았다. 헬야드는 수직이착륙기를 타고 바루나호를 향해 날아오는 동안, 승무원이 거의 없는 이 채굴선에서 발트해의 안개 속에 3개월을 보내며 밀실 공포증을 불러일으킬 것 같은 선실에 들어가 있을 때를 제외하고는 거친 남자들과 같은 환경 안에서 생활하는 카린의 모습을 떠올리며 그녀에게 이런 상황에서 벗어나게 해 주겠다고 제안하면 확실히 받아들일 것으로 생각했다. (또한 헬야드는 오는 길에 카린의 사진을 찾아봤다. 사진 속에서 아름다운 미소를 짓는 그녀의 모습은 매력적이었다. 그리고 지금 돌아보면 헬야드는 카린과 쉽게 친해질 수 있으며, 그녀가 자신이 저지른 실수들에 대해 관대한 태도를 보일 것이고…… 따라서 협상이 순조롭게 진행될 거라고 무의식적으로 생각했던 것 같다.)

그러나 헬야드가 카린에게 자동채굴선이 독쑤기미의 번식지를 이미 파내 버렸다는 사실을 인정했을 때(헬야드가 인정하려던 계획보다 훨씬 빨랐지만 어쨌지 카린은 그 사실을 이미 알고 있는 것처럼 보였다), 카린이 분노에 찬 표정으로 노려보자 그는 전자현미경 앞에 묶여 있는 두뇌처럼 벗겨진 채 절개된 듯 한기를 느꼈다. 곧 카린을 사실상 매수할 수 없다는 게 분명해졌다. 헬야드는 카린을 협박하거나, 적어도 협박과 비슷한 발언("나는 이 업계에서 이런 업무에 당신을 고용할 수 있는 모든 사람을 알고 있으며, 우리는 누가 잘하고 못하는지 이야기를 주고받는다는 사실을 당신이 알기 바란다.")을 할 준비가 되어 있었지만 다 쓸데없는 짓처럼 느껴졌다. 게다가, 데비 선장은 이미 헬야드에게 카린을 선실에 더 이상 가두어 둘 의사가 없다고 했다. 헬야드에게는 더 이상 쓸 수 있는 카드가 없었다. 모든 게 잘못되어 가고 있었다.

어쩌면 헬야드가 자신의 곤란한 처지에 대해 조금이라도 솔직하게 털어놓고 충분히 설명했다면, 그가 얼마나 궁지에 빠진 느낌일지 카린도 이해할 수 있었을 것이다……. 헬야드는 과거에 그런 전략이 놀랍도록 잘 먹혔던 순간들이 떠올랐다. 사람들은 매우 관대할 때도 있다. 여자들은 매우 관대할 때도 있다. (그러나 헬야드는 카린에게 바이오뱅크 공격에 대해 어떤 이야기도 하지 않았다. 그리고 카린에게 그런 사건은 짐작조차 하기 힘든 일이었다. 카린이 독쑤기미에 대해 그렇게 강한 감정을 느꼈다면, 다른 1만 9000종이 사라진 일에 대해서는 어떨까? 헬야드는 카린에게 멸종 크레딧의 가격이 올랐다는 이야기만 했다.)

"데비 선장이 브라마사무드람에 이 물고기가 멸종되었다고 보고할 때……" 헬야드가 설명했다. "만일 이 물고기가 지적인 생물이었던 것으로 인증된다면, 브라마사무드람에서는 저에게 세계멸종위원회에 멸종 크레딧 열세 개를 제출하라고 할 겁니다. 시장 변동성에 대비하기 위해 몇 달 전에 미리 사 두었던 크레딧 열세 개 말이죠. 제가 앞서 말했듯이, 지루한 세부 사항까지 다 듣고 싶지는 않을 겁니다. 간단히 말해서 제가 회사의 이익을 위해 위험한 짓을 해 버렸기 때문에 그 크레딧들을 사용할 수 없는 상황입니다. 당신이 저를 도와주신다면, 즉 그 이상한 일본 여자가 틀렸다는 보고서를 제출해 준다면……"

"호리카와."

"호리카와는 틀렸고, 독쑤기미는 지능적이지 않다……. 그렇게 말해 주면, 세계멸종위원회에 크레딧을 하나만 제출해도 됩니다." 그러면 헬야드는 판매하고 남겨 두었던 자금에서 87만 유로로 크레딧 한 개의 가격을 지불할 수 있었다. 괴롭긴 하지만 지불이 가능했다.

"나머지 열두 개는요? 브라마사무드람에서는 아직 그걸 가지고 있다고 생각할 거예요. 언젠가는 다른 일에 그걸 사용하려고 할걸요." 카린이 말했다. 헬야드는 카린이 스위스의 독일어 사용 지역에서 자랐다는 사실을 알고 있었지만, 그녀는 거의 억양이 없는 영어를 구사했다.

"네, 하지만 몇 달 내에는 사용하지 않을 겁니다. 그사이에 제가 이 상황을 정리할 수 있겠죠. 저한테 필요한 건 시간뿐입니다." 어쩌면 가격이 내려갈 수도 있을 것이다. 그렇지 않다면 은폐할 방법을 찾을 수도 있다. 해커가 크레딧을 훔쳐 간 것처럼 보이게 만들 수도 있을 것이다. 아니면 어떤 운영상의 실수로 인해 애초에 크레딧을 구매한 적이 없는 것처럼 보이게 만들 수도 있을 것이다. "최악의 경우 해고되겠지만 감옥에는 가지 않을 겁니다. 그리고 제가 해고되더라도……" 헬야드가 재빨리 덧붙였다. "브라마사무드람에는 이미 당신을 위해 모든 게 멋지고 아늑하게 진행되도록 만들어 놨어요. 자문 업무 말이에요. 진짜 모델링 계약을 보장해 드리겠습니다."

"모델링 계약이라뇨?"

"그냥 말이 그렇다는 겁니다. 진지한 표정을 지어 보이며 터무니없이 많은 돈을 받는 직업이죠."

"말했잖아요. 독쑤기미는 지능이 높은 동물이에요. 그렇지 않은 척 꾸며서 보고서를 제출하지는 않을 거예요."

"제발, 카린 씨. 이게 저에게 유일한 희망입니다." 헬야드는 카린의 얼굴에 자비의 기미가 있는지 살펴봤다.

카린이 어깨를 으쓱했다. "난 관심 없어요."

갑자기 무언가 기댈 곳이 필요한 느낌에 눌린 헬야드는 카린에게서 등을 돌리고 난간으로 걸어갔다.

그렇다. 헬야드는 인도적인 형사 사법 체계로 유명한 덴마크에서 기소될 것이다. 하지만 그게 유명인들의 수련원만큼이나 느슨한 개방형 교도소에서 6개월 형을 살게 될 것이라는 의미는 아니었다. 헬야드는 환경 사기법을 적용받을 것이다. 환경 사기법은 시멘트 공장의 배출량에 대해 정부를 속이는 일 같은 걸 저지르면 특별히 중대한 범죄로 기소되도록 설계된 법이다. 많은 어린아이에게 심각한 천식을 일으켰다면 맨손으로 아이들 몇 명을 목 졸라 죽인 미친놈보다 나은 대우를 기대할 수 없다. 좀 더 멀리 돌아갔을 뿐 결국 결과는 같기 때문이다. 헬야드는 어떤 식으로든 환경을 더럽히지 않았다. 그의 범죄는 전적으로 관념적이었다. 그 법은 헬야드가 저지른 범죄 같은 상황을 다루기 위한 규정이 아닌 게 분명했다. 그럼에도 불구하고 이 법은 기업 변호사들의 가장 음흉한 술책도 좌절시킬 수 있을 만큼 광범위하게 작성되었으므로 브라마사무드람의 협조를 등에 업은 덴마크 정부는 헬야드를 '환경 규제 기관의 직위 사칭 등 사기 행위로 이익을 얻은 혐의' 같은 죄목으로 기소할 수 있을 것이다.

헬야드는 멸종 크레딧 판매를 계획할 때는 물론이고 프라투리의 소식을 들었을 때도 이에 대해 전혀 생각하지 못했다. 그러나 오늘 아침에 약간 조사해 본 후 자신이 처한 위험을 깨닫기 시작했다. 환경 사기죄로 유죄 판결을 받으면 다른 곳에 있는 교도소들과 똑같이 폐쇄된 감옥에서 오랜 형기를 살게 될 것이다. 그리고 요즘에는 교도소 안에서 만나게 되는 교도관이나 다른 수감자들도 환경 범죄에 그다지 호의적이지 않다는 이야기를 들었다. 모든 생명체에 영향을 미치는 거대한 비극의 원인을 제공하는 자가 되는 것은 결코 좋은 일이 아니었다. 홍수로 마을을 잃은 사람이나 모국의 폭염으로 할머니를 잃은 사람이 교도소에 한 명만 있어도 그는 아동 살해범 다음의 흉악범으로 찍혀 욕받이가 될 것이다. 그런데 그들은 헬야드가 구체적으로 어떤 죄를 저질렀는지는 관심이 없을 것이다. "금융 자산의 가격에 대해 도박을 한 것뿐이었어요!" 헬야드는 자신이 공포에 질려 비명을 지르는 모습을 상상했다. "제발……. 이해해 주세요……. 전 나쁜 사람이 아니에요. 그저 시장에서 기회를 봤던 것뿐이라고요!"

그리고 음식도 문제였다. 교도소에서는 매년 질 나쁜 음식을 먹어야 하는데 인지더닐도 이용할 수 없다. 핼야드는 감옥 생활에서는 무엇보다 음식이 사람을 지치게 만든다는 이야기도 들었다. 바깥에 있는 대부분의 사람들은 그런 불평을 이해할 수 없다. "그냥 점심일 뿐이잖아, 뭐가 문제야?" 그래서 음식은 종종 당국의 특별한 가학 행위, 다른 형태였다면 너무 눈에 띄었을 가학의 수단이 되었다.

핼야드는 잠시 이스마일로프처럼 물속으로 몸을 던지는 상상을 했다. (아, 물론 이스마일로프는 물에 몸을 던지지 않았다. 핼야드는 그 사실을 계속 잊어버렸다.) 그러나 몸을 던졌더라도 낮은 갑판에 떨어졌을 것이다. 여기에서 내려다보니, 미로처럼 얽혀 있는 예비용 기계 장치들과 케이블 릴, 그리고 반투명 방수포에 둘러싸여 알아볼 수 없는 장비들이 보였다. 왠지 모르지만 핼야드는 그 광경 덕분에 약간 진정되었고, 그의 불안감은 목적의식에 흡수되었다.

핼야드가 카린을 돌아보며 말했다. "독쑤기미가 멸종되지 않았다면 어떨까요?"

카린이 핼야드를 빤히 쳐다봤다.

"독쑤기미가 멸종되지 않았다면 당신이 보고서에 뭐라고 쓰든 차이가 없습니다. 브라마사무드람이 세계멸종위원회에 크레딧을 제출할 필요가 없으니까요. 그러면 전 괜찮습니다. 적어도 단기적으로는."

"독쑤기미는 사실상 멸종됐어요. 채굴 전에도 그 아래에 거의 몇 마리 남아 있지 않은 상태였어요. 사우스 크바르켄이 독쑤기미의 마지막 서식지였어요. 애초에 그래서 당신들이 날 여기로 보낸 거였잖아요. 그래요, 당신들이 암초들을 파괴한 후에도 생존한 독쑤기미가 몇 마리 있을지도 모르죠. 그리고 어젯밤에 내가 보낸 열 마리도 있고요. 그렇지만 이제 다 흩어질 거예요. 하지만 보트니아만은 비단잉어를 담아 놓는 연못이 아니에요. 드론을 수백 대 동원해도 운이 따르지 않으면 한 마리도 못 찾을걸요. 그리고 번식지가 사라졌다는 것은 번식기가 사라졌다는 뜻이고, 더 이상 새끼 물고기를 낳지 않는다는 뜻이라고요. 그러니 이제 끝났어요. 멸종된 물고기를 되살리려면 내가 유전자베이스에 보냈던 DNA 염기서열로 복제해야 해요. 이제 남은 것은 그것뿐이고, 유전자 풀조차 많지 않아요. 그리고 인공 서식지가 필요하니까, 누군가 그 비용을 대야 해요. 독쑤기미가 수조에서 무한정 살 수는 없으니까요……."

헬야드는 카린이 유전자베이스를 언급하자 움찔하지 않을 수 없었다. 그 유전자베이스는 스피츠베르겐과 요코하마 바이오뱅크가 협력하여 관리하고 있었는데, 이제는 텅 빈 거대한 공터에 불과했다. "북부보호구역은 어떤가요?"

카린이 미간을 찌푸리며 대꾸했다. "대체 누가 뭐 하러 북부보호구역에서 독쑤기미를 키우려고 돈을 대겠어요?"

"사람들이 다른 물고기를 위해서는 뭔가 하지 않나요? 독쑤기미가 있으면 다른 물고기들이 좋아하지 않을까요?"

"그래요. 하지만 내가 들은 바로는 북부보호구역은 세심하게 신경 쓰지 않는다고……."

"그렇지만 어쩌면 거기에 독쑤기미가 있을지도 모르잖아요. 적절한 생태 환경이니까요."

"그렇죠."

"가서 봅시다."

카린이 믿기지 않는다는 표정을 지으며 헬야드를 쳐다봤다. "뭐라고요?"

"여기서 겨우 500킬로미터 정도밖에 안 떨어져 있잖아요. 바로 거기로 가서 살펴볼 수 있을 겁니다. 운이 따를지도 모르죠."

"나를 여덟 시간 동안 선실에 가둬 놓더니 이제는 에스토니아까지 당신과 함께 출장을 가자는 건가요?"

"이봐요, 우리 둘 다 이 물고기를 정말로 찾고 싶어 하잖아요. 그리고 아직은 찾을 가능성이 있습니다. 저는 브라마사무드람의 출장비를 사용할 수 있습니다. 북부보호구역에 있는 파벨 스테파넥을 알고 있고, 그 업계에 있는 다른 사람들도 모두 아주 잘 알아요. 이 물고기가 숨어 있을 만한 곳이라면 제가 어디든 데려가서 들여보내 줄 수 있습니다. 하지만 당신이…… 그 물고기 자체에 대해서는 당신이 잘 알잖아요. 그것도 정말 중요합니다. 제가 혼자서는 이 일을 못 할 텐데, 그건 당신도 마찬가지잖아요. 그렇지만……." 핼야드가 손을 오락가락 흔들며 자신과 카린을 가리켰다. 마치 '당신과 제가 함께하면 가능해요.'라고 말하는 듯했다.

카린이 몸을 돌리더니 걸어갔다.

핼야드는 멍하니 카린이 문을 닫는 뒷모습을 바라봤다. 그리고 갑판에 혼자 남았다.

핼야드가 휴대폰을 꺼냈다. 지난 30분 동안 뭔가 다른 일이 일어났을 수도 있기 때문이었다. 어쩌면 중국이 비밀리에 유에량공 달기지 아래의 터널에 일곱 번째 대형 바이오뱅크를 운영하고 있다는 사실이 드러나서 시장에 당황스러운 반작용이 엄청나게 일어난 결과 멸종 크레딧의 가격이 1만 유로 아래로 떨어져서, 그가 본래 계획보다 더 많은 돈을 벌게 되었을 수도 있다.

하지만 만약 그런 일이 일어났다면 자신의 집사가 끼어들었을 것이라는 사실을 핼야드도 알고 있었다. 그리고 역시 최신 뉴스는 다시 재앙을 확인해 주었다. 지난 몇 시간 동안 상황을 파악한 전문가들은 더 큰 실의에 빠져 있었다. 거대한 도서관의 잿더미에서 아무것도 건져 낼 수 없었다. 핼야드는 현재의 자기 상황에 대해 뭔가 긴급하고 최대한 과감한 조치를 해야 한다는 사실을 알고 있었지만, 이 모든 일을 단 몇 초라도 미루고 싶은 마음에 집사에게 공격의 배후가 누구인지에 대한 최신 소식들을 요약해서 알려 달라고 요청했다.

그제야 핼야드는 공격 소식을 카린에게 전한 적이 없다는 사실을 떠올렸다. 그리고 데비 선장이 카린의 인터넷 접속을 복구하겠다고 경고했던 것도 떠올랐다. 핼야드가 서둘러 문으로 달려갔다.

핼야드가 미리 슬쩍 정보를 주거나 부드럽게 돌려 말하지 못한 상태에서 카린이 이 상황을 오해한다면, 그녀가 어떻게 나올지 알 수 없었다. 시위대가 모스바티아 행렬에 거대한 살덩어리를 던졌던 이유도 멸종 위기에 대해 이제 막 시작된 수많은 분노를 표출하기에는 핼야드 같은 멸종 산업 종사자들이 유용한 표적이기 때문이었다. (물론 실제로 멸종 위기는 복잡한 구조적 문제에서 비롯된 결과이므로 그런 식의 분노 표출은 매우 미숙한 사고방식이지만, 복잡한 구조적 문제에 고깃덩이를 던질 수는 없다. 그리고 그 사람들은 그 외 다른 방식으로는 자신의 감정을 표현할 능력이 없었다.) 만일 카린이 휴대폰으로 공격 소식을 읽고 독쑤기미의 마지막 흔적뿐 아니라 무갑류 새우와 검둥오리 사촌까지 모든 동물이 사라져 버렸다는 사실을 알게 된다면 슬픔으로 미쳐 버릴 것이다. 그리고 이 세상의 잘못된 모든 것을 대표하는 존재로 마음속에 헬야드가 생생하게 떠오를 테니 그를 화풀이의 첫 번째 목표로 삼을 것이다. 그리고 헬야드는 멍청하게도 카린이 데비 서장이나 브라마사무드람 소속의 다른 누구와 이야기하는 것만으로도 자신에게 엄청난 피해를 줄 수 있다는 확신을 그녀에게 심어 줬다.

헬야드는 바루나호의 선내로 뛰어 들어갔다. 집사가 헬야드에게 카린의 선실로 가는 길을 알려 줬다. 집사의 지시를 따랐음에도, 어째서인지 헬야드는 이 배의 특색 없는 베이지색 통로에서 헤매고 있었다. 이 통로는 꿈속에서처럼 넋을 잃고 헤매게 하려고 설계된 미로 같았다.

이윽고 헬야드가 카린의 문을 두드렸다. "카린 씨? 안에 있나요? 제발…… 다시 이야기 좀 해요. 카린 씨?"

문이 열렸다. 카린은 무표정하게 문가에 서서 그를 쳐다봤다.

"이미 알고 있을지도 모르겠네요. 하지만 아직 모르고 있다면 미리 마음의 준비를 하도록……"

"뉴스 봤어요." 카린이 말했다.

"당신은……." 헬야드는 '슬픔으로 미쳐 버린 것 같지는 않네요.'라는 말을 삼켰다.

카린이 몸을 돌려 서랍장으로 향했다. 서랍 하나는 이미 열려 있었고 배낭이 침대 위에 놓여 있었다. 카린이 짐을 싸고 있을 때 자신이 방해한 모양이라는 생각이 들었다. "북부보호구역으로 가고 싶어요." 카린이 티셔츠를 걷어 올리며 말했다. "그러니까 나를 거기로 데려가 주세요."

헬야드가 깜짝 놀랐다.

"놀랍지 않나요?" 카린이 말했다. "철저하더군요. 1만 9000종을…… 우리는 그게 두번이나 파괴되는 모습을 지켜본 셈이에요. 메뚜기떼도 그렇게는 못 해요. 메뚜기떼도 같은 걸 두 번 파괴하지는 못하잖아요."

"어……."

"내가 무감각해진 건지, 아니면 정말로 관심이 없어진 건지 모르겠어요. 난 한 번도 바이오뱅크에 관심을 가져 본 적이 없었어요. 인류가 몇몇 귀여운 종을 빼고는 되살릴 거라고 생각하지도 않았어요. 바이오뱅크에 저장한다는 게 그저 공허한 의식에 불과하다고 생각했죠."

"뭐, 저도 당신과 같은 생각입니다. 그러나 모든 걸 잃으면, 뭐랄까, 대체 시스템이 더 이상 남아 있지 않으면, 아직 남아 있는 것들을 지키기 위해 더 열심히 일하게 될지도 모르죠. 어쩌면 그게 희망이 될지도 모릅니다."

카린이 미심쩍은 눈으로 헬야드를 바라봤다. "정말로 그렇게 생각하세요?"

"아뇨." 헬야드가 인정했다.

5장

그것들을 먼저 본 사람은 핼야드였다. 수직이착륙기는 바다 위 1200미터 상공에서 날아가고 있었고, 핼야드의 왼쪽에 앉은 카린은 핀란드의 다도해 해안을 내려다보고 있었다. 소나무로 덮인 수십 개의 작은 섬들에 파도가 부딪치며 부서져 내리는 모습은 마치 해안선이 산산이 부서지는 것처럼 보였다. 그러나 오른쪽에 앉은 핼야드는 만 너머의 서쪽을 바라보고 있었다. 핼야드가 카린의 팔을 톡톡 쳤다. "대체 저게 뭐죠?" 카린이 고개를 돌리더니, 그 모습을 보고 헉 소리를 냈다.

회전항해선들이 이동하고 있었다.

카린이 세어 보니 다섯 척이었다. 바다에서 거대한 흰색 삼지창들이 튀어나온 것처럼 보였는데, 디자인은 서로 비슷했으나 완전히 똑같지는 않았다. 각 회전항해선의 쌍동선 선체가 두 줄기의 항적을 남기고, 부채꼴 모양으로 배치된 회전원통들은 세 개의 비행운을 남겼다. 물 위에는 깔끔한 줄무늬가 남았고, 공중에는 지저분한 줄무늬가 새겨졌다. 대략 비슷한 방향으로 이동하고 있었으니 수직이착륙기는 저 배들을 따라잡으며 회전원통이 내뿜은 공기를 들이마셨을 것이다. 회전항해선들은 어젯밤 바루나호를 지나쳤을 때와 같은 방향, 즉 남쪽의 올란드해를 향해 이동하고 있었다. 어제 봤던 회전항해선은 다른 일행을 위해 미리 항로를 정찰한 모양이었다. 카린은 창문을 가리려 애쓰던 사람의 모습을 다시 떠올렸다.

"저 배들은 회전항해선이에요." 카린이 말했다.

"저도 그건 알아요. 하지만 왜 모두 같은 방향으로 가는 걸까요? 이제는 더 이상 사람들이 회전항해선을 조종하지 않을걸요. 이제는 그냥…… 어슬렁거리며 돌아다니는 줄 알았는데."

"모르겠어요."

"진짜 이상하네."

헬야드의 말이 맞았다. 회전항해선들이 목적의식이 있는 것처럼 움직이는 모습을 보니 섬뜩한 느낌이 들었다. 카린은 휴대폰을 펼쳐서 발트해 인근의 선박 지도를 불러냈다. 그리고 아직 보지 못한 회전항해선 두 척을 더 발견했다. 회전항해선 일곱 척이 봄날에 소형 폭풍을 일으키며 달리고 있었다.

두 사람이 바루나호에서 떠나기 직전 카린은 화장실에서 나오다 그곳에 서 있는 압디와 마주쳤다.

"정말 미안해요." 압디가 말했다.

"독쑤기미에 대한 내 평가를 데비 선장에게 말해 줬지?"

"고자질…… 하려는 생각은 아니었어요. 그저 선장과 이야기를 잠깐 나누면서 뭔가 말한 것뿐이에요. 그게 중요한 문제라고는 생각도 못 했어요."

"본래는 중요하지 않았어."

"아무 말도 하지 말았어야 했는데."

카린이 어깨를 으쓱했다. 압디를 비난할 생각이 없다는 의미였다.

"바이오뱅크 소식 들었어요?" 압디가 물었다. 헬야드와 마찬가지로 카린이 그 사건을 슬퍼할 거라 예상하고 묻는 말투였다.

"응, 들었어."

"미친 짓이에요, 그죠?"

카린이 고개를 끄덕였다. "난 가 봐야 해."

압디가 주저하더니 말했다. "당신이 그리울 거예요." 그리고 곧 몸을 돌려 서둘러 떠났다.

적어도 압디를 안아 줄 수는 있었을 텐데.

두 사람은 이제 발트해의 1200미터 상공이 아니라 기차를 타고 발트해 50미터 아래의 탈싱키 터널을 지나고 있었다. 그때 헬야드가 카린에게 물었다. "자, 독쑤기미에 대해 말해 주세요. 그 물고기가 왜 그렇게 특별한 겁니까?"

카린이 미심쩍은 눈빛으로 헬야드를 바라봤다. 두 사람은 서로 마주 보며 앉아 있었다. 터널의 어둠이 가득한 열차의 창문에는 그들의 모습이 반사됐고 몇 초마다 깜빡이는 비상등이 스쳐 지나갔다.

"다시는 그 문제에 대해 당신에게 따지지 않을게요. 약속합니다." 헬야드가 말했다.

"근데 왜 묻는 거죠?" 이 여행을 시작할 때는 서로 어색했다. (그러나 어색한 분위기를 견디지 못하는 다른 사람들에 비하면 카린은 어색한 분위기를 그다지 신경 쓰는 성격이 아니었다.) 그들은 서로를 전혀 알지 못했고 둘 사이에 존재하는 것은 불신뿐이었다. 게다가 그들은 수직이착륙기의 좁은 2인용 선실에 나란히 앉아 있었는데, 그게 상승할 때 45도 뒤로 젖혀져서 승객은 좌석에 기대 누울 수밖에 없어서 어떤 대화를 해도 상황에 맞지 않게 침대에 함께 누워 정담을 나누는 꼴이 되어 버렸다. 갑판에서 카린에게 속 시원하게 고백한 뒤 헬야드는 마약에서 깨어난 것처럼 금방 자제력을 되찾았다. 헬야드가 이따금 잡담을 시도하는 것은 여자 친구에게 잘못을 저질러 놓고 그녀가 그 일을 생각하지 못하도록 자꾸 주의를 돌리려는 남자의 모습이나 다름없었다. 그러나 회전항해선들을 보고 흥분했던 시간이 지나간 후 헬야드는 더욱 편안해 보였다. 카린을 볼 때 그녀가 자신을 망칠 거라는 생각을 더 이상 하지 않게 된 모양이었다.

"이걸 물어보는 이유는 이제 이 물고기가 제 목숨줄이 되었기 때문입니다. 그리고 분명히 말하지만 전 물고기를 대단히 좋아해요. 다만 독쑤기미로는 초밥을 만들지 않기 때문에 이 물고기에 대해 아무것도 모를 뿐이죠. 이게 왜 멸종 크레딧 열세 장의 가치가 있는지도 모르겠습니다. 그러니까, 제 말은 겉만 보고 판단하면 안 된다는 건데 당신은 그러지 않잖아요, 그렇죠?"

"당신은 멕시코의 프레리도그가 지구상에 존재하는 비인간 동물 중에서 가장 발달한 음성 언어를 가지고 있을 거라고는 생각해 본 적이 없을 거예요. 하지만 프레리도그는 정말로 음성 언어 체계가 가장 발달된 종이에요. 자연은 전혀 예측할 수 없는 방식으로 지능을 분배하죠." 카린은 헬야드와 이에 대해 별로 이야기를 나누고 싶지 않았지만, 다른 한편으로는 브라마사무드람이 저지른 피해에 대해 헬야드가 이해해야 한다고 생각했다. 그래서 휴대폰을 내려놓고 이야기를 시작했다. "진화론적으로 볼 때, 독쑤기미가 그렇게 똑똑한 것은 다양한 고객들을 상대해야 하기 때문이에요. 우리 모두 고객을 직접 응대하는 업무가 겉으로 보기보다 훨씬 번거로울 때도 있다는 점은 알고 있잖아요."

헬야드가 뉘우치는 표정을 짐짓 꾸며 내며 카린을 바라봤다.

카린은 독쑤기미가 청소부 물고기라고 설명했다. 다른 물고기의 기생충과 해조류, 죽은 피부를 갉아 먹으며 산다는 뜻이었다. 독쑤기미에게 다른 물고기가 있어야 하는 만큼 다른 물고기들도 독쑤기미가 필요했다. 송어나 악상어 등의 물고기들은 정기적으로 목욕 치료를 받지 못하면 곧 몸 전체가 오물로 뒤덮이기 때문이다. 한 마리의 독쑤기미는 하루에 1000마리가 넘는 고객을 돌보며, 각 고객의 피를 빨아 먹는 기생충을 1000마리 이상 제거할 수 있다. 진정으로 전문적 지식과 기량의 본보기라고 할 수 있다.

그런데 이것은 독쑤기미가 하는 일의 절반도 안 된다. 때로는 상어나 장어처럼 자기보다 덩치가 큰 동물의 이빨을 닦는 일도 있는데, 그것들이 언제든 변덕이 나면 입을 다물어 이 작은 청소부를 삼켜 버릴 수도 있었다. 따라서 잠재적 고객은 수백 번의 방문을 통해 시험적이고 점진적으로 독쑤기미와 신뢰를 쌓아야 했다. 그래서 독쑤기미는 머릿속에 모든 고객에 대한 데이터베이스를 가지고 있었으며, 각 고객이 얼마나 자주 손질하는지 그리고 다음에 만날 날이 언제인지 기억했다.

카리브해의 네온 고비로부터 말라위 호수의 호넷 시클리드에 이르는 전 세계의 청소부 물고기들도 이렇듯 솜씨가 좋았다. 지구상에서 가장 영리한 어종은 모두 청소부 물고기였다. 고객 데이터베이스를 유지하려면 탁월한 정신이 필요하기 때문이었다. 실제로 거울에 비친 모습을 보고 자신을 인식하는(자아 인식에 대한 전통적인 실험 방법이다) 최초의 물고기가 바로 청소부 물고기인 청줄청소놀래기였다. (카린은 재교육을 받는 동안 그런 모든 발견을 고집스럽게 불신하는 사람들에 대한 글을 읽은 적이 있다. 매우 익숙하게 느껴졌다. '누구도 야생에서 X를 할 수 있는 동물은 발견하지 못할 것이다. 오직 인간만이 그것을 할 수 있다!'라고 선언했던 사람들은 '누구도 컴퓨터를 프로그래밍해서 Y를 하도록 만들 수 없을 것이다. 오직 인간만이 그것을 할 수 있다!'라고 선언했던 사람들과 비슷한 부류이다.)

그러나 호리카와 가즈가 발견한 것은, 그리고 카린이 최근 실험을 통해 확인한 것은 독쏘기미가 동류의 물고기들과는 다른 특이한 점이 있다는 사실이었다.

청소하는 중에 고객이 독쏘기미를 배신하고 잡아먹으면(종종 발생하는 일이다) 주변 독쏘기미들이 종종 벌을 주러 나섰다. 독쏘기미 떼는 범인에게 몰려가 죽을 때까지 물어뜯었다. 그때는 각질을 제거하는 수준이 아니라 핏속으로 독이 들어갈 정도로 깊게 물어뜯었다. 독쏘기미 여러 마리가 떼로 달려들면 훨씬 큰 물고기도 마비시키고 죽일 수 있었다. 수백만 년에 걸친 공진화 과정을 거치며 독쏘기미의 고객이 되는 종들은 그들과의 관계를 훼손하지 말아야 한다고 배웠다. 화려한 색으로 자신의 독을 광고하는 갯민숭달팽이를 먹어서는 안 된다는 사실을 배우듯이.

그러나 독쑤기미가 나쁜 고객을 항상 처벌하는 것은 아니었다. 그냥 넘어가는 경우도 있었다. 호리카와는 이에 대한 이론을 제시했는데, 「독쑤기미의 사회적 전략 행동 방식」이 저명한 저널에 실리지 못한 가장 큰 원인이 바로 그 이론이었다. 카린도 처음 그 이론을 읽었을 때 터무니없다고 생각했었다.

호리카와는 논문의 고찰 부분에서 1910년부터 1945년 사이의 일제 강점기에 서울에 살았던 '깡패'와 독쑤기미를 비교했다. 문맹으로 알려진 '성기'라는 이름의 이 깡패는 일본인 작가 쓰지야 이사부로에게 구술한 자서전에서 자신의 조직이 일본 야쿠자의 식민지 지부를 어떻게 상대했는지 설명했다. 야쿠자는 밀수품의 하급 유통업자로 깡패들을 고용했다. 그러나 야쿠자는 깡패들을 속이거나 살해해도 벌을 받지 않을 거라고 생각했다. 그런 일이 일어날 때마다 깡패는 책임이 있는 자에게 복수할지를 결정해야 했다.

성기가 회상했다. "우리가 돈을 많이 벌었을 때는 겁먹을 게 전혀 없다고 생각했으니까 반격에 나섰소. 아주 약해졌을 때도 마지막 기회일지도 모른다는 느낌이 드니까 반격했고. 그렇지만 아주 약하지도 강하지도 않을 때는 늘 반격하지 않았소. 그런 때는 다들 일본과 안정적으로 거래하고 싶어 했으니까. 그리고 돈을 나눠야 하는 사람이 한 명이라도 적어지면, 죽은 사람의 혼령을 기려야 하니 마니 해도 별로 관심이 안 가거든." 호리카와는 이것이 독쑤기미가 나쁜 고객을 처벌할지 결정하는 방식과 정확히 동일하다고 생각했다.

호리카와는 스웨덴 연안의 암초에 있는 독쑤기미의 자연 서식지를 관찰하며 이 모든 내용을 추론했다. 그러나 언젠가는 실험실의 통제된 환경에서 그 행동 방식을 검증할 수 있기를 바랐다. 반면에 카린의 보고서는 처음부터 끝까지 바루나호의 실험실에서 진행한 실험을 바탕으로 작성됐다. 그러나 카린은 언젠가 바다 밑의 독쏘기미를 연구할 수 있기를 바랐다. 독쏘기미를 대량 학살한 채굴선의 소식을 듣기 전까지는 그런 기회를 원했다. 호리카와가 연구할 당시는 끝없는 헌신과 인내가 필요했다. 그래서 때때로 카린은 과거로 돌아가 브라마사무드람의 임무를 겨우 3개월 만에 완료할 수 있을 정도로 발달한 기술을 호리카와에게 전해 주고 싶다는 생각을 하기도 했다. 예를 들어 카린은 좋은 고객과 나쁜 고객을 모의 실험하기 위해 로봇 대구 10여 마리를 독쏘기미와 함께 수조에 넣었다. 대구의 껍질은 탄성중합체로 만들었고, 그 위에 쏘저우의 한 회사에서 주문 제작한 박테리아 반죽을 발라서 실제 생선 냄새를 풍겼을 뿐만 아니라, 해조류와 점액 같은 맛을 내는 미세 섬유도 돌출되게 했다. 로봇은 먹는 것처럼 독쏘기미를 삼켰다가 실험이 끝나면 이상 없이 내보냈다.

성기는 자서전의 후반부에서 야쿠자의 하부 조직원이 깡패 배달부의 여자 친구를 강간하고, 뒤이어 배달부와 대치하다 총으로 쏘아 죽인 사건에 관해 이야기했다. “우린 나름대로 도박장을 운영하면서 아주 잘 지내고 있었으니까 일본인을 괴롭혀도 아무 문제가 없었소. 그래서 모두가 그 야쿠자를 죽이기로 했지. 그런데 그 야쿠자가 뭔가 다른 문제 때문에 일본으로 돌아가 버렸다는 사실을 알게 된 거요. 그날 밤 우리네 패거리 몇 명이 모교라는 다리 위에서 죽치고 있을 때 어떤 일본 남자가 혼자서 지나가는 거요. 그래서 그 남자를 패고 칼로 찔러서 죽여 버렸지. 그 남자가 누구인지는 아무도 몰랐소.”

이상하게도 독쑤기미 사이에서도 이와 비슷한 일이 벌어졌다. 호리카와는 독쑤기미들이 복수할 준비가 됐지만, 문제의 고객이 이미 사라진 경우에는 그 고객과 같은 종의 다른 개체를 대신 죽인다는 사실을 알아냈다. 진화론으로는 이 상황을 설명하기 힘들었다. 다른 종에게 나를 공격하지 않도록 '가르침'을 주는 게 목적이라면, 희생양에게 복수해서 얻을 수 있는 것은 아무것도 없었다. 유전자 풀에서 위반자의 유전자를 도태시키려 죽이는 것이므로, 나를 공격하지 않은 개체의 유전자를 도태시키는 것은 잘못된 행위였다.

그래서 호리카와는 이 지점에서 전통적인 과학의 길에서 빠르게 빗겨 나갔다. 그녀는 독쑤기미가 깡패와 비슷하다고 주장했다. 복수의 목적이 실용적이지 않고, 오히려 감정적이거나 의례적 기능을 하고 있다는 것이었다. 그냥 아무것도 안 하느니 차라리 엉뚱한 물고기를 재빨리 공격하는 것으로. 이런 행동의 비합리성이 독쑤기미가 다른 어떤 물고기보다 인지적으로 발달했다는 사실을 증명했다. 매우 발달한 종만이 그렇게 무익한 일을 할 수 있을 것이다.

"그렇다면 독쑤기미가 당신에게 그렇게 큰 의미를 갖는 것은 복수심이 한국의 길거리 폭력배들처럼 강하기 때문인 건가요?" 핼야드가 물었다.

"내가 독쑤기미를 영리하다고 생각하는 것은 복수 때문만은 아니에요. 독쑤기미는 수천 마리에 이르는 다양한 고객에 대한 데이터베이스를 머릿속에 유지하기도 해요. 어떤 논리 퍼즐에서는 독쑤기미가 침팬지보다 높은 성취를 보였죠. 그리고 첫 시도로 미로를 푼 다음에 그 경로를 몇 주 후까지도 기억할 수 있어요. 거울에 비친 자신의 모습을 알아볼 수도 있고요. 동료들과 떨어지면 눈에 띄게 풀이 죽어요. 하지만 맞아요. 독쑤기미가 정말 독특한 종일지도 모르겠다는 내 믿음은 그 물고기의 불합리한 행동과 많이 관련되어 있어요."

"믿기지 않네요."

"데이터를 보여 줄 수도 있어요."

"아뇨, 제 말은 그게 전부가 아닐 거라는 뜻입니다. 미안하지만, 당신이 말하는 방식이 뭔가 달랐거든요. 얼굴의 표정도 뭔가 그렇고. 전부 다 말해 주지 않은 거죠?"

"당신이 그렇게 말할 자격이 되나요? 당신이 전부 다 말해 줬다고 내가 믿어야 하나요? 당신이 일종의 대담한 사업 결정을 내렸기 때문에 멸종 크레딧 열세 개가 사라졌다고 내가 믿어야 하나요?"

"그럼, 다 말해 주지 않았다고 인정하는 건가요? 더 해 줄 말이 있어요?"

카린이 핼야드에게서 눈을 돌려 터널 안을 비추기 시작하는 에스토니아의 햇살을 바라봤다.

북부보호구역으로 들어가는 입구에서 만난 스테파넥이라는 사람은 후드가 달린 뽀송뽀송한 갈색 천의 수도사 가운을 입고 있었다. 스테파넥의 뒤에 달랑거리는 꼬리가 카린의 눈에 들어왔다. 스테파넥은 투명하고 커다란 비닐봉지 두 개를 들고 있었다.

"옷이 왜 그 모양이죠?" 핼야드가 물었다.

"이건 수달 의상이에요." 스테파넥이 시범을 보이며 후드를 뒤집어썼다. 후드에 귀와 눈, 코가 달려 있었다. 그리고 봉지를 내밀었다. "여러분이 입을 것도 하나씩 준비했습니다."

카린은 눈을 감고 숨을 들이쉬었다. 일곱 시간이 넘는 동안 그들은 다양한 탈것을 타고 이동했다. 수직이착륙기를 타고 핀란드 투르

쿠로 가서 기차를 타고 에스토니아의 탈린으로 갔다가 다시 다른 기차를 타고 타르투로 갔다. 그리고 택시를 타고 도시를 벗어나 달리자 길가의 유채밭이 클로버로 덮인 들판으로 바뀌고 클로버가 야생초로 바뀌었다. 그리고 마침내 숲에 도착했다. 비록 좌우 양방향으로 눈길이 닿는 곳까지 나무들 사이로 구불구불 이어진 북부보호구역의 높다란 철제 울타리가 진짜 야생의 느낌을 지워 버렸지만, 습지에서 흘러나온 토탄질 흙냄새 가득한 공기를 마시니 정말 좋았다. 해가 지기 한 시간 전이었는데 자작나무들이 산들바람에 성의 낡은 대문이 여닫히며 삐걱대듯 신음하고 있었다.

헬야드가 스테파넥이 건네준 의상을 살펴봤다. "정말 고맙지만, 진짜로 괜찮아요."

"여기로 들어가기 전에 이 옷을 입어야만 해요." 스테파넥이 미소를 지으며 말했다.

"왜요?"

"검은발수달 새끼가 성장하는 동안 인간과 접촉해서 긍정적인 관계를 맺게 되면 그 새끼가 야생 개체군에 다시 적응하는 게 훨씬 어려워지거든요. 뭐, 그게 전문가들 말입니다. 저는 시스템 담당자 쪽이고요."

"새끼 수달이 우리를 볼까 봐 걱정하는 건가요?" 헬야드가 물었다.

"네."

"저 안에 수달이 많이 있나요?"

"확실히는 잘 모르겠어요. 하지만, 그래요, 여러분이 방문하는 도중에 예기치 않게 검은발수달 새끼를 만날 가능성이 있어요."

“알았어요. 혹시라도 마주친다면 새끼 수달이 인간에 대해 긍정적인 연상을 하지 않도록 할게요. 최대한 냉정하게 대하겠다고 약속할게요, 스테파넥.”

“어떤 위험도 감수할 수 없는 상황입니다.” 스테파넥이 봉지 하나를 카린에게, 다른 하나를 헬야드에게 건네며 말했다. “우리는 새끼 수달이 인간 세상이 아니라 수달들의 세계에서 자라도록 해야 합니다. 어쨌든, 단 한 마리라도 새끼 수달의 미래를 망치고 싶지 않아요. 현재의 수달 번식 프로그램이 기대 수준에 전혀 미치지 못하고 있거든요.” 스테파넥은 대단히 걱정할 문제는 아니라는 투로 덧붙여 말했는데, 수달 의상을 절박한 조치나 최후의 수단으로 이해해선 안 된다고 했다.

카린은 스테파넥의 쾌활한 목소리를 들으며 제품 개발 분야에서 일할 때 만났던 상사들의 불안정한 성격이 떠올랐다. 그 당시에는 스트레스를 겉으로 드러내는 것이 어떤 경우에도 금지되었다. 어떤 문제나 차질도 최악의 상황에는 사소하고 시시한 것으로, 최상의 상황에는 자극적이고 교훈적인 것으로 간주했다. 한 번은 특허 소송의 결과로 6주 동안 코드를 분해해 거의 처음부터 다시 만들어야 하는 상황에서 상사에게 어떻게 그렇게 침착할 수 있는지 물어봤던 적이 있었다. 상사는 요가와 인삼차 덕분이라고 대답했지만, 나중에 카린은 그 상사가 재난 생존자들이 대피하는 동안 긴장병을 앓지 않도록 고안된 신경 펩타이드 패치를 위팔에 붙이고 있었다는 사실을 알게 됐다.

카린이 의상이 들어 있는 비닐 커버의 지퍼를 열었다. 헬야드가 코끝을 찡그렸다. “냄새가 끔찍하네요.”

"네, 모든 의상에 수달의 소변을 뿌리거든요." 스테파넥이 말했다.

헬야드가 봉지를 받았다. "거기 괜찮은 거예요, 스테파넥?"

스테파넥이 더 활짝 웃었다. "아, 네, 네, 네, 그럼요. 그렇고 말고요. 완벽하게 좋아요. 네. 좀 정신없는 때에 와서 그래요."

"우리가 왜 왔는지 궁금하죠?" 카린이 말했다.

스테파넥이 정말로 알고 싶다는 듯 고개를 끄덕였다.

"독쑤기미라는 종을 찾고 있어요."

스테파넥이 수달 의상의 주머니에서 휴대폰을 꺼냈다. "다시 말해줄래요?"

"독쑤기미, 키클롭테루스 베네나투스."

스테파넥이 휴대폰에 대고 중얼거렸다. 잠시 후 고개를 들어 카린을 바라봤다. "네, 여기 있습니다." 스테파넥이 말했다.

6장

북부보호구역은 노아의 방주이자 에덴동산이었다. 페이푸스 호수 서쪽가에 약 45평방킬로미터에 달하는 보호구역은 델타생태서비스라는 회사가 관리하는데, 에스토니아의 페입시베르 자연보호구역을 부분적으로 민영화한 결과물이었다. 판다 치우치우가 역사에 남을 죽음을 맞이하기 전까지 델타생태서비스는 EU의 수자원 기본 지침의 요구 사항을 충족하려는 기업들을 위해 습지와 수로를 보호하고 복원하는 일을 전문으로 했다. 그런데 세계멸종위원회의 초창기에 사람들이 멸종 크레딧 하나의 가격이 곧 100만 단위로 치솟을 것이라 진지하게 예측하고 있을 때, 델타는 완전히 새로운 사업 모델, 즉 'EU의 수자원 기본 지침'이라는 말이 상대적으로 지루하게 들릴 정도로 대담하고 혁신적인 사업 모델을 내다봤다.

어떤 종을 멸종으로 내몰면 세계멸종위원회에 크레딧을 제출해야 한다. 그러나 반대로 멸종 위기에 처한 종을 구하면 위원회에서 그 공로를 인정해 크레딧을 던져 준다. 그래서 델타생태서비스는 수십 종의 다양한 멸종위기종을 한곳에 모아 엄청난 규모의 경제를 실현할 수 있는 자연보호구역을 만들자는 아이디어를 냈다. 세계멸종위원회는 그 노력에 대한 보상으로 크레딧을 지급했다. 그래서 각 위기종을 구해 내는 데 투자한 총비용이 크레딧의 가격보다 낮다면, 델타는 크레딧을 절실히 필요로 하는 지구 파괴자들에게 판매해서 이익을 챙길 수 있다.

아무튼 이것이 멸종 크레딧을 시장 논리로 운영하는 절반의 이유였다. 시장 논리는 종을 구하는 일을 가장 저렴하게 수행할 수 있는 사람에게 효과적으로 할당하여 세계 경제에 최소한의 비용으로 동일한 결과를 달성할 수 있게 하기 위한 것이었다. 브라마사무드람은 많은 동물을 말살했지만 보호구역을 많이 건설해 속죄하는 것은 전혀 고려하지 않았다. 그 일은 그들이 잘하는 분야가 아니었다. 대신 브라마사무드람은 공개 시장에서 크레딧을 구매함으로써 간접적으로 델타에 비용을 지불해 그 일을 하도록 했다.

한동안 델타생태서비스가 제시한 제안은 상당히 유망해 보였다. 신규 투자로 주머니가 두둑했던 델타는 (온두라스부터 미얀마에 이르는 여러 정부를 포함해서) 에스토니아 정부에 접근해서 페입시베르 자연보호구역의 일부를 인수하고 싶다고 제안했다. 그 지역의 귀중한 생태적 자산을 환경부에 추가 비용을 요구하지 않으며 최대한 높은 수준으로 돌보고, 일정한 수익 목표를 달성하면 재무부에 막대한 사용료를 지급하겠다고 했다. 에스토니아는 풍부한 천연자원의 혜택을 받은 적이 없었지만 수백만 유로 상당의 멸종 크레딧을 확보하는 것은 광구(鑛區)를 갖는 것만큼이나 좋은 조건이었다. 게다가 당시 에스토니아는 하필 예산 위기를 겪고 있었다. 그래서 델타는

30년 임대 계약을 체결하고, 울타리를 설치한 후 이 새로운 영토를 조경해서 북유럽의 다양한 서식지에서 이민 온 다양한 동물들을 지원할 수 있도록 만들었다.

이것이 헬야드가 북부보호구역에 오고자 했던 이유였다. 델타생태서비스는 발트해와 카스피해에서 온 수생 생물종들을 맞이하기 위해 바닥에 콘크리트 암초를 깔고 차가운 소금물을 가득 채운 인공 호수를 만들었다. 독쑤기미의 멋진 보금자리가 될 수 있는 환경이었다. 그리고 아는 사람이 아니면 아무리 돈을 줘도 저녁 식사를 할 수 없는 헬싱키의 소말리아 식당을 결혼기념일에 헬야드가 예약해 준 덕분에 스테파넥은 헬야드에게 호의적인 감정을 가지고 있었다. 그러므로 헬야드는 자신의 부탁을 스테파넥이 거절하지 않을 것이라 생각했다.

역시 그들은 들어갈 수 있었다. 표면이 거칠거칠한 늪지대용 타이어가 달린 소형 지프가 비포장 도로를 따라 호수로 질주했다. 두 사람은 앞에 앉고 헬야드는 뒷좌석에 앉아 있었다.

"이 수달 의상은 매일 입나요?" 헬야드가 자신의 꼬리를 아래로 내리며 물었다.

"아뇨. 오늘 아침 창고에서 방금 꺼낸 겁니다. 아까도 말했다시피 당신이 여기 오다니 정말 이상하네요. 확실히 전환기라는 생각이 드는군요. 원래라면 만날 시간이 없었는데 헬야드 씨가 당신이 동물 행동 전문가라고 해서요." 스테파넥이 카린을 힐끗 쳐다보며 말했다. "마침 우리한테 그런 전문가가 정말로 필요하거든요!"

"직원 중에 행동 전문가들이 많지 않나요?" 카린이 물었다.

"사실 그 분야의 전문가를 유치하는 데 조금 문제가 있었습니다."

그들이 커브를 돌 때 나무 사이로 노을이 주황색으로 반짝거렸다.
"전환기라니, 무슨 뜻인가요?" 핼야드가 물었다.

"가격 급등 때문이죠. 이런 날이 올 거라고는 아무도 예상 못 했잖아요! 이제 거의 40에 육박하는 거 알아요?" 멸종 크레딧 한 개가 거의 40만 유로에 팔린다는 뜻이었다. "놀랍지 않나요?"

"하지만 그게 무슨 차이가……."

지프 앞에 갈색의 물체가 반짝거리는 바람에 갑자기 차가 브레이크를 잡았다. 세 사람 모두 앞쪽으로 몸이 쏠렸다. 순간적으로 핼야드는 판다의 세포로 만든 대포알이 아니라 실제로 곰을 칠 뻔한 모양이라고 짐작했지만, 곧 수달 의상을 입은 다른 사람이 지나가던 중이었음을 알아차렸다. 그 수달은 한 손에 마취총을 들고 있었다. 스키 폴처럼 가늘고 긴 총신에 어깨 받침대가 달려 있어서 알아보기 쉬웠다.

"누구예요?"

"페카 씨였어요. 저 사람은 보통 지침에 따라 일합니다. 어쩌면 바바리아소나무밭쥐를 봤는지도 몰라요. 혹시 바바리아소나무밭쥐에 대해 좀 아세요? 아주 잘 도망 다니는 녀석이죠."

"당신들은 동물이 어디에 있는지 모르는 건가요?" 카린이 물었다. 그녀의 목소리에는 핼야드가 진즉 알아차리고 두려워하기 시작한 날카로움이 깃들어 있었다. 카린의 날카로움은 입고 있는 수달 의상에도 영향을 받지 않은 듯 약해지지 않았다.

합리적인 의문이었다. 북부보호구역은 파놉티콘 구조여야 작동할 수 있는 시스템이었다. 서로 낯선 동물 수십 종을 한데 섞어 놓으면 대량 살육이 발생하는 게 당연했다. 그런 살육을 완화시킬 유일한 방법은 위에서 끊임없이 개입하는 것이었다. 따라서 북부보호구역 내부는 카메라와 센서들이 모든 동물을 추적하고, 반사슬 예측 분석 소프트웨어에 충분한 데이터를 입력해서 섬세한 균형을 정교하게 유지했다. A종을 몇 마리 도태시켜 B종을 압도하지 않도록 막는다. X종을 조금 더 번식시켜 Y종의 먹이가 되는 나무의 가루받이를 활성화한다. 우주가 붕괴하지 않도록 구하는 유일한 방법은 신의 '수정하는 손'이 끊임없이 접시를 돌리는 것이라던 뉴턴의 생각처럼 델타는 각 종을 슬쩍 밀고 비틀어서 이 자그마한 세계의 엔트로피적 종말을 조금씩 늦추고 있었다.

그래서 북부보호구역은 생태학이 아니라 (카린의 사례처럼) 기술 분야에서 경력을 쌓은 사람이 운영했다. 요즘 델타생태서비스는 자신들을 '연못을 파고 멸종 위기에 처한 다람쥐에게 젖을 먹이는' 사업체뿐만 아니라 데이터 사업체로 소개하길 좋아했다.

"자, 멸종 크레딧이 3만 유로로 내려갔을 때, 계산 방식이 완전히 바뀌었었다는 사실을 이해해야 해요. 그 시점에는 생물종 유지에 들어가는 총경비가 멸종 크레딧을 팔아 돌려받을 수 있는 금액을 넘지 않도록 하는 게 매우 어려웠습니다. 다행히 비용을 절감할 수 있는 여러 분야를 찾아냈죠."

"어떤 부분이요?"

"음, 감시망에 유지비가 얼마나 많이 들어가는지 아마 못 믿으실걸요. 카메라만 해도 2000대가 넘어요. 가끔은 동물을 돌보는 것보다 카메라를 돌보는 게 더 힘들다는 생각이 든다니까요!"

"그러면 카메라를 꺼 둔다는 건가요?" 카린이 물었다.

"지금은 그냥 원하는 만큼 360도로 촬영하지는 않는다는 거죠."

"그래서 수달이 어디에 있는지 모르는 거군요."

"감시망을 다시 완벽하게 복구할 때까지는 직접 발로 뛰어야 한다는 겁니다. 아까 본 페카 씨도 그런 일을 하는 거죠. 어떻게 보면 그게 더 좋을 수도 있어요. 직접 해 보면서 기초 지식을 쌓을 수 있으니까요."

"이 냄새는 뭐죠?" 핼야드가 물었다.

"말했잖아요. 수달 소변이에요."

"아뇨, 이건 그 냄새가 아니에요." 식초 냄새였다. 산들바람에 공업적인 냄새가 실려 있었다.

"아, 네, 그러네요. 이제 거의 다 왔습니다." 스테파넥이 수달 의상의 주머니를 뒤적이며 말했다. "이 주머니 꽤 진짜 같은데요! 어떤 수달 종은 피부 주름에 좋아하는 돌멩이를 보관하기도 한대요. 믿어지세요?"

"네." 카린이 대답했다.

"죄송해요. 동물 전문가시니 당연히 아시는 이야기겠죠. 하지만 전 처음 듣는 이야기였습니다. 아까 말씀드렸다시피 저는 시스템 쪽 일을 주로 하거든요. 그래도 이 일을 하면서 동물에 관한 흥미로운 사실들을 많이 배웠어요!" 스테파넥은 얇은 한 겹의 필터 마스크를 카린에게 건넨 후 할야드에게도 건넸다. "이 마스크를 쓰시는 걸 강력히 추천드립니다."

"왜요?"

그때 지프가 산등성이를 넘어가자 평평한 습지가 펼쳐지며 시야가 탁 트였다. 100여 미터 떨어진 길가에 이 풍경과 어울리지 않는 모습이 핼야드의 눈에 들어왔다. 진흙 바닥에 선명한 파란색의 철제 드럼처럼 보이는 수백 개의 통이 뒤섞여 있었고, 그 근처에 그래플 로더(거대한 갈퀴가 달린 집게로 통나무 따위를 붙잡아서 들어 옮기는 중장비 ―옮긴이)가 장착된 트럭이 있었다. 트럭 옆에는 사람 크기의 수달들이 서 있었다.

수달 한 마리가 팔을 흔들며 달려왔다. 이번에는 어쩌다 우연히 지프의 경로에 끼어든 게 아니라, 지프를 고의로 막으려는 것이었다. 스테파넥이 지프에 멈추라고 지시했다. 냄새가 너무 강해서 코를 찔렀다. 카린과 핼야드는 모두 필터 마스크를 쓴 상태였다.

"빌어먹을 재앙이 터졌어요!" 수달이 지프에 다가오더니 소리쳤다. 여성이었다.

"뭐가 문제예요?" 스테파넥이 물었다.

"일단은 트럭이 꼼짝도 못 해요. 애초에 트럭을 여기까지 몰고 오지 말았어야 했어요."

"여기는 트럭이 많이 들락거렸잖아요."

"겨울에나 그렇죠. 땅이 딱딱했으니까요. 지금은 트럭이 말 그대로 늪에 가라앉아서 꼼짝도 못 하고 있어요. 왜 우리는 무한궤도 같은 게 달린 차를 안 사는 거죠?"

"난 모르겠어요. 페카 씨에게 말해 보세요."

"게다가 통이 새고 있어요."

"그건 이미 알고 있어요."

"몇 개만 새는 줄 알았는데, 절반 넘게 새는 것 같아요. 그래서 냄새가 이렇게 지독한 거예요." 실제로 핼야드에게 필터 마스크는 전혀 도움이 되지 않았다. 수달의 오줌 삭은 냄새는 여기에 비하면 오렌지꽃 향기 같았다.

"왜 그렇게 많이 새는 거죠?"

"러시아인들에게 물어보세요. 그 빌어먹을 류디노보 경제특구 친구들에게 물어보라고요!"

"옮기기 전에 봉인해야 합니다."

"그래요, 당연하죠. 하지만 어떻게요? 저걸 어디로 옮겨야 할지도 아직 모르겠는데!"

"좋은 해결책을 찾을 수 있을 거예요. 하지만 지금 당장 난 친구들을 데리고 세븐 호수로 가야 해요. 곧 돌아올게요." 스테파넥이 미쳐 날뛰는 수달에게 손을 살짝 흔들었다.

"안 돼요, 스테파넥……"

하지만 지프가 속도를 내자 그 뒤의 말은 더 이상 들리지 않았다.

"저 통에는 뭐가 들어 있는 거예요?" 카린이 물었다.

"이게 제대로 된 마스크가 맞나요?" 헬야드가 물었다.

스테파넥이 설명했다. "아까 말했듯이 멸종 크레딧 가격이 바닥까지 떨어지는 바람에 계산 방식을 바꿔야만 했습니다. 지금 보면 짧은 생각으로 보일 수도 있지만 저는 개인적으로는 항상 이게 장기적인 관점에서 도움이 된다고 생각했어요. 수입원을 다각화해야 북부 보호구역의 미래를 보장받을 수 있잖습니까. 물론 어젯밤부터 다시 계산 방식이 바뀌었으니 이제 핵심적인 업무로 돌아가야 할 때긴 하지요."

"보호구역이 얼마나 오염되었나요?"

"글쎄요, 생태계에는 전혀 영향이 없었으면 좋겠습니다. 수송용 통에서 이런 일이 발생할 거라고 누가 예상했겠어요. 하지만 방금 보셨듯이 지금은 모든 걸 밖으로 빼내고 있어요. 매우 견고한 생태계를 구축해 뒀으니 그 후에는 빠르게 정상으로 돌아갈 겁니다. 델타생태서비스는 자연보호구역 사업을 시작하기 전부터 오랫동안 습지 복원을 전문으로 하고 있었어요. 약간 손을 봐야 할지도 모르겠지만 문제없이 해낼 거예요."

업계에는 델타생태서비스가 흔들리고 있다는 소문이 있었지만 핼야드는 북부보호구역이 이렇게까지 망가졌을 줄은 생각도 못했다. 어쨌든 그들이 왜 오늘 당황했는지는 이해했다. 델타는 한 종을 입양한 것에 대한 보상으로 세계멸종위원회에서 멸종 크레딧을 받을 때마다 위험을 떠안았다. 만일 델타의 부주의로 북부보호구역에 마지막으로 남아 있던 종이 멸종하면, 위원회가 크레딧을 돌려 달라고 할 것이다. 멸종 크레딧이 3만 8432유로일 때 검은발수달이나 바바리아소나무밭쥐를 서투르게 다룬 것은 큰 문제가 되지 않았다. 그러나 크레딧이 갑자기 그 열 배로 가격이 올라가면 부채가 순식간에 급격히 증가해서 심각한 문제가 될 수 있다.

핼야드와 카린은 북부보호구역에 들어가는 조건으로 각자의 휴대폰에 기밀 유지 프로그램을 다운받았다.

그 프로그램은 휴대폰 사용자가 기밀을 유출할 경우 상대방에게 경고할 수 있도록 사용자의 개인 집사에게 지시를 내려 대화를 감시하게 할 정도로 억압적인 종류는 아니었지만, 휴대폰의 인증칩을 비활성화시켜 몰래 오디오나 비디오를 녹음하더라도 그 파일에 아무런 가치가 없도록 했다. 인증칩이 비활성화된 상태에서 생성한 파일은 진실성을 증명할 수 없기 때문이다. 따라서 스테파넥은 꽤 자유롭게 말하고 있었다. 핼야드는 지금의 상황이 얼마나 심각한지 직접 물어보고 싶다는 충동을 느꼈다. 그러나 다른 한편으로는 스테파넥이 지나치게 자유롭게 떠들고 있다는 생각도 들었다. 카린이 스테파넥을 늪에 처박아 버리고 싶다는 표정으로 바라보고 있었기 때문이다.

그럼에도 핼야드는 기분이 훨씬 나아졌다. 끔찍하게 발각되는 사태를 피하려 애쓰는 사람이 자기 혼자만은 아니었던 것이다. 유럽 전역에서, 전 세계 곳곳에서, 속임수와 도박, 편법을 일삼던 사람들이 멸종 크레딧이 40만 유로가 되었다는 사실이 내뿜는 인정사정없는 화염 속에서 불타오르고 있을 것이다.

그들은 상당히 거대한 페이푸스 호수의 기슭을 따라 줄지어 있는 작은 호수들에 도착했다. 일부는 천연 호수이고 일부는 인공 호수였다. 잔잔한 물결에 비친 하늘이 선명하게 빛나는, 더할 나위 없이 완벽한 황혼이었다. 아름다운 풍경이 눈부신 햇빛에도 방해받지 않은 채 비현실적으로 펼쳐져 있었다. 하지만 진흙에서 올라오는 썩은 달걀 냄새는 통에서 나오는 찌르는 듯한 독한 냄새를 가리지 못했고, 수달의 지린내는 그 두 냄새에 완전히 밀려나 버렸다. "여기가 세븐 호수입니다." 지프가 주차하는 동안 스테파넥이 말했다. "수리학(水理學)적으로 이 호수는 깊이와 암초와 모든 조건이 보트니아만과 같아요! 그래서 어류를 들여올 때 다른 물고기들에게 도움을 주려고 독쑤기미 무리도 들여왔죠." 핼야드가 호수를 바라봤다. 이 호수가 그에게 구원이 될까? "한번 보실래요?" 스테파넥이 카린에게 물었다.

"왜요?" 카린이 되물었다. "호숫가에서는 물고기를 볼 수 없잖아요?"

"네, 물론 그렇죠. 그렇지만 여기로 직접 모시고 온 이유는 호수에 대한 당신의 전문적인 의견을 듣고 싶어서입니다. 최근에는 호수가 생태학적인 측면에서 완전하게 가동되고 있다고 하긴 힘들지만, 최대한 빨리 정상화되기를 희망하고 있어요. 저희가 앞으로 얼마나 많은 일을 해야 할지 조언해 주시면 좋겠습니다."

카린이 먼 호숫가를 손짓으로 가리켰다. 그곳에는 수리 관리를 하는 기계 더미가 물속에 일부 잠긴 상태로 있었다.

"조절 장치에서 데이터를 받았을 텐데요."

"아까 카메라 얘기 기억나죠? 음, 이것도 비슷한 상황입니다."

"그러면 장비로 가득 찬 가방을 든 해양 생태학자가 필요하겠네요. 난 동물 지능을 연구하거든요."

"물론이죠, 그래요. 우리에게도 정말로 훌륭한 해양 생태학자들이 있었습니다. 그런데 다시 말하지만 인력 유지가 문제였어요. 떠났던 모든 분에게 돌아올 수 있을지 연락을 취하고 있습니다. 하지만 돌아올 때까지는……. 전 정확한 수치가 아니라 그저 첫인상이 듣고 싶은 겁니다."

카린이 헬야드에게 '내가 정말로 이런 걸 해야 하나요?'라는 의미의 표정을 지었다. 그러자 헬야드가 미안한 표정으로 카린을 바라봤다. 카린은 지프의 문을 열고 내려서 호숫가를 향해 습지의 풀밭을 헤치며 나아가기 시작했다.

스테파넥과 단둘이 남게 되자 헬야드가 물었다. "저 통들에 대한 법적 문제는 살펴봤나요?" 헬야드는 속으로 '그렇다'는 대답이 나오길 바랐다. 에스토니아는 환경 범죄에 대해 기업 경영진에게 개인적으로 책임을 묻는데, 스테파넥도 징역을 살게 된다면 큰 위안이 될 것이다.

"아뇨, 전혀 안 했습니다." 스테파넥이 태연하게 말했다. "우리는 정부와의 계약에 따라 포괄적인 면제를 받을 수 있거든요. 덕분에 유연하게 운영할 수 있는 거죠. 사전에 변호사와 모든 걸 정리해 두기도 했고요. 그리고 이게 다 어디서 왔는지 아세요? 류디보노에 있는 공장에서 오염 방지용 합성 수지를 만드는데…… 혹시 '역전기투석 에너지 포집'이라고 아시나요? 아주 유망한 친환경 기술이기는 한데, 그 기술을 사용할 때 나오는 이 물질을 받아 주는 곳이 많지 않아요. 5년이나 10년 전처럼 손쉽게 아프리카로 보내 버릴 수도 없죠. 그래서 우리에게 엄청난 금액을 지불했습니다. 모두에게 만족스러운 결정은 아니었지만, 당시로서는 옳은 결정이었어요. 솔직히 말해서 지모드가 이걸 치워 주기 전까지만 잠시 맡으면 된다고 생각했습니다."

지모드는 일본의 생명 공학 회사로서 가장 극악한 산업 오염 물질까지 소화해서 진공청소기로도 빨아들일 수 있는 무해한 혼합물로 바꿀 수 있는 유전 변형 물이끼를 개발하고 있었다. 헬야드는 지모드의 제품이 1년 후에나 나올 것이라는 사실을 알고 있었다. 그러나 소문에 따르면, 어떤 컨퍼런스에 참가한 지모드의 과학자가 가라오케에서 기나긴 밤을 보낸 후 그 연구가 막다른 길을 만났으며 과연 약속했던 결과가 나올 수 있을는지 모르겠다는 이야기를 했다고 한다. 스테파넥이 말을 이었다. "진짜 문제는 저 호수에 생물종이 수도 없이 많다는 거예요. 멸종 크레딧 가격이 4만 유로였을 때는……" 스테파넥은 공을 몇 개 떨어트려도 상관하지 않는 곡예사처럼 느긋하게 손을 흔들었다. "하지만 크레딧이 40만 유로가 됐으니……."

서식지 개선 문제가 별안간 시급한 화제가 되었으니 지모드는 크레딧의 가격이 치솟는 것을 축하하고 있을 것이다. 다른 문제가 발생하기 전에 한 차례 더 투자를 유치할 수도 있을 것이다. 오늘날에는 누군가가 사형 선고를 받으면 또 다른 어딘가에서 누군가의 사형이 일시적으로 집행이 연기되는 식으로 균형이 맞춰졌다.

열어 둔 지프의 문으로 카린이 다가왔다. "빠르네요." 핼야드가 말했다.

"저 호수는 죽었어요." 카린이 말했다.

"뭐라고요?" 스테파넥이 말했다.

"저 통들에 든 게 뭐든 간에, 지하수로 스며든 게 분명해요. 호수가 독으로 오염됐어요. 아무것도 남은 게 없어요. 물고기도 없고, 곤충도 없고, 플랑크톤조차 없어요."

"그러면 독쑤기미도 없겠네요?" 핼야드가 물었다.

카린은 핼야드의 질문을 무시했다. "호수가 '완전히 가동되고 있다고 말하긴 힘들다'고 했죠?" 카린은 코를 찌르는 공기처럼 귀를 찌를 듯한 말투로 스테파넥에게 말했다. "저건 유독해요. 화학 약품의 악취가 나요. 저 호수에는 아무것도 살 수 없어요. 세 살배기 아이라도 알아볼 수 있다고요."

스테파넥이 어깨를 으쓱했다. "말씀드렸잖아요. 저는 시스템 쪽 사람이라고요."

몇 해 전, 핼야드는 비엔나의 한 호텔에서 이틀간 열린 '적대적 환경 대응 훈련'에 참석한 적이 있다. (정확히 따지자면 발트해 연안 국가의 환경이 적대적이라고 할 수는 없지만, 다른 환경 영향 책임자가 없을 경우에는 우크라이나 동부나 남코카서스처럼 위험한 현장으로 임명받을 수도 있었다. 헬야드는 언제나 워크샵 출장을 마다하지 않았다.) 전날 밤 라인도르프 거리에서 술자리를 가진 탓에 교육 첫날 아침에 약간 졸았다. 그래서 제대로 정신을 차리고 들었던 것은 납치되었을 경우 납치범과 관계를 맺는 방법을 강사가 설명할 때뿐이었다.

"납치범이 당신을 감자 포대가 아니라 한 인간으로 보도록 만들어야 합니다. 그러니까 납치범과 대화를 시도하세요. 서로 간단한 공통점을 찾아보세요. 예를 들어, 가족이나 스포츠, 취미 같은 것들 말입니다."

헬야드는 대학 시절 여동생 프랜시스가 사망하고 얼마 지나지 않은 방학 때 혹스베리강의 홍수 대청소에 자원봉사로 참여한 적이 있었는데, 그 당시 어머니와 나눴던 대화가 떠올랐다. 헬야드가 다른 자원봉사자들이 싫다고 불평했더니 어머니는 대화거리만 있으면 누구와도 친구가 될 수 있다고 했었다.

사랑하는 어머니가 현실과 상관없는 쓰레기 같은 조언을 해 준 것도 문제였지만, 비엔나까지 그 먼 길을 와서 하루에 800유로나 내고 또 그런 조언을 듣게 될 줄은 생각도 못 했다. (뭐, 돈은 브라마사무드람이 냈지만, 그래도.) 헬야드는 자신이 지금껏 대놓고 강의에 집중하지 않았던 것을 벌충할 수 있을지도 모른다는 생각에 충동적으로 손을 들었다. "그렇지만 정말로 납치범과 공통점이 하나도 없으면 어떡합니까?"

"뭔가 찾을 수 있을 겁니다."

"하지만 납치범이 멍청한 놈이면 어쩌죠? 아니면 그냥 지루해하면?"

헬야드가 무슨 농담이라도 했다는 듯이 사람들은 웃었고 강사는 강의를 이어 갔다. 하지만 헬야드는 진심으로 물은 것이었기 때문에 당혹스러웠다. 다음 날 그는 세션에 참가하지도 않았다. 이는 북부 보호구역으로부터 돌아오는 길에 일어날 사건에 헬야드가 전혀 준비되어 있지 않았다는 뜻이었다.

헬야드가 기분이 좋지 않은 카린과 함께 택시를 탄 것은 겨우 몇 시간 배웠던 적대적 환경 대응 훈련을 사용할 수 있기 때문만은 아니었다. 둘 다 앞자리에 앉았지만 타르투로 돌아가는 동안 두 사람은 아무 말도 하지 않았다. 밤 열 시가 되었다. 헬야드는 이제 어떡할지 고민하고 있었다. 바루나호에서 바다로 몸을 던지려던 생각을 했을 때는 진지하지 않았다. 그러나 다른 방법으로 사라질 생각을 하고 있는 지금은 진지했다. 브라마사무드람이 멸종 크레딧이 없어졌다는 사실을 알아내기 전까지는 아직 시간이 있었다. 하지만 어떻게 이 몸을 감출 수 있을까? 사라지는 것은 세상에 빈틈이 훨씬 많았던 옛날에나 가능한 일이었다. 지금은 어디를 가든 항상 감시받고 있다. 살아가는 게 참 지옥 같은 시대였다. 어쨌든 그건 부모님을 다시는 볼 수 없다는 뜻이었고, 관절염 걸린 늙은 개도 보지 못할 거라는 뜻이었다…….

그때 갑자기 주변이 어두워졌다. 택시의 모든 불빛이 꺼지고 엔진도 꺼졌다. 택시가 멈춰 섰다.

"대체 뭐야?" 헬야드가 말했다.

헬야드의 옆 창문을 두드리는 소리가 들렸다. 창문이 3센티미터 정도 열려 있었다. 헬야드가 고개를 들자 그 틈새로 자신을 겨누고 있는 무언가가 눈에 들어왔다. 아까 수달이 들고 있던 가느다란 마취총보다는 좀 더 고전적인 형태이긴 했지만 멍청하게도 그게 어떤 물체인지 알아보는 데 잠시 시간이 걸렸다. 핼야드는 이전에 딱 한 번 이런 총을 실제로 본 적이 있었다. 라트비아의 고속도로 휴게소에 갔을 때의 일이었다. 그는 차로 화장실 밖에서 싸우고 있는 두 남자 곁을 지나치고 있었는데, 한 남자가 다른 남자의 얼굴을 권총으로 겨누고 있었다. 당시에도 현장에서 수십 킬로미터를 벗어날 때까지 아드레날린이 솟구쳤는데 지금은 실제로 누군가가 자신을 겨누고 있었다. 그 사실을 깨닫자 평생 그 어느 때보다 정신이 번쩍 들었다.

"하나님 맙소사. 경찰 불러. 경찰 부르라고." 그러나 핼야드의 휴대폰도, 택시도 그 말을 듣지 않는 것 같았다.

"차에서 내려." 총을 든 남자가 말했다.

카린이 휴대폰을 꺼냈지만 화면이 꺼져 있었다. 겁에 질린 핼야드가 택시가 반응하길 바라며 헛되이 손으로 계기판을 내리쳤다.

"강간이나 연쇄 살인 같은 짓을 할 생각은 없어. 두 사람을 건드리는 일은 없을 거야." 남자의 영어에는 현지의 억양이 묻어났다. "이건 양심에 따른 행동이야. 차에서 내려. 아니면 둘 다 쏜다."

본능적으로 핼야드는 남자의 말을 따르지 않으려 했지만 카린은 옆문을 당겨서 수동으로 열었다. 핼야드가 적대적 환경 대응 훈련을 좀 더 잘 배웠더라면 자신이 문제를 해결할 적임자라 여기며 나섰겠지만, 지금 그는 카린이 하는 대로 따라 했다. 두 사람이 택시에서 내렸다. 핼야드가 차에서 나와 서자 불이 켜지며 그의 눈을 비췄다. 총을 든 남자가 이마에 캠핑용 헤드램프를 쓰고 있던 것이다. 그 빛 때문에 핼야드는 남자의 얼굴을 알아볼 수 없었다. 하지만 그가 신고 있는 끈 없는 하이킹 운동화는 보였다. 이런 상황에 보라색과 노란색이라는 강렬한 색상의 운동화를 신은 것은 다소 경솔한 선택 같았다. 남자는 키가 작고 말랐으며 자세가 불안정했다.

"차에 무슨 짓을 한 거예요?" 카린이 물었다.

"저쪽으로 걸어가." 남자가 길가의 나무들을 가리키며 말했다.

헬야드는 택시에서 내린 게 벌써 후회되기 시작했다. 택시가 네트워크에서 사라졌다면 경보가 울렸을 테니 무슨 일이 발생했는지 확인하기 위해 작은 드론들이 이미 날아오고 있을 것이다. 요즘은 어디를 가든 항상 감시받고 있었다. 살아가는 게 참 천국 같은 시대였다. "싫어." 헬야드가 말했다. "절대 안 가."

남자가 한 걸음 앞으로 다가와 헬야드의 얼굴에 총을 들이댔다. 헬야드는 창자가 끓어오르는 것 같았다.

헬야드는 총에서 고개를 돌리고 걸어가기 시작했다. 카린이 옆에서 걸었다. 어둠 속에서 헤드램프의 불빛이 두 사람 앞에 그들의 그림자를 드리웠는데, 마치 그들의 몸이 쓰러질 곳을 실시간으로 투영하는 듯했다. 온화한 봄날이었지만 이제는 추웠다.

"당신들, 무슨 일 하는 사람들이야?" 길에서 나무들 사이로 들어갔을 때 남자가 물었다. 헬야드는 여기가 사과 과수원이라는 사실을 알아차렸다. 봄꽃들이 너무도 풍성하게 피어 있어서 하얀 꽃이 만발한 동굴 속을 탐험하는 느낌이 들었다.

"뭐라고 했죠?"

"당신들 직업이 뭐냐고? 어디서 일해?"

"난 브라마사무드람 광업 회사의 북유럽 환경 영향 책임자예요."

"난 다양한 고객들을 위해 생물종의 지능을 평가해요." 카린이 놀라울 정도로 차분한 목소리로 말했다.

남자는 예상이 맞았는지 재밌다는 듯 피식 웃었다. “게임을 계속 하는군.”

“무슨 게임이요?” 핼야드가 물었다. 그는 총 때문에 움직임을 지나치게 의식하며 뻣뻣한 꼭두각시처럼 걷고 있었다. 초보 배우에게 카메라를 들이대면 머릿속이 텅 비어서 문을 어떻게 여는지, 컵의 물을 어떻게 마시는지 갑자기 잊어버리는 것과 비슷했다.

“당신들이 올 줄 알았어.”

오늘 점심시간 때까지만 해도 핼야드 자신조차 여기로 올 줄 몰랐으니 그건 말도 안 되는 소리였다. “해킹에 대한 보도를 보자마자 알았지.” 남자는 첫 단어를 비꼬는 듯한 말투로 말했다. “당신들은 다음 단계를 시작하러 여기 온 거야.”

핼야드는 그 말이 무슨 뜻인지는 알 수 없었지만 뭔가 시작되려는 것 같았다. “아니에요. 이봐요, 뭔가 오해가 있는 게 분명하네요. 우리는 물고기 때문에 여기에 온 거예요. 북부보호구역 호수에 그 물고기가 있어야 했는데…….”

“헛소리하고 있네. 거긴 물고기 같은 거 없어.” 그건 진실이었다. 그러나 한 시간 전까지만 해도 스테파넥조차 모르던 사실이었다. “북부보호구역은 화학 폐기물 처리장일 뿐이야. 우리가 러시아에서 온 화물을 추적했어.” 이쯤 되니 남자는 모르는 게 없는 사람 같아 보이기 시작했다. 그가 이렇게 덧붙였다. “북부보호구역도 바이오뱅크와 마찬가지로 가짜야.”

“잠깐만요, 바이오뱅크는 가짜가 아니에요.”

핼야드는 이 남자가 자신의 등에 총을 겨누기까지 거쳤을 연역 과정의 어떤 지점에서 약한 고리를 찾을 수 있을지도 모른다는 가능성에 아직 매달리고 있었다.

"아냐. 그렇지 않아. 나도 그 정도는 알아. 난 바보가 아니라고, 알겠어?"

"해킹을 당하기 전까지 거기에 수천, 수만 종이 보관되어 있었어요."

"아니야. 그렇지 않아. 거긴 항상 비어 있었어. 그래서 '해킹'이 필요했던 거야. 지금까지 했던 거짓말을 현실에 부합하도록 재설정하는 거지. '아, 이런. 모든 게 날아갔어요! 전부 잃었어요!' 당연히 처음부터 그런 걸 가지고 있지도 않았는데 말이야. 이제 다음 단계를 시작했어. 그래서 다들 브리핑을 받고 자신의 역할이 뭔지 알아야 하지. 그래서 당신들이 북부보호구역으로 온 거야. 지시를 전달하기 위해서. 게임을 계속하려고." 남자가 또다시 조롱하듯 피식 웃었다. "멸종 산업은 어떤 생물도 구한 적이 없어. 그냥 쇼일 뿐이야, 거짓이라고. 매년 보조금과 뒷돈을 챙기려고 만든 거야. 그게 다야. 멸종 크레딧 가격이 올라가면 돈을 벌어. 크레딧 가격이 내려가도 돈을 벌어. 양복쟁이들은 항상 이기고 동물들은 항상 지게 되어 있어. 매년 10만 종이 멸종하는데, 너희들은 멸종이 더 쉬워지도록 도와주고 있을 뿐이야."

여기서 문제는 남자의 전반적인 분석에 대해 헬야드가 반론을 제기할 수 없다는 점이었다. 남자의 가설에는 빈틈이 없었기 때문에, 이에 대해 반론을 제기하면 너무 시시콜콜 따지고 드는 것처럼 들릴 것이다. 그런데 남자의 가설은 망상이었다. 어쨌든 헬야드는 상대가 어떤 사람인지 감을 잡았다.

"어제 내가 다른 택시를 타고 있었는데, 누가 우리에게 복제된 치우치우의 세포로 살덩어리를 만들어서 던졌어요. 당신의 전우들이 한 짓이죠, 그렇죠?"

"멸종 사업에 대항해서 직접 행동하는 사람이라면 난 누구에게든지 연대해. 우리에게는 독자적인 행동 계획이 있어. 중요한 거지. 그런데 어젯밤에 라스무스가 '해킹' 뉴스를 보더니 당장 이야기를 나누고 싶어 했어. 하지만 너무 피곤했는지 아니면 너무 흥분했는지…… 깜빡하고 보안 프로토콜을 지키지 않았지. 선언서를 게시한 뒤부터 카포(KAPO)가 우리를 찾고 있는데 말이야. 그래서 라스무스가 암호화되지 않은 채널로 메시지를 보내자마자……"

카포는 에스토니아의 안보 기관이었다. "당신도 도망치는 중인가요?" 핼야드는 혹시 법적으로 도망치는 신세라는 공동의 관심사가 두 사람 사이에 친밀감을 형성하는 주제가 되지 않을까 궁금해서 물었다.

"이미 라스무스는 체포됐고 나는 여기서 마틴과 접선할 거야. 시간이 없어서 지금 당장 행동할 수는 없지만 카포가 우리를 찾기 전에 할 수 있는 뭔가가 있다고 했거든. 우리의 목소리를 낼 수 있어. 아직은 동물들을 위해 목소리를 낼 수 있다고." 핼야드가 걸음을 멈추자 남자가 덧붙였다. "계속 걸어."

핼야드가 걸음을 멈춘 것은 이 상황이 지금 어떻게 흐르고 있는 건지 확실하게 이해했기 때문이었다. 더 이상 그렇게 진행되도록 놔둘 수 없었다. 핼야드가 몸을 돌려 남자를 마주 봤다. "당신 말이 전적으로 맞아요. 멸종 산업이 항상 동물들에게 좋은 건 아니죠. 그리고, 그래요, 난 멸종 산업에 종사하는 개자식이에요. 그렇지만 말했듯이 우리가 여기에 온 이유는 독쑤기미라는 물고기를 찾기 위해서예요. 저 여자는……." 카린을 가리켰다. "저 여자는 멸종 산업에 종사하는 개자식이 아니에요. 저 여자가 신경 쓰는 건 그 물고기랑 그 물고기가 가지고 있는 거대한 한국인 뇌뿐이라고요. 지구상의 그 누구보다 그 물고기에 대해 많이 알고 있으며, 당신이 다른 모든 동물이 멸종되지 않기를 바라는 것처럼 그 물고기가 멸종되지 않기를 바라고 있어요. 카린, 당신이 말해 줘요."

"저 말이 사실이야? 당신은 저 사람들하고 같은 부류가 아니라는 게?" 남자가 물었다.

카린이 어깨를 으쓱했다. "난 브라마사무드람과 크로머, 저장성-레이스바크 밑에서 일한 적이 있어요. 주어진 업무를 거절해 본 적 없고 어떤 종에게 지능이 있다고 인증한 적도 없죠. 난 아무런 도움을 준 게 없어요."

핼야드가 당황한 표정으로 카린을 쳐다봤다. 카린은 그들의 생명이 위험에 처해 있다는 사실 자체를 이해하지 못하는 것 같았다. "그렇지만 당신은 이 물고기의 지능을 인증하려고 했잖아요. 그 물고기를 보호하기 위해 브라마사무드람과의 관계까지도 기꺼이 망가트리려고 했잖아요."

"그렇죠. 그렇더라도 난 그 물고기의 멸종을 정당화하는 기관에서 일했어요."

"카린, 저 사람은 우리를 죽이려 해요. 이런 사람들이 '목소리를 낸다'는 의미가 바로 그런 거라고요." 남자는 이 모든 말을 눈앞에서 듣고 있었다. 그러나 핼야드는 달리 어떻게 해야 할지 몰랐다. "이 남자가 생각하는 우리의 모습과 실제 우리의 모습이 다르다는 사실을 이해시켜야 한다고요."

"내 실제 모습은 이 남자가 생각하는 나와 정확히 같아요. 당신에 대해서는 잘 모르겠지만 말이에요. 겨우 한나절 전에 알게 된 사람이니까."

이 세 사람 중에 제정신인 사람은 햄야드뿐이었다. "아무튼 잠깐만요……. 당신이 아까 이야기했던 사람이 마틴이라고 했던가요?" 햄야드가 말했다. "마틴이라는 사람이 여기에 올 때까지는 기다려요. 그 사람이 오기 전에는 미친 짓을 하지 마세요."

"마틴은 몇 시간 전에 왔어야 했어. 놈들에게 벌써 잡힌 것 같아. 이제 곧 그놈들이 올 거야." 남자가 고뇌에 찬 표정을 지으며 무릎을 굽혔다. "난 너희들을 죽이고 싶지 않아. 아무도 죽이고 싶지 않다고. 우리는 아무도 죽일 생각이 없었어. 그렇지만 동물들을 위해 목소리를 내야 해." 남자가 처음으로 총구를 내렸다. 그리고 총의 옆 부분을 잡고 만듦새를 살펴보는 것처럼 눈앞으로 들었다. "어쩌면……. 그러니까 차라리 그냥……." 남자가 총구를 자신에게 향했다. 헤드램프의 불빛에 검은 금속이 번쩍였다. "이게 양심에 따른 행동이겠지. 카포가 나를 잡기 전에 죽으면 뉴스가 될 거야."

"안 돼!" 햄야드가 소리쳤다. 햄야드는 자신이 총에 맞는 것만큼이나 이 남자가 스스로에게 총을 쏘는 모습을 지켜보는 것도 끔찍하게 무서우리라는 생각이 들어 놀랐다. "아니, 당신도 그럴 필요가 없어요. 오늘 아무도 죽일 필요가 없다고요. 카린, 어서요, 말 좀 해요."

"당신 일이나 신경 써요." 카린이 말했다. 햄야드가 깜짝 놀란 얼굴로 카린을 힐끗 쳐다봤다. 햄야드가 다시 눈을 돌렸을 때 남자는 자기 관자놀이에 총을 겨누고 있었다.

헬야드가 한 걸음 앞으로 나아갔다. 남자가 총구를 떼서 다시 헬야드를 향했다. 그런데 남자가 총을 들고 있지 않은 다른 손을 자기 목으로 재빨리 가져갔다. 모기에 쏘인 모양이었다. 그리고 헬야드는 방금까지 안 보이던 무언가가 남자의 목에 튀어나와 있는 것을 보았다.

남자가 목에서 그걸 빼내 불빛에 대고 확인하고 나서야 헬야드도 그게 뭔지 알아차렸다. 한쪽 끝에 빨간 술이 달린 가느다란 주사기였다. 마치 다트였다.

"놈들이 왔어!" 남자가 외쳤다. 그리고 총을 들어 사과꽃들을 향해 쏘기 시작했다. 헤드램프가 격렬하게 흔들리며 목표물을 찾았다. 그때 어둠 속에서 180센티미터의 수달 한 마리가 나타나 나무 몽둥이로 남자의 머리를 내리쳤다.

스테파넥이 적극적으로 비용을 절감하는 과정에서 북부보호구역의 정보통신 시스템과 관련해 몇 가지 실수를 했던 것으로 드러났다. 그리고 아직 아무도 밝혀내지 못한 원인 때문에 그 실수가 특정한 소프트웨어의 업데이트 설치를 방해했다. 헬야드와 카린이 떠난 후 누군가가 스테파넥에게 두 사람이 의무적으로 다운로드했던 기밀 유지 프로그램이 몇 개월 동안 업데이트를 하지 못한 상태라 기술적으로나 법적으로 보안에 취약할 수 있다는 사실을 지적했다.

스테파넥이 헬야드를 믿지 못하는 건 아니었다. 상사들은 그에게 자유 재량권을 제법 주긴 했지만, 외부인 두 명을 초대해서 아직 어수선한 보호구역을 둘러보게 한 후 기본적인 보안 조치도 취하지 않은 상태로 떠나게 하는 것은 말도 안 되는 일이었다. 스테파넥이 헬야드에게 전화를 걸었는데 헬야드의 집사가 그의 휴대폰이 꺼져 있다고 답했다. 스테파넥은 그들을 따라잡아 모든 상황을 정리할 수 있기를 바라며 지프에 올라탔다. 그리고 타르투로 가다가 빈 택시를 발견했다. 즉시 뭔가 일이 터졌다는 두려움이 들었다. 이 보호구역은 환경 운동가들의 상습적인 표적이었다. 스테파넥은 스마트 고글을 쓰고 바바리아소나무발쥐를 쫓듯 그들의 흔적을 추적해 과수원으로 들어갔다.

"진짜 대단한 사격 솜씨였어요, 스테파넥." 상황이 정리된 후 헬야드는 스테파넥의 일 처리 능력에 감탄했다. 헬야드의 귀에는 아직도 총소리가 울리고 있었다.

"고글이 대신 조준해 준 거예요." 스테파넥이 목에 건 고글을 톡톡 치며 말했다. "아주 멋진 기술이죠! 그런데 왜 마취 다트가 작동하지 않았을까요? 맞자마자 바로 쓰러질 줄 알았는데."

"혈관의 케타민이 뇌에 도달하려면 몇 분 걸려요." 카린이 말했다.

"아하."

그리고 카린은 어쨌거나 작은 포유류를 대상으로 한 마취제 용량으로는 인간에게 기껏해야 오락적인 효과밖에 못 줄 거라고 덧붙였다. "음, 있잖아요." 헬야드가 아직 감탄이 거의 가라앉지 않은 목소리로 말했다. "중요한 건 당신이 나뭇가지로 그 사람을 때린 충격은 두뇌에 즉시 도착했을 거라는 사실이에요."

스테파넥은 두 사람과 함께 의식을 잃은 테러리스트를 지프로 옮긴 뒤 가두어 놓았다. 남자가 허리에 찬 두 번째 무기를 찾아냈다. 크고 무거운 배터리팩이 달렸고 주둥이 부분이 나팔처럼 생긴 것이었다. 헤어드라이어 비슷하게 생겼는데, 남자가 택시의 모든 회로를 태우는 데 사용했던 체코제 마이크로파 총이었다. 핼야드와 카린의 휴대폰 두 대와 스마트워치 하나도 고장 난 상태였다. 스테파넥으로서는 기밀 유지 프로그램에 대해 할 수 있는 일이 없었다. 원래라면 경찰이 도착할 때까지 과수원에서 기다려야 했지만, 스테파넥은 이런 일을 겪고 난 이후니 쉬어야 한다고 주장했다. 자신이 오늘 밤새 이 상황을 처리할 테니 내일 진술하면 된다고 했다.

핼야드가 스테파넥을 끌어안으며 언젠가 도쿄로 데려가 스시 아시나에서 저녁을 사겠다고 약속했다. 어쩌면 다시는 참치회의 뱃살 부위를 먹지 못할지도 모른다는 생각을 마음속에서 지우고 진심을 담아 그렇게 말했다.

타르투로 돌아온 두 사람은 강 근처의 호텔에 체크인했다. 다 타버린 휴대폰이 백신 여권에 연결되지 않아서 처음에는 조금 말다툼이 있었다. 원칙적으로는 호텔에 발을 들일 수 없었지만, 결국 데스크 직원의 도움을 받아 그들의 집사에 연결해서 모든 문제를 해결하고 새 휴대폰을 주문할 수 있었다. 위층으로 올라갔더니 그들의 방은 서로 붙어 있었다. 카린이 말했다. "10분 후 바에서 만날까요?"

"난 됐어요." 핼야드가 말했다.

"그런 일을 겪고 나니 한잔해야겠어요. 당신은 안 그래요?"

과수원을 떠난 후로 핼야드는 카린을 쌀쌀맞게 대하며 꼭 필요한 때 외에는 말을 걸거나 쳐다보지도 않았다. 그런데 카린은 그런 분위기를 알아채지도 못한 걸까. 아드레날린이 쏟아진 이후 핼야드는 불안했고, 그래서 화를 내고 싶었다. "그래요, 당연히 나도 술이 필요하죠. 염병할 술을 백만 잔은 마셔야겠어요. 아주 좋은 위스키가 가득한 페이푸스 호수가 필요해요. 다만 당신과 마시고 싶지 않을 뿐이에요."

카린은 대체 그게 무슨 뜻인지 잘 모르겠다는 듯 그를 쳐다봤다.

"카린, 그놈이 우리를 죽이려고 했잖아요." 그 상황을 입에 담기만 해도 공포가 다시 몰려왔다. "그리고 난 당신에게 우리를 지킬 기회를 줬어요. 내가 말할 기회를 만들어 줬잖아요. 그런데 당신은 그 기회를 날려 버렸어요. 신경도 안 쓰는 것 같더군요. 그리고 그 남자는 자살하려고 했어요. 그래서 난 일반적인 사람이라면 으레 그러듯이 그 남자를 말리려고 했는데, 당신은…… 젠장……. '당신 일이나 신경 써요.'라고 했죠. 내가 무슨 도덕군자랍시고 지금 이렇게 떠드는 게 아니잖아요. 당신은 대체 뭐가 문제예요?"

결국 두 사람은 아래층으로 내려갔다. 그리고 카린이 헬야드에게 이야기했다.

7장

무엇보다 카린은 사람들이 멸종에 대해 거의 신경을 쓰지 않는다는 사실을 알게 되었다. 멸종을 반대하는 논리가 너무 빈약하기 때문이었다.

그렇다. 우리는 매년 수만 종의 생물을 잃고 있었다. 그러나 귀여운 사막여우와 화려한 마코앵무새가 등장하는 멸종 관련 뉴스 보도에서 거의 언급되지 않는 사실은, 지구상의 수백만 종의 생물 중 척추동물이 차지하는 비중은 겨우 8만 종에 불과하다는 것이었다. 따라서 멸종위기종을 무작위로 고른다면 사람들이 진심으로 아끼는 물새나 곰, 혹은 어렴풋이라도 들어 봤을 개구리나 장어가 선택될 가능성은 거의 없다. 오히려 뭔가 완전히 보잘것없는 종이 선택될 가능성이 훨씬 높다.

지구상에 존재하는 동물 중 대다수는 지극히 국지적으로 존재하는 기생 동물이다. 육안으로 볼 수 있는 거의 모든 종에는, 그 종에만 특화되어 있어서 그 종의 몸뚱이 외에는 생존할 수도 없는 기생 동물이 적어도 하나 이상 존재했다. 종종 그런 기생 동물에는 다시 기생 동물과 하위 기생 동물(작은 벼룩에는 더 작은 벼룩이 있고…… 무한히 이어진다)이 있다. 아무도 그런 동물들에게는 관심을 기울이지 않았다. 왜냐하면 세계멸종위원회가 초기에 그런 미세 기생 동물을 모두 권한 범위에서 제외하기로 결의하며 사실상 별로 중요하지 않은 존재로 만들었고, 가장 급진적인 녹색당조차 항의의 의미로 불평조차 하지 않았기 때문이었다. 그 동물들은 단종된 스마트폰 전용 케이블 정도의 가치밖에 없었다.

이 문제에서 그 식객들을 제외하더라도 아직 남은 수백만 종에서 큰 부분을 차지하는 것은 곤충이었다. 일부 곤충이 단일숙주성 기생 동물들보다는 조금 더 눈에 띄게 성공했지만, 대개는 공룡과 함께 멸종된 다른 종들만큼이나 인간의 관심에서 여전히 멀었다. 멸종위기에 처한 곤충들 대부분은 누구도 본 적이 없었다. 심지어 도감을 편찬하는 자연학자들도 마찬가지였다. 따라서 아무도 그 곤충들을 그리워하는 척할 수 없었다. 그 곤충들은 그저 추상적으로만 '귀한' 존재들이었다. 새로운 것이 진화했고, 오래된 것이 멸종했다. 이런 격동은 4억 8000만 년 전 고생대 오르도비스기 때부터 계속되어 왔다. 이런 문제를 초조하게 바라보며 손을 비비는 것은 터무니없는 짓이다. 그리고 사람들이 진심으로 멸종을 애석해하는 극소수 종들의 DNA는 이미 확보되어 있었으므로 자이언트 판다처럼 언제든 부활시킬 수 있었다. (카린이 호텔 레스토랑에 앉아 이런 예전의 사고방식을 되새겨 주자, 헬야드는 꽤 그럴듯하다는 듯 고개를 끄덕였다.)

인간들이 이름조차 모르는 생물들의 멸종이 왜 나쁜 일인가에 대해서는 몇 가지 전문적인 주장이 있었지만, 그런 주장은 항상 다소

부담스럽게 느껴졌다. 예를 들어 이론적으로 따지면 모든 생물종은 생태계에서 나름의 역할을 하므로 어떤 종을 제거하면 예측할 수 없는 연쇄 작용이 나타날 수 있다. 그러나 대부분의 경우 제거된 곤충과 거의 구별되지 않는 다른 수십 종의 곤충이 그 자리를 기꺼이 채울 것이다. 기본적으로 곤충들이 서로의 엇비슷한 변종이 아니었다면 어떻게 수백만 종이나 있겠는가? 사실 생물다양성은 대부분 중복되었다. 아무튼, 공기가 견디기 어려울 정도로 뜨거워질 때, 비가 미세 플라스틱과 내분비 교란 물질로 범벅이 되는 때, 지구 전체가 화를 내고 진저리를 치는 때가 오면, 어느 진딧물이 사라진 결과 그 진딧물이 살던 아열대 분지의 먹이 사슬이 어떻게 교란될지 같은 문제는 신경 쓰기 어렵다. 진딧물 100종이 사라져서 아열대 분지 100개의 먹이 사슬이 어떻게 교란될지에 대한 문제여도 마찬가지다. 생태계에는 더 커다란 걱정거리가 있기 때문이다.

이 곤충들이 죽으면서 전혀 생각지 못했던 보물들을 무덤 속으로 가져갈지도 모른다는 지적이 가끔 있었다. 사람들이 연구를 시작하기 전에 브라질의 말벌 폴리비아 파울리스타가 멸종했다면 어떻게 그 말벌의 독에서 종양을 녹이는 화학물을 분리할 수 있었겠는가. 에콰도르의 바퀴벌레 루시호르메치가 룩케가 그런 운명을 맞이했더라면 그 바퀴벌레의 등에 있는 발광 부위의 비대칭 미세 구조를 모방해 LED의 효율성을 개선할 수 있는 방법을 어떻게 고안했겠는가. 하지만 이런 주장을 하는 사람들의 말에는 대부분 진심이 담겨 있지 않았다. 생물다양성에 열성적인 사람들은 자본가들에게 자본주의의 언어로 이야기하려 했지만 그런 방식이 설득력이 없다는 사실은 자본가들만큼이나 그들도 잘 알았다. 독특한 특성을 가지고 있는 데다가 그게 도움이 될 만한 종은 극소수였다. 열대우림이 정말로 새로운 페니실린과 개량된 모르핀으로 가득한 '자연의 약물 수납 선반'이었다면, 대형 제약회사들이 브라질을 에이커당 1000유로의 가격으로 사들였을 것이다. 그러나 실제로는 아무도 신경 쓰지 않았다. 제약회사들이 돈을 벌기 싫어서가 아니라 자연 그 자체가 돈이 되지 않는다는 사실을 알고 있기 때문이었다. 현재 가장 흥미로운 발견은 자연적 진화보다 수백만 배 빠른 속도로 작동하는 알고리즘에 의해 이루어지고 있다. 우리는 더 이상 어머니 지구의 지식 재산권을 침해할 필요가 없다.

그런데 카린은 곤충뿐만 아니라 갑각류, 연체류, 양서류에 대해서도 마찬가지로 무관심했다. 도마뱀도 마찬가지였다. 어류와 대부분의 조류에 대해서도 마찬가지였다. 살아 있을 때 사람들에게 중요하지 않았으니 죽은 이후에도 누구에게든 중요할 리가 없었다. 어쨌든 동물은 아직도 매우 많은 수가 남아 있고 진화를 통해 새로운 동물은 항상 나타났다.

카린의 무관심에서 유일한 예외는 자신의 생업과 관련된 영역뿐이었다. 지적인 종들 말이다. 카린은 지능이 있는 생물을 잃는 일이 끔찍한 손실이라는 주장은 어쨌든 존중할 수 있었다. 인간들과 상당히 다른 복합 정신은 우리가 할 수 없는 방식으로 우주를 해석할 것이다. 다윈은 '개코원숭이를 이해하는 사람은 로크보다 형이상학을 더 잘 이해할 것이다.'라고 쓴 적이 있다. 영장류학자들이 침팬지에게 수화를 처음 가르치기 시작하던 당시에는 인간이 이질적인 존재와 의사소통할 수 있는 가장 적절한 방법이 수화인 것 같았다.

그러나 카린은 인류가 영장류와 까마귀, 문어의 정신을 수십 년 동안 연구했음에도 철학적 깨달음이 거의 없었다는 사실을 무시할 수 없었다. 그렇다, 우리는 상당히 많은 동물을 생각할 수 있는 존재로 인정하고 있으며 그 동물들의 사고방식에 대해 많이 알고 있다. 결혼식장에서 만났던 여성이 장담했던 대로 카린은 과학에 매력을 느꼈다. 만일 그렇지 않았다면 이 일이 지루해지고 말았을 테니 다행이었다. 하지만 그 작은 두뇌들이 우리에게 뭔가 심오한 것을 가르쳐 줄 것이라는 희망은 어린아이의 입에서 지혜가 나온다는 속담만큼 허울뿐인 소리 같았다. 사실 대부분의 경우 침팬지와 대화하는 것은 외계인보다는 어린아이와 대화하는 것에 더욱 가까웠다. 다시 말해 매우 아둔한 어른과 대화하는 것과 비슷했다. 그게 다였다.

카린은 생물 지능 평가사가 되기 위해 공부하는 동안 이렇게 생각했다. 그리고 업무를 수행한 처음 4년 동안에도 이렇게 생각했다. 그러던 중 아델로그나투스 마르기나툼을 만났다.

카린은 멸종 위기에 처한 루테니아의 황갈색 멧새 엠베리자 캄페스트리스를 연구하기 위해 우크라이나 서부에 갔다. 우크라이나 최대 규모인 약 120만 헥타르의 해바라기밭을 소유한 농업회사 칼리노브 애그로프로덕트는 전체 작물을 해충에 저항할 수 있도록 유전자가 변형된 새로운 품종으로 대체할 계획이었다. 이미 상당히 개체가 줄어들어 있었던 그 멧새는 해충을 주요한 먹이로 삼았다. 컴퓨터 생태계 모델에 따르면, 새로 심은 해바라기 때문에 멧새가 굶어 죽어 멸종될 확률이 대략 80퍼센트에 달했다. 또한 아델로그나투스 마르기나툼이라는 희귀한 기생말벌도 멸종될 가능성이 높았다. 멧새는 고도로 지능적인 일부 참새류와 흡사해서 평가가 필요할 것 같았다. (아마도 눈에 띄지 않게 도구를 사용할 것이다.) 그러나 카린은 말벌과는 전혀 상관이 없었다. 그 말벌은 두뇌의 신경세포가 겨우 4만 개에 불과했다. (바퀴벌레나 꿀벌만 되어도 신경세포가 100만 개는 됐다.)

그런데 그 말벌의 교묘한 번식 방식이 다른 몇몇 기생말벌 종과 유사해서 카린의 관심을 끌었다.

아델로그나투스 마르기나툼은 메타파나모봅스 보헤미쿠스라는 작은 줄무늬 거미를 찾았다. (거미 메타파나모봅스 보헤미쿠스는 말벌 아델로그나투스 마르기나툼과 마찬가지로 학명 외에 통용되는 명칭이 없었다.) 말벌은 거미를 쏘아서 일시적으로 마비시키고, 거미의 배 부분에 알을 박아 넣었다. 한 시간 후 다리의 마비가 풀린 거미는 하던 일을 계속했다. 그 후 몇 주 동안 말벌의 애벌레가 알에서 자라나 자궁외임신처럼 거미의 피를 먹는다. 그리고 말벌의 애벌레가 번데기가 될 준비를 거의 마치면 거미가 거미줄을 짓는다. 그러나 이 거미줄은 수십 개의 바큇살을 나선형처럼 돌며 테니스 라켓처럼 촘촘하게 그물망을 짜는, 흔히 보는 세심한 형태가 아니었다. 두꺼운 케이블 네 가닥으로 이루어진 원시적인 형태로, 해바라기 줄기 사이에 X자 형태로 걸쳐 있고, 교차점에는 덕트 테이프처럼 여분의 거미줄을 감아 놓은 모습이었다. 거미줄이 완성되면 말벌 애벌레는 거미에 독을 주입하고 배 밖으로 나와 거미의 체액을 빨아먹는다. 그런 다음 몸을 흔들며 거미줄 중심부의 교차점으로 이동해서 고치를 짓고, 그 안에서 날개를 키운다.

이 모든 과정의 요점은 말벌의 애벌레가 변태를 완료할 수 있도록 요람을 제공하는 것이었다. 일반적인 거미줄은 파리를 잡을 수는 있겠지만, 강한 바람과 폭우, 사냥감을 찾아다니는 개미 떼를 견딜 정도로 강하지 않아서 애벌레에게 쓸모가 없었다. 그러나 메타파나모몹스 보헤미쿠스라는 거미는 외골격 허물을 벗기 위해 은신처가 필요할 때 훨씬 견고한 거미줄을 짜는 방법을 알고 있었다. 그래서 애벌레가 거미의 혈류에 에크디스테로이드 호르몬(곤충의 탈피와 변태 등 성장에 중요한 호르몬—옮긴이)을 방출해서 허물을 벗을 시기가 다가왔다고 거미를 속이면, 거미는 애벌레가 필요로 하는 거미줄을 공급한다.

그런데 이 정도로는 충분한 굴욕을 주지 못했다는 듯, 말벌은 메타파나모몹스 보헤미쿠스에게 또 다른 속임수를 부렸다. 이는 불과 몇 년 전에 처음으로 과학적으로 기록된 것으로 기생말벌치고도 특이한 방식이었다. 거미 배 부분에서 나오는 애벌레를 관찰하면 몸의 절반에 일종의 양막을 뒤집어쓰고 있는 모습이 눈에 띄었다. 이 역시 거미가 무의식적으로 제공한 것이다. 이 일련의 상황이 시작될 때 말벌이 거미에 알을 집어넣으면 거미의 면역 체계는 사이렌을 울린다. 이에 따라 침입자 주위에 육아종이라는 백혈구층이 형성되는데, 이는 침입자가 몸뚱이의 다른 부분으로 가지 못하도록 차단하는 농양이다. 정상적인 상황에서는 육아종이 충분히 튼튼해지고 두꺼워지면 이 과정이 끝나게 되지만 말벌 애벌레는 이번에도 기만적인 호르몬을 분비해 거미의 면역 체계를 교란시켜 계속 육아종을 분비하게 만든다. 나중에 거미가 죽고 애벌레가 고치를 지을 준비가 되면 애벌레는 자신의 몸에 맞춰진 육아종을 안감으로 써서 고치를 훨씬 빨리 완성할 수 있다. 다시 말해, 거미의 면역 방어 수단이었던 육아종을 자신을 위한 선물로 바꿔 버린 것이다.

어느 날 저녁 카린은 거미 메타파나모몹스 보헤미쿠스의 사체에서 말벌 아델로그나투스 마르기나툼 애벌레가 육아종을 찖어지고 기어 나오는 영상을 봤다. 물리적으로 이상한 듯 보이는 무척추동물의 모습을 모은 동영상 중 하나였는데, 영상을 거꾸로 돌리거나 위아래가 뒤집힌 장면을 보는 느낌이었다. 애벌레는 탈출하기 위해 몸부림치다가 느슨해진 것 같은 순간이 되어서야 튀어나왔다. 육아종은 끈적거리고 부드러워 보였다. 하지만 거미의 딱딱한 표피를 찢고 나왔다. 카린은 그 기괴함을 도저히 받아들일 수 없어서 영상을 보고 또 보고, 보고 또 봤다.

다음 날 칼리노브 애그로프로덕트의 집단생물학자와의 통화에서 카린은 이 동영상을 언급했다. "혹시 그 동영상 보셨어요?"

"아뇨."

"꼭 보세요. 정말로 흥미로운 종이에요."

집단생물학자가 살짝 어깨를 으쓱했다. "아마 곧 사라질 겁니다." 그리고 다음 이야기로 넘어갔다.

아마 곧 사라질 것이다. 그때까지 카린은 연구를 해 오면서 슬픔을 느껴 본 적이 없었지만, 그 말은 종이에 베어 피가 멈추지 않는 상처처럼 가슴에 남았다. 생물학자의 무심한 말투 때문에 더욱 뚜렷이 각인되었다. 9000만 년 동안 매년 수억 번씩 거듭한 아델로그나투스 마르기나툼의 번식 주기가 곧 언젠가 우크라이나 서부의 들판 어딘가에서 마지막 공연을 하고 다시는 나타나지 않을 것이다.

그러나 카린이 이 사실을 받아들이기 어려웠던 것은 1000조 번을 반복한 그 모든 게 사라질 거라는 사실 때문이 아니라 그런 사태가 애초에 일어나지 말아야 했기 때문이었다.

진화는 괴물 같은 창조자로서, 특정한 방향 없이 맹목적으로 부주의하게 한 걸음씩 나아가며 흘린 피와 낭비된 노력이 아마존강처럼 흘러가게 하는 총체적 재앙이다. 그 모든 진화는 무작위적인 돌연변이를 바탕으로 이루어지는데, 이는 오타가 어떤 의미를 가질 뿐 아니라 실제로 새로운 통찰력을 제공해 주길 바라며 오타로 이루어진 소설을 복사하고 또 복사하는 식으로 짜깁기하는 것과 마찬가지다. 이보다 황당한 일이 어디에 있을까? 그러나 이런 엉터리 작업 과정이 아델로그나투스 마르기나툼을 만들어 냈다. 이 녀석은 위조된 호르몬으로 거미의 정신을 조종해서 방금 그것의 생명력을 스무디처럼 들이켠 애벌레에게 최고의 수공예품을 내놓도록 만든다. 여하튼 타성적인 물질이 스스로 조직해서, 이토록 복잡하고 섬세하고 기발하고 잔인한 존재가 된 것이었다. 설령 우주 어딘가에서 소행성의 파편이 흩어져 흘러가다 우연히 1000킬로미터 너비의 완벽한 사면체 모양이 만들어졌다고 해도 이보다 놀라운 기적은 아닐 것이다.

카린은 아델로그나투스 마르기나툼이 능력을 진화시켜 나가는 동안 죽었을 말벌의 수, 메타파나모몹스 보헤미쿠스를 납치하기 위해 딱 맞는 분자를 찾기까지 수많은 애벌레가 수많은 거미에게 흘려 넣었을 다양한 대사 산물의 수를 생각했다. 잘못된 출발과 잘못된 방향 전환, 아슬아슬한 실패, 흥미로운 어리석은 행동들을 생각했다. 100만 년 전에 암호가 해독되었음에도 번식하기도 전에 황갈색 멧새에게 먹혔을 말벌의 수를 생각했다. 이 모든 일은 어떠한 의도와 방향 없이 일어났다. 어둠 속에서 형태가 나타날 때까지 그저 안절부절못하고 흔들린 것뿐이었다. 인간의 계산을 압도하는 숫자로 말하게 되는 이야기였다. 그 숫자는 인간의 부주의로 인해 마침내 인간에게 친숙한 규모로 줄어들었다. 1000, 100, 5, 4, 3, 2, 1, 0.

좋다, 그럼 새로운 점은 무엇일까? 멸종위기종이 영리한 재능을 뽐내는 영상을 처음 본 것도 아니었고 진화 생물학의 원리가 갑자기 계시처럼 내려온 것도 아니었다. 그렇다면 왜 카린은 그 후 며칠 동안 아델로그나투스 마르기나툼이 머릿속에 알이라도 낳은 것 같은 느낌이 들었던 걸까?

지금도 카린은 그 이유를 알지 못했다. 그녀의 생각은 예상치 못하게, 갑작스럽게 바뀌었다. 어쩌면 시간의 문제였을 뿐 그 당시 존재하는 어떤 종이라도 같은 영향을 미쳤을지 모른다. 어쩌면 이 말벌과 그것이 부리는 흑마법을 그 누구도, 심지어는 말벌 자신조차도 제대로 의식하지 못했기 때문일지도 모른다. 그 말벌이 카린에게 모든 것을 명확하게 설명해 주었다.

돌이켜 보면 카린의 모든 신념 중에서 가장 근본적이고 자명한 믿음이 뒤집혀야 가능한 깨달음이었다. 누군가를 해쳐야만 비극이 성립된다는 믿음. 다시 말해, 우주에 어떤 일이 발생했을 때 그것이 인간이든 비인간이든, 현실적이든 잠재적이든 생명체의 의식적 경험에 영향을 미치지 않는다면 도덕적으로 문제가 되지 않는다는 믿음이 뒤집혀야 했다.

글쎄, 그런 믿음이 맞는다면 아델로그나투스 마르기나툼의 멸종은 전혀 의미가 없는 사건이었다. "황금머리랑구르가 되어 숲을 휘젓고 다니면 어떤 느낌일까? 황금머리랑구르의 독특하고 형언할 수 없는 삶의 경험은 어떤 걸까? 우리가 그런 삶을 없애 버릴 수 있을까?" 이는 아델로그나투스 마르기나툼과 4만 개의 뉴런에 대해서는 할 수 없는 감상적인 질문이었다. "기생말벌 애벌레가 숙주의 혈류에 호르몬을 주입할 때는 어떤 느낌일까?" 그런 느낌은 존재하지 않는 것이나 마찬가지였다. 아델로그나투스 마르기나툼은 바이러스나 잡초처럼 기본적으로 기계적인 과정이었다. 아델로그나투스 마르기나툼을 저장한다고? 누구를 위해서? 누구의 이익을 위해서? 아델로그나투스 마르기나툼은 누구에게도 이익이 되지 않았고 전혀 쓸모가 없었다.

"하지만 미래 세대의 자연을 사랑하는 사람들이 얼마나 많은 것들을 놓치게 될지 생각해 보세요!" 그렇지 않다. 아델로그나투스 마르기나툼의 전 세계 팬클럽이 모이면(그 말벌의 행동을 연구하는 몇몇 생물학자들, 카린도 포함) 아마도 호텔의 작은 방 하나를 간신히 채울 것이다. 세월이 지나도 그 수는 늘지 않을 것이다. 그런가 하면 기생말벌은 영혼에 혐오감을 주는 존재로 창조론에 대항하는 고전적인 논거로 활용됐었다. 1860년 다윈은 "자애롭고 전능한 하느님께서 의도적으로 맵시벌을 창조하여 살아 있는 유충의 몸뚱이 속으로 들어가 먹어 치우도록 했다고는 믿을 수 없다."고 썼다. 판다에 대해서는 아무도 그렇게 말하지 않았다. 누구도 치우치우에 대해 "너는 우리를 사랑하는 하느님이 존재하지 않는다는 증거야."라고 말하지 않았다.

그런 모든 사실에도 불구하고, 카린은 아델로그나투스 마르기나툼에게도 고유의 가치가 있다는 사실을 자명하게 깨달았다. 어떻게 이렇게 훌륭하고 복잡하고 재미있는 곤충이(반복할 수 없는 과정의 우연적 결과물이자 까마득히 많은 과거의 개체들이 남긴 유산이다. 돌이켜 보면 그 개체들은 하나의 발명을 위해 무의식적으로 노력했다.) 어떻게 그 자체로 가치가 없을 수 있겠는가? 누군가 그 사실을 알아주든 말든, 그게 누군가에게 도움이 되든 말든 무슨 상관이란 말인가. 카린은 그 문제를 생각할수록 아델로그나투스 마르기나툼을 포함하지 않는 가치 개념이 무의미해 보였다. 누군가를 해쳐야만 비극이 될 수 있는 건가? 이제 카린은 그게 명백히 틀렸다는 사실을 이해했다. 아무도 아델로그나투스 마르기나툼을 발견하지 못해서 그것을 예찬하는 사람이 아무도 없다고 상상해 보라. 존재가 말소되어도 누군가에게 해가 되지 않을 것이고, 실제적으로나 잠재적으로 어떤 생명체의 의식적 경험에도 영향을 미치지 않을 것이다. 그러나 여전히 우주에는 끔찍한 손실일 것이다. 이 경우 멸종에 반대하는 빈약한 주장조차 없다는 사실 덕분에(이 귀여운 작은 동료를 잃으면 슬프지 않을까요?) 카린은 훨씬 더 진지한 주장의 진실을 받아들일 수 있는 마음의 여유가 생겼다.

이때 카린은 나중에 그녀가 '블랙홀'이라고 이름을 붙인 것의 첫 번째 암시를 받았다. 이 초기 단계에서도 블랙홀이라는 이름이 적절했던 이유는, 천문학자들이 블랙홀을 직접 관측할 수 있는 큰 망원경이 없을 때도 어떤 천체가 반드시 존재할 것이라고 추론하면서 간접적으로 연역적 발견을 했던 것처럼 카린이 블랙홀의 어둠을 정면으로 바라보기 훨씬 전부터 자신의 블랙홀에 대한 날카로운 자각, 즉 숫자에 담긴 무언가를 일찍이 감지했기 때문이다. 많은 사람이 도덕적 무관심에서 도덕적 헌신으로 전향하려면 생존자를 만나거나 빈민굴을 방문하는 것 같은 일종의 생생한 직접 체험이 필요했다. 독특하게도 카린은 거미의 껍질을 꿈틀거리며 뚫고 나오는 말벌 애벌레의 영상을 본 것이 전향의 계기가 되었지만 그녀는 직접적인 수단을 통해 더 깊은 감정을 표출하는 부류의 사람이 전혀 아니었다.

멸종에 관한 통계는 종의 탄생에 관한 지식만큼이나 새로운 소식이 아니었다. 어쨌든 카린은 멸종 산업에서 일했다. 1년에 1만 종. 인간의 활동이 없었을 때 예상되는 멸종 속도의 약 100배에 달하는 수치였다. (이는 다른 추정치들을 복합적으로 계산해서 얻은 추정치였다. 은하계에 존재하는 다른 지적 문명의 수를 계산하는 드레이크 방정식처럼, 모르는 수치들을 차곡차곡 쌓아놓은 밀푀유 파이 같은 것이다. 지금은 생물학자들이 작은 드론으로 숲과 바다를 조사할 수 있어서 진실이 그 범위 어디쯤 있을 거라고 생각할 이유가 더 많아지긴 했다. 총을 들고 있던 남자가 카린에게 인용했던 연간 10만 종이라는 수치는 그럴듯하다고 여겨지는 계산 수치 중 가장 높은 값이었다.)

카린에게 그 통계는 새로운 뉴스가 아니었지만 위력은 다르게 느껴졌다. 전혀 관심이 없던 무언가에 그 무엇보다 많이 관심을 가지게 되자 세상이 뒤집히는 느낌이 들었다. 아델로그나투스 마르기나툼 같은 동물 1만 종이 곧 사라질 것이다. 그녀와 전화 통화를 했던 칼리노브 애그로프로덕트 소속 생물학자의 무심한 태도는, 이 거대한 모닥불이 타오르도록 내버려두는 사람들의 보편적인 무관심을 대표하는 듯했다. 그렇다, 이론상으로 카린은 멸종을 막을 의도로 만들어진 광대하고 정교한 관료 체제의 중심에 있었다. 그러나 이 관료 체제의 고의적인 무용성은 그 체제의 요점을 두드러지게 할 뿐이었다. 이 시점에서 카린을 사로잡은 것은 슬픔이나 분노가 아니라, 당혹감과 불신이었다. 한 생물종의 멸종은 말로 표현할 수 없는 비극이었다. 그런데 매년 수천 종의 멸종이 일어나고 있었다. 그러나 그녀를 포함한 그 누구도 이에 대해 아무것도 하지 않고 있었다. ‘A=B’와 ‘B=C’와 ‘A≠C’가 동시에 참일 수 없듯이 이 세 가지가 동시에 참일 수는 없었다. 이는 논리적으로 말이 안 되는 일이었다. 블랙홀이 그 자체로 카린에게 모습을 드러내기 시작했지만 천문학자들이 처음에 계산한 수치를 믿지 않았던 것처럼 카린은 계속 뭔가 실수가 있었을 거라는 느낌을 받았다.

카린은 최근에 사라진 더욱 놀라운 종들을 촬영한 영상을 봤다. 다른 새들을 집요하게 괴롭힌 후 그 새들이 격분하며 토하면 그 토사물을 먹어 치우는 크리스마스군함조. 껍질을 재빨리 닫아 물고기를 가두고 작은 갈고리로 잡은 물고기에 유생을 풀어 붙이는 굴조개. 목에서 일종의 타르를 분비해서 그 타르를 아이섀도처럼 얼굴에 발라 짝을 유인하는 따오기. 나무의 줄기를 위아래로 두드리다 텅 빈 소리가 나면 그곳의 껍질을 갉아서 그 안에 있는 벌레를 터무니없이 기다란 세 번째 손가락으로 꺼내는 다람쥐원숭이. 아델로그나투스 마르기나툼과 마찬가지로 그 각각의 동물들은 주류에서 벗어나 기괴하고 뒤죽박죽으로 살아가도록 진화의 방향을 잡아서(선택지가 그렇게 많은데 이런 걸 골랐다고?) 그 방향을 고수하면서 계속 연마하고 완성하여, 어떤 특성이 더 이상 주변부적인 무엇인가가 아니라 그 생물종 전체의 승리이자 존재의 이유로 만들었다. 카린은 그 사실이 놀라웠다. 그런데 그 놀라운 이야기가 이제 끝났다.

카린은 흐멜니츠키에서 약 40킬로미터 떨어진 농장 건물에 그녀를 위해 급히 만들어진 칼리노브 애그로프로덕트의 연구실에서 루테니아 황갈색 멧새에 대한 실험을 시작했다. 몇 주가 지나자 카린이 가둬 놓은 실험 대상이 그녀를 신뢰하기 시작했다. 그러나 카린은 손으로 멧새 한 마리를 먹일 때마다 속으로 생각했다. '넌 이러면 안 돼. 나를 미워해야지. 내 눈을 쪼아야 한다고. 나는 너에게 파멸이

잖아.'

과장되게 들릴지도 모르겠지만 카린은 그렇게 믿었다. 멧새의 멸종에 대한 책임의 동심원들을 머릿속에 떠올려 본다면 가장 중심의 원에는 개체군 모델이 멸종으로 이어질 결정이라고 경고했음에도 유전자를 조작한 새로운 품종의 해바라기로 바꾸려는 계획을 밀어붙인 칼리노브 애그로프로덕트의 경영진이 있을 것이다. 그리고 그 다음의 원에는 이러한 계획을 가능하게 만드는 직원들과 계약 업체, 투자자로 구성된 조직 전체가 있을 것이다. 그 바깥에 있는 원들에는 이 농업회사의 압착 공장에서 만든 해바라기 기름으로 조리한 음식을 먹은 사람들이 있을 것이다. 그 바깥 원에는 탄소 배출과 자원 소비를 통해 급격한 기후 변화와 서식지 감소에 기여하여 멧새의 개체수를 불안정하게 만든 모든 사람이 포함될 것이다. 카린은 칼리노브 애그로프로덕트의 경영진이 아니었지만, 그 밖의 다른 모든 원에 속했다. 선진국에 살아가는 거의 모든 인류가 그 외곽의 원에 속했다.(초창기 비주류에 속했던 제안서에는 있었지만, 세계멸종위원회에서는 관심을 두지 않았던 사실이다.) 그러므로 멧새는 카린에게 분노했어야 했다. 그러나 멧새들은 카린이 한 일을 비난하지 않았다. 묶여서 죽도록 굶어서 장기가 망가져도 사람에 대한 애정이 사라지지 않는 개들 같았다. 동물들은 매우 아둔한 어른과 비슷했다. 아니, 아둔한 인간들보다 무지했다.

밤에 카린은 흐멜니츠키에 있는 회사 아파트에서 블랙홀에 대해 생각했다. 1년에 아델로그나투스 마르기나툼 같은 동물 1만 종. 한 종을 만들기 위해 수백만 년에 걸쳐 수십억 마리의 동물들이 희생된 진화가 터무니없게 느껴졌던 것처럼, 멸종의 위기에 대해서도 같은 느낌이었다. 카린은 멸종을 블랙홀이라 불렀는데, 너무 많은 것들이 회복할 수 없이 사라지는 거대한 구멍 같기도 했지만 그보다는 도덕적 측면에서 무한한 공포의 영역이면서 우주적 특이점 같았기 때문이었다. 블랙홀은 주변의 시공간을 뒤틀었다. 그에 비하면 다른 윤리적 문제는 무의미하고 보이지 않을 정도로 작은 것 같았다. 블랙홀은 그 자체의 거대함에 감춰져 있었다. 모든 시선을 그 암흑 속으로 삼켜 버리는 바람에 우리는 블랙홀을 제대로 살펴볼 수가 없었다. 이것은 이전에 존재한 적 없는 파괴였고 기존의 어떤 척도로도 측정할 수 없는 파괴였다. 지구상에 존재하는 생명의 다양성은 (누구나 아는 것처럼) 우주에서 가장 장엄하고, 인간은 (누구나 아는 것처럼) 그 장엄함을 감상할 수 있는 유일한 생명체였지만, 고의 없이 부주의하고 또 우발적으로 그 장엄함을 아무도 보지 않을 스캔과 표본 몇 개만 남기고 짓밟는 것도 인간이었다.

카린은 지구상의 모든 남자와 여자를 죽도록 고문해도 충분한 속죄가 되지 않으리라고 생각하기 시작했다.

1997년 러시아 극동 지역에서 블라디미르 마르코프라는 사냥꾼이 자신의 오두막 밖에서 시베리아 호랑이에게 살해당했다. 무슨 일이 일어났었는지는 아무도 알 수 없었지만 사람들은 마르코프가 사냥한 멧돼지의 사체를 먹으러 온 호랑이를 총으로 쏴서 상처를 입혔던 것으로 추측했다. 도망쳤던 호랑이가 얼마 후 오두막으로 찾아갔다. 그런데 마르코프가 외출한 상태였기 때문에 호랑이는 마르코프의 냄새가 묻은 모든 것을 물어뜯었다. 마르코프의 변기와 벌통, 심지어 냄비와 도끼까지. 마침내 마르코프가 집으로 돌아오자 호랑이는 그를 갈기갈기 찢어 버렸다. 호랑이가 마르코프에게 계획적으로 복수했다는 이야기는 그다지 괴상하게 들리지 않았다. 호랑이에 대해 다른 누구보다 잘 아는 현지인들도 그렇게 믿었다.

물론 그 호랑이는 20세기 초 75만 마리에 달하던 동종의 개체수가 밀렵과 삼림 벌채로 인해 수백 마리로 줄어들었다는 사실은 몰랐을 것이다. 호랑이의 복수는 단기적이고 개인적이었지만, 만약 호모 사피엔스를 혐오할 만한 이 완벽한 이유를 알았더라면 호랑이는 줄어든 자기 동족을 대신하는 훨씬 큰 관점에서 복수를 할 수도 있었을 것이다. 카린은 그 이야기에 빠져들었다. 짐을 덜고 빚을 갚을 수 있는 가능성이 느껴졌다. 사실 카린이 원한 것은 그게 아니었다. 하지만 그것만이 유일하게 허용되는 결과처럼 여겨졌다. 인류는 자신들의 범죄에 대해 끔찍한 처벌을 받아야 마땅하다. 그러나 그 처벌은 범죄의 피해자가 집행해야 한다. 그리고 피해자가 무엇을 위해 그 처벌을 집행하는지를 인식해야 의미를 가질 수 있다. 카린이 이런 믿음으로 전향하게 된 근본 전제가 멸종이 잘못된 일이라는 데에 반드시 피해자가 존재할 필요가 없다는 것이었으므로, 애초에 피해자라는 말을 꺼내는 것 자체가 다소 논리적으로 허술하다는 사실은 그녀도 알고 있었다. 그녀는 치우치우를 순교 성자처럼 숭배하는 사람들처럼 되고 싶지는 않았다. 그러나 만약 이 블랙홀에 지상의 대변자가 있다면 그건 동물들이 되어야 했다.

인간이 지금까지 빚진 것의 극히 일부라도 피로서 대가를 치르려면, 인간에 의해 멸종 위기에 몰린 종, 멸종에 몰린 자신의 처지를 실제로 이해하는 종, 복수를 원하는 종을 찾아야 했다.

8장

"호랑이에게 잡아먹히고 싶다는 말이네요. 그냥 호랑이와 섹스를 하고 싶은 게 아니라는 건 확실해요?" 헬야드가 말했다.

이 호텔에는 바 같은 게 없었고 밤 11시 이후에는 원칙적으로 문을 닫는 레스토랑만 있었지만 야간 종업원을 설득해서 폴란드 메를로 포도주를 한 병 샀다. 그들은 레스토랑 한가운데에 있는 4인용 테이블에 앉았는데, 사방에는 빈 테이블만 있었다.

"그렇게 특이한 일은 아니죠." 헬야드가 이어서 말했다. "아마 지금 우리가 이야기를 나누는 이 순간에도 VR로 치우치우와 섹스를 하고 있는 사람이 많을걸요……. 제가 묻는 것은 당신이 하려는 이야기에 대한 제 짐작이 맞는지 알고 싶어서예요. 혹시 당신이 독쑤기미에 그렇게 집착하는 이유가 그걸…… 뭐랄까 당신의 판타지나 뭐 그런 걸 충족시켜 줄 수 있다고 믿기 때문인 건가요? 당신이 진정으로 원하는 게 무엇인지 스스로에게 물어보면 당신의 목표가 뭔가 혼란스럽다는 사실을 깨닫게 될 겁니다. 무슨 말이냐면, 호랑이와 섹스를 하고 싶을지는 몰라도 물고기와 섹스를 하고 싶지는 않을 거 아니에요. 그렇죠?"

"멸종이라는 개념을 파악할 수 있는 비인간 동물은 많지 않아요." 카린이 말했다. "포유류 중에서도 고릴라나 침팬지, 오랑우탄 같은 고등 영장류만 이해할 거예요. 작년에 라이프치히에서 바말루졸을 가지고 오랑우탄에 접근했던 남자의 이야기 들어봤죠?"

"오랑우탄을 약에 취하게 만들어 강간하려고 했잖아요. 그게 내 생각을 증명……"

"아뇨, 그 남자는 오랑우탄이 자신을 죽여 주길 바랐어요."

"뭐라고요? 당신이 그걸 어떻게 알아요?" 헬야드가 물었다.

"확실해요. 그 남자는 그 오랑우탄에게 다른 오랑우탄들이 거의 다 죽었으며, 자기가 그런 일에 도움을 줬다고 설명할 계획이었어요. 오랑우탄들이 죽어 가던 자리를 지킨 정도가 아니라, 함께 죽인 공범이라는 말을 하려던 거였죠. 남자는 오랑우탄을 화나게 해서 자신을 때려죽이게 만들려고 했어요. 아마도 몇 달 전부터 준비했던 것 같아요."

"그렇다면 왜 오랑우탄에게 약을 먹이려 했을까요?"

"고등 영장류는 분노할 수 있듯이 죄책감도 느낄 수도 있어요. 오랑우탄이 무슨 일이 있었는지 기억하지 못하게 하려던 거예요. 나중에 죄책감을 느끼지 않기를 바란 거죠. 안 그러면 이 동물에게 살인을 저지르도록 조종한 게 부도덕한 일이 되니까요."

"젠장, 지금 날 놀리는 거죠?" 헬야드는 와인 잔을 가득 채운 후 의자에 기대앉다가, 이 의자가 무자비할 정도로 불편한 일본 미니멀리스트 싸구려 모조품이라는 사실을 떠올리고는 다시 앞쪽으로 몸을 숙였다. "그 사람이 오랑우탄을 자극해서 자살하려고 했는데, 그 오랑우탄이 '영혼의 어두운 밤'을 보내게 될까 봐 걱정했다는 말이에요?"

"이 사람은 분명히 블랙홀에 가까이 다가갔어요. 그리고 아까 말했듯이 블랙홀은 주변의 현실을 왜곡시키죠."

"그 블랙홀이 당신을 비이성적인 사람으로 만들고 있어요."

"아니요. 무엇이 중요하고, 무엇이 중요하지 않은지에 대한 감각을 바꾸는 거죠."

"그러면 그 사람이 시도했던 걸 해 보지 그래요? 이 모든 게 당신에게 이해가 된다면 말이에요."

"그 계획이 잘 됐을 것 같지 않아요. 바말루졸은 스테파넥의 마취총에 들어 있는 케타민과 비슷한 진정제예요. 동물이 폭력을 행사하면서도 그 사건에 대한 기억은 전혀 남지 않는 마법적인 용량이 있을 수도 있지만 첫 번째 시도에서 그 용량을 맞출 가능성은 매우 희박해요. 설령 그런 일이 가능하더라도 내가 언어 능력이 잘 발달한 고등 영장류를 어디서 만날 수 있겠어요? 그건 내 분야가 아니에요."

"그렇지만 독쑤기미는……"

"독쑤기미는 우리가 알고 있는 어떤 동물보다 자신들의 개체 수를 주의 깊게 살펴요. 그리고 함께 모여서 개체 수를 바탕으로 집단의 결정을 내리죠. 독쑤기미는 지구상에서 가장 똑똑한 물고기예요. 나는 이 물고기에게 현재 무슨 일이 일어나고 있는지 가르칠 수 있을 거라고 믿어요. 이 물고기들은 자신들의 멸종에 대한 증언자가 될 수도 있어요. 게다가 앞서 말했듯이 독쑤기미는 복수심이 강해요.

이들은 복수를 해요. 복수의 대상이 반드시 그 가해자여야 하는 것도 아니에요. 곁을 지나가는, 가해자와 같은 종의 물고기에게 복수하죠. 복수로 뭘 얻을 수 없을 때도 마찬가지예요. 그리고 독쏘기미의 수가 적을 때도 그렇게 해요. 특히 수가 적을 때 그래요."

"독쏘기미는 당신을 죽일 수도 있어요."

"네. 충분한 숫자가 모이면 나를 죽일 수 있을 만큼의 독을 주입할 수 있어요. 그리고 독쏘기미가 그 후에 죄책감을 느낄 거라고 믿을 만한 근거가 없어요."

"독쏘기미는 냉혈 동물이니까요."

카린이 핼야드에게 '북극 표정'을 지으며 말했다. (그러나 얼음이 훨씬 많았던 옛날의 북극이었다.) "생리적인 특성은 은유적인 의미와 아무런 관계가 없어요. 하지만, 그래요, 좋아요."

"그런데 그 모든 조건을 충족하는 종은 지금까지 발견된 동물 중 독쏘기미가 유일하다는 거죠. 독쏘기미가 멸종되면 당신의 몽상도 끝나는 거네요. 당신이 멸종 위기 때문에 당황과 불신이 가득해졌다고 말했던 거 기억나죠?" 핼야드가 말했다.

"네."

"멸종 위기는 지금 당신이 저에게 들려준 이야기에 비하면 산들바람이나 마찬가지예요. 내가 하려는 말은, 이게 미친 짓이라는 겁니다. 당신도 알잖아요. 뭐, 당신이 한가할 때 미치는 건 괜찮아요. 다들 유치한 부분이 있으니까요. 저에겐 맛있는 음식이 그런 거고, 당신은 물고기에게 처형당하는 게 그런 부분이겠죠. 하지만 당신의 미친 생각이 다른 사람에게 문제를 일으킨다면 이야기가 달라져요. 오늘 밤처럼요. 그 남자가 우리에게 총을 겨누고 있을 때 당신이 한 짓은 총을 쏘도록 유도한 거나 다름없었어요. 그건 당신이 자살 충동에 사로잡혀 있었기 때문이죠. 그래요, 자살 충동. 당신이 아무리 철학적 수식어로 장식을 해 보려 해도 그게 맞아요."

"내가 원하는 건 그런 게 아니에요. 과수원에서 모르는 남자가 쏘는 총에는 맞고 싶지 않아요. 그건 아무런 의미도 없잖아요. 그 사람이 죽는 모습도 보고 싶지 않았어요. 그 일이 벌어지고 있을 때…… 혹시 내 마음 한구석에서 '이건 잘못됐어! 저 남자는 틀렸어!'라고 외치려던 게 아닐까요? 난 그런 말을 할 생각이 전혀 없었거든요."

헬야드는 적대적 환경 대응 훈련에서 교관이 납치범과 공통점을 찾으라고 조언했을 땐 카린처럼 그렇게까지 공감대를 찾으라는 뜻은 아니었을 것이라는 생각이 들었다. 헬야드는 연습 삼아 무한히 관대하고 공감 능력이 뛰어난 사람인 척하며 그런 사람이라면 테이블 건너편에 있는 여성을 어떻게 생각할지 상상해 봤다. 비엔나의 호텔에서 그 강사는 치명적으로 위험한 상황에 사람들이 어떻게 반응할지는 예측할 수 없다며 그들이 매우 이상하게 행동하더라도 비난해서는 안 된다고 했다. 하지만 카린을 바라볼 때 헬야드의 눈에 들어온 것은 그런 게 아니었다. 헬야드가 본 것은 여동생 프랜시스의 모습이었다.

"그럼, 이제 어떡할 건가요? 목적에 맞는 다른 종을 찾을 때까지 계속 그 업무를 할 건가요?"

"지구상에 그 모든 기준을 충족하는 다른 종이 존재할 가능성은 거의 없을 것 같아요. 그렇지만, 네, 계속 찾아볼 거예요. 당신이 암초를 채굴했다고 했을 때 난 포기하려던 참이었어요. 그러다 바이오뱅크 공격 뉴스를 봤죠. 그래서 이 일을 계속해야겠다고 결심했어요. 포기한 채로 계속 살아갈 순 없어요. 우리는 파괴를 멈추지 않잖아요. 우리에게는 가망이 없어요. 동물들이 한 번은 이겨야 해요. 당신은 어떻게 할 거예요?"

"모르겠어요." 핼야드가 말했다. 그러다 제복을 입은 사람이 그의 시야에 들어왔다. 핼야드는 벌써 그 사람들이 자신을 감옥으로 끌고 가기라도 할 것처럼 움찔했다.

그러나 이들은 물류센터에서 막 도착한 휴대폰 두 대를 가져온 야간 근무자였다. 두 사람은 새 휴대폰의 포장을 풀고 로그인한 후 지난 몇 시간 동안 일어난 일들을 파악했다.

바이오뱅크 공격이 벌어진 직후부터 핼야드에게 수많은 메시지가 쏟아져 들어왔었다. 그는 오늘 오후 기차 안에서 그중 몇 명에게 별일이 아니라는 듯 답장했었다. "알아요. 미쳤어요! 엄청난 영향이 있을 겁니다. 그런데 지금은 제가 이동 중이라 나중에 이야기하죠." 핼야드는 너무 신경이 곤두서서 더 이상 말을 이어 가지 못했다. 아직은 자신이 저지른 일을 변명할 수 있을지도 모른다는 희망이 가냘프게 남아 있었지만 급등하는 멸종 크레딧 가격에 대해 동료들과 자세히 이야기를 나누다가 나중에 알리바이를 망칠 말을 할지도 몰라서 걱정됐다. 또한 거짓말쟁이는 언제나 말이 많다고 하지 않는가. 그러나 핼야드가 마지막으로 휴대폰을 확인한 후에도 메시지가 계속 쏟아져 들어왔다. 그러다 시간이 흘러 그의 커리어 전체를 통틀어 가장 충격적인 사건이 발생했는데도 계속 침묵하는 것이 오히려 이상해 보이는 시점이 되었다. 핼야드는 사람들에게 자신이 외떨어진 곳에서 테러리스트에게 총을 맞을 뻔했다고 알려 줄 수도 있었다. 그렇게 강렬하고 결정적인 변명을 할 수 있는 사람이 얼마나 되겠는가? 하지만 그렇게 하면 에스토니아에서 무엇을 하고 있었는지 정확하게 설명해야 할 수도 있었다. 그런데 그는 아직 설명할 이야기를 마무리 짓지 못했다.

헬야드는 여전히 깊은 생각에 잠긴 채 알림 메시지들을 훑어보다가, 오늘 설정해 두었던 알림 서비스에서 온 메시지를 마지막에 발견했다. 동영상이었는데, 처음 본 순간 약하게 헉 소리가 새어 나왔다. 헬야드는 그 영상을 몇 번 더 돌려 본 후 카린에게도 보내 줬다.

핀란드의 남부 해안에 있는 틴카넨 이주 노동자 수용소에서 사흘 전에 촬영된 영상이었는데, 몇 시간 전에 업로드됐다. 영상은 몇 분 길이였지만 중요한 부분은 몇 초 정도였다. 두 남자가 작은 숯불 화로에서 요리하는 모습이 담겨 있었다. 한 남자가 플라스틱 양동이에서 생선을 집어 들었는데, 화로 위에 올려진 생선은 작은 청어 종류 같았지만 남자의 손안에서 껍질이 울퉁불퉁하고 둥글납작한 물고기가 살짝 보였다. 헬야드가 매초 인터넷에 올라오는 수천 시간 분량의 영상을 프레임 단위로 샅샅이 뒤지도록 설정해 두었던 경보 체계가 극단적으로 특별한 그물로 이 물고기를 잡은 것이었다.

두 사람의 눈길이 마주쳤다. "혹시 독쑤기미일까요?" 헬야드가 물었다.

"맞는 것 같아요. 그런데 맞더라도 저게 실제로 촬영한 영상인지 아닌지는 모르잖아요."

카린의 말은 이 영상에 인증칩이 없는 휴대폰으로 촬영되었다는 표시가 있다는 의미였다. 헬야드가 대답했다. "이 영상이 업로드된 채널을 살펴보고 있습니다. 이 사람은 수용소 주변에서 일상생활을 찍거나 몰래 다른 사람들을 관찰하는 모양이에요. 이 사람이 가짜로 독쑤기미를 만들어 낼 이유는 없는 것 같습니다."

그 문제의 해답을 알기는 어렵다는 사실은 두 사람 모두 잘 알았다. 인터넷에 떠도는 대부분의 가짜 동영상은 겉으로 보이는 내용과 전혀 상관없는 비밀스러운 이유로 만들어졌다. 때로는 어떤 알고리즘이 다른 알고리즘을 조작하기 위해 흉내를 낸 것일 수도 있고, 인간 관찰자로서는 전혀 이해할 수 없는 싸움의 일부분일 수도 있다. 때로는 타임라인에 법적으로 허용되는 모순을 발생시켜 누군가의 법적 분석을 망치기 위한 계략일 수도 있다. 핼야드가 알아낸 것은 채널 전체가 틴카넨에서 지구 반대편에 있는 서버에 생성한 영상물이라는 사실이었다.

동시에 '오컴의 면도날'이 여기에 적용되어야 한다. 수용소에 있는 거주민 대부분은 아마도 인증 기술이 적용되지 않은 값싼 휴대폰을 가지고 있을 것이다. (인증칩이 등장한 지 수년이 지났지만, 핼야드는 아직도 휴대폰에서 인증칩이 어떻게 작동하는지 이해가 되지 않았다. 우주선(宇宙線)과 블록체인 같은 게 관련된 건가?)

카린이 말했다. "두 번째로, 핀란드만에서 독쑤기미 한 마리가 발견되었다고 해서 생육할 수 있는 두 번째 개체군이 존재한다는 의미는 아니에요."

"만일 제가 핀란드만에 청어가 1만 마리는 있다는 사실을 이미 알고 있는 상태로 낚시하러 가서 청어 열 마리와 독쑤기미 한 마리를 잡았다면 독쑤기미가 그럭저럭 1000마리는 있다고 추정하는 게 합리적이겠죠." 핼야드가 대답했다.

"그렇지만 낚시에 가서 청어 열 마리와 다이아몬드 목걸이 하나를 주웠다고 해서 핀란드만에 다이아몬드 목걸이가 1000개 있다는 뜻은 아니에요. 누군가는 다이아몬드 목걸이를 잃어버렸고, 당신은 낚시 여행에서 놀라운 이야깃거리를 갖게 되었다는 뜻이죠."

"독쑤기미는 다이아몬드 목걸이와 달라요. 발트해 암초에 사는 물고기잖아요. 바로 핀란드만 같은 곳에서 볼 수 있는 물고기라고요."

"핀란드 남부 해안에는 독쑤기미가 번식지로 삼기에 적합한 암초가 없어요. 독쑤기미가 번식지에 관해 매우 까다로운 물고기라는 걸 고려하면, 그 물고기는 다른 곳에서 온 것이 틀림없으니까 다이아몬드 목걸이나 마찬가지예요. 어쨌든 그 사실을 확인하려면 드론을 동원해 핀란드만 전체를 1세제곱미터 단위로 꼼꼼히 조사해야 하는데, 오늘 아침에 그걸 하기엔 현실성이 없어요."

"수용소로 갈 수는 있잖아요."

"핀란드에 가자고요?"

"네. 거기에 가서 사람들에게 물어보면 되죠. 이 물고기를 어디에서 발견했는지 말해 줄 만한 사람이 있을 겁니다."

"설령 누군가가 우리에게 말해 준다고 해도, 반드시 성과가 있을 거라는 보장은 없어요."

"있을 수도 있죠."

카린이 한숨을 내쉬었다. 다시 괜한 희망을 품고 싶지 않은 것이다. "난 정말로 지쳤어요."

그러나 헬야드는 카린과 함께 그곳으로 가게 되리라는 것을 이미 알고 있었다.

두 사람은 함께 위층으로 올라갔다. 그리고 방을 향해 걸어가는 동안, 이번에는 헬야드가 카린을 자신의 방으로 초대할지 고민했다. 아니다, 두 사람은 서로에게 추파를 던지는 분위기가 전혀 아니었다. 그러나 새벽 두 시인데 그들은 서로의 비밀과 와인 한 병을 나눴으며 함께 죽을 고비까지 넘긴 사이였다. 핼야드는 그 절반만 가지고도 운을 걸어 볼 사람이었다. 그러나 방문을 열 때 카린과 눈이 마주쳤는데, (아마도 상상이었겠지만) 갑자기 그가 무슨 생각을 하고 있는지 카린이 정확히 알고 있고, 그의 제안을 거절해서 두 사람의 관계를 망치길 원하지 않는다는 느낌이 들었다. 그래서 그냥 잘 자라고 인사했다.

다음 날, 두 사람은 아침 식사 후 청회색의 로비에 앉아서 그들의 진술을 받을 경찰을 기다렸다. 핼야드는 주로 독일어로 말하는 카린의 집사의 억양이 매우 독특하다는 사실을 알아챘다. 그래서 카린에게 물어봤다.

"「나의 사촌 비니」에 나오는 마리사 토메이의 목소리예요." 카린이 대답했다.

"영화인가요?"

"네, 1992년 작품이죠."

"그 배우가 독일어로 유명한가요?"

"아뇨. 영화 속의 캐릭터는 바젤 지역의 독일어를 배워서 말은 유창하긴 했지만 여전히 뉴욕 억양이 강했어요." 카린이 어깨를 으쓱했다. "그냥 그 목소리가 마음에 들어서 설정한 거예요."

핼야드는 바이오뱅크 공격의 후유증에 관한 최근 소식을 확인하기 위해 다시 인터넷을 뒤졌다. 해킹이 불가능한 시설이 해킹당하자 충격을 받은 국제 주식 시장이 약 0.3퍼센트 하락했는데, 이는 어떤 불량 국가가 핵폭탄 실험을 하거나 주요 경제국에 온건 좌파 정부가 선출된 상황과 비슷한 수준이었다. 사망 후 인간의 뇌를 스캔하는 회사들은 자체적인 데이터 센터가 아직 전적으로 안전하다고 주장하는 성명을 발표했지만 사우디에서 유래한 밈이 널리 퍼졌다. 피라미드를 지은 건축가가 파라오에게 정확히 똑같은 말을 하는 내용이었다.

혹시라도 세계가 죽은 벌의 정보가 파괴된 사실을 슬퍼했다면 그건 아마도 다소 추상적이고 의무적인 느낌일 것이며 작은할아버지가 돌아가셨을 때 느끼는 정도의 슬픔이었을 것이다. 대부분의 사람은 헬야드나 카린 같은 태도를 보였을 것이다. 실제로 그 자료들을 본 사람이 아무도 없다면 저장고에 있는 그 모든 스캔과 표본은 실질적인 의미가 없었다. 한 가지 예외는 태평양에서 사라져 가는 통가 왕국이었다. 유아숲도마뱀과 해안가시딱정벌레가 통가 자체보다 먼저 지구상에서 사라질 가능성이 있어서, 세계멸종위원회는 물에 잠긴 이 섬에서만 볼 수 있는 수십 종의 생물종을 복합 보존할 수 있도록 보조금을 지원했다. 오늘 아침 통가 정부 대변인은 통가 국민이 속아서 생태 유산 전체를 이 허술한 기관에 맡긴 것이라며 바이오뱅크에 대한 법적 대응을 다짐했다. 지구 반대편에서는 그동안 아무리 국제적으로 항의해도 해결하지 못했던 일을 멸종 크레딧의 가격 급등이 해냈다. 이스라엘이 서안지구 북부에 정착촌을 건설하려던 계획을 드디어 막은 것이다. 그 지역의 이스라엘 정착민들이 검댕주홍끝나비의 마지막 남은 서식지를 밀어 버리고 평탄화하는 공사가 여전히 가능한지 평가할 시간이 필요했기 때문이었다.

그러나 현재 가장 뜨거운 핵심 사안인 누구에게 책임이 있느냐는 문제에 비하면 그런 전개는 전 세계의 이목을 그다지 끌지 못했다. 인터넷에는 온갖 억측과 음모론이 들끓었다. (아니나 다를까, 이와 관련해서도 이스라엘을 언급하는 음모론이 꽤 많았다.) 바이오뱅크를 해킹한 집단이 지난 몇 주 동안 조용히 멸종 크레딧을 긁어모아 장악한 집단과 동일하다고 가정하면(그리고 당연히 그럴 수밖에 없었다) 터무니없이 교묘한 범죄를 저지른 셈이었다. 이들이 비축한 크레딧을 모두 매각하면 5000만 유로에서 4억 유로 사이의 수익을 올릴 수 있을 것으로 추산되었다. 엄청난 금액이었다…….

그러나 그렇게 대단히 많은 돈은 아니었다. 기껏해야 여덟 자리, 아홉 자리 정도의 금액이니. 그 정도면 만찬회에는 갈 수 있지만 여전히 가난하다고 느낄 액수였다. 그래서 몇몇 사람이 의문을 가졌다. 세계에서 가장 발달한 사이버 공격 시스템을 휘두를 수 있는데 도대체 왜 멸종 크레딧 시장을 노린 걸까? 멸종 크레딧 시장은 세계 멸종위원회가 지킨다는 생물들의 서식지만큼이나 주변부적인 틈새 시장에 불과했다. 유로폴의 추정에 따르면 파리 시장에서 진행되는 멸종 크레딧 거래 중 70퍼센트가 범죄자들이 부가가치세 사기를 치기 위해 이용한 것이었다. 그런 실력이면 대형 은행이나 암호화폐 거래소 몇 군데를 해킹하는 게 더 낫지 않았을까? 쉽게 100억 유로 정도는 벌었을 것이다. 헬야드도 그 점이 대단히 궁금했다. 범죄자들이 그의 인생을 망가뜨렸지만 그 범죄자들의 계획은 어떤 면에서 헬야드 자신의 계획과 닮아 있었다. 헬야드는 분노를 넘어 부러움과 존경심까지 느꼈다.

"개혁이 진행되면 누가 돈을 잃게 되는지 알아?" 스몰은 바이오뱅크의 개혁안에 대해 질문했었다. 그것은 대규모로 멸종 크레딧을 보유하고 있던 누군가에 대한 언급이었을 것이다. 헬야드는 스몰이 다음에 무슨 말을 했었는지 기억하려 애를 써 봤지만, 그날 밤 그는 다리가 없는…… 민다리도마뱀이었다. 혹시 시장을 조작한 놈들의 정체를 스몰이 미리 알고 있었을까? 다른 사람도 아니고 배리 스몰이 반물질이 가득 찬 주머니처럼 진짜 폭발적인 정보를 가지고 다녔다는 것은 도저히 상상하기 힘들었다. 그러나 다른 한편으로 스몰은 누군가가 엄청나게 손해를 보고 있다는 맥락에서 그런 이야기를 꺼냈지만, 사실 그 사람들은 해킹 이후에 큰돈을 거머쥐었으므로 스몰의 정보가 아무짝에도 쓸데없다는 평생의 기록은 망가지지 않고 그대로 유지되었다. 헬야드가 스몰에게 메시지를 보냈는데 아직 답장이 없었다.

정장을 입은 두 남자가 호텔 로비로 들어왔다. 한 남자가 다른 남자에게 헬야드와 카린을 손짓으로 가리켰다. 두 사람이 기다리고 있던 에스토니아 경찰이었다. "잊지 마세요. 어젯밤에 경찰이 그 남자에 관해 물어봤을 때 우리는 당신이 사실 그 남자의 편이었다는 이야기를 하지 않았었어요." 헬야드가 말했다.

경찰에게 진술하는 데 한 시간이 걸렸다. 그 후 두 사람은 자유롭게 떠날 수 있었다. 그들은 그날 한 대뿐인 타르투에서 헬싱키로 가는 여객기를 놓쳤다. 헬야드가 출장비를 사용할 수 있다고 카린에게 약속하긴 했지만 이틀 연속으로 수직이착륙기를 예약하긴 힘들었다. 또다시 수직이착륙기를 이용하면 브라마사무드람의 재정 집사가 헬야드에게 무슨 일로 그렇게 급하게 이동했는지 질문을 시작할

지도 모르기 때문이었다. 그래서 그들은 다시 기차로 긴 여행을 떠났다. 타르투에서 탈린으로, 탈린에서 헬싱키로, 그리고 헬싱키에서 러시아 국경 서쪽으로 40킬로미터 떨어진 코트카로 갔다.

"핀란드 국민 춤이 탱고라는 거 알아요?" 마지막 기차에서 내릴 때 헬야드가 카린에게 물었다.

"정말요?" 카린은 전날 입었던 아노락을 벗고 구깃구깃한 얇은 파란색 천으로 만든 빈티지한 느낌의 패러슈트 재킷으로 갈아입었는데, 움직일 때마다 주렁주렁 달린 끈과 지퍼가 살랑살랑 흔들거렸다.

"뭔가 이상하지 않아요? 그런데 핀란드 탱고는 모두 단조로 되어 있고 고향에 대한 그리움과 가을비의 슬픔을 담고 있어서 실제로는 아주 잘 어울려요."

두 사람은 기차역에서 나와 그날 밤 묵을 수 있는 유일한 숙소로 향했다. 시립 수영장이 길 건너편에 있다는 이유로 '스파 호텔'이라는 이름을 달고 있는 낡은 건물이었다. 두 사람 모두 피곤해서 곧장 위층으로 올라갔다. "호텔방에도 인지더닐이 있으면 좋겠어요." 헬야드가 축축한 소파 아래로 진공 노즐을 이리저리 킁킁거리며 돌아다니는 청소 로봇을 넘어가며 말했다.

"인지더닐을 먹어요?"

"거의 매일 먹어요."

"그냥 눈앞에 있는 음식을 먹고, 신경 안 쓰면 되잖아요?"

"그렇게 질문하는 것만 봐도 제가 절대 당신을 이해시킬 수 없을 거라는 건 알겠어요. 고대 로마에서 가장 유명한 해산물 감정사였던 아피키우스는 더 이상 좋은 생선을 구할 수 없게 되자 포도주에 독미나리에서 추출한 독을 타서 마셨대요." 마지막 남은 돈이 1000만 세스테르티이(고대 로마의 화폐 단위—옮긴이)밖에 없는데, 노랑촉수라는 물고기까지 구할 수 없었던 아피키우스의 당시 상황은 헬야드의 현재 상황과 매우 흡사했다.

"어젯밤에 당신은 내게 자살 충동이 있다고 했지만, 자살이란 게 자신의 삶을 더 이상 경험하지 않으려는 것이라면 인지더닐이야말로 진짜……"

"자살은 그런 게 아니에요."

카린은 헬야드의 날카로운 말투에 놀라서 그를 바라봤다. 헬야드 역시 자신의 말투에 놀란 표정이었다. "뭐, 아무튼 이 호텔의 서비스 품질에 대해 너무 요란하게 불평하지 않았으면 좋겠어요. 우리는 내일 이주 노동자 수용소에 갈 거잖아요."

헬야드는 잠자리에 들기 전에 독쑤기미로 의심되는 영상이 올려져 있는 채널에서 동영상 몇 개를 더 봤다. 영상의 주인은 '은둔 왕국'에서 온 18세 소녀로서, 자신의 이름을 '엘시브이브이브이브이'라고 했다. 소녀는 틴카넨 수용소의 다른 동포들과 마찬가지로 은둔 왕국 이주 노동자 초청 프로그램의 일환으로 핀란드로 파견되었다. "그냥 부모님하고 남동생한테 보탬이 되고 싶었을 뿐인데, 지금은 여기에 처박혀 있어요." 소녀는 한 동영상에서 이렇게 말했다.

지난 10년 동안 겨울이 온난해지며 핀란드 중부와 북부의 목축업이 크게 확장되어서 메탄을 적게 배출하는 저공해 소 2000만 마리가 호수로 몰려들었다. 목축업은 고도로 자동화된 산업이었으므로 일자리가 늘어날 것이라는 예상은 없었다. 그런데 최근 핀란드의 소들이 러시아에서 발병되어 스칸디나비아 전역으로 퍼지고 있는 '캡차(Kapcha)'라는 감염병으로 죽어 가고 있었다. 캡차는 자이언트 판다와 이베리아 떡갈나무를 죽인 질병처럼 2℃ 온난화 시대에 전 지구에 퍼진 곰팡이 반란 중 일부였다. 캡차는 소의 얼굴 특징을 혼란스럽게 뒤섞어서 모든 목장의 소들을 출생부터 사망까지 추적하는 생체 인식 시스템이 인식할 수 없게 만들었다. 그런데 신생 목장들은 모든 과정을 이 기술에 의존하고 있었다. 즉, 바코드나 태그, 마이크로칩은 사용하지 않고 오류가 없을 거라고 믿었던 안면 인식 카메라에 모든 것을 걸고 있었다. 그러나 이제 이 기술은 무용지물이 되었다. 생체 인식 시스템은 소들을 서로 구분하지 못할 뿐 아니라 소를 소로 인식하지도 못했다. 그래서 식별되지 못한 감염된 소들은 별도로 표시되거나 격리되거나 치료받지 않은 채 친구들에게 질병을 퍼트렸다. 세균이 항생 물질에 내성을 갖는 것처럼 캡차 역시 진화의 놀라운 사례였다. 카메라에 식별된 변종은 모두 전멸했고 그렇지 않은 변종만 번성하고 번식했다. 그리고 이제는 최소 200만 마리의 핀란드 소가 곰팡이 가면을 쓰고 있었다.

축산업자들은 한시라도 빨리 해결책을 찾으려 애썼다. 감염된 각각의 소를 안면 인식 시스템이 식별할 수 있도록 학습시킬 수는 있었지만 캡차로 인한 변형은 예측할 수 없으며 불규칙적이라 지금까지 일반화된 해결책은 나오지 않았다. 아무리 많은 사례를 데이터베이스에 입력해도 다음 사례에서 항상 쩔쩔매는 듯했다. 그래서 핀란드 사람들은 문제가 해결될 때까지 옛 방식으로 돌아갈 수밖에 없었다. 그들은 가축을 보살필 인간들을 고용했다.

이때까지 북유럽에서 가장 저렴한 비숙련 노동력의 공급원은 은둔 왕국 이주 노동자 초청 프로그램이었다. 은둔 왕국에서 들어온 엘시브이브이브이브이 같은 농장 노동자들은 목장에서 장시간 일하고 한 달에 약 600유로를 받았는데 그 돈의 대부분은 은든 왕국 정부의 재원으로 곧장 들어가서 그들이 고향의 가족에게 보낼 수 있는 돈은 한 달에 200유로 정도밖에 되지 않았다. 그럼에도 은둔 왕국의 경제 상황 때문에 이 일자리를 구하는 사람들이 너무 많아서 공무원을 뇌물로 매수해 겨우 얻어 내는 경우가 허다했다.

올봄 초청 노동자들에게는 안타깝게도(수천 명의 이주 노동자들이 핀란드 전국의 수십 개 농장에서 일하고 있었다) 핀란드가 불타올랐다. 4월 날씨가 기형적으로 뜨거워진 탓에 이른 산불이 발생했는데 핀란드 사상 최악의 산불이었다. 산불은 타이가 침엽수림 지대를 가로질러 20만 헥타르가 넘는 북부 한대수림 지역을 불태웠다.

"연기 냄새가 났어요." 어느 동영상에서 엘시브이브이브이브이는 이렇게 말했다. "근데 핀란드 사람들은 괜찮다고, 산불은 수 킬로미터 떨어져 있다고, 예보가 있다고, 모든 정보가 실시간으로 업데이트되고 있다고, 불이 여기로 안 올 거라고 했어요. 그래서 우리는 뭐, 그래 여기 사람이니까 잘 알겠지 하고 생각했어요. 근데 갑자기 10분 내로 모든 걸 버리고 떠나야 한다고 하더라고요." 검은 재가 자욱하게 피어오르며 목장을 뒤덮었다. 버스와 차가 부족한 탓에 몇몇 이주 노동자들은 창문이 없는 화물 컨테이너에 실려 대형 수직이착륙기로 운송되었는데 산불에서 발생한 회오리바람에 컨테이너가 흔들리면 사람들은 서로를 붙잡고 버텨야 했다. 자동차를 타고 고속도로로 탈출할 수 있었던 사람들은 태양의 표면처럼 격렬하게 타오르는 땅의 모습을 볼 수 있었다. 그동안 소들은 산 채로 구워졌다. 목장 관리자들은 캡차가 남쪽으로 번질까 봐 문을 열어 소들을 탈출시킬 엄두를 내지 못했다.

은둔 왕국과 핀란드 사이의 협약은 이주 노동자들의 자유로운 이동을 제약하고 있었기 때문에 이주 노동자들은 남쪽 해안으로 대피한 이후 본국 송환을 기다렸다. 그런데 캡차가 전염성 피부염 백선처럼 인수 공통 감염병이라는 사실, 즉 동물에서 사람으로도 전염이 된다는 사실이 문제가 됐다. 감염된 소와 함께 일주일을 보낸 뒤 거울을 본 사람들은 부종과 발진을 발견했고, 때로는 참나무 껍질에 달라붙은 아교 버섯처럼 두꺼운 곰팡이 플라크가 낀 모습을 보기도 했다. 항진균제로 감염을 물리친 이후에도 흉터와 반점만이 아니라 피부 아래 작은 지방 침전물이 남아 얼굴이 미묘하게 바뀌어 외모가 원래대로 돌아오지 않았다.

엘시브이브이브이브이는 대부분의 동영상에서 캡차의 후유증을 되돌리는 필터를 사용했지만, 「생생하고 솔직한 비교, 예전의 나와 현재의 나」라는 영상에서 6개월 전 자신의 사진과 현재의 모습을 비교했다. 헬야드는 10대 난민의 육체적 매력을 가혹하게 평가하는 것이 불안했지만, 엘시브이브이브이브이가 시청자들에게 자신의 매력을 평가하도록 유도하는 것을 보고 불안이 가라앉았다. 헬야드의 판단에 따르면 엘시브이브이브이브이는 예전에 상당히 예뻤지만 이제는 더 이상 그렇게 예쁘지 않았다. 균류의 감염 이후 생긴 반점들과 얽은 자국들 때문이었다. 그 자국들은 주근깨와 비슷한 수준이었지만 이목구비의 구성에 돌이킬 수 없는 변화를 만들었다. 소녀는 원본의 짝퉁이거나 수준이 떨어진 외모가 되어 버린 느낌이 들었다. 콕 집어서 말할 수는 없지만 과학자들이 좋은 외모의 핵심이라고 말하는 대칭을 그 작은 지방 침전물들이 망가뜨린 게 틀림없었다. (헬야드는 진화가 의도한 대로 두뇌의 소프트웨어가 작동하고 있다고 느꼈다. 대칭에 매력을 느끼는 이유 중 일부는 얼굴에 무언가 있는 사람과 성관계를 갖고 싶은 유혹을 느끼지 않도록 만들기 위한 것이기 때문이었다.)

성형 수술 약간이면 모두 교정 가능한 사항이었지만 당연하게도 핀란드의 이주 노동자 수용소에서는 쉬운 일은 아니었다. 그리고 캡차는 기계의 눈이 소의 안면부를 인식하지 못하게 했던 것처럼 인간의 얼굴도 알아보지 못하게 만들었다. 그러나 예전의 엘시브이브이브이브이를 아는 사람들은 새로운 엘시브이브이브이브이를 알아보는 데 어려움을 겪지 않았다. 안면 인식 시스템을 제외한 모든 사람의 눈에는 엘시브이브이브이브이의 얼굴에 햇살을 받은 그림자나 낙서 같은 게 있는 상황과 비슷했다.

목소리와 걸음걸이, 지문, 망막 등 개인의 신원을 확인할 방법이 아주 많았기 때문에 일반적으로 얼굴 시스템의 오류는 극복할 수 없는 문제가 아니었다. 그런데 은둔 왕국의 데이터베이스가 너무 엉망인 탓에 내무부는 안면 인식을 제외한 어떤 방법도 신뢰하지 않았다. 은둔 왕국 정부는 핀란드의 소 목장처럼 안면 인식 시스템에 전적으로 의존하고 있었다. 산불을 피해 도망친 농장 노동자들의 본국 송환이 거의 중단되었다. 캡차에 감염된 노동자들은 자국 정부에 자신이 누구인지 증명할 수 없었기 때문이었다. 게다가 은둔 왕국은 그 나라에 밀입국하려는 사람이 지난 10년 동안 아무도 없었는데도 여전히 국경이 뚫리고 있다는 망상에 사로잡혀 있었다. 마치 손님이 없는데도 새로 온 손님에게 테이블을 내주지 않는 텅 빈 식당 같았다. 핀란드 출입국관리소에서 여러 상식적인 해결책을 제시했지만 은둔 왕국을 설득할 수는 없었다. 그래서 현재, 3000명의 이주 노동자들이 틴카넨 수용소에서 시간을 보내고 있었다. 대다수는 엘시브이브이브이브이처럼 이미 6주 동안이나 그곳에 머무르고 있었다. 핀란드 정부 관계자가 비공식적으로 미디어에 흘린 이야기에 따르면, 이주 노동자들의 불만이 커지고 있어 하루빨리 송환하지 않으면 수용소에 폭력 사태가 일어날 가능성이 높았다.

엘시브이브이브이브이의 채널에서 조회수가 가장 많은 동영상은 「수용소 생활에서 최악의 일-비처럼 쏟아지는 각다귀」였다. 영상은 푸른 하늘에서 검은 점들이 새까맣게 쏟아져 내리는 장면으로 시작됐다. 엘시브이브이브이브이가 손바닥에 내린 점 하나를 확대하기 전까지는 북쪽에서 발생한 들불의 재가 날리는 것 같았다. 그 점은 연못 주변에서 흔히 볼 수 있는 작은 곤충의 사체였다.

"이 각다귀들이 거의 하루 종일 머리 위로 떨어져요." 엘시브이브이브이브이가 말했다. "항상 그런 건 아니에요. 잘 모르겠지만, 바람이 부는 방향이나 태양의 위치 같은 게 관련이 있는 것 같아요. 그렇지만 거의 하루 종일 내려요. 그래서 날씨가 좋을 때는 지붕 아래로 들어가야 하죠. 밖에 나가면 머리에 벌레가 많이 날아들거든요. 다른 데도 다 마찬가지예요. 말 그대로 모든 곳이 그래요." 그리고 남자가 빗자루로 땅을 쓸고 있는 장면, 물탱크에 각다귀가 수북이 쌓여 있는 장면, 다른 남자가 방수포를 흔들어 접힌 부분에 쌓인 각다귀들을 비우는 장면, 그리고 여자가 한 소녀의 머리카락을 양손으로 파헤쳐 두피를 정리하는 장면 등이 담겨 있었다. 죽은 각다귀들이 쌓여 있는 모습은 마치 푸석푸석한 검은 흙더미처럼 보였다. "우리는 이 각다귀들이 어디에서 왔는지도 몰라요. 분명히 저쪽에서 왔으니까 바다에서 왔을 텐데, 어머나 세상에, 어떻게 이렇게 많을 수가 있죠? 미쳤어요." 엘시브이브이브이브이는 오두막 뒤에서 술에 취해 정신을 잃은 남자의 입에 무슨 곡식을 담아 둔 것처럼 각다귀들이 가득 차 있었다는 이야기를 했다. 처음에 남자를 발견한 사람들은 이미 그가 죽은 줄 알았지만 남자를 옆으로 눕히자 토하기 시작했는데, 구토는 아침까지 간간이 이어졌다.

그런데 다음 날 핼야드와 카린이 택시를 타고 틴카넨으로 갔을 때는 벌레들이 보이지 않았다.

9장

틴카넨 수용소는 해안가에 15헥타르 넓이로 펼쳐져 있었는데 1000여 채의 흰색 오두막이 깔끔하게 정렬되어 있었으며 북쪽 끝에 지원 시설들과 창고로 이루어진 작은 중심가가 형성되어 있었다. 북부보호구역처럼 철조망으로 만든 물리적 울타리, 그리고 카메라와 센서로 이루어진 가상의 울타리에 둘러싸여 있었지만 남쪽이 바다에 접해 있어서 쉽게 노만 저으면 들락거릴 수 있기 때문에 가상의 울타리 쪽에 대한 의존도가 더 높았다. 그렇지만 이주 노동자가 시골로 도망치려 하거나 여기에 발이 묶인 사람들을 등쳐먹으러 들어오는 사람들이 경계선을 넘나들면 드론이 그들을 추적했다.

이 수용소는 델타생태서비스가 북부보호구역에서 동물 관리를 위해 사용하는 안티체인 소프트웨어를 인간 관리에 사용하고 있는지도 모른다. 카슈미르 수용소 때문에 발생했던 엄청난 논란 이후에도 안티체인은 선진국들의 난민 캠프에서 상당히 높은 시장 점유율을 유지했다. '언제 터질지 모르는 위험한 곳'이나 '정글'을 완벽하게 투명하고 예측할 수 있는 곳으로 바꿔서 정부의 스트레스를 상당히 덜어 주니 여론이 나빠도 별다른 영향을 미치지 못했다. (이번 주 유럽 의회에서 열린 '시민 자유에 관한 청문회'에서 증언하기로 했던 안티체인의 창립자 페렌스 바르카가 나타나지 않았다는 기사가 나왔다. 그 사람이 어디에 있는지 아무도 모르는 것 같았다. 유럽 의회는 이 문제를 어떻게 할까? 중무장 헬리콥터를 보낼까?)

헬야드와 카린은 북쪽 입구로 갔다. 하늘에서 떨어지는 각다귀 떼는 없었지만 나무의 구멍마다, 배수관 사이의 틈새마다, 온갖 홈과 고랑마다 말라 죽은 각다귀들이 가득했다. 카린은 수천억 마리의 메뚜기떼가 알프스산맥이 있는 북쪽까지 몰려가서 상상을 벗어난 무기처럼 밀밭을 초토화하는 영상을 본 적이 있었지만 틴카넨의 계속 쏟아지는 각다귀 비 같은 것은 처음 들었다.

"물고기 때문에 오셨다고 했죠?" 경비원이 미심쩍은 표정으로 모니터에 떠 있는 그들의 정보를 살펴보며 말했다.

"네, 맞아요." 카린이 대답했다.

어제 어떻게 이주 노동자 수용소에 들어갈 수 있을지 고민하는 헬야드에게 카린은 그냥 사실대로 이야기하자고 제안했다. 헬야드로서는 상상해 보지 않았던 황당한 제안이었지만 그 이야기가 통했다. 타르투에서 출발하면서 그들은 다른 나라에 비해 규모가 작은 핀란드의 관료 조직이 빠르게 반응하길 기대하며 출입국관리소와 그 상위 부서인 내무부의 몇몇 사람들에게 연락을 취했다. 두 사람은 브라마사무드람 광업 회사에서 생물종의 보존을 위해 일하고 있으며, 틴카넨 수용소 근처에 멸종 위기에 처한 독쑤기미라는 물고기가 생존해 있다는 믿을 만한 근거를 가지고 있다고 설명했다. 말 그대로,

할 수 있는 말은 그게 다였다. 두 사람은 오늘 아침에 권리 포기 프로그램을 다운받았기 때문에 수용소 안에 들어갈 때 별도의 경호원은 필요하지 않았다. (다른 주민들처럼 두 사람이 꼼꼼하게 감시를 받는다는 사실은 말할 필요도 없을 것이다. 이미 많은 주민이 인신매매 납치 피해자가 된 상황에서 누군가 또 납치를 시도할 수도 있기 때문이었다.)

"어떻게 된 거죠……?" 헬야드가 하늘에서 떨어지는 각다귀를 표현하기 위해 손으로 펄럭이는 동작을 하며 물었다.

경비원이 어깨를 으쓱하며 대답했다. "그냥 멈췄습니다."

두 남자가 생선을 굽는 장면이 담긴 엘시브이브이브이브이의 영상으로는 수용소 내의 위치를 알 수 없었다. 그러나 헬야드의 집사가 오두막의 배경이 좀 더 자세히 나와 있는 영상 두 개를 발견했다. 그리고 핀란드인이 제공한 수용소 약도와 교차 참조해서 바다에서 멀지 않은 남쪽 끝의 바비큐장을 정확히 찾아냈다. 헬야드와 카린은 경비초소를 지난 후 수용소 남북으로 길게 나 있는 길 중 하나를 따라갔다. 이주 노동자들은 원래 오래 머무르지 않을 계획이기 때문에 핀란드인들은 콘크리트로 길을 다지지 않아서 넓은 흙길이 이어져 있었다. 아직 사람들이 밟지 않은 곳들에는 드문드문 마른 풀들이 먼지를 뒤집어쓰고 있었다. 수용소의 기본 구조는 화물 터미널의 분위기와 상당히 비슷했다. 그냥 오두막 뒤에 오두막, 오두막 뒤에 오두막으로 이어져 있고 각 오두막은 선적 컨테이너처럼 철제 상자로 이루어져 있었으며 오두막 네 개마다 서 있는 높은 가로등이 바닷가까지 쭉 이어졌다. 주민들이 지붕에 깃발을 늘어뜨리고 높은 가로등 사이에 빨랫줄을 내걸고 방수포를 문밖에 차양 삼아 달아 놓아 그 선들을 뒤죽박죽으로 만들지 않았다면, 오두막이 컨테이너처럼 규칙적으로 늘어선 모습이 무척 답답했을 것이다.

뉴스에서 봤던 수용소들처럼 암울하지는 않았지만(이 수용소에는 아이들이 없었다) 카린은 이 불행한 지역을 언제든 떠나 버릴 수 있는 관광객이라도 되는 양 한가롭게 걸어 들어왔다는 사실 때문에 몹시 자괴감을 느꼈다. 그래도 사람들이 자신들에게 큰 관심을 기울이지 않는다는 게 안심이 되었다. 수용소에 있는 사람들에게 그들의 방문은 오늘 일어난 일 중에서 그다지 흥미롭지 않은 사건이기 때문일 것이다. 사실 수용소는 거의 히스테리에 가까울 정도로 들뜬 분위기였다. 사람들은 플라스틱 의자를 길 한가운데로 끌고 나와서 오가는 모든 사람을 방해하는 위치에 가져다 놓았다. 무조건 탁 트인 공간에 앉아야겠다는 강렬한 의지 외에는 다른 이유를 찾을 수 없었다. 그다지 화창한 날은 아니었다. 태양의 위치를 겨우 짐작할 수 있을 정도로 구름이 짙게 낀 날이었지만 사람들은 의자에 등을 기대고 앉아 날씨 말고는 달리 할 말이 없다는 듯 서로에게 손짓으로 하늘을 가리켰다.

어떤 사람들은 티셔츠와 반바지를 입었지만 어떤 사람들은 닳아서 반질반질한 양복바지나 길고 폭이 좁은 펜슬 스커트를 입었다. 카린은 은둔 왕국에서 파견된 이주 노동자들이 다른 나라에 와서 어떤 일을 하든 고향에서의 사회적 지위에 맞는 복장을 유지한다는 글을 읽은 적이 있다. 스스로 사무직 전문가라고 생각하면 소 목장에서도 양복 정장을 입었다. 사람들의 얼굴 대부분에서 캡차의 흔적을 볼 수 있었지만 핀란드인들은 수용소에서 캡차에 감염될 위험이 없다고 장담했다. 목장에서 나온 모든 사물과 사람은 이 수용소로 들어오기 전에 감염원을 완전히 제거했고 소에서 소로 혹은 소에서 사람으로의 전염에 비하면 인간에서 인간으로의 전염은 매우 드물게 나타나기 때문이었다.

"홀로코스트가 일어난 후에……" 핼야드가 뜬금없이 카린에게 말했다. "'이제 우리 모두는 책임이 있으니 자살해야 합니다. 설령 홀로코스트 학살과 아무 관련이 없는 사람이라 할지라도.'라고 말하는 사람은 아무도 없었어요. 내가 하려는 말은, 뭐, 그래요, '더 이상 시를 쓰지 말아야 한다.'라고 말했던 남자가 있긴 했죠? 시를 쓰는 사람들에겐 가혹한 제재일 것 같지만 다른 사람들에게 오히려 다행스러운 일이에요. 아니면 위구르족 이야기를 해 보죠. 끔찍한 일이지만 그 사태가 일어났을 때 살아 있었다는 이유만으로 스스로 목숨을 끊어야 한다는 의무감을 느끼는 사람은 없었어요. 그렇다면 멸종 위기 때문에 죽을 이유가 있을까요? 당신이 왜 죽어야 하나요?"

"멸종 위기를 홀로코스트와 비교할 수는 없어요."

"네, 그렇죠." 핼야드가 카린을 힐끗 쳐다보고 말을 이었다. "혹시 멸종 위기가 홀로코스트보다 더 심각한 문제라고 생각하는 건가요? 정말로 그렇게 말하려는 거예요? 혹시라도 그렇게 말할 생각이라면 정말로 관점이 엉망이라고 말할 수밖에 없네요." 핼야드는 아주 좋은 사람인 척하려고는 했지만 실제로 그렇게 보이기에는 살짝 부족한 어투로 덧붙였다. "그 사람들이 겪은 그 고통은 다 어쩌고요?"

"이것은 고통의 문제가 아니에요. 아델로그나투스 마르기나툼의 멸종에는 어떤 고통도 수반되지 않았어요. 이 말벌이 당한 피해는, 더 이상 존재하지 않는다는 거예요. 이건 돌이킬 수 없어요. 우주에 구멍이 뚫린 것과 비슷하죠. 하지만 인류는 홀로코스트 이후에도 계속 존재하고 있잖아요."

"그렇지만 수백만 명의 개인들이 더 이상 존재하지 않잖아요!"

"한 생물종 전체보다 한 개인의 윤리적 무게가 더 크다는 뜻인가요?"

"나는 한 개인으로서 마지막 남은 해안가시딱정벌레를 위해 총을 맞을 생각이 없으며, 다른 사람이 그럴 거라고 기대하지도 않을 겁니다."

"매일 40만 명이 태어나요. 당신이나 내가 죽더라도, 우리와 매우 흡사한 다른 누군가가 태어날 거예요."

"아니요! 모든 인간은 유일무이해요! 누군가가 죽으면, 세계 하나가 멸망하는 거라고요."

"정말 그렇게 믿어요? 당신은 그런 걸 믿을 사람 같지는 않은데요. 혹시 어딘가에서 주워들은 말 아니에요?"

"하지만 죽은 모든 사람……. 그들이 썼을 교향곡과 소설, 그리고…… 그리고 뭐랄까, 음, 시는 아니겠지만…… 아니다, 다 잊어버리세요. 그래도 내가 무슨 말을 하려는지는 알겠죠? 그건 돌이킬 수 없는 일 아닌가요? 되돌릴 수 있는 일이 아닙니다."

"난 지금까지 살았던 어떤 개인도 아델로그나투스 마르기나툼과 그게 9000만 년 동안 짝짓기를 하며 진행한 진화의 과정만큼 놀랍지는 않다고 생각해요. 지금껏 그에 비견할 수 있을 정도로 놀라운 예술 작품도 만들어진 적이 없다고 믿어요. 전혀 비슷하지도 않죠. 100분의 1도 못 따라가요."

두 사람은 지붕 위로 올라가 떠들썩하게 소풍을 즐기는 네 남자를 지나쳤다. 누군가의 휴대폰에서 옛날 록 음악이 흘러나왔고, 한 남자는 완전히 무시해도 좋을 햇빛을 막으려는지 머리 위에 천을 둘러서 묶었다. "알았어요. 그렇게 문제의식을 강하게 느낀다면, 왜 아직도 계속 그렇게 사세요?" 헬야드가 물었다. "아직도 멸종 산업에서 일하고 있잖아요. 아직도 브라마사무드람의 업무 지시를 받잖아요."

"계속 이 직업을 유지해야 멸종위기종의 지능을 평가하는 업무를 맡을 수 있으니까요. 독쑤기미도 그렇게 해서 발견한 거고요."

"하지만 이 문제가 윤리적으로 그렇게 중요하다면, 당신은……"

"왜 당장 자살하지 않냐고요?"

"아뇨……."

"당신도 그런 말 들어 봤죠. '진정한 비건이 되는 유일한 방법은 죽는 것이다.' 그건 어느 정도 맞는 말 같아요."

"아뇨, 그렇지 않아요! 환경에 영향을 미치지 않는 제로 임팩트로도 살아갈 수 있어요. 땅 파먹고 살면 되죠. 이 불쌍한 인간들에게 각다귀 쓸어 내는 빗자루를 빌려서 불교 승려처럼 발 앞의 땅을 쓸어 아무것도 밟지 않도록 하세요."

"그건 자이나교 승려예요, 불교가 아니라."

"좋은 일을 할 수도 있잖아요. 이 엿 같은 상황에서 우리를 구하려는 친환경 벤처 기업에 당신의 대단한 재능을 투여하세요. 다시 홀로코스트 이야기로 돌아가자면 나치 사냥꾼이 될 수도 있고요. 과수원에서 만났던 그 친구가 적당한 사람들을 소개해 줄 수 있을 거예요. 아직 세상에는 없애 버릴 목표물이 많잖아요."

헬야드는 2020년대 후반에 시작되었던 과격파 환경운동을 이야기하고 있었다. 그들은 지구에 일어난 일에 대해 변명할 여지가 없는 가장 큰 책임자들을 찾아내 그 사람들이 늙어 죽기 전에 처벌하고자 했다. 그 운동은 칼 메그림슨을 처형한 것으로 어떻게 보기에는 빠르게 정점에 도달했고, 어떻게 보기에는 최악의 바닥을 찍었다고 할 수 있을 것이다. 새롭게 발굴된 1991년과 1992년 당시의 문서들에 따르면 은퇴한 석유 산업의 임원이었던 메그림슨은 화석 연료의 사용을 줄이려는 정치 활동을 조직적으로 방해한 주요 기획자 중 한 명이었다. 2028년 사망 당시 그는 일흔일곱 살이었다. 열한 명의 손자를 둔 인자하게 생긴 할아버지로 댈러스 북부에 있는 고대 그리스풍의 대저택에서 휠체어에 의지해 살았다.

사건 발생 후 몇 시간 뒤 칼 메그림슨의 사망 장면이 익명으로 공개되었다. 드론에서 촬영한 영상이었는데, 그 드론에는 카메라뿐만 아니라 전깃줄에 쌓인 눈을 치우는 데 사용하는 1갤런 용량의 화염방사기가 달려 있었다. 메그림슨이 간호사의 부축을 받으며 휠체어를 타고 병원을 돌아다니고 있던 그날 아침, 수백 미터 상공에는 드론이 떠 있었다. 그러다 간호사가 메그림슨을 놔두고 잠시 자리를 비웠을 때 드론이 노인을 급습해 불꽃을 격렬하게 내뿜었다. 나중에 밝혀진 바로는 겔화제로 농축된 디젤, 즉 네이팜이었다. 그 후 45초 동안 드론은 그 자리에 가만히 떠서 메그림슨이 휠체어에서 비명을 지르며 몸부림치다 멈출 때까지의 상황을 촬영했다. 동영상의 마지막에 간호사가 소화기로 불을 껐을 때 하얀 거품에 덮여 있는 메그림슨의 시커먼 몸뚱이는 사람의 몸이라고는 거의 알아보기 힘든 상태였다. 이 절묘한 역작이 자신의 책임이라고 주장하는 사람도 없었고 체포된 사람도 없었다. 그 후 많은 모방범이 있었지만 최초의 그 사건 같은 파장을 일으키지는 못했다. 그리하여 최근 몇 년 동안에는 치우치우의 거대한 살덩어리처럼 극단적인 초현실주의로 방향을 튼 것이다.

카린은 그동안 일하면서 메그럼슨 같은 사람들을 만나 봤다. 직장에 출근해서 자신의 자리에 앉아 세상을 황폐화시키는 결정을 내리는 경영진들이었다. 그들은 악한 존재로 보이지 않았다. 실질적인 자기만의 견해나 관점은 없는 상태로 움직이는 곰팡이 군체나 인공지능의 하위 루틴, 혹은 영원히 계속 살아가는 초유기체의 기계적 구성 요소 같았다. 그렇긴 하지만 그들 중 누구든 죽는다면 카린은 그 상황을 즐겁게 지켜봤을 것이다. 그런데도 헬야드에게 어떻게 대답해야 할지 확신하지 못했던 이유는, 사실 그가 제안했던 모든 사항을 이미 고민해 봤기 때문이었다. 자기희생이나 포기, 개혁가, '나치 사냥'. (이 맥락에서는 뭔가 잘못된 명칭이었다. 실제로 1935년 괴링이 통과시킨 자연보호법이 환경 관련 법의 모델이 되었기 때문이었다. 그리고 나치의 제3제국 산림부는 인위적인 교배를 통해 유럽 들소 오록스와 중앙아시아의 야생마 타팬을 멸종 위기에서 구해서, 북부보호구역에 수달을 풀어 놓듯 우크라이나에 방목할 계획까지 세웠었다.)

그러나 그런 대응은 자기도취적이고, 너 죽고 나 죽자는 식이며, 무의미한 것으로 생각되었다. 마치 인류가 멸종된 종에게 이렇게 말하는 것 같았다. "여러분이 기뻐할 만한 소식을 알려 드리겠습니다. 이런 불행한 사태 이후 우리는 철저한 내부 검토를 통해 미래를 위한 몇 가지 중요한 권고 사항을 이끌어 냈습니다." 카린에게 그런 활동들이 복수의 꿈만큼 매력적이지 않은 것은 동물들이 참여할 수 없기 때문이었다. 동물이 참여할 수 있는 활동은 복수뿐이었다. 동물이 참여하지 않는다면 속죄는 있을 수 없었다. 물론 실용적인 측면에서 따지면 카린이 흘려보낸 시간을 정당화할 방법이 없었다. 카린은 그동안 자신이 브라마사무드람과 저장성-레이스바크를 비롯한 회사들과 공범이었다는 사실을 정당화할 수 없었다. 부유한 유럽인으로서 업무를 한다며 대륙 곳곳을 누비고 다니면서 쏟아 낸 온실가스를 정당화할 수 없었다. 숨 쉬는 것을 정당화하는 것은 진짜로 불가능했다. 과수원에서 그 남자가 자신을 쐈다면 항의하지 않고 죽음을 받아들였을 것이라는 생각이 하루 종일 그녀의 머릿속을 맴돌았다. 그러나 일단 살아 있는 한 속죄만이 카린이 원하는 전부였다. 때때로 카린은 자신이 그 모든 착취자와 멸망을 부르는 자들을 위해 일했던 것이 최후의 고행을 더욱 짜릿하게 만들기 위해 흥청망청하며 죄악의 살을 뒤룩뒤룩 찌웠던 것이 아니었는지 궁금해지곤 했다.

수용소 남쪽으로 걸어가는 동안 점점 생선 썩는 냄새가 강해지더니 일부러 신경을 쓰지 않으면 얼굴이 일그러져 혐오감이 얼굴에 내비칠 정도로 강해졌다. "이게 무슨 냄새죠? 여기에 쓰레기 매립장이 있을까요?" 핼야드가 물었다.

"아마 각다귀 냄새일 거예요. 땅에 떨어진 것들은 대체로 썩기 전에 햇볕에 말라 버리지만, 물에 떨어지는 것들도 많을 테니까요. 얕은 웅덩이들에 쌓인 각다귀 떼가 썩어 가는 게 틀림없어요."

"그런데 생선 냄새가 나네요."

"한 장소에서 곤충이 한꺼번에 많이 썩으면 바로 이런 냄새가 나요." 카린은 이전에 담당했던 업무에서 발생했던 사고 때문에 그 사실을 알고 있었다. 집파리 사육 시설에서 소프트웨어 충돌이 발생했었다.

"맙소사, 북부보호구역의 유독성 폐기물보다 냄새가 심한 것 같습니다."

핼야드의 집사가 찾아 준 오두막에 도착하자 카린이 엘시브이브이브이브이의 동영상에 나왔던 두 남자 중 한 명을 알아봤다. 남자는 문에 서서 뾰족한 귀를 가진 검은 개를 쫓아내고 있었다. "안녕하세요, 실례합니다. 잠깐 이야기 좀 나눌 수 있을까요?" 카린이 말했다.

40대의 대머리에 몸을 제대로 가누지 못하고 비트적거리는 남자였다. 이름은 윌슨이었다. 더 활기차게 움직일수록 전기에 감전된 것처럼 얼굴 전체에 힘이 들어가며 경련했고 눈이 커졌으며 눈썹은 움찔거렸다. 핼야드는 휴대폰을 꺼내서 눈에 잘 띄도록 독쑤기미에 표시를 한 영상을 보여 줬다. 화면을 접을 때는 새 휴대폰이 처음 며칠 동안 늘 그렇듯 은박지 구겨지는 소리가 났다. "이 물고기를 찾고 있습니다." 핼야드가 말했다.

윌슨이 고개를 숙였다. "정말 미안한데, 먹어 버렸어."

"아, 아니……."

"솔직히 말해 생선을 요리하는 이유라는 게 대체로 먹기 위한 게 아니겠어. 미리 알았더라면 좋았을 텐데 말이야. 어디 멀리서 오셨나?"

카린은 윌슨이 먹은 바로 그 물고기가 아니라 이 물고기와 같은 종을 찾는 거라고 설명했다.

"아! 흠, 그 생선은 개러스한테 샀어. 개러스는 어부야. 그 물고기를 정확히 어디에서 잡았는지는 당신이 개러스에게 물어봐야겠지만, 내가 말해 줄 수 있는 건 바다에서 잡았을 가능성이 99퍼센트라는 거야. 다른 경로에서 얻었을 1퍼센트의 가능성을 완전히 배제할 수는 없지만 개러스는 대체로 바다에서 물고기를 잡으니까."

"감사합니다. 정말 도움이 됐습니다." 핼야드의 말에 윌슨이 행복한 표정을 지었다. "그러면 저희가 어디로 가야……."

"저쪽으로 450미터 정도만 가면 될 거야." 윌슨이 엄지손가락으로 방향을 가리키며 말했다.

"개러스 씨가 거기에 있나요?"

"아니. 바다가 있지."

"그러면 개러스 씨는?"

"아……. 그건 좀 곤란한 질문인데, 오늘 새벽 이후로는 개러스를 본 사람이 아무도 없거든. 새로 온 다른 방문객과 함께 자기 배를 타고 나갔어."

"방문객이라니, 누군가요?"

"글쎄, 내가 그 여자를 직접 본 건 아니지만 당신들 두 사람처럼 잠깐 들렀다고 하더라고. 그 여자는 물고기를 찾는 게 아니라 낚시하러 왔지만. 어제 새벽에 개러스가 배를 타고 먼바다로 나갔는데 거기서 민화에 나오는 인어인지 셀키(인간과 물개의 모습을 한 상상의 동물—옮긴이)인지가 자기를 부르는 소리를 들었다는군. 그 여자가 개러스에게 '난 파도에 떠밀려 왔어요.'라던가, 뭐 그런 비슷한 말을 했대."

"그 여자는 어떻게 거기까지 왔다던가요?"

"암초에 있는 집에서 쫓겨난 거지! 아마 그럴 거야. 사실 난 잘 몰라. 사방 몇 킬로미터 내에 아무것도 없는 바다 한가운데 떠 있었거든. 그건 그렇고 차 좀 드릴까? 여기 사람들은 우리에게 진짜 차를 주지 않지만 월귤나무 잎으로 차를 만들었어. 아주 지독하긴 하지만 진짜 최악은 아니야……. 정말 괜찮겠어? 좋아, 뭐, 말했다시피 개러스는 표류 중이던 여자를 자기 배에 태워 줬지. 여자가 우리 나라에서 왔다고 해서 개러스가 놀랐다더군. 한 번도 만나 본 적 없는 여자를 험담하고 싶지는 않지만, 유감스럽게도 그 여자가 개러스의 호의를 악용했다고 말할 수밖에 없어. 말 그대로야. 어젯밤에 여자가 진료소를 털다가 샤하드 선생에게 잡혔거든."

"뭘 훔치려다가요?" 카린이 물었다.

"나는 잘 모르겠지만, 말했듯이 진료소였어." 윌슨은 아직도 뭔가 도움을 더 주고 싶다는 듯 머뭇거리며 말했다. "글쎄, 아마…… 연고일 수도 있을 거야. 아니면 붕대려나? 뭔가 그런 거 아니겠어? 그런데 너무 자상하고 이해심 많은 우리의 샤하드 선생은 경비원을 부르지 않고 그 여자를 놓아줬다는 거야. 그렇지만 수용소 관리자들이 그 사실을 알아차리는 건 시간문제고 그 여자도 여기서 환대받는 일은 없을 거라는 걸 알았겠지. 그래서 항구에 잠시 있다가 개러스에게 바다로 다시 데려다 달라고 부탁한 것 같아."

"여자는 어디로 갔나요?"

"북해에 있는 바다의 요정 언니들을 다시 만나러 가겠지!" 윌슨이 웃으며 말을 이었다. "아니, 농담이야. 실은 개러스의 아내도 그렇고 아무도 어디로 갔는지 모르는 것 같아. 개러스는 서너 시간 후에 돌아올 거라고 했지만 열두 시간이 다 되어 가는데 아직 털끝 하나 보이지 않고 있어. 핀란드인들은 눈 하나 꿈쩍하지 않고 개러스의 배를 지켜보겠지만 우리한테 도움이 될 만한 건 알려 주지 않아." 윌슨이 목소리를 낮췄다. "그런 기미가 있었어. 개러스와 이 여자가……. 뭐, 아주 오랜 전통이잖아. 인어가 어부를 꼬시는 거 말이야. 다시 말하지만 내가 그렇게 생각한다는 건 아니고……."

그때 오두막 뒤쪽에서 개가 나타나 빠른 걸음으로 헬야드를 향해 곧장 다가갔다. 헬야드가 환하게 웃으며 허리를 굽혀 개의 턱을 긁었다. "이 귀여운 녀석은 누구지? 이게 누구야? 이게 누구야?"

카린이 헬야드와 만난 이래로 가장 밝은 표정이었다. "당신이 그렇게 동물을 좋아하는지는 몰랐네요."

"만일 개가 멸종된다면…… 그건 완전히 다른 문제죠." 헬야드가 대답했다.

"도와주셔서 다시 한번 감사드려요." 카린이 윌슨에게 말했다. "그리고 여러분이 겪었던 일에 대해서는 진심으로 유감이에요."

"아니, 뭘, 그런 소리를……." 윌슨은 이 과분한 동정의 표현이 진심으로 곤란하다는 듯 반은 웃고, 반은 움찔하는 표정을 지었다. "덕분에 아주 즐거웠어."

개를 쳐다보던 헬야드가 고개를 들었다. "하지만 일당 8유로를 받고 목장에 일하러 왔다가 얼굴을 흉측하게 만드는 곰팡이에 감염됐고 산불을 피해야 했는데, 지금은 고국의 정부가 받아 주지 않아서 수용소에 갇혀 있잖아요. 지난 6주 동안은 머리 위로 죽은 각다귀가 비처럼 쏟아졌고요. 무슨 빌어먹을 성경에 나오는 이야기 수준이에요."

"우리가 다사다난한 휴가를 보낸 건 틀림없지." 윌슨이 말했다. "고향으로 돌아가면 금세 잊어버릴 거야. 하지만 나중에 이 모든 일을 아주 좋은 추억 삼게 되지 않겠나. 우리 어머니는 늘 내게 침착하게 계속 나아가라고 말씀하셨어. 그리고 날씨가 이렇게 훌륭하니 약간의 시름이야 다 잊을 거야. 그렇지 않나?"

"오늘 날씨는 기껏해야 평범한 수준 아닌가요?" 헬야드가 말했다.

"흐음, 글쎄." 윌슨이 그것은 각자 의견에 달린 거라는 듯 말했다.

"각다귀가 멈춰서 좋다는 뜻인가요?"

"그게 정말로 퍼리스워스 부인이 한 일이든 아니든, 정말로 행복한 상황이잖아."

"퍼리스워스 부인이 누군가요?"

"각다귀와 대화를 나눴던 여자야."

"네?"

"주말에 퍼리스워스 부인이 사람들에게 각다귀와 이야기를 나누겠다고 했다더군. 잠깐 휴식을 달라고 요청한다고 했대. 내가 그 말을 그대로 믿는 건 아니지만 퍼리스워스 부인이 각다귀에게 내려오지 말라고 이야기한 바로 그날 그게 멈췄어. 부인을 아는 사람들은 항상 부인이 동물을 잘 다뤘다고 말했고. 더 나은 설명이 없다면……."

핼야드는 저 사람이 이런 동화 같은 이야기를 꺼내는 건 여기에서 나가라는 뜻이라는 표정을 지으며 카린을 바라봤다.

"퍼리스워스 부인은 어디에 계세요? 만나 보고 싶어요." 카린이 물었다.

"뭐요? 왜요?" 핼야드가 되물었다.

"그냥 만나고 싶어서요."

"우리는 다른 무엇보다 이 개러스라는 남자를 붙잡아 어디에서 그 물고기를 잡았는지 물어봐야 합니다. 지금 당장 우리가 가진 마지막 실마리가 그 남자예요. 그러려면 그 '인어'와 함께 개러스 씨가 어디로 갔는지 알아내야 합니다. 난 그냥 죽치고 앉아서 그 남자가 돌아오기만 기다리고 싶지는 않아요. 심지어 과연 돌아올지조차 확실하지 않잖아요."

"잠깐 따로 움직이죠. 나중에 내가 당신을 찾아갈게요." 카린이 말했다.

헬야드가 카린을 의아한 표정으로 바라봤다. 카린은 헬야드가 설명을 요구하고 있다는 것을 알아차렸지만 지금은 설명하고 싶지 않았다. 윌슨이 퍼리스워스 부인의 오두막으로 가는 길을 안내해 주겠다고 했다. 그리고 오두막으로 가는 내내 윌슨이 재잘재잘 떠는 동안 카린은 호리카와 가즈에 대해 생각했다.

카린은 바루나호에 타고 있던 3개월 동안 고인이 된 그 선배 학자를 만나는 꿈을 자주 꾸었다. 카린은 「독쑤기미의 사회적 전략 행동 방식」과 초기의 논문 몇 편 외에는 호리카와에 대해 거의 알지 못했다. 그러나 카린은 「독쑤기미의 사회적……」을 일고여덟 번 읽을 무렵부터 호리카와가 따라간 발견의 포물선에 매료되었다. 호리카와는 수중 카메라로 포착한 소수의 영상들을 보고 또 보는 것만으로 엄청난 도약을 이뤄 냈다. 당시의 데이터로 뒷받침될 수 있는 도약이었다(그리고 몇 년 후 카린의 실험을 통해 재검증되었다). 그럼에도 호리카와의 이론은 급격한 도약이었다. 연구의 토대도, 연구할 자료도 거의 없었는데도 호리카와는 소음 속에서 희미한 신호를 찾아냈다. 그녀는 분명히 위대한 과학자의 직관력을 가지고 있었다. 카린에게 있어 동물행동학은 일생의 천직이라기보다는 그저 밥벌이 수단에 가까웠기에 그녀는 그런 능력을 특별히 갈구하지 않았다. 하지만 지금 카린은 인간과 동물 사이에 소통의 통로를 여는 문제에 사로잡혀 있었다. 그래야 과수원에서 그 남자가 말했듯이 동물들이 자신의 목소리를 낼 수 있기 때문이다. 그래야 동물이 인간의 눈을 바라보며 '이 존재가 내게 빚을 지고 있다'는 사실을 이해할 수 있고, 인간이 동물의 눈을 바라보며 '내가 이 존재에게 빚을 지고 있다'는 사실을 이해할 수 있기 때문이다. 그래야 뒤따르는 폭력이 소통 행위가 될 수 있었다. 즉, 부채의 온라인 송금이라고 할 수 있을 것이다. 두 존재가 서로를 이해하고 인식하지 않는 한 진정한 도덕적 계산이란 불가능했다. 물고기에 대한 호리카와의 공감 능력이 있다면 이 문제를 훨씬 쉽게 해결할 수 있었을 것이다.

물론 카린은 퍼리스워스 부인이 정말로 각다귀들과 대화를 나눴다고는 믿지 않았다. 그렇지만 퍼리스워스 부인이 '항상 동물을 잘 다뤘다'고 윌슨이 말하는 순간 카린은 호리카와를 떠올렸다. 은둔 왕국에서 온 이 부인이 각다귀가 떨어지지 않으리라는 것을 미리 알 수 있었다면 다른 사람들이 보지 못하는 어떤 사실을 알아챘을 가능성이 있지 않을까? 호리카와를 만날 기회는 없었지만 세상에는 호리카와와 비슷한 영혼이 또 있지 않을까? 스스로 생각해도 터무니없고 비이성적이었지만 블라인드가 닫혀 있고 밖에 둔 플라스틱 통에 보라색 도라지꽃이 피어 있는 오두막에 도착하자 카린은 기대감으로 가슴이 두근거렸다.

윌슨이 문을 두드렸다. "퍼리스워스 부인?"

"누구세요?"

"윌슨이오, 퍼리스워스 부인. 당신을 만나고 싶어 하는 젊은 아가씨를 데려왔어."

10장

"있잖아요. 고향으로 돌아가면 난 부자가 될 겁니다." 옆에 있는 남자가 헬야드에게 말했다.

그들은 수용소 진료소의 대기실에 앉아 있었다. 진료소도 목장 노동자들이 수용소로 들어올 때 트럭으로 옮겨 온 조립식 건물이었기 때문에 비닐 깔개가 살짝 흔들거렸고 시야에 들어오는 모든 게 옅은 황백색이었다. 브라마사무드람의 탐사 현장에서 가끔 방문했던 모듈식 구조물과 매우 흡사했는데 한쪽 벽에 커다란 에펠탑 사진이 붙어 있었다. 아마 실내를 밝게 해 보려고 붙여 놓은 것으로 보였지만, 대체 무슨 맥락인지 전혀 이해가 되지 않았다. 벤치는 수평 막대 하나에 좌석 세 개를 고정한 형태였는데 헬야드와 남자가 양쪽에 앉아서 사이에 빈 좌석이 하나 있었다. 핀란드인들은 모든 사람에게 운동화를 무료로 나눠 주었으므로 이 남자가 밑창을 테이프로 고정한 반짝이는 갈색 인조 가죽 로퍼를 신은 것은 자신의 선택인 게 틀림없었다.

헬야드는 대기실에서 중얼중얼 떠드는 남자와 대화할 마음이 별로 없었기 때문에 휴대폰에서 거의 고개를 들지 않고 그저 예의상으로 되물었다. "그래요?"

남자가 고개를 끄덕였다. "멸종 크레딧에 대한 지분이 있거든요." 그러자 헬야드는 남자가 단순한 수다쟁이가 아닐 수도 있겠다는 깨달음이 들었다.

멸종 크레딧 시스템의 가장 기괴한 특징은 '대체 역사'와 '가능 세계' 같은 이론들을 매우 광범위하게 받아들였다는 점이었다. 멸종 크레딧은 브라마사무드람 같은 회사만이 아니라 국가들에도 할당됐다. 그리고 세계멸종위원회가 태동할 무렵 한 국가가 멸종 크레딧을 얼마나 많이 받을 것인지를 단순히 국토 면적을 기준으로 결정할 수 없다는 데 모두가 동의했다. 모든 국가가 200만 제곱킬로미터마다 일정한 수의 크레딧을 받는다고 상상해 보자. 그런 경우, 멕시코 같은 나라는 위협적인 풍토병이 창궐할 뿐만 아니라 경제가 탄탄하고 인구가 증가세에 있으므로 국민을 먹여 살리기 위해 지속적인 개발이 필요한데, 멸종 크레딧 할당량을 초과하지 않으려면 스스로를 해체하는 수밖에 없었다. 반면 멕시코와 크기는 같지만 야생 동물이 많지 않고 해빙기에도 별다른 일이 일어나지 않은 그린란드 같은 나라는 그냥 누워서 지방 덩어리를 우걱우걱 씹어먹을 수 있었다. 멕시코가 완전히 다른 장소에서 건설된 나라라는 이유로 그린란드에 비해 불이익을 주는 것은 불공평했다.

그래서 국토의 면적 대신 예방 조치를 하지 않을 경우 멸종으로 내몰릴 종이 얼마나 되는지에 따라 각 국가에 멸종 크레딧을 지급하기로 결정했다. 그것은 멕시코의 정책 변화로 피할 수 있었던 일(많은 종의 멸종)과 발생한 일(훨씬 적은 종의 멸종) 사이의 간극을 살펴보고 '죄 없음'이 아니라 '유혹에 대한 거부'에 대해 적절히 보상해 준다는 뜻이다.

전체 시스템이 '가설적인 최악의 상황'과 '현실의 그다지 나쁘지 않은 상황' 사이의 간극에 기반을 두게 된 것이다. 그러나 물론 이것은 혼란스러운 궤변이었으며, 보르헤스의 단편 「두 갈래로 갈라지는 오솔길들의 정원」에서 발밑을 기어다니던 딱정벌레 같은 것이었다. 세계멸종위원회가 세상을 미묘하게 변화시켰기 때문에 위원회가 없었다면 지금 세상이 어떤 모습이었을지 확실하게 아는 사람은 아무도 없었다. 이 문제를 계산하는 정교한 컴퓨터 모델이 갖가지로 많았지만, 각기 다른 이해관계가 걸려 있어서 하나의 모델로 합의하는 게 불가능했다. 모든 국가가 그린란드가 아니라 멕시코로 분류되길 원했다. 모든 국가가 다른 사항이 모두 동일했다면 멸종위기종을 마구 죽여서 불운한 청개구리와 비밀스러운 흰발생쥐의 피로 강을 붉게 물들였을 테지만 실제로 자기들은 한 줌도 안 되는 동물들만 죽였다며 자제력을 찬양하는 화환을 보내 줘야 한다고 주장했다.

각국의 '평범한' 멸종률이라고 할 수 있는 기준 수치를 세계멸종위원회가 존재하기 전인 치우치우의 사망일 당시의 멸종률로 삼아야 쓸데없는 탁상공론을 없앨 수 있을 거라는 제안이 있었다. 그러나 많은 남미 국가가 치우치우의 사망 당시는 팬데믹 이후 경기 침체의 깊은 늪에 빠져 있었기 때문에 그 해를 기준으로 삼으면 경제적 활력을 제대로 평가할 수 없다고 불평했다. 병들어 얼굴이 창백할 때 찍은 사진이 왜 그 사람의 일생을 대표해야 하는가? 그래서 세계멸종위원회는 많은 나라의 경제가 가장 활기차 보였던 2019년을 기준으로 삼기로 결정했다.

이러한 타협으로 은둔 왕국만큼 혜택을 많이 본 나라는 아마 없을 것이다. 2019년 은둔 왕국은 세계에서 여섯 번째로 큰 경제 대국이었다. 이것이 공식적인 기준선이었다. 그러나 치우치우가 사망할 무렵, 즉 은둔 왕국이 국경을 완전히 봉쇄하기 시작할 무렵에는 세계 80, 90위로 떨어졌다. (외부로 유출되는 정보가 너무 적은 탓에 위성 사진에 찍힌 산업 활동으로만 추정해서 분석해야 했다.) 다시 말해 세계멸종위원회는 은둔 왕국을 건장하고 거친 국가로 취급했다. 은둔 왕국은 멕시코만큼 열대의 생물다양성을 보유하지는 않았지만, 습지를 메우고, 농약을 뿌리고, 강을 오염시키고, 공기를 더럽히며 수많은 생물종을 박멸하느라 바쁠 것으로 예상되는 국가이기 때문이었다. 그러나 실제로는 더 이상 그런 일이 일어나지 않았다. 은둔 왕국은 극심한 빈곤 때문에 환경 보호의 모범이 되었다. 그래서 은둔 왕국은 넉넉한 멸종 크레딧을 받았고, 거의 사용되지 않고 남은 크레딧을 공개 시장에서 자유롭게 팔았다. 세계멸종위원회 초창기에는 멸종 크레딧이 은둔 왕국의 줄어든 GDP를 크게 끌어 올릴 것 같았다. 이 때문에 은둔 왕국이 다른 국제 조약에서는 탈퇴하면서도 세계멸종위원회에는 기꺼이 가입한 것으로 여겨졌다. 그러나 그때부터 멸종 크레딧의 가격이 급락했다. 은둔 왕국 외에도 매년 멸종 크레딧이 남아도는 국가가 많았다는 사실도 폭락의 원인 중 하나였다. 은둔 왕국의 희망은 사라졌다.

하지만 이제 멸종 크레딧은 거의 40만 유로까지 올랐다. 하루에 8유로를 받는 일자리를 차지하려고 싸우는 나라에서 크레딧에 대한 지분이 있다면 정말로 넉넉하게 살 수 있다.

"그 돈으로 뭘 하실 건가요?" 헬야드가 물었다.

남자가 약간 거북한 미소를 지었다. 이목구비가 늙은 권투 선수처럼 엉망인 것을 보면 캡차를 유난히 심하게 앓고 회복된 모양이었다. "글쎄요. 전화기를 집어 들고 무작정 '팔고 싶어요'라고 할 수는 없잖아요. 그런 일에는 규제가 있으니까요. 근데 규칙이 어떻든…… 있잖아요, 아무튼 난 아주 가치 있는 자산을 보유하고 있다는 사실이에요. 고향에 돌아가면 누구든 내가 부자가 아니라고 할 사람은 없을 겁니다."

그 말에 어떻게 대답해야 할지 궁리하던 헬야드가 재미있는 말을 찾아냈다. "설마 너무 심각한 병으로 오신 건 아니죠?"

"일사병이에요. 항상 좀 예민한 편인데 오늘 아침에 햇볕을 너무 많이 쬔 것 같아요. 내가 바보짓을 한 거죠."

"대체 다들 왜 이러는 겁니까?" 헬야드가 폭발했다. "태양은 없어요! 맑은 날씨가 아니잖아요! 더 이상 각다귀가 쏟아지지 않는다고 해서 화창한 건 아니라고요!"

"글쎄요." 남자가 말했다.

"헬야드 씨? 제가 시간이 얼마 없습니다."

헬야드가 고개를 들었다. 샤하드 박사가 문 앞에 서 있었다. 헬야드는 자리에서 일어나 박사를 따라서 복도를 지나 상담실로 들어갔다.

왜 헬야드는 샤하드 박사를 만나러 진료소에 왔을까? 헬야드가 밝힌 공식적인 핑계는 인어를 놓아주기 전에 샤하드 박사와 인어 사이에 무슨 일이 있었는지 알아보겠다는 것이었다. 아무리 이해심이 많은 사람이라도 이주민 수용소의 진료소에서 물품을 약탈하는 짓은 어떤 설명도 듣지 않고 그냥 용서해 줄 수 있는 일이 아니기 때문이었다. 그래서 인어가 개러스와 함께 어디로 항해할 계획이었는지에 대해 샤하드 박사는 뭔가 알고 있을 수도 있다.

그러나 이는 대부분 사후에 합리화한 핑계였다. 헬야드가 진료소에 온 진짜 이유는 가장 저항이 적을 것 같았기 때문이었다. 수용소를 돌아다니며 무작위로 사람들에게 질문을 퍼부으면 진이 빠질 테지만 샤하드 박사는 1. 이미 이름이 알려져 있고, 2. 어디에 있을지 분명히 알 수 있으며, 3. 의사이므로 최소한 통찰과 근거를 바탕으로 말해 줄 것이고, 4. 박사 역시 이 수용소의 이방인이므로 여행자들이 현지인을 욕하며 서로 친해지는 것처럼 박사와 쉽게 대화할 수 있을 거라는 기대가 있었다. 헬야드는 진취성과 집요함의 측면에서 볼 때 자신이 타고난 탐정이라고 하기에는 무리가 있다는 사실을 스스로도 잘 알고 있었다.

그런데 헬야드의 게으름이 성과를 올렸다.

"경보음이 울렸을 때 저는 여기에서 늦게까지 일하고 있었습니다." 샤하드 박사가 작은 붙박이 책상 옆에 커피잔을 들고 앉아 말했다. 헬야드는 그녀가 까칠하다는 생각은 들지 않았다. 오히려 쾌활한 분위기로 환자들을 대하는 사람처럼 보였다. 그러나 자신의 시간을 축내는 건강한 사람인 헬야드에 할당해 줄 '쾌활한 분위기'는 없었다. "연구실에서 그 여자를 발견했습니다. 자물쇠를 부수고 뒤쪽으로 들어왔더군요. 처음에 저는 그녀가 인지더닐을 훔치러 왔다고 생각했습니다."

"아, 박사님도 인지더닐을 먹나요?"

샤하드 박사는 헬야드의 진료 기록에 '뇌손상' 항목을 추가하고 싶다는 표정으로 그를 바라봤다. "아뇨, 전 안 먹습니다. 여기 있는 환자들에게 주고 있습니다. 누군가가 강제 이동에 따른 심각한 트라우마를 겪고 있다고 심리학자의 진단을 받으면 2주 동안 인지더닐을 투약합니다."

"왜요?"

"수용소에 있는 사람들이 대부분 영양바를 먹고 사는 건 아시죠? 우리는 초콜릿 맛과 바닐라 맛 영양바를 일주일에 10파레트씩 나눠 주고 있습니다. 사람들은 자기들이 그리워하는 '피시앤칩스'나 '셰퍼드 파이' 같은 음식들에 대해 끊임없이 이야기합니다. 고향에서 멀리 떠난 사람에게 적절한 음식은 큰 위안이 될 수 있지만 반대로 잘못된 음식을 받으면 매우 잔인한 처사라고 여길 수도 있습니다. 모욕으로 받아들이는 거죠. 사람들은 영양바에 화가 나 있는 상태예요. 하지만 인지더닐은 정말 변화를 일으키는 것 같습니다. 식사의 슬픔을 없애 주니까요. 그 결과 불행하게도 사람들은 약을 손에 넣기 위해 무엇이든 할 태세입니다. 인지더닐은 수용소 내에서 일종의 화폐가 되었습니다."

핼야드는 카린이 이 소식을 들었다면 좋았을 거라는 생각이 들었다. 핼야드는 자신이 옳다는 사실이 입증됐다고 느꼈다. 인지더닐을 먹는 습관을 퇴폐적인 탐닉이라고 조롱했던 카린은 틀렸다. 그을음을 뒤집어쓴 이 방랑자들이 삶을 견디기 위해 그 약을 차지하려고 싸우는 상황이라면 그 약이 실제로 매우 의미 있고 실용적인 발명품이라는 사실을 증명하는 게 아닐까? 그가 주로 기업이 제공하는 음식이 마음에 들지 않아 인지더닐을 복용했었다는 사실은 잊어버렸다. "지금 많은 수용소에서 그 약을 사용하고 있나요?"

"튀르키예의 민영화된 수용소에서 대규모 실험을 하고 있다는 이야기를 들었습니다. 식량 폭동 발생률을 줄이기 위한 실험이라고 하더군요."

그 이야기를 듣자 핼야드의 만족감이 사라졌다. 만일 인지더닐의 판매 시장에 전 세계 수억 명의 기후 난민이 모두 포함된다면, 허난 제약그룹에 일찍 투자했을 경우 얻을 수 있었던 이익은 그가 상상했던 것보다 월등히 많을 것이다. 지금쯤이면 스페인의 베요타 햄에 코를 풀고 있을지도 모를 일이었다. "하지만 그 여자는 인지더닐을 가지러 왔던 게 아니라는 거죠?" 핼야드가 물었다.

"그렇습니다."

"그러면 왜 왔던 건가요?"

"물어봤지만 대답하지 않았습니다."

"그런데도 그냥 보내 주신 거예요?"

"네. 사람들이 자신을 찾고 있는데 잡히면 목숨이 위험하다고 했습니다."

"저도 도둑질을 하다 걸리면 그런 말을 할 겁니다."

"저는 여러 수용소에서 일해 봤어요." 샤하드 박사가 말했다. "오랜 시간 죽어라 도망쳐 온 사람들의 눈에는 어떤 표정이 있어요. 그 여자도 그런 표정이었습니다. 그냥 꾸며 낸 이야기가 아니었어요. 아무튼, 나중에 확인해 보니 사라진 물품은 전혀 없었습니다."

"그 여자가 왜 쫓기고 있는지 말해 주던가요?"

샤하드 박사가 핼야드를 차가운 눈초리로 노려봤다. "당신도 그 여자를 쫓고 있는 모양이군요?"

"혹시라도 제가 그런 사람이었다면 그 여자가 뭘 원하는지 이미 알고 있지 않을까요? 그러니 말해 주셔도 달라질 건 없습니다. 하지만 분명히 말씀드리는데 저는 그런 사람 아닙니다. 약 30분 전에 윌슨 씨가 인어에 관해 이야기할 때 그 여자에 대해 처음 들었습니다."

"뉴스에 나온 해킹에 관한 중요한 비밀을 알고 있어서 추격을 받는다더군요."

"바이오뱅크 해킹 말인가요?"

샤하드 박사가 고개를 끄덕였다.

"그 여자가 뭘 알고 있던가요? 해킹의 배후가 누구인지 알고 있었다는 뜻인가요?"

"네. 아마도요. 그런 이야기인 것 같습니다."

"제기랄, 정말요?" 핼야드는 이 소식 자체에도 당연히 깜짝 놀랐지만 너무 담담하게 소식을 전하는 샤하드 박사의 태도에도 놀랐다. 이 모든 이야기가 허풍이 아니라면 샤하드 박사는 지구상에 사는 사람의 절반이 궁금해하는 문제의 해답을 가진 사람을 바로 얼마 전에 만났는데도 그 문제가 그다지 궁금하지도 않은 모양이었다. 세상에 뭔가 도움이 되는 일에 몰두하며 온갖 세상일에 대해 최신 소식을 들으려 버둥댈 필요성을 전혀 느끼지 않는 사람들의 무심한 태도를 겪을 때마다 핼야드는 약간 정화되는 느낌을 받았다.

"그 여자가…… 그러니까 제 말은……."

"그 문제에 대해 다른 말은 하지 않았습니다."

"젠장, 빌어먹을." 윌슨은 그 인어도 은둔 왕국 출신인 것 같다고 했다. 핼야드는 대기실에 있던 남자를 떠올렸다. 혹시 그 불쌍한 남자가 자신의 몫을 제대로 챙기지 못하더라도, 은둔 왕국의 정부에는 크레딧 가격 폭등으로 엄청난 이득을 보는 부정 축재 정치인들이 몇

명 있을 것이라는 생각이 들었다. 어제 핼야드는 아즈텍의 신처럼 세상을 집어삼킬 수 있는 컴퓨터 웜을 설계하고는 겨우 수억 유로를 벌어들이는 것으로 만족하는 사람이 과연 있을까 하는 의문을 가졌었다. 그러나 1. 그 정도의 액수가 상상할 수 없는 큰돈이고, 2. 멸종 크레딧이 외부의 세계와 거래할 수 있는 거의 유일한 금융 자산인 나라의 사람이라면 어떨까? "그 여자는 어디로 갔나요?" 핼야드가 물었다.

"숨을 수 있는 곳으로 간다고 했습니다. 개러스가 자기를 거기로 데려다주겠다고 약속했다더군요. 그래서 개러스의 배가 원하는 곳까지 데려다줄 거라 확신하냐고 물었습니다. 개러스가 한 번은 나한테 그 배를 태워 주겠다고 했는데 거절했었거든요. 개러스는 대체 그런 배를 어디서 구했는지 모르겠어요. 그 배를 타느니 차라리 낡은 타이어를 타고 바다로 나가는 게 나을 겁니다. 그러자 여자는 이러더군요. '수영을 해야 한다면 할 거예요.'"

"농담이었을까요? 왜 그런 거 있잖아요. '난 비행기 취소되어도 상관없어. 수영을 해야 한다면 할 거야!' 아니면 진심으로……."

"모르겠네요. 저는 여자에게 육지에 도착하면 쉬어야 한다고, 의사를 만나 진찰을 받고 기력을 회복해야 한다고 말하고 싶었어요. 걱정됐거든요. 여자는 뼛속까지 지쳐 있었습니다. 하지만 여자는 언제쯤이나 그럴 수 있을지 모르겠다고 하더군요."

핼야드는 바다에서 태어난 그 여자의 말 두어 마디가 그녀가 능숙하게 위장한 인어라던 윌슨의 주장을 강력하게 뒷받침한다는 사실을 부인하기 힘들었다. 브라마사무드람을 통해 위성 추적 서비스를 이용하면 발트해에 있는 대형 선박들의 최근 움직임을 추적할 수 있지만 작은 어선은 서비스의 관심 밖이었다. "수용소의 감시망은 어떤가요? 윌슨 씨는 감시망이 그 배를 추적하고 있을 거라고 하던데요. 누가 데이터를 살펴봐 줄 수 있다면……."

"그 여자가 어디로 가는지는 제가 상관할 일이 아닙니다. 제가 왜 미그리에 그녀를 추적하도록 해야 할까요?"

'미그리는 대체 누구야?' 헬야드가 생각했다. 그러다 그게 핀란드 출입국관리소의 약자라는 사실을 기억해 냈다. 헬야드가 고개를 끄덕였다. "맞습니다. 그렇죠. 알겠습니다." 헬야드는 박사에게 감사를 표하고 상담실에서 나갔다.

진료소 밖으로 나오니 셔츠를 벗은 채 가냘픈 가슴에 피를 흘리고 있는 남자를 두 남자가 양쪽에서 어깨를 걸쳐 부축하며 걸어오고 있었다. 가운데의 남자가 괜찮다며 잠시 앉아서 쉬면 된다고 불평하는 소리가 들렸다. 그들이 오는 방향에서 옆으로 비킨 헬야드가 휴대폰을 확인해 보니 브라마사무드람의 동료 얀 부스크가 보낸 메시지가 있었다. 부스크와 특별히 친한 사이는 아니었다. 부스크는 폴란드의 신전통주의 가톨릭 운동의 일원이었는데 그가 쓴 스마트 안경에는 아내 이외 모든 여성의 가슴골을 보지 못하도록 시야를 가리는 앱이 설치되어 있다는 소문이 있었다.

"안녕하세요, 헬야드 씨. 오늘 오후에 전화 주실 거라는 건 알고 있지만 그 전에 확인해야 할 사항이 있어 연락드렸습니다.

알고 계시겠지만 피아 씨는 우리가 멸종 크레딧 시장의 변동성에 지나치게 노출되지 않았다는 점을 강조함으로써 뭄바이를 안심시키고 싶어 하세요. 그래서 뭄바이에 연락하기 전에 모든 수치를 다시 확인하길 원하십니다.

제가 좀 짜증 나게 굴었다면 죄송하지만, 헬야드 씨가 아직 출장 중이시니 (헬야드는 이 말이 지난 사흘 동안 자신과 사실상 연락이 끊겼다는 사실을 에둘러 표현하는 것이라고 이해했다) 피아 씨는 제가 연락하는 게 차라리 빠를 거라고 생각하십니다.

우리가 보트니아만 사업을 앞두고 구매했던 멸종 크레딧 열세 개 빼고는 모두 정상으로 확인되었습니다. 그런데 그 크레딧 열세 개가 지금 데이터베이스에서 보이지 않아요. 혹시 왜 그런지 아시나요? 제가 뭔가 놓친 게 있는 것 같습니다! 하지만 나중에 통화하기 전에 알려 주시면 감사하겠습니다."

헬야드는 스트레스를 받으면 가끔 마음 챙김 기법을 활용했다. 스트레스에서 감정적인 요소를 제외하고 신체적 신호인 복통으로 재구성하는 것이다. 그러면 스트레스를 훨씬 더 쉽게 밀어낼 수 있었다. 그러나 이 메시지를 읽을 때 헬야드가 느낀 것은 그냥 복통인 척할 수 있는 강도의 스트레스가 아니었다. 누군가 정원의 쇠스랑으로 배를 찌르는 동안 제초제를 들이켜서 생긴 복통이라면 모를까.

헬야드는 크레딧이 사라졌다는 사실이 이렇게 빨리 들키는 시나리오는 고려해 본 적도 없었다. 그래, 독쑤기미의 멸종이 확정되고 브라마사무드람이 세계멸종위원회에 정산해야 하는 순간이 되면 그 구멍을 숨길 수 없을 것이다. 그러나 그것은 몇 주 혹은 몇 달 후에나 일어날 일이었다. 누구도 이런 식으로 파헤칠 이유가 없었다. 마치 사무실의 물품 보관함에 클립이 가득 채워져 있고 마지막 주문한 이후 아무도 클립을 사용하지 않았는데도, 전 세계적으로 클립이 부족하다는 사실을 알게 되자 클립이 충분히 있는지 확인하기 위해 선반을 뒤져 보는 것과 같았다. 신경증 환자나 할 법한 짓이었다. 얀 부스크는 그런 쓸데없는 짓을 할 시간에 더 나은 일을 해야 했다.

현재까지 헬야드의 전략은 실수를 하지 않기 위해 최대한 조용히 지내면서 나중에 발목을 잡힐 만한 말을 하지 않는다는 것이었는데 이제 그건 어리석은 전략이었던 것으로 드러났다. 너무나 어리석어서 불과 몇 분 전까지만 해도 좋은 아이디어라고 판단했던 생각조차 떠오르지 않았다. 헬야드가 했어야 하는 일은, 그 모든 상황의 한가운데로 유쾌하게 걸어 들어가 모든 책임을 떠맡고 누가 물어보기 전에 모든 의문에 대해 자발적으로 답변하며 그 문제를 몹시 눈에 띄게 처리해서 그 문제 자체가 안건에서 제외되도록 하는 것이었다.

이제 그 독쑤기미의 생사는 더 이상 중요하지 않았다. 브라마사무드람은 크레딧이 사라졌다는 사실을 알고 있었다. 하루만이라도 조사를 뭉갤 수 있는 변명거리도 즉석에서 떠오르지 않았다. 회사는 헬야드를 프라투리처럼 감옥에 집어넣으려 할 것이다. 자력 구제를 시도했던 헬야드의 모든 노력은 헛수고가 되었다. 차에 치여 죽은 동물을 잿물이 담긴 드럼통에 집어넣은 것처럼 바이오뱅크에 담긴 모든 동물이 익어 갔던 그날 밤, 헬야드의 운명은 이미 결정됐다.

이 통화 때문에 헬야드는 샤하드 박사의 말을 다시 생각하게 되었다. "뉴스에 나온 해킹에 관한 중요한 비밀을 알고 있어서 추격을 받는다더군요."

이주 노동자 수용소를 지나던 이름 모를 여자, 바다에서 떠내려온 이 부랑자, 궁지에 몰린 도둑에 불과한 그 여자가 그저 중요한 비밀이 아니라 세상에서 가장 중요한 비밀을 알고 있을 거라는 발상은, 배리 스몰이 그런 비밀을 알고 있을 거라는 발상과 마찬가지로 터무니없는 생각이었다.

그러나 혹시라도 그 여자가 어찌어찌해서 비밀을 알고 있다면…… 세상에 이보다 중요한 정보는 없다. 샤하드 박사는 관용을 통해 사람들이 성모 마리아처럼 세계사적 계시를 품고 있는 사람에게 얼마나 관대해지는지 보여 주었다. 핼야드도 자신의 절도죄가 면죄되길 바랐다. 만일 핼야드가 그 여자와 대화를 나눠서 가장 먼저 그녀가 알고 있는 비밀을 파악해 알려 준다면, 그가 직장에서 계산대에 손을 집어넣은 일 따위를 누가 신경 쓰겠는가? 핼야드는 그런 작은 일들이 거의 눈에 띄지 않을 정도로 사소하게 느껴지는 새롭고 거대한 자리에서 활동하게 될 것이다. 제프리 엡스타인의 살인 사건을 해결했던 남자는 이웃의 심기를 계속 불편하게 해서 몰아내려던 복수심에 미친 괴짜였다는 사실이 드러났지만 사람들은 그 점을 대부분 모른 척했고 그 남자를 영웅으로 묘사한 영화에는 그런 내용이 전혀 등장하지 않았다.

이게 핼야드를 구할 수 있을지도 모른다. 그리고 이제 그는 더 이상 잃을 것도 없고 의지할 곳도 없었다. 핼야드는 집사에게 개러스의 소유일 것 같은 배를 찾을 때까지 엘시브이브이브이브이의 동영상을 살펴보라고 지시했다. 아니나 다를까, 동영상 하나에 해변에서 크리켓 경기를 하는 장면이 있었는데 배경에 약 3미터 정도의 배 한 척이 있었다. 뱃머리는 갈라지고 선체는 검은 곰팡이로 뒤덮여 있었다. 핼야드의 집사는 배의 후미에 달린 선외 모터가 얀마 전자의 8마력 모터라는 사실을 알아내고, 이런 배가 잔잔한 바다에서 최고 속도로 3시간을 달리면 약 50킬로미터를 항해할 수 있다고 알려 주었다. 개러스가 '서너 시간' 안에 다시 수용소도 돌아올 생각이었다면, 인어를 태우고 갈 수 있는 거리는 최대 25킬로미터 정도라는 뜻이었다. 혹은 개러스가 뇌에 뭔가 결함이 있는 사람이라 늘 시간 계산을 잘못해 지각하는 사람이라면 35킬로미터나 40킬로미터를 갈 수도 있었다. 인어의 목적지는 틴카넨 수용소에서 반경 40킬로미터 이내에 있어야 했다. '그 여자가 숨을 수 있는 곳.' 그러나 '마른 땅'은 아닌 곳. 여자의 말을 문자 그대로 받아들인다면 그곳은 핀란드의 만에 주근깨처럼 박혀 있는 수십 개의 바위투성이 섬도 아니고 러시아 국경을 가로지르는 비보르그만의 해안도 아니었다.

지도상에서 의미가 있는 곳은 한 곳뿐이었다. 만 위에 떠 있는 도시 '서피스 웨이브'.

헬야드가 카린에게 연락했다. "서피스 웨이브로 가야 합니다. 우리의 어부가 거기로 갔을 거라고 확신합니다."

"재밌네요. 나도 방금 서피스 웨이브 이야기를 하고 있었거든요."

"누구랑요? 그 각다귀 여자요? 두리틀 박사?"

"아뇨."

"그 여자와는 어떻게 됐어요?"

그러나 이어지는 어렴풋한 한숨 소리를 들으니 카린은 그 이야기를 하고 싶지 않은 게 분명했다.

11장

퍼리스워스 부인은 뻔한 거짓말을 변명하는 어린아이처럼 이야깃거리가 다 떨어질 때까지 두어 가지 질문에만 간신히 대답해 주었다. 부인은 히피풍의 뚱뚱한 50대 여성으로서 살아오며 마주했던 사랑스러우면서도 사소한 일들을 끝도 없이 찬양하는 사람 같은 투로 말했는데, 그 목소리는 지나치게 오래 이어지는 포옹처럼 느껴졌다. 그러면서 말은 얼버무리는 식이었다. 두 사람은 어둡고 퀴퀴한 오두막에서 앉아 있었는데, (퍼리스워스 부인은 2층 침대의 아래 칸에 앉아 있었고 카린은 등받이 없는 의자에 앉아 플라스틱 텀블러에 담긴 월귤나무 차를 마셨다. 카린은 이 상황을 받아들일 수밖에 없었다.) 퍼리스워스 부인은 '각다귀와 이야기를 나눈다'는 말이 정확히 무슨 뜻인지 설명하는 내내 킥킥대고, 홍얼거리고, 한숨을 뱉었다. 카린은 외부인이 부인에게 그 주제에 관해 묻는 게 처음일 거라고 확신했다. 부인은 자신이 말도 안 되는 소리를 하고 있다는 것을 카린이 알아챘다는 사실을 눈치채고 다소 당황스러워하는 것 같았다. 반면에 카린은 여기에 온 것이 바보짓이었다며 자책하고 있었다.

결국 카린은 곤충과 대화할 수 있는 척하는 성인 여성과 그 말을 거의 믿은 성인 여성 중 어느 쪽이 더 창피한 걸까 생각했다. 이미 카린의 마음 한구석에서는 이게 어리석은 짓이라는 사실을 알고 있었지만 마음의 다른 구석에서는 그 이야기가 사실이기를 간절히 바랐다. 카린은 어떻게 그런 희망을 품게 되었는지를 스스로에게 다시 물었다. (이것은 자신의 성격과 전혀 맞지 않는 일이었다.) 그리고 호리카와 가즈에게 느끼는 슬픔과 관련되어 있다는 사실을 깨달았다. 호리카와의 생각이 무시당하고 경력이 날아가 버린 상황이 안타까웠기 때문이었다. 호리카와가 추방된 사람처럼 죽어 갔다면 악취가 나는 이 발트해 연안의 수용소로 추방된 사람 중에도 호리카와처럼 번민하는 사람이 또 있지 않을까? 자그마한 각다귀들에 대한 학자일지도 모른다. 시베리아 사냥꾼이 호랑이를 이해했듯 이 각다귀들을 이해하는 누군가가 있을지도 모르지 않는가? 부인을 만난다면, 꿈에서 수없이 반복했던 호리카와와의 만남과 비슷하지 않을까?

오두막의 문이 열리더니 한 소녀가 들어왔다. 열여덟이나 열아홉 살 정도로 보였는데 최근 백인 여성들 사이에 유행하는 연한 색조의 옅은 화장을 했다. 황갈색 눈썹이 피부에 묻혀 거의 눈에 띄지 않았는데 캡차 때문에 약간 얽은 듯했다. 카린은 이 소녀를 알아봤지만 정확히 누구인지 떠오르지 않았다. "네이선이 충전기를 여기에 놔뒀다고 했어요." 소녀가 말했다. "어디에 있는지 아세요?" 소녀가 카린을 봤다. "아, 안녕하세요?"

"엘시, 이쪽은 카린 씨야." 퍼리스워스 부인이 말했다. 그러자 카린은 어디에서 이 소녀를 봤는지 깨달았다. 수용소 동영상을 올렸던 엘시브이브이브이브이였다. 엘시는 혹시 퍼리스워스 부인의 딸이 아닐까 하는 의심이 들 정도로 아무렇지 않게 오두막 문을 벌컥 열고 들어왔다. 하지만 닮은 점은 별로 없었다.

"미그리에서 오셨나요?" 엘시가 말했다.

"아냐, 얘야. 스위스분이셔. 이분이 오신 건……." 퍼리스워스 부인의 말꼬리가 흐려졌다. 그들이 조금 전에 했던 대화는 방구석에 놓인 구토물처럼 두 사람 다 모른 척하고 싶은 것이었다.

하지만 엘시가 얼굴을 찡그리며 말했다. "각다귀 때문에 오신 거 아닌가요, 그렇죠?" 소녀는 퍼리스워스의 얼굴을 바라보더니 해답을 얻은 모양이었다. "어머나, 세상에." 소녀가 카린을 돌아보고 말했다. "바깥 사람이 아줌마 이야기를 들으러 왔다니 믿기지 않네요. 그저 관심받고 싶어서 아줌마가 모조리 지어낸 거예요. 아줌마, 이제 이런 짓 그만 하세요. 진짜 너무 한심해요. 네이선도 싫어한단 말이에요."

퍼리스워스 부인은 엘시의 말을 전혀 못 들었다는 듯이 미소를 지었다. "얘야, 차 한 잔 마실래?"

"아니요! 네이선 충전기 어디 있어요?" 엘시가 퍼리스워스 부인 뒤의 이불 위에 놓여 있는 충전기를 발견했다. 소녀는 충전기를 집어 들고 문으로 갔다. "외부에서 오신 분이라면, 왜 여기까지 와서 아줌마의 쓸데없는 말을 듣고 있는지 정말로 이해가 안 돼요. 하지만 괜찮아요. 무슨 상관이겠어요." 소녀는 카린의 끔찍한 선택에 책임을 질 수 없다는 듯 어깨를 으쓱하며 덧붙였다.

엘시가 나가며 문을 닫자 퍼리스워스 부인이 소녀를 바라보고 살짝 미소를 지으며 카린도 공감했을 거라는 표정을 지었다. 아마도 분위기를 전환할 기회라고 생각하는 듯했다. 카린은 부인이 보내는 공감의 초대를 최대한 단호히 거절하고 찻잔을 내려놓았다. 그리고 엘시를 따라잡기 위해 밖으로 나갔다. 카린은 고름을 쥐어짜듯 그 수치스러운 만남을 잘라 낸 소녀의 경멸이 고마웠다. 서로의 거짓말을 받아들이기로 선택한 어른들에게 느꼈던 그 나이 때의 경멸감이 기억났다. 태양계를 통틀어도 그렇게 강렬한 것은 없었다. 그건 위성과 전력망을 파괴할 수 있는 플라스마 제트였다. 카린의 아버지는 어른이 된다는 게 어떤 것인지 알게 되면 어른들을 용서하게 될 것이라고 말했다. 그러나 대부분의 경우 그 말은 틀린 것으로 드러났다. 사실 그 반대였다. 이제 카린이 어른이 되어 아버지가 이 모든 상황을 설명해 줄 것이라고 암시했던 그 '정상 참작용 사실'들, 변호를 위해 봉인되어 있던 그 증거들을 직접 확인한 후 모조리 말도 안 되는 소리였다는 사실을 알게 되었다. 10대들이 제대로 본 것이다.

카린이 흔들림 없이 단단하고 변치 않는 젊음의 분노에 대한 추억에서 아직 깨어나지 못한 상태에서 엘시에게 "네 동영상을 봤어."라고 말했더니 그 즉시 소녀의 얼굴에서 분노의 흔적이 사라졌다.

"정말요? 정말로 제 동영상을 봤어요? 그게 별로 좋지 않은 건 저도 알아요. 그래서 몇 주만 포스팅하고 말았어요. 계속하고 싶지만 우리 나라에서는 허가가 안 나거든요……." 목장에 머무르는 동안 이주 노동자들은 은둔 왕국의 서버를 통해서만 인터넷에 접속해야 했기 때문에 항상 제한이 있었다. 그러나 핀란드 정부가 감시를 소홀히 한 것인지 의도했던 것인지는 모르겠지만 수용소에는 그런 조치가 없었다.

카린이 오두막을 향해 손짓하며 물었다. "혹시 저분이 네 어머니

시니? 아니면……"

"맙소사! 아니요. 아줌마는 네이선의 엄마예요. 네이선은 제 남자 친구고요. 아줌마가 하는 소리는 완전 헛소리예요."

"내가 아직도 이해가 안 되는 건, 각다귀가 멈추기 직전에 퍼리스워스 부인이 사람들에게 각다귀가 더 이상 떨어지지 않을 거라고 말했다는 사실이야. 어떻게든 그 사실을 알았다는 거잖아."

"네, 그건……." 엘시가 주위를 둘러보며 목소리를 낮췄다.

"각다귀가 멈춘 건 네이선 덕분이에요. 네이선이 아줌마에게 그렇게 될 거라고 말해 줬대요. 그래서 아줌마는 그 일을 조금 꾸며서 말하면 다른 사람들이 자기를 정말 특별한 사람으로 봐 줄 거라고 생각한 거죠. 다들 자기한테 와서 얘기를 나누고 관심을 가져 줄 거라고. 아줌마는 그런 사람이니까요. 그래서 사람들에게 각다귀와 대화를 한다는 이야기를 한 거예요. 정말 말도 안 되는 소리죠. 세상에나. 그런데 그런 소리를 믿는 사람도 있더라고요." 엘시가 눈을 동그랗게 뜨며 말했다.

"네이선이 어떻게 했는데?"

"제가 할 이야기는 아닌 것 같아요. 하지만 네이선에게 가서 물어보면 대답해 줄지도 몰라요."

카린은 주저했다. 또 각다귀랑 수다 떨었다는 사람을 찾아가야 한다고? 카린은 저금한 돈의 절반을 사기꾼에게 주고, 그 돈을 찾아 주겠다고 장담하는 또 다른 사기꾼에게 남은 절반을 줘 버린 할머니 꼴이 되고 싶지 않았다. 한 번 실망한 상태에서 저항조차 못 하고 또 다른 실망으로 자연스럽게 넘어가고 싶지는 않았다. 그러나 무슨 새로운 이야기가 있는지는 몰라도 최소한 엘시는 그 이야기를 믿었다.

그리고 카린은 엘시가 믿는다는 사실을 믿었다.

그래서 카린은 엘시와 네이선을 만나러 갔다. 가는 길에 엘시는 카린에 대해 이것저것 많이 물어봤다. 엘시가 은둔 왕국이나 핀란드 시민이 아닌 사람을 만나는 게 처음일 거라는 생각이 들었다. 카린은 자기가 감당할 수 있는 것보다 더 큰 책임감을 느꼈고 자신이 더욱 이국적인 사람이 아니라서 미안해졌다. 질문을 계속하던 엘시는 네이선의 아버지도 핀란드에 왔지만 목장 관리자가 건강한 소에게 캡차를 퍼트렸다는 혐의를 씌워서 불명예스럽게 고향으로 송환되었다는 이야기를 했다. 네이선의 아버지는 그 혐의를 부인했지만 화재 사건이 있기 전에 그런 일이 있었다는 건 모두가 알았다. 캡차를 성공적으로 근절하면 더는 임금 노동자를 고용하지 않을 테니까.

네이선은 수용소 서쪽 가장자리에 있는 빈 오두막 두 채 사이에 매달아 놓은 해먹에 누워 있었다. 해먹은 로고가 인쇄된 흰색 천으로 만들어졌는데 오두막을 지을 때 벽에 습기가 스며드는 것을 막기 위해 건물을 덮었던 천인 듯했다. 수용소의 다른 부분들은 화물 창고의 통로 같은 느낌이었는데 이곳은 거의 베란다 같았다. 아마도 철조망 너머로 소나무들이 보였기 때문일 것이다. 나무들은 위엄있게 서 있지만 죽은 나무 한 그루가 잎이 없어서 벌레 먹히고 변형된 윗가지를 드러내고 있었기 때문에 그 아래에 있는 나무들이 정말로 어떤 상태일지는 의문스러웠다. 네이선이 휴대폰에서 눈을 떼더니 엘시에게 충전기를 받고 그녀에게 키스했다.

"이분은 카린 씨야. 스위스에서 오셨어. 이분에게 네가 각다귀에 대해 설명할 거라고 말씀드렸어." 엘시가 말했다.

네이선이 카린을 쳐다보더니, 자기를 체포할 경찰 전술부대를 왜 데려왔냐는 듯한 표정으로 엘시를 바라봤다.

"괜찮아. 말해 줘도 돼." 엘시가 말했다.

"엘시."

"괜찮다니까." 하지만 네이선은 여전히 주저했다. 그러자 엘시의 참을성이 바닥났다. "네이선은 그 각다귀들이 서피스 웨이브에서 온다는 사실을 발견……"

"엘시!"

"그건 비밀이 아니야!"

"어떻게 서피스 웨이브에서 각다귀가 온다는 거야?" 카린이 물었다.

"아직 잘 몰라요." 엘시가 대답했다. "그렇지만 네이선이 그 사실을 알아낸 후에……. 이분에게 네가 뭘 했는지 그냥 말해 줘! 출입국 관리소에서 오신 게 아냐. 각다귀가 멈춰서 다들 축제를 벌이는데 넌 인정도 못 받고 있잖아."

"녹음 중일지도 모르잖아." 네이선은 음울하고 창백했으며, 눈이 움푹 들어가긴 했지만 잘생겼다. 카린이 엘시의 나이 때 관심을 가졌을 법한 남자아이였다. 카린의 어머니는 이런 소년들을 '체어브레흐리히'라고 부르곤 했다. 나약하다는 뜻이었다.

"자기가 수용소 네트워크를 해킹한 사실을 미그리가 알면 인터넷을 빼앗아 갈까 봐 걱정해서 저러는 거예요."

"엘시!"

"말하기 싫으면 안 해도 돼." 카린이 말했다.

"맙소사." 엘시가 네이선을 바라보며 말했다. "왜 이러는 거야? 네가 말해 줄 거라고 했단 말이야!"

"말해 줄지도 모른다고 했지. 괜찮아. 정말이야." 카린은 휴대폰의 진동이 느껴졌다. 헬야드였다.

"서피스 웨이브에 가야 합니다. 우리의 어부가 그쪽으로 갔을 거라고 확신합니다." 헬야드가 말했다.

"재밌네요. 나도 방금 서피스 웨이브 이야기를 하고 있었거든요."

카린이 전화를 끊자 엘시가 아무렇지 않게 끼어들었다. "여기에 같이 온 남자인가요?"

카린이 고개를 끄덕였다.

"우리도 그 남자를 만날 수 있어요?"

"그 남자를 왜 만나고 싶어?" 카린이 물었다.

하지만 그 순간 카린은 그들이 헬야드를 그저 매혹적인 이방인으로만 알고 있다는 점을 깨달았다. 함께 지내는 동안 기껏해야 어쩌다 한 번씩 좋은 점을 찾을 수 있었던 약삭빠르고 이기적인 광산업체 임원이 아니라. 그래서 카린은 북쪽 입구에서 헬야드를 만날 텐데 함께 가도 좋다고 말했다. 네이선은 고개를 푹 숙이고 땅을 쳐다보며 몇 걸음 뒤에서 따라왔지만 엘시가 카린에게 다시 쏟아 내는 질문 소리를 들을 수 있을 정도의 거리는 유지했다. 카린은 네이선도 엘시만큼이나 이방인하고 어울리고 싶은 마음은 있었지만 불과 몇 분 전까지 그녀를 핀란드 감시 기구의 앞잡이 취급하며 배척했던 탓에 자기 행동 앞뒤가 안 맞는 것 같아 약간 어색해하는 게 아닐까 짐작했다.

카린은 헬야드가 진료소에서 곧바로 올 줄 알았는데 어떤 이유인지는 몰라도 그녀의 일행보다 20분 늦게 도착했다. 카린과 달리 헬야드는 별다른 도움 없이도 동영상에서 봤던 엘시를 알아봤다. 카린과 핼야드 두 사람으로 이루어진 통계 표본에 따르면 외부인 100퍼센트가 엘시의 팬이었다. 카린은 엘시가 스스로를 세계적인 유명 인사로 인식하기 시작하면서 흥분하는 모습을 지켜봤다. 기분이 들뜬 엘시는 핼야드에게 네이선에 대해 "해커예요. 정말 끝내줘요. 말 그대로 뭐든지 할 수 있어요."라고 설명했다. 그러자 네이선은 다시 한 번 엘시를 노려봤다.

"그렇다면……." 핼야드가 말하기 시작했지만 구식 화장실에서 배설물을 수거하는 분뇨차가 지나갈 길을 만들어 주기 위해 네 사람은 이리저리 움직여야 했다. "그렇다면 물어볼 게 있어. 바이오뱅크 공격 말이야. 너희 나라에서 일으킨 게 아닐까? 너희 정부?"

네이선이 고개를 저었다. "우리 나라 정부는 자판기 하나 해킹할 능력도 없어요."

"확실해?"

"작년에 정부통신본부의 '해킹툴'이 대량 유출된 적이 있었어요. 그래서 살펴봤죠. 그 툴들은 누가 차를 줬는데 시동이 안 걸려서 모터가 있을 곳을 열었더니, 거기에 낡은 양말과 나뭇가지 같은 것만 잔뜩 들어 있는 꼴이었어요. 그런데 인터넷에서는 사람들이 바이오뱅크 사건은 시간 여행자나 외계인 같은 놈들이 일으킨 게 틀림없다고 그러던데요. 정말 실력이 좋다는 뜻이죠. 비현실적인 능력이에요. 우리 나라의 멍청이들은 전혀 상관이 없어요."

"하지만 정부에는 멸종 크레딧 가격이 급등하면서 돈 많이 번 사람들이 있을 거야."

"네, 뭐, 그래서 우리를 귀국시키지 않는 거겠죠." 네이선이 말했다.

"그게 무슨 말이야?" 카린이 물었다.

"재는 편집증이에요!" 엘시가 말했다.

네이선은 은둔 왕국의 민법에 따르면 오랫동안 국외에 있으면 특정한 권리가 말소된다고 설명했다. 그 특정한 권리에는 멸종 크레딧의 지분에 대한 소유권도 포함되었다. 이주 노동자들이 집에 돌아가지 못하고 1년 내내 이 수용소에서 마음 졸이며 지내야 한다면, 그들의 잘못이 아니므로 그 민법의 적용을 면제받을까? 아니다. 절대로 그렇지 않을 것이다. 내무부에서 법은 법일 뿐이었다. 크레딧의 지분을 갖고 있는 사람은 누구든 그 지분을 국가에 반환해야 할 것이다. 이러한 반환 과정에서 발생하는 관료주의적 혼란은 정부 관료들에게 그중 대부분을 조용히 챙길 수 있는 절호의 기회가 될 것이다.

"그 개자식들은 해킹 덕분에 크레딧이 큰돈이 되니까 돈을 좀 챙기자고, 그러기 위해 조금 더 시간을 끌자고 생각하는 거죠. 그런데 크레딧 지분을 가진 사람들만 막으면 너무 티가 나니까, 우리 모두의 귀국을 막는 거예요. 계속 캡차 핑계를 대면서요."

"네가 오해한 거라면 좋겠어. 문제가 잘 해결돼서 너희가 고향으로 갈 수 있기를 빌게." 카린이 말했다.

네이선이 어깨를 으쓱했다. "목장은 엿 같았지만 여기는 그렇게 나쁘지 않아요. 이제 각다귀도 멈췄잖아요. 그리고 진짜 인터넷에도 접속할 수 있고요. 훨씬 빨라요."

"그리고 여기서 나를 만났잖아." 엘시가 네이선의 팔을 다정하게 쓰다듬으며 말했다.

"그리고 핀란드는 괜찮은 나라예요. 우리가 목장에 도착하자마자 모든 예방 접종을 다 해 주더라고요. 우리 나라에서 맞은 예방 접종이 제대로 효과가 없다는 사실을 알기 때문이죠. 엘시는 오빠를 그리워하고, 나는 엄마와 오두막을 같이 쓰는 게 싫지만, 그거 말고는……."

윌슨과 네이선 사이에는 상당한 세대 차이가 있었기 때문에 카린은 두 사람이 이곳에서의 생활에 불만이 없다는 방향으로 의견이 일치하리라고는 예상하지 못했다. 도대체 왜 핀란드 정부 관계자는 수용소가 불타오르기 직전이라고 했던 것인지 궁금해졌다. 아마도 이주 노동자들에게서 하루라도 빨리 손을 떼고 싶어 그런 말을 했을 거라는 생각이 얼핏 들었다. "고향 음식이 그립지는 않아?" 핼야드가 물었다.

"우리 나라 음식을 먹어 본 적 있나요?"

호기심이 충족된 핼야드는 갑자기 떠나고 싶은 마음이 간절해졌다. "필요한 건 없어? 우리가 보내 줄게." 카린이 물었다.

"컨실러요." 엘시가 말했다.

"뭐라고?"

"앞으로 캡차가 번질 거잖아요, 그렇죠? 여기서 퍼져 나가는 걸 막지 못할 테니까요. 더 많은 사람들이 감염되겠죠. 그러면 캡차에 감염됐지만 레이저 시술을 받지 못한 상태에서 데이트 같은 걸 해야 할 때 화장 방법에 대한 영상을 찾는 사람이 늘어날 거예요. 아직 아무도 그런 영상을 만들지 않았으니까, 제가 시작하면 채널에 큰 도움이 될 거예요. 그런데 실은 화장품이 없어서 영상을 못 찍고 있거든요."

카린이 휴대폰을 꺼내서 엘시에게 필요한 화장품 이름을 부르게 했다.

"리체르카 노세범 블러 프라이머, 제주 쿠션 프라이머 3SL, 실키 스무스 밤, 리체르카 더블 라스팅 세럼 파운데이션, 에고 도미너스 올 스테이 파운데이션 3SL, 브라이트 업 파운데이션, 리체르카 빅 커버 쿠션, 제주 젤 쿠션, 리체르카 어드밴스드 스무딩 컨실러, 제주 커버 퍼펙션 팁 컨실러, 이오파 미네럴라이징 크리미 컨실러, 누 베로니카 퓨어 웨이트리스 컨실러 3SL, 빅 커버 스킨 핏 컨실러 프로 3SL, 나노 에멀션 이오파 어드밴스드 리뉴잉 크림."

카린이 휴대폰을 봤다. 합계가 590유로였다.

"이걸 브라마사무드람에 청구할 수 있나요?" 카린이 헬야드에게 물었다.

헬야드가 합계액을 봤다. "이게 누군가가 채굴해야 할 망간 단괴 120톤에 해당하는 금액이라는 건 알죠?"

손목에서 뭔가 느껴졌다. 죽은 각다귀 한 마리가 있었다. 카린은 각다귀를 털어 내고 고개를 들어 위를 쳐다봤지만 더 이상 떨어지지는 않았다.

작별 인사를 할 때 엘시가 말했다. "두 분이 서피스 웨이브로 가게 되어서 기뻐요."

"왜?"

"네이선이 한 일을 보게 될 테니까요."

12장

헬야드가 카린을 만나러 왔을 때 그녀에게 말하지 않은 일이 있었다.

음, 사실 말하지 않은 건 한둘이 아녔다. 헬야드는 이제 자신이 브라마사무드람에서 사형수나 다름없는 신세라는 사실을 말하지 않았다. 그리고 독쑤기미를 구하는 일에 더 이상 관심이 없고 이제는 오로지 인어를 찾아 바이오뱅크 공격에 대한 진실을 알아내는 데만 관심이 있다는 사실도 말하지 않았다. 그런데 그중에서도 특별히 말하지 않은 게 한 가지 있었는데, 그것은 바로 카린과 통화를 마친 후에 무슨 일이 있었는지에 관한 것이었다.

헬야드가 카린과 통화를 막 끝냈을 때 윌슨이 자전거를 타고 화재 경보처럼 시끄럽게 벨을 울리며 다가오며 외쳤다. "정말 반가운 소식이 있어! 자네를 찾아서 다행이야. 개러스가 방금 돌아왔어. 아직 어디에 갔었는지 말하지 않았지만, 돌아오는 길에 엔진이 고장 나서 노를 저어 오느라 이렇게 오래 걸렸다는구먼. 올라타. 이 자전거를 타고 내려가면 물고기에 대해 물어볼 수 있을 거야."

헬야드는 인어를 서피스 웨이브까지 추적한 자신의 뛰어난 연역적 추리가 거의 즉시 무용지물이 되는 바람에 짜증을 참을 수 없었다. 그렇지만 헬야드는 제안을 받아들이고 윌슨이 자전거의 페달을 밟고 서 있는 동안 좌석에 걸터앉았다. 그들은 덜컹거리며 길을 달려갔는데 열차 밖으로 집들이 지나가는 것처럼 양쪽 오두막들이 휙휙 지나갔다. "정말 멋진 날이야! 다사다난한 하루였다니까!" 윌슨이 외쳤다. 헬야드는 이런 사람과 함께 은둔 왕국의 정치판에 뛰어드는 일은 주의해야겠다고 생각했다. 모든 일에서도 밝은 면을 찾아내는 재능이 탁월하니 기근과 숙청에서도 밝은 면을 찾으려 할지 몰랐다. 밝은 면을 찾지 않는 게 더 안전했다. 바닷가에 가까워지자 또다시 콧속으로 역겨운 냄새가 올라왔다. 자갈 해변을 따라서 파도에 밀려온 각다귀 떼 찌꺼기들이 검은 뱀의 비늘처럼 길게 늘어져 있었다. 윌슨은 나무 옆에 자전거를 세웠다. 영상에서 봤던 배 주변에 20여 명의 사람들이 모여 있었다. 사람들의 관심은 노벨아너 맥주캔을 손에 들고 뱃머리에 앉아 있는 한 남자에게 쏠렸다.

"그리고 그때……" 남자가 말했다. "말했듯이, 다시 시작하려고 오랜 시간을 기다렸어. 아마 몇 시간은 지나갔을 거야. 하지만…… 뭐, 말했듯이……." 남자는 뭔가 더 덧붙일 말을 고민하는 듯 머뭇거렸다. 헬야드는 개러스가 이미 같은 이야기를 세 번째, 혹은 네 번째 반복하는 중일 거라는 느낌이 들었다. 아마도 흥분한 환영단의 취향을 만족시킬 만큼 이야깃거리가 충분하지 않기 때문일 것이다.

"개러스, 이쪽은 내가 말했던 그 친구야." 윌슨이 끼어들었다. "매우 중요한 물고기와 관련된 일 때문에 여기에 왔지. 자네에게 몇 가지 물어볼 것이 있다는구먼."

헬야드에게는 독쑤기미가 저 아래에서 아직도 미분 방정식을 풀고 있든 말든 더 이상 중요하지 않았지만, 윌슨이 기대하는 대로 계속 행동해 주는 게 편할 것 같았다. 헬야드는 휴대폰을 꺼내서 윌슨에게 보여 줬던 엘시브이브이브이브이의 동영상을 개러스에게 보여 주었다. 구경꾼 몇 명도 어부의 어깨 너머로 목을 길게 빼고 동영상을 봤다.

"기억납니다." 개러스가 말했다. "네, 기억나요. 웃기게 생긴 작은 생선이었죠. 그런 건 처음 봤어요. 그래서 과연 그걸 먹고 싶어 할 사람이 있을지 자신이 없었죠. 아, 네. 그 생선 아주 잘 기억납니다. 궁금한 게 있으면 뭐든지 물어보세요."

"어디에서 그 물고기를 잡았나요?"

"그게 어디였는지는 전혀 모르겠어요."

헬야드는 이 어부의 증언에 자신의 존재가 걸려 있지 않다는 사실을 감사하게 생각하며 개러스에게 잠시 따로 이야기할 수 있는지 물었다. 개러스는 덕분에 이야기에 굶주린 군중에서 빠져나올 수 있어서 안도하는 얼굴이었다. 두 사람은 해변 위로 몇 미터 걸어 올라갔다. 얕은 곳에 돌출된 적회색 바위들 사이로 백조 몇 마리가 빙빙 돌고 있었다. 저 바위들은 마지막 빙하기의 빙하가 지나가며 남긴 흔적이었다. 바위들이 조금만 더 바다로 나갔다면 독쑤기미들이 그 주변에서 번식할 수 있었을 것이다. 그러나 독쑤기미는 이 바위들을 이용할 수 없었다. 당연하게도 그건 너무 무리한 요구였다. 독쑤기미가 일생에 단 한 번이라도 우리와 만나는 것을 신이 허용하지 않기 때문이었다. 신은 독쑤기미가 살짝 양서류가 되는 것과 같은 어느 정도 합리적인 타협조차 금지했다.

"윌슨 씨 말로는 당신이 그 여자와 어디로 갔는지 말해 주지 않았다고 하더군요." 핼야드가 조용히 말했다. "하지만 나한테는 말해도 됩니다. 난 외부인이잖아요. 이 동네에서 소문을 내지 않을 겁니다. 이 수용소에 있는 누구에게도 그 이야기를 하지 않을 겁니다."

"아뇨, 그 여자에게 약속을 했어요. 아무에게도 말하지 않겠다고."

"당신이 원하는 건 뭐든지 구해 줄 수 있어요. 새 낚시 도구, 셰퍼드 파이, 인지더닐. 나한테 인지더닐이 있습니다." 핼야드가 재킷으로 손을 집어넣으며 말했다. "지금 당장 줄 수도 있어요."

"미안해요, 친구."

핼야드가 개러스의 눈을 똑바로 쳐다보며 말했다. "서피스 웨이브 맞죠? 그 여자가 서피스 웨이브에 숨으려고 했죠?"

"아뇨, 아니에요." 개러스가 말했다. 하지만 그는 거짓말이 서툴렀다. "그만 가 주세요." 개러스가 돌아섰다.

"여자가 해킹에 대해서는 뭐라고 하던가요?" 핼야드가 개러스를 향해 소리쳤지만 그는 사람들을 향해 계속 걸어갔다.

핼야드는 따라가지 않았다. 잠시 후 윌슨이 핼야드에게 다가왔다. "개러스가 그 멸종위기종에 대해서는 잘 몰랐더라도 자네에게는 틀림없이 도움이 되었을 거야."

"네, 중요한 문제를 확인했습니다."

"다시 말해 난 개러스가 어선에……" 이 순간 윌슨은 정말로 광적인 눈길로 핼야드를 뚫어져라 쳐다보며 말했다. "훈제 청어 따위보다는 나은 걸 가져왔다고 믿는단 말이야!"

핼야드가 정중한 미소를 지으며 윌슨을 바라봤다.

"자네도 알고 있듯이……" 윌슨이 덧붙였다. "발트해 연안에는 맛있는 청어, 핀란드어로는 실라카라고 하지, 아무튼 그게 풍부해. 그래서 자주 먹지. 그러니 이보다 더 적절한 농담은 없을 거야."

"그렇죠, 네."

"자, 내가 물어볼 게 있는데 말이야. 조금 전에 나눴던 대화에서 개러스가 정보를 좀 흘렸나……?"

"뭘요?"

윌슨이 의미심장한 표정으로 윙크하며 한 손으로 엉덩이에서 방귀를 휘휘 저어 퍼트리는 것 같은 동작을 했다. 핼야드가 그 동작이 실은 꼬리지느러미의 우아한 움직임을 표현한 것이라는 사실을 깨닫기까지는 시간이 걸렸다. "카린을 찾으러 가야겠습니다." 핼야드가 말했다.

"그 여자가 이 사소한 좌절 때문에 너무 실망하지 않았으면 좋겠는데."

"저도 그러길 바랍니다."

솔직히 핼야드가 생각한 것은 카린이 이 사실을 알게 되면 자신과 함께 서피스 웨이브에 갈 이유가 없어진다는 것이었다. 카린에게는 그들이 서피스 웨이브에 가는 유일한 이유는 개러스를 쫓아가서 동영상에서 봤던 물고기를 어디에서 잡았는지 물어보기 위한 것이었다. 그리고 그들이 가진 마지막 실마리가 개러스였다. 그래서 조금 전에 개러스가 아무짝에도 쓸모가 없다는 사실이 밝혀졌다는 것을 그녀가 알아채면 그걸로 끝이었다. 이야기의 끝이다. 두 사람을 각자의 길로 가게 될 것이다.

그러나 두 사람 사이에 열정이 별로 없더라도, 과수원에서 납치범을 자극해서 모두를 죽일 뻔한 카린을 헬야드가 여전히 원망하고 있더라도, 카린이 여전히 헬야드를 빌어먹을 촌충처럼 바라보고 있더라도(카린을 안다면 그녀가 촌충을 엄청난 애정과 관심으로 바라본다는 것도 알 테니 적절하지 않은 표현이었다), 헬야드는 아직 이 관계를 끝내고 싶지 않았다. 서피스 웨이브에 혼자 가고 싶지 않았다. 헬야드는 카린과 함께 가고 싶었다. 이 순간 북반구에서 헬야드가 완전히 솔직하게 말할 수 있는 존재는 오직 둘뿐이었는데 그중 하나는 집사였다. 헬야드는 아직 멸종 크레딧에 문제가 발생하며 생겼던 온갖 불쾌한 사연들을 카린에게 말하지는 않았지만, 북부보호구역에 다녀온 이후로는 뭔가 결백한 이유가 있는 척하던 가식을 버렸다. 헬야드는 자신에 대한 카린의 평가를 걱정할 필요가 없었다. 이미 바닥으로 떨어질 만큼 떨어졌기 때문이었다. 그래서 오히려 카린의 곁에 있는 게 매우 편안해졌다. 카린이 이미 자신의 최악을 알고 있어서 가면을 쓰거나 겉치장할 필요가 없다는 드문 자유로움을 누린 덕에 헬야드는 카린을 볼 때마다 여동생이 더욱 떠올랐다. 타르투의 호텔 레스토랑에서 긴 대화를 나눈 다음 날 아침, 헬야드가 잠에서 깨어날 때도 그런 인상이 머릿속에 선명히 남아 맴돌며 카린에 대한 성적인 기대를 완전히 덮어 버렸다. (냉정하게 말하자면 다음에 헬야드가 다시 와인을 몇 잔 마셨을 때 이 두 가지 모순되는 요소가 다시 공존하지 않으리라는 절대적인 보장은 없었다. 어쨌거나 카린은 헬야드의 여동생 프랜시스와 전혀 닮지 않았으니까.)

물론 헬야드가 독쑤기미에 대한 소식을 카린에게 숨기는 이유가 그녀와 솔직하게 지내는 것을 너무 좋아했기 때문이라면 상당히 거북한 역설이라고 아니할 수 없다. 그래서 헬야드는 개러스와 '감'에 대해, 그리고 개러스에게는 '감'이 극도로 부족하더라는 사실에 대해 카린에게 말해 줘야 했다. 헬야드도 그것을 알고 있었다.

그러나 수용소 북쪽 입구에서 카린을 발견했을 때는 최대한 서둘러서 무언가를 하지 않으면 기회라는 배가 떠나 버릴지도 모르는 그런 상황이었다. 카린이 개러스가 돌아왔다는 소식을 아직 듣지 못했는지 굳이 확인하려 했다면, 그 배는 덴마크 해협 어딘가로 떠나 버렸을 것이다. 헬야드는 네이선과 바이오뱅크 공격에 대해 의견을 나누며 잠시 주의가 산만해졌다가 이 10대들이 그 놀라운 소식을 알리는 채팅을 언제든 볼 수 있다는 사실이 머리를 스쳤다. 그래서 헬야드는 최대한 빨리 카린을 그들로부터 떼어 놓으려 애썼다.

그때부터 헬야드는 자신이 카린의 시간을 허비하고 있다는 사실을 알고 있었다. 카린이 헬야드가 처음으로 시간을 허비하게 만든 여성은 아니었지만(헬야드는 지모드처럼 투자자들에게 골칫거리였다) 평소보다 두드러진 사례였다. 헬야드는 서피스 웨이브에서 인어를 찾고, 그녀가 진짜 인어라면 독쑤기미가 어디에 사는지 이야기해 줄 수도 있을 거라는 생각을 하며 불안감을 떨쳐 내려 했다. 인어가 다른 바다 생물들과 친구일 것으로 가정하는 게 인종차별적 사고방식이 아니라면 말이다……. 또한 헬야드가 누구 밑에서 일하는지를 인어가 알게 되면 둘 사이의 대화가 잘 풀리지 않을 수도 있다. 인어는 해저 채굴 작업을 그다지 호의적으로 지지하지 않을 테니까. 인어에게 "쯧, 당신이 다음에 탈 택시의 배터리에 들어가는 망간은 어디에서 나왔을 것 같아요?"처럼 식상한 말로 논쟁을 할 수는 없을 것이다.

서피스 웨이브는 해안에서 10킬로미터 떨어진 곳에 떠 있었다. 비보르그의 좁은 만이 넓게 펼쳐지는 해안은 본래 핀란드에 속해 있었지만, 1940년대의 치열한 러시아-핀란드 전쟁으로 주인이 바뀌었다. 동쪽의 모래부리는 별다른 특징이 없었지만, 구소련 적군의 묘지였다. 그곳을 보고 있으면 두 나라는 전쟁에서 죽은 자들을 묻을 곳을 마련하기 위해 전쟁을 치른 게 아닐까 하는 생각이 들었다.

건축학적으로 볼 때 서피스 웨이브는 일종의 기체처럼 시각적으로 이해할 수 없는 특성이 있어서 아무리 오래 바라봐도 그 모습을 머릿속에 떠올릴 수 없었다. 누군가는 흉측한 모더니즘적 샹들리에에 비유하기도 했지만 둥근 몸체에서 지나치게 뻗어 나온 팔과 다리, 귀, 더듬이가 달린 옛날 만화의 화성인이나 작은 녹색인, 혹은 애니메이션 캐릭터 '그레이트 가주'가 얼핏 연상되기도 했다.

중심부는 약 200미터 지름의 원형경기장 같은 구조물로서 서피스 웨이브의 실험실과 작업장, 거주지 대부분이 이곳에 있었다. 파도처럼 굽이치는 지붕에는 상록수가 심어진 정원이 있었고 나무 꼭대기 높이에 산책로와 테라스, 수직이착륙기 착륙장이 있었다. 원형경기장 아래에는 삼각대처럼 세 개의 기둥이 뻗어 내려 해수면 아래로 들어갔다. 단단한 콘크리트처럼 보이는 기둥 안에는 사실 스티로폼 구슬들이 들어 있어서 도시가 가라앉지 않고 바다 위에 떠 있을 수 있었다. 기둥 중 하나에는 원반 모양의 선착장과 계류장이 해수면과 맞닿게 설치되어 있었는데 거기서 화물 엘리베이터가 오르내리며 원형경기장의 테두리 끝에 있는 터미널과 이어졌다. 마지막으로 본체에서 뻗어 나온 여섯 개의 뭉툭한 팔이 있었다. 각 팔의 끝부분에는 부분적으로 바닷물에 잠긴 원통형 별채가 있었다. 샹들리에 전구 같은 생김새로 대규모 활동을 위한 거대한 작업 공간이었다.

서피스 웨이브를 방문하려면 초대장이 필요했다. 헬야드는 조금 조사해 본 후 현장 방문 업무를 핑계로 그곳의 거주자 중 한 명과 약속을 잡는 게 가장 빠른 방법이라는 사실을 알게 되었다. 그래서 헬야드는 무작위로 한 명을 선택해서 그 거주자의 비서 집사와 연락을 취했다. 집사의 질문에 헬야드는 상당히 모호하게 답변했다. 헬야드의 대답을 듣고 있는 상대가 사람이었다면 그가 헛소리를 하고 있다는 사실을 알아챘겠지만 집사는 헬야드가 훌륭한 사람이라고 판단했는지 바로 초대장을 보냈다.

그러나 수직이착륙기를 예약하려 했더니 기상 조건 때문에 현재는 비행할 수 없다고 했다. 수용소에 있던 모든 사람이 오늘 아침 해안의 날씨가 전날과 마찬가지로 좋다고 주장했기 때문에 기상 조건이 안 좋다는 이야기는 의외였다. 그러나 헬야드는 먼바다에는 강풍이 아직 불고 있을지도 모른다고 생각했다. 발트해에서 살아가는 대가였다. 초기에는 이 해상 도시를 거의 1년 내내 아름다운 푸른 하늘을 볼 수 있는 열대 지역에 고정시키자는 의견이 지배적이었다. 그러나 프랑스령 폴리네시아 정부와의 합의에 따라 타히티의 아티마오노 환초 지역에 설립했던 최초의 해상 도시 '에올리아'는 사이클론 조세스로 반토막이 났다. 그리고 이듬해 안티체인의 창립자 페렌스 바르카 등의 후원을 받아 두 번째로 멕시코만에 설치한 해상 도시 '메인스프링 1호'는 로스 세타스 카르텔이 해상 군사력을 동원해 점령했다.

그 후 해상 도시 건설 활동은 '연간 일조 시간' 외에도 기준을 세분화하기 시작했다. 발트해 내륙 바다의 파도가 세계에서 가장 잔잔하다는 사실이 알려지자, 에올리아의 재난 때문에 불안해하는 사람들을 진정시키는 데 상당히 도움이 되었다. 또한 러시아 정부는 악명 높은 류디노보 경제특구를 통해 발전할 수 있다면 관료주의적 규제를 철폐하겠다는 관대한 태도를 보여 준 바 있었다. 서피스 웨이브도 그와 마찬가지로 앞선 해상 도시들의 기업 국가라는 철학을 공유하였으며, 이미 존재하는 국가 형태(기존의 주권 국가 등)는 혁신적인 사고에 방해만 된다는 생각을 바탕에 깔고 있었다. 여기에는 거의 모든 선진국과 여러 국제 조약에 명시된 최첨단 생명 공학에 대한 제약이 전혀 없었다. 서피스 웨이브의 실험실에서 어떤 일까지 가능한지는 아무도 모른다. 해상 도시 자체가 일종의 실험실로 현대 인간에게 가장 적합한 것이 무엇인지 알아보기 위해 모든 정치적 가능성까지 실험할 수 있는 곳이므로 이는 적절하다고 할 수 있다. (하지만 지금까지 그들이 실험한 정치적 스펙트럼이라고는 '개인 소득세 철폐'부터 '모든 종류의 세금 철폐' 정도에 불과했다.)

서피스 웨이브와 러시아 정부 간의 협약은 북부보호구역과 에스토니아 정부 간의 협약보다 훨씬 극단적이었다. 서피스 웨이브가 러시아 해역을 떠다니는 대가로 러시아 재무부에 사용료를 지급하되, 전쟁이나 테러와 관련된 경우 외에는 러시아 법률을 적용받지 않기로 계약을 체결했다. 물론 북위 60도의 겨울밤은 길었고 다이키리 칵테일을 즐길 만한 날씨를 제공해 주지는 못했다. 아무리 지구온난화로 바다가 따뜻해진 지금이라고는 하지만 서피스 웨이브에서는 부두에서 단단하게 얼어붙은 바다 위로 걸어 내려가는 것도 가능할 때가 있었다. 그러나 서피스 웨이브는 지금까지 6년을 버텼다. 이는 에올리아나 메인스프링 1호보다 훨씬 긴 기간이었다.

서피스 웨이브에 수직이착륙기가 착륙할 수 없었기 때문에 해양 도시의 경영진은 코트카에서 해상 택시 서비스를 준비했다. 틴카넨 수용소를 방문한 다음 날 아침, 헬야드와 카린은 호텔에서 체크아웃하고 선착장으로 걸어 내려갔다. 해상 택시에는 좌석이 여덟 개 있었지만 그들이 승선할 때 승선 통로에 승객이라고는 두 사람 외에 정장에 넥타이를 매고 더플백을 든 수염이 덥수룩한 남자 한 명밖에 없었다. 해상 택시의 내부가 좁아서 남성이 가방에서 무언가를 꺼내려 허리를 굽혔다가 카린의 배낭에 옆머리를 맞는 사건이 있었다. 카린이 남자에게 사과를 하긴 했지만 다른 사람들과 달리 과장되게 사과하지는 않았다. 헬야드는 카린이 사소하게 난처한 상황에 대해서는 그다지 신경 쓰지 않는다는 사실을 알아차렸다.

남자가 손사래를 쳤다. "두 분은 거기에 사시나요, 아니면 그냥 들르신 건가요?" 남자가 물었다. 정확히 말하자면, 남자가 다른 언어로 뭔가 중얼거리자 그의 이어폰에서 그렇게 소리가 나왔다.

"저희는 그냥 방문하는 겁니다. 당신은요?"

말이 잠시 지연된 후 귀에 통역이 전달되는 동안 상대의 표정에서 미세한 시간 지연을 느낄 수 있었다. "그렇군요. 저는 출장으로 왔습니다." 남자는 튀르키예에서 왔다고 했다.

모두 자리에 앉았다. 해상 택시는 출발한 후 크레인들과 창고, 해양 박물관을 지났다. 박물관은 예상과 달리 세관을 귀엽게 개조한 게 아니라 진짜로 과대망상적인 크기로 번쩍이는 푸른색의 피라미드였다. 이 배는 수중익선이라서 속도가 붙으면 선체에 물이 닿지 않을 정도로 활주부 위로 높이 올라갔다. 멀리서 보면 마치 공중에 떠 있는 것처럼 보였다. "개를 위해 총을 맞을 생각이 있나요?" 카린이 헬야드에게 물었다.

"누구의 개요?"

"당신이 마지막 남은 해안가시딱정벌레를 위해 총을 맞을 생각은 없다고 했잖아요. 하지만 개가 멸종된다면 그건 완전히 다른 이야기가 될 거라고 했고요. 그럼, 개를 위해서는 총을 맞을 생각이 있나요?"

"만일 살아남은 개가 한 마리밖에 없는 상황이 닥치게 된다면, 난 그 전에 미리 죽었으면 좋겠어요."

"알았어요, 그래도……."

"누군가 모든 개를 죽일 수 있는 생물무기를 만들고, 내 옆에 있는 통에 그게 들어 있는데, 이 통이 깨지면 대기로 퍼져 나갈 거라고 했을 때, 내가 총알이 통에 닿지 않도록 얼굴로 총알을 막을 거냐고요?"

"네."

"당연히 그럴 거예요. 난 인류 역사상 가장 위대한 영웅이 될 겁니다."

카린이 어림도 없다는 표정으로 헬야드를 쳐다봤다.

"당신은 날 속물이라고 생각하죠. 내가 개를 좋아하는 건 개들이 수많은 사람에게 기쁨과 동반자 관계를 제공하기 때문입니다. 정말 유치하죠."

"개들을 잃는 게 슬픈 일이라는 데에는 동의해요. 해안가시딱정벌레를 잃어서 슬픈 것과 똑같죠. 하지만 우리는 해안가시딱정벌레만 잃고 있는 게 아니에요. 매년 그와 비슷한 다른 종들을 적어도 1만 종 이상씩 잃어버리고 있어요. 당신은 개를 잃어버리느니 차라리 죽는 게 낫다고 했지만, 그런 곤충이 매년 1만 종씩 사라지는 건 전혀 괴롭지 않다는 거죠."

"맙소사, 당신 같은 사람들은 매년 1만 종이라는 사실을 끊임없이 떠들어요. 빌어먹을 제인 오스틴 같다니까요. 그 두 종 사이에 차이점이 있다면, 개는 실제로 우리에게 무언가를 해 준다는 겁니다. 대부분의 다른 종들은 누구에게도 도움이 되지 않잖아요. 자, 보세요, 좋거나 나쁘거나 유용하거나 무용한 것의 문제가 아니라, 그냥 관심에 대해서만 이야기하는 거라면 캡차에 대해서는 왜 신경을 쓰지 않나요? 우리가 곰팡이 전염병을 없애 버리면 얼마나 큰 비극이 될지 왜 이야기하지 않나요? 당신이 이 문제에 대해 일관성을 가지려면 캡차 곰팡이에 대해서도 관심을 가져야 합니다."

헬야드는 잠시간 자신이 한 방 먹였다고 생각했다. 그러나 카린이 대답했다. "난 캡차에 대해서도 신경 써요. 캡차를 박멸한다면 비극일 거라고 생각해요. 캡차는 꿀오소리나 극락조만큼이나 놀라운 생물이에요."

"아, 제발!"

이제 해상 택시는 헬야드가 수용소 해변에서 보았던 작은 섬들 사이로 요리조리 움직이고 있었는데, 바닥에 콘크리트를 부은 것처럼 매끈하고 평평한 암석 지대였다. 브라마사무드람의 노천 광산은 언덕 몇 개를 깎았다는 이유로 비난을 받았지만, 홍적세 빙하기는 이곳의 풍경을 완전히 망쳐 놓았다. 아마도 지금 이런 일이 벌어진다면 유럽연합에서는 빙하기에 반대하는 법률을 만들려고 했을 게 틀림없다.

"당신은 인간에게 도움이 되는 기능 이외의 가치에 대해서는 믿지 않나요?" 카린이 물었다.

"누구에게 가치가 있다는 건가요?"

카린은 헬야드에게 먼 은하계의 어떤 행성을 상상해 보라고 했다. 성층권 높이의 폭포, 계곡을 타고 흐르는 거대한 육상 해면(海綿)동물, 눈처럼 완벽한 육각형의 싹을 틔우는 산호, 분홍색 수정에 붙어서 윙윙거리는 이끼, 강에서 솟아오르는 무지갯빛 해파리, 토네이도에 의지해 꽃가루를 퍼트리는 거대한 백합 등 복잡하고 서로 연결된 생물이 가득하지만 자의식이 없는 행성을 상상해 보라고 했다. "소행성이 이 행성에 충돌해서 지상의 모든 부분을 먼지로 날려 버려도, 아무것도 잃지 않았다고 말할 건가요? 이 행성을 특별히 그리워하는 사람이 아무도 없을 테니까?"

"하지만 우주는 엄청나게 거대하니까 매분 그런 일이 일어나고 있을 겁니다. 당신은 계속 똑같은 소리를 하고 있어요. 솔직히 당신의 진짜 적은 기후 변화나 서식지 파괴가 아니라 엔트로피가 아닌가 하는 생각이 드네요. 당신은 모든 게 결국은 붕괴할 것이라는 생각을 좋아하지 않잖아요. 하지만 뭐, 그렇게 될 겁니다. 당신이 멸종 문제를 그렇게 걱정한다면 기다려 보세요. 우주의 '열죽음'에 대해 듣게 될 겁니다."

"인류가 열죽음으로 향하는 속도를 100배 이상 가속한다면 나도 우주의 열죽음을 속상하게 여겼을 거예요."

"그런데 어떤 종이 우리와 어떤 관계인지 중요하지 않다면, 아무도 가까이 갈 수 없더라도 마리아나 해구 바닥에서 살고 있는 아메바가 치우치우나 우리 부모님의 개만큼 중요하다면, 공간의 거리가 중요하지 않다면 시간의 거리는 왜 중요한가요? 그 종들의 삶이 우리의 삶과 공유하는 부분이 있는지 신경 쓰지 않는다면, 우리와 동시에 존재하든 말든 우리가 걱정할 필요가 있나요? 당신이 좋아하는 말벌…… 아델로 어쩌고 어쩌고……."

"아델로그나투스 마르기나툼이요."

"그게 존재했었죠. 언제나 존재해 왔고, 앞으로도 그럴 겁니다. 멸종이 그 말벌을 사라지게 할 수는 없습니다. 말벌은 수백만 년 동안 불쾌하고 사소한 일상을 반복해서 겪었어요. 쇼는 큰 성공을 거뒀고요. 그렇다면 당신이 살아 있을 때에 쇼가 계속 진행되는 게 왜 중요한가요? 그건 모든 것을 인간 중심적으로 사고하는 거 아닌가요? 그런 생각이야말로 우리가 하지 말아야 하는 짓이 아닌가요? 내가 하려는 말은 현실이란 게 어차피 모두 숫자에 불과하다는 겁니다. 그렇지 않나요? 내 말은 그러니까 현실의 바탕에 숫자가 있지 않냐는 거예요. 지금 사람들은 그렇게 말해요. 그런데 왜 당신은 뇌 스캔을 싫어하세요? 해킹은 제쳐 두고요. 이 동물들이 지금 겉보기에 살덩어리 기반의 형태로 존재하는 게 뭐 그렇게 중요한가요? 혹시 우리가 살덩어리라서 그런 건가요? 내 말의 요점은 뭐냐면, 당신은 난데없이 계몽된 포스트 휴먼의 관점으로 멸종에 대해 말하고 있다는 거예요. 하지만 깊이 파고들어 보면 당신은 서기 2000몇 년에 스위스 바젤에서 태어났으며 두 팔과 두 다리를 가진 카린 르생의 관점으로 이야기하고 있어요."

그러나 카린은 더 이상 핼야드의 말을 듣고 있지 않았다. "저기 봐요." 카린이 해상 택시 앞쪽의 창문 밖을 가리키며 말했다.

서피스 웨이브가 수평선에 떠 있었다. 그러나 뭔가 이상했다. 물론 서피스 웨이브가 어떻게 생겼는지는 머릿속에 정확히 심상을 그릴 수 없다지만, 헬야드는 그게 이렇게 생기지는 않았을 것이라고 확신했다. 지금 눈앞에 보이는 것은 검은 구름이 수직의 흰색 막대들에 갇혀 있는 모양이었다. 헬야드가 더 잘 보기 위해 배의 앞쪽으로 걸어가자 카린이 그 뒤를 따랐다. 그리고 곧 헬야드는 바다 위로 튀어나온 세 개의 회전원통을 알아봤다.

회전항해선이었다.

이틀 전 수직이착륙기를 타고 보트니아만 상공을 지날 때 회전항해선 다섯 대가 남쪽으로 가는 모습을 본 적이 있었다. 그런데 지금 여기는 그 다섯 대 외에도 더 있었다. 아마 열 대나 열두 대가 모닥불 주변을 돌며 춤추는 사람들처럼 해상 도시 주변을 시계 반대 방향으로 돌고 있었다.

카린은 이 상황에서 웃고 있었다. 헬야드와 알게 된 후 사흘이 지나는 동안 카린이 이렇게 활짝 웃은 적이 없었다. "무슨 일이에요? 뭣 때문에 웃는 거예요?" 헬야드가 물었다.

"이제야 회전항해선들이 왜 움직였는지 알겠어요." 카린이 대답했다.

13장

해상 택시는 마치 로터리에서 자동차들 사이를 가로질러 뛰어가려는 보행자처럼 회전항해선들로 이루어진 원형의 고리에 다가갈 때 주저하는 것 같았다. 각 회전항해선 사이에는 100미터 정도의 간격이 있어서 한 척이 지나가고 나면 다음 배가 나타날 때까지 약 15초의 여유가 있었지만, 그럼에도 카린은 해상 택시의 조심스러움을 존중했다. 보트니아만에 있을 당시는 혼자 떠내려오던 회전항해선이 바루나호의 옆을 비껴갔지만, 여기에서도 그렇게 되리라고 어떻게 확신할 수 있겠는가? 적어도 회전항해선 한 척 이상이 부서진 잔해들을 길게 끌고 다닌다는 상황을 고려하면 특히 그랬다. 서피스 웨이브는 양식 시설로 둘러싸여 있었는데, 해상 택시 앞에 쌍둥이처럼 닮은 회전항해선 두 척의 선체 주변에 얽혀 있는 그물이 보였다. 아마도 숲속에서 조깅할 때 얼굴에 거미줄이 걸리는 듯이 서피스 웨이브 주변을 통과하다 가재 가두리 양식장에 걸린 모양이었다. 단호하게 나아가는 선체에 그물망이 물밑으로 갈려 들어가는 모습을 상상하는 것은 어렵지 않았다.

그래도 그들이 탄 배는 그 행렬의 틈새를 비집고 들어갔다. 회전항해선들이 만든 원 안으로 들어가자마자 맹렬하게 끓어오르는 어둠과 빛을 가리는 눈보라, 던져진 자갈처럼 두껍게 휘감아 도는 검은 편두통의 소용돌이가 창문을 가득 채우며 선실 안이 어두워졌다. 그들은 배에 실려 지옥 속으로 들어왔다.

저 모습을 가리키는 단어가 영어와 독일어에서 'Swarm', 'Schwarm' 보다 나은 게 없다는 게 불가사의했다. 한 장소에 곤충 스무 마리가 모여 있을 때도 그 단어를 쓰고 뭔지도 알 수 없는 저 빌어먹을 떼거리를 표현할 때도 그 단어를 써야 했다. 배는 이제 막 입구에 들어갔을 뿐인데 벌써 엄청난 대혼란이 사방으로 무한히 뻗어 나간 것 같은 느낌이 들었다. 각다귀 개개는 너무 작아서 호박벌처럼 힘차게 창문을 두드리기는 힘들었다. 그래서 각다귀들이 부딪히는 소리는 선체를 둘러싼 각다귀의 날갯짓 소리에 묻혀 사라졌다. 회전항해선 한 대가 바루나호를 향해 폭풍을 끌고 왔을 때처럼 처음에 카린은 그 힘에 짓눌려 겁을 먹었다. 역시 겁에 질린 헬야드의 모습이 카린의 눈에 들어왔다. 헬야드는 숨죽여 욕설을 내뱉으며 서 있었고 튀르키예 남자는 입을 쩍 벌린 채 그저 멍하니 바라보고 있었다. 창밖을 바라볼 때 필사적으로 눈을 부릅떠도 각다귀 한 마리 한 마리에 초점을 맞추고 경로를 따라가는 것은 불가능했다. 각다귀는 마치 옛날 영화 필름을 돌릴 때 먼지가 깜박이는 것처럼 매 순간 불연속적으로 어지럽게 날뛰었다.

"이건 말도 안 돼요. 수용소에서 찍은 영상에서는 각다귀들이 이슬비처럼 떨어졌잖아요. 이런 게 아니었다고요." 헬야드가 말했다.

카린은 여기에서 일어나고 있는 상황을 머릿속에서 최대한 재구성해서 헬야드에게 설명했다.

아직 이유는 확실히 알 수 없지만 이 각다귀 사태는 서피스 웨이브에서 시작되었다. 지난 몇 주 동안 각다귀들은 핀란드 해안선을 따라 서쪽으로 날아와 틴카넨 수용소를 괴롭혔다. 그래서 네이선은 각다귀 떼가 어디서 오는지 알아낸 후 막을 방법을 찾았다. 네이선은 회전항해선에 주목했다. 회전항해선들은 여전히 발트해 연안을 누비며 바닷물을 내뿜어 태양을 가렸다. 그러나 지금은 버려지고 잊힌 존재인 데다 보안 소프트웨어가 낡아서 누구든 약간의 기술만 있으면 쉽게 탈취할 수 있었다. 네이선은 회전항해선들을 조종해 서피스 웨이브에 모이게 했는데 그중 하나가 남쪽으로 가다가 우연히 바루나호를 만난 것이었다. 그리고 서피스 웨이브에 도착한 회전항해선들은 이렇게 회전목마가 되어 기묘한 기류를 하나로 묶어 해상 도시를 감싼 화환을 만들었다. 틴카넨에서는 각다귀들이 땅으로 떨어질 뿐이었지만 여기에서는 회전항해선의 회전원통에서 나오는 물보라 때문에 숨 막히는 춤을 추며 떼 지어 날아다녔다. 그 광경은 수용소의 영상보다 훨씬 끔찍했다. 회전항해선들이 서피스 웨이브의 표면에 각다귀들을 곧장 던지고 있었다. 아니, 네이선이 그렇게 했다고 하는 편이 맞겠다. 카린은 엘시가 네이선을 왜 그렇게 자랑스러워했는지 이제 이해가 됐다.

“여기서 각다귀가 나오는 거라면 저들은 왜 뭔가 조처를 하지 않는 걸까요?” 헬야드가 물었다.

“모르겠어요.”

이제 각다귀 떼의 강도는 약해지는 것 같았지만 선실은 더 밝아지지 않았다. 그때 카린은 해상 택시가 서피스 웨이브의 본체 아래를 지나고 있다는 사실을 알아챘다. 해양 도시의 그림자 아래로 들어간 것이었다. 해양 도시 아랫부분에는 솟아 있는 부양 기둥 세 개 사이로 고가 도로 아래의 사각지대처럼 콘크리트 동굴이 형성되어 있었다. 기둥 중 하나를 감싸고 있는 선착장으로 향하는 해양택시 안에서 카린이 그들에게 다가오는 골프 카트처럼 생긴 차량을 알아챘다. 그 차가 선착장 가장자리에 멈추더니 노란색 작업복을 입은 남자 한 명이 밖으로 빠져나왔다. 배가 정박할 곳에 닿자, 남자가 해치를 통해 모기장 세 개를 전달했다.

선착장에서 골프 카트까지 달려간 거리는 매우 짧았다. 그래도 카린은 부르카처럼 온몸을 덮은 모기장에 감사했다. 선착장에서도 각다귀 떼가 지독하게 퍼붓는 우박처럼 쏟아져서 양팔을 얼굴 위로 휘저으며 바닥에 웅크려 앉고 싶은 충동이 상당히 강하게 느껴졌기 때문이었다. 이 차는 실제 골프 카트와 달리 사방이 밀폐되어 있었지만 사람들이 올라타기 위해 문을 잠깐 여는 동안 밀려드는 각다귀를 막을 방법은 없었기 때문에 카린은 앉기 전에 배낭을 무릎 위에 올리고 좌석에 내려앉은 각다귀를 털어 내야 했다. 발을 발판에서 움직일 때마다 갈려 나가는 각다귀의 몸뚱이들이 느껴졌다. 노란 작업복을 입은 남자는 자신을 다니엘이라고 소개하며 서피스 웨이브에 온 것을 환영하고 '이 상황'에 대해 사과했다.

"유령 셋이 노란 녀석을 쫓아다니는 그게 뭐였죠?" 헬야드가 중얼거렸다.

"옛날이야기 말이에요?" 카린이 되물었다.

"아뇨, 게임이요." 아무도 몰랐기 때문에 헬야드가 집사에게 물었다. '팩맨'이라는 게임을 말하는 것 같지만, 그 게임에는 유령이 넷이 었다. "방금 우리가 팩맨처럼 보였을 겁니다." 헬야드가 말했다.

서피스 웨이브에서의 생활은 바루나호에서의 생활과 전혀 달랐다. 여기에서는 바다 냄새를 맡을 수 있지만 바다를 느낄 수는 없었다. 그리고 공공장소는 새하얗게 광택이 나고 곡선과 가로대, 격자무늬가 많았다. 카린은 기능적이면서 과시적인 부유한 산업체가 건설한 크라운-주얼 연구 개발 시설의 건축물을 떠올렸다. 다만 외부로 통하는 모든 창문이 검은 각다귀 잡음이 가득한 TV 같다는 점이 달랐다. 살짝 스치며 부딪히는 수백만 개의 점액질 찌꺼기로 흐릿해진 화면. 각다귀 떼는 각 회전항해선이 다가올 때마다 격렬하게 부풀어 올랐다가 회전항해선이 물러가면 가라앉았다. 눈이 쏟아질 때처럼 그냥 서서 그 모습을 바라볼 수도 있겠지만 눈과는 달리 다른 물체로 주의를 돌리려고 해도 저 모습이 머릿속에서 지워지지 않았다. 주변 시야에 그게 걸리는 모습은 뭔가가 집 안으로 들어오려는 모습을 얼핏 본 것처럼 불안한 느낌을 주었다.

서피스 웨이브에서 도시의 시장과 가장 비슷한 역할을 하는 인물은 공동 창립자이자 집행위원장인 오벳 간프였다. 두 사람이 다니엘에게 오벳을 가장 쉽게 만날 수 있는 방법을 물어봤더니, 다니엘은 오벳이 헬스클럽에 있을 거라고 장담했다. 그래서 그들은 서비스 로봇에 가방을 내려놓은 후 엘리베이터를 길게 탄 다음 다른 엘리베이터로 갈아타고 짧게 이동하며 곧장 헬스클럽으로 향했다. 지난 4개월 동안 스쿼시를 못 했던 카린은 헬스클럽에 스쿼시 코트가 있다는 사실을 알게 되어 기대가 컸다. 하지만 스쿼시 코트에도, 필라테스 스튜디오에도, 냉동 요법 시설에도 오벳의 흔적은 보이지 않았다. 다른 방을 살펴보던 그들은 회전하는 구체에 소리를 지르고 있는 작은 여성을 봤다.

"다음 주에 바이어들이 올 거야. 난 항상 정원 산책으로 접대를 시작했는데! 최근에 정원 산책해 본 적 있어?"

카린은 그 구체가 뭔지 알아봤다. 몇 년 전 베를린에서 어떤 벤처 사업가와 눈이 맞았을 때 로젠탈러 플라츠에 있는 그의 터무니없는 펜트하우스에서 이런 구체에 들어갈 뻔했던 적이 있었다. 사용자를 에워싸는 형태의 몰입형 신경 피드백 장치였다. 인간 크기의 햄스터 볼이라고 생각하면 되는데 투명한 플라스틱으로 만들어졌으며 오각형이 모자이크 형태로 이어진 강철 틀의 내부에 고정된 모양이었다. VR 헤드셋을 착용하고 구체 안으로 들어가 발포 고무로 이루어진 의자에 몸을 묶고 해치를 닫으면 된다. 바닥에 있는 바퀴들은 모든 방향으로 360도 회전시킬 수 있어서 마치 공중에 떠 있는 듯한 느낌을 주었고 내부의 센서가 몸의 미세한 움직임을 감지하여 황홀한 별세계를 마음대로 활공하며 헤드셋으로 볼 수 있었다. 하지만 이것은 그저 황홀한 별세계가 아니라 헤드셋이 두피에서 읽어 낸 뇌파로 매 순간 생성하는 영상이었다. 이용자는 기계를 통해 감정의 은하계(때로는 산맥이나 세포핵이 되고, 때로는 트웜블리가 그린 추상화가 되기도 할 것이다)로 급강하하여 빠져들고, 감정이 오르내리는 동안 그 감정이 주변에 시각적으로 나타나는 모습을 보게 된다. 이 은은하게 일렁이는 피드백의 순환 구조는 차츰 의식적으로 감정을 제어하는 방법을 가르친다. 결국 내면과 외면 사이에, 구르는 통에서 빠져나오는 일과 어지러운 생각을 진정시키는 일 사이에 차이가 없어진다. 카린에게 저 구체는 '심호흡하고 열까지 세어라'라는 말의 무게를 0.5톤으로 올리고 25만 유로의 가격을 매긴 것처럼 느껴졌다.

장치 안에서 남자가 무언가 말했지만 기계가 윙윙거리는 소리에 덮여서 뭐라고 하는지 알아들을 수 없었다.

여자는 마치 동물원에 있는 동물을 괴롭히듯 구체를 마구 두드리며 말했다. "당신이 뭐라고 하는지 하나도 못 알아듣겠어, 오벳!"

이번에는 오벳의 목소리가 바닥에 있는 스피커를 통해 흘러나왔다. "그 문제는 나중에 이야기하면 정말 좋겠군요. 저는 지금 세션을 진행 중이라서요."

"그딴 건 그만두고, 빌어먹을 당신 일이나 제대로 해!"

"정신이 명료하지 않으면 최고 효율로 업무를 수행할 수 없습니다. 정신을 명료하게 유지하는 것도 제 업무입니다. 이렇게 하지 않는 쪽이 무책임한 일입니다."

"오벳……."

"몰입을 방해하고 계세요. 몰입이 깨지면 이 과정은 모두 무의미해집니다. 처음부터 다시 시작해야 할 것 같네요."

"오벳, 벌레가 쏟아져 내린단 말이야! 눈을 떠도 빌어먹을 악몽을 꾸는 것 같다고! 내가 이 꼴을 보려고 집세를 내는 줄 알아! 모듈 3호 전원을 꺼. 당신이 해야 할 일은 그거뿐이야."

카린은 모듈 1호, 모듈 2호, 모듈 3호가 서피스 웨이브에서 방사형으로 배치된 팔 끝에 있는 커다란 맥주캔 모양의 작업장 이름이라는 사실을 알고 있었다. "거기에서 저 각다귀들이 나오는 건가요?" 카린이 물었다.

"누구세요? 또 누가 왔나요?" 오벳이 물었다.

여자가 처음으로 고개를 돌려 카린을 바라봤다. 지금까지 카린이 본 서피스 웨이브 주민들은 대체로 사업가나 과학기술자인 것 같았다. 그런데 이 여성은 얼굴의 피부 아래에 성형 보형물을 삽입했고, 콧구멍마다 날카로운 뿔이 튀어나왔으며, 관자놀이와 광대뼈에는 도깨비도마뱀의 가시처럼 피라미드형 보석이 박혀 있었다. "네, 바로 거기에서 나오는 거예요." 여자가 대답했다. "굴뚝에서 흘러나오는 게 보여요. 거기에서 번식하고 있는 거죠." 여자가 다시 구체를 향해 고개를 돌렸다. "오벳, 모듈 3호를 차단해. 거기에서 뭘 기르고 있든 굶겨 죽여야 해."

"그럴 수 없습니다."

"할 수 있어."

"아뇨, 전 그럴 수 없습니다. 말 그대로 안 됩니다. 스마트 계약 때문이에요."

여자가 구체의 측면을 쿵쿵 쳤다. "당신의 빌어먹을 계약에는 아무도 관심 없어!"

"그건 사실이라고 할 수 없습니다. 스마트 계약 때문에 사람들이 이곳에 모이는 겁니다. 자의적이고 변덕스러운 정부에서 벗어나기 위해서요. 제가 스마트 계약을 무효로 하면 모든 게 엉망이 될 겁니다."

"오벳, 당신이야말로 엉망진창이야. 계약을 취소해!"

"상호 동의가 있어야만 계약을 무효화할 수 있습니다. 당신도 잘 알잖아요. 이건 제 손을 벗어난 문제입니다."

스마트 계약에는 카린이 일할 때 흔히 맺는 것처럼 비밀 유지 계약과 권리 포기 계약이 포함되지만 서피스 웨이브에서는 훨씬 더 광범위하게 사용되었다. 스마트 계약에 서명하면 그냥 계약에 구속되는 것에 동의하는 정도가 아니라 즉각적이고 회피할 수 없는 구속을 받게 되었다. 마녀나 악마랑 거래하는 것과 같았다. 계약에 서명하는 순간부터 살고 있는 현실이 바뀌게 된다. 계약자의 주변을 둘러싼 모든 컴퓨터 시스템에 코드 몇 줄을 추가하여 해당 시스템들이 그 계약 조건 내에서 작동하도록 제한하는 것이 스마트 계약의 본질이기 때문이다. 오벳은 서피스 웨이브의 주민 한 명과 모듈 3호에 전력을 공급하기로 스마트 계약을 맺었고 그 전력을 차단하는 것은 계약 위반이므로 기술적으로 불가능하다고 말했다.

"그러면 우리가 거기로 들어가서……"

"계약은 그것도 허용하지 않습니다. 저를 포함해서 누구라도 저 문을 통과하려 시도하면 보안 시스템이 쫓아낼 겁니다. 그리고 제가 전기 공급을 일방적으로 차단할 수 없는 것처럼 보안 시스템도 일방적으로 차단할 수 없습니다."

"날개 달린 쓰레기 같은 작은 벌레들이 파이프에서 콸콸 쏟아져 나와 사방으로 날아다녀서 우리는 밖으로 나갈 수도 없고, 미닫이문 너머로 보이는 풍경에 비명이라도 지를 것 같아 식당에서 밥도 못 먹고, 옷에는 계속 벌레들이 달라붙는데 모듈 안에 그걸 끌 수 있는 사람이 아무도 없을 때는 어떻게 해야 한다고 계약서에 나와 있던?"

"계약을 체결할 때는 다양한 상황을 고려하지만, 아쉽게도 이런 문제는 예상하지 못했습니다. 지금까지 한 번도 없었던 일이거든요."

"빌어먹을 홍보 자료에 이런 이야기는 전혀 없었어!"

구체는 무심한 듯 계속 흔들거리고 기울어졌다. 오벳이 아직 신경 피드백 세션을 포기하지 않았거나, 적어도 중간에 그만두는 것처럼 보이기 싫어한다는 뜻이었다. 오벳이 지금 밖에서 자기 모습을 볼 수 있었다면 45도 각도로 누워서 이런 대화를 하는 게 그의 품위에 도움이 될 것이라고는 생각하지 않았을 것이다. 카린은 그때 벤처 사업가의 아파트에 있던 장비 안으로 들어가 자신을 완전히 감싸도록 두지 않았다. 카린의 헤드셋 착용을 도와주며 뒤통수에 닿은 사업가의 손끝이 같이 잘 때도 느끼지 못했던 사실을 깨닫게 해주었기 때문이었다. 카린은 그 남자가 우스꽝스럽고 역겹다는 사실을 깨달았다. "저는 회전항해선에 관심을 집중하는 게 더 나을 거라고 생각합니다. 저게 오기 전에는 벌레들이 그냥 날아가서 사라졌잖아요."

"그건 정확한 사실이 아니에요." 카린이 말했다.

"회전항해선은 서피스 웨이브와 어떤 계약도 체결하지 않았기 때문에 자유롭게 취급할 수 있습니다. 회전항해선을 견인할 계획입니다."

"그런데 왜 이렇게 오래 걸리는 거야?" 여자가 물었다.

"제가 연락했던 거의 모든 계약 업체가 이동 중인 대형 선박의 견인 작업을 하지 않겠다고 했습니다. 그래서 현재 상트페테르부르크에 있는 한 업체와 협상을 진행 중인데 저는 낙관적으로 다음 주 초에는……."

"됐어. 당신이 그 빌어먹을 눈덩이에 계속 숨어 있을 거면 우리가 당신 대신 일하지, 뭐." 여자가 몸을 돌려 떠나며 과장되게 눈동자를 굴렸다. 그 눈동자도 저 구체처럼 360도로 움직일 수 있을 것 같다는 생각이 들 정도였다.

구체의 바닥에 있는 스피커에서 작은 안도의 한숨 소리가 흘러나왔다.

"오벳 간프 씨……." 핼야드가 말했다.

"거기 누구세요?" 오벳이 소리쳤다. "왜 아직도 여기에 계시는 거죠? 전 다들 떠난 줄 알았는데요!"

카린은 자신들이 생명 공학 회사와의 회의를 핑계로 서피스 웨이브를 방문했다는 사실을 잊지 않았다. 핼야드도 그런 사실에 노골적으로 모순되지 않도록 행동해야 한다고 느꼈는지 어부와 '인어'를 찾는 일은 여러 과제 중 하나일 뿐이라고 넌지시 암시하는 방식으로 말했다. "어젯밤에 여기 온 사람들이 있을 텐데요. 두 사람, 아니면 한 사람만 왔을 수도 있습니다."

"프라이버시는 저희의 '가치 만다라'에서 가장 중심에 있습니다. 저희는 누가 물어보더라도 방문객에 대한 이야기를 하지 않습니다."

"당연히 그러시겠죠. 하지만 이 사람들은, 혹은 이 사람은, 뭐랄까, 우리처럼 합법적인 방문객이 아닙니다. 무슨 말이냐면 틴카넨 근처에 있는 이주 노동자 수용소에서 어선을 타고 여기로 온 사람들이거든요."

"말씀드렸듯이 저희는 방문객에 대한 이야기를 하지 않습니다." 오벳이 잠시 말을 멈췄다가, 이어서 말했다. "하지만 난민 수용소에서 서피스 웨이브로 노를 저어 온 사람은 아무도 없었다는 사실은 완벽하게 보장할 수 있습니다. 저희는 바로 그런 일을 완벽하게 방지하기 위해 주변 보안을 매우 훌륭하게 유지하고 있습니다."

"알겠습니다. 하지만 그 사람들이 나타나면 저희에게 알려 주실 수 있나요?"

"죄송합니다만 서피스 웨이브는 그런 식으로 운영하지 않습니다. 자, 더 이상 방해하지 말아 주세요."

헬스클럽을 떠나며 카린은 간절하게 스쿼시 코트를 바라봤다. 스쿼시 코트가 여기 있다는 사실을 아예 몰랐다면 괜찮았겠지만 해방을 미리 살짝 맛보는 것보다 견딜 수 없는 압박은 이 세상에 없었다. 지난 석 달 동안 비좁은 숙소에서 보냈는데 또 지난 사흘간 쉬지 않고 여행을 하는 바람에 카린의 몸에는 압박감이 누적되어 있었다. 그녀는 증기 보일러처럼 몸을 떨었다. 카린은 헬야드에게 스쿼시를 하는지 물었다. 헬야드는 하지 않는다고 답했다. 그런데 엘리베이터가 도착하자 해상 택시에서 만났던 튀르키예인이 다른 사람들보다 먼저 걸어 나왔다. 그는 여전히 더플백을 들고 있었다.

그들은 인사를 나눴다. 카린이 튀르키예인에게 "혹시 스쿼시 하시나요?"라고 똑같이 물었던 것은 그가 운동 체형이라서 그런 것일 수도 있었다.

튀르키예인이 "아니요, 그냥 고정식 자전거를 이용하러 가고 있습니다."라고 대답한 것을 보면, 현재형 시제를 옮기는 과정이 약간 어색하게 진행된 것 같았다.

"저는 당신이 스쿼시를 할 수 있는지 물어보려던 거였어요. 저랑 스쿼시 한 게임 하실래요?"

튀르키예인이 미소를 지었다. "스쿼시를 할 수는 있지만 몇 년 동안 안 했습니다. 실력이 끔찍할 거예요."

카린은 튀르키예인의 거부를 가차 없이 일축했다. 그리고 그런 태도로 헬야드에게 한 시간 동안 혼자 서피스 웨이브를 돌아다니라고 내보냈다. 카린이 입고 있던 티셔츠와 운동화는 쓸 만하긴 했지만, 울 레이온 크롭 톱은 아니었다. 그녀는 요넥스 라켓을 두 개 빌린 자판기에서 운동용 레깅스를 샀다. 튀르키예인의 이름은 셀림이었다. 셀림은 40대에 잘생겼는데, 현관 앞에 깔아 놓은 빳빳한 매트 같은 수염을 무성하게 기르고 구레나룻에 은색으로 포인트를 주었다. 물론 셀림은 스쿼시 선수로는 참담했다. 그리고 카린은 상대를 봐주면서 경기를 해 주어서 서로의 품위를 떨어트리는 성격은 아니었다. 그러나 셀림의 서브가 워낙 불안정해서 준비 운동을 하듯 편하게 넘겨줄 수밖에 없었다. 그렇게라도 해야 경기를 이어 갈 수 있었다. 그녀는 셀림의 손이 닿지 않는 곳으로 공을 칠 때에야 기계적인 동작을 반복하는 유압 장치에서 벗어난 느낌을 받았다. 경기 중에는 대화가 거의 없었는데, 두 번째 경기가 끝났을 때 셀림이 말했다. "가지안테프에 계시는 저희 어머니의 주소를 가르쳐 드리죠."

"왜요?"

"그래야 당신이 내 유해를 가족에게 돌려줄 수 있을 테니까요."

카린이 웃음을 터트렸다. 셀림이 화를 내거나 당황하는 것 같지 않아서 기뻤다. "제가 스쿼시를 자주 즐겨서요."

"믿기 어렵겠지만 저도 스쿼시와 영어를 꽤 잘하던 시절이 있었어요. 사실 지금도 영어를 잘 알아들을 수 있지만, 이걸 사용한 이후로……" 셀림이 자신에게 언어를 통역하는 이어폰을 가리켰다. "말하는 방법을 잊어버렸어요. 혹시 생명 공학 분야에서 일하시나요?"

"아뇨, 저는 생물종 지능 평가사예요."

"아, 해상 택시에서 당신이 멸종에 관해 이야기하는 걸 얼핏 들었습니다. 이제 이해가 되네요. 평가사를 처음 만나는 것은 아니에요. 저는 산림수자원부에서 일합니다."

"그런데 서피스 웨이브에서 뭘 하세요?"

셀림은 마치 고해성사를 하려는 사람처럼 미안해하는 미소를 지었다. "튀르키예의 아나톨리아에 멸종위기종이 많은 건 아시죠?"

"네."

"멸종위기종을 더 많이 만들려고 여기에 왔습니다."

셀림은 자신이 튀르키예 산림수자원부의 아나톨리아 남동부 지역국 부국장이라고 설명했다. 튀르키예 정부는 연말까지 아다나, 가지안테프 그리고 디야르바크르의 도시들을 연결하는 고속철도 노선을 착공할 예정이었는데 그 노선이 셀림이 담당하는 지역을 곧장 통과했다. 그곳은 생물다양성이 높은 지역이기 때문에 세계멸종위원회는 이 노선을 건설할 경우 기후 변화와 수력발전댐, 끝없이 먹어 치우는 염소 떼의 지나친 방목 등으로 이미 궁지에 처한 고유한 종들을 멸종시킬 가능성이 있는지 철저하게 조사하도록 지시했다. 그 조사 과정에서 벌새 크기의 드론을 이용해 그 지역 구석구석을 샅샅이 살펴봤는데, 이따금 어설픈 동식물학자들이 수 세기 동안 놓쳤던 새로운 종들이 발견되곤 했다. 도마뱀의 똥이나 곤충 사체의 DNA를 분석해서 알려진 종이 아니라고 입증할 때도 있었다.

세계멸종위원회의 규정에 따라 이 철도 노선은 튀르키예의 터무니없는 타락으로 간주되지 않았다. 오히려 이 정도는 튀르키예로서는 기본적인 수준의 경제 발전에 해당하는 것이었다. 튀르키예는 600킬로미터에 달하는 철도를 몇 번이고 건설할 수 있는 자격이 충분했다. 즉, 튀르키예는 철도 건설 과정에서 멸종되는 종 때문에 불이익을 받지 않는다는 뜻이었다. 부과금은 반대 방향으로만 흐른다. 튀르키예가 철도를 건설하지 않으면 보상을 받을 것이다. 튀르키예가 철도를 건설하고 싶은 욕구를 자제하는 데 성공했을 경우 한 종을 구할 때마다 멸종 크레딧 하나를 추가로 할당받아 다른 곳에 쓰거나 공개 시장에 판매할 수 있다.

그런데 셀림이 카린에게 설명한 내용에 따르면 사실 튀르키예 정부는 철도 건설을 원하지 않았고, 한동안 철도 건설을 추진하지도 않았다. 멸종 위기에 처한 아나톨리아 고원의 동식물 때문은 전혀 아니고 순전히 재정적인 이유로 철도 사업 전체를 취소할 계획이었다. 그 결정을 아직은 발표하지 않았다. 발표할 경우 다양한 법적인 문제에 휘말리기 때문이다. 하지만 이 시점에서는 그 문제가 제기될 때마다 그저 그렇게 속으로 행운을 빌 수밖에 없었다.

이 상태로 기다리면 튀르키예는 자제력에 대한 보상으로 세계멸종위원회로부터 멸종 크레딧을 추가로 받게 될 게 확실했다. 크레딧이 4만 유로 이하로 팔리던 시절에는 큰 의미가 없었다. 그러나 지금은 가격이 열 배로 치솟았기 때문에 거금이 달린 문제가 되었다. 드론으로 철도 노선 경로를 조사할 때, 40종이 아니라 50종의 멸종위기종이 발견된다면 은행에 400만 유로가 더 들어오는 셈이었다. 그래서 셀림이 서피스 웨이브까지 출장 와서 새로운 멸종위기종 열 종을 의뢰해 연보랏빛 난초의 자주색으로 물든 대초원에 풀어놓을 만한 가치가 있었다. 환경 및 도시화부에 있는 셀림의 친구는 400만 유로의 절반을 셀림의 지역국으로 은밀히 보내 주겠다고 약속했다. 셀림은 그 돈을 빈약한 보존 업무 예산에 유용할 수 있었다.

"새로운 종을 '의뢰'한다는 게 무슨 뜻인가요?" 카린이 물었다. 가끔 통역 과정에서 한두 단어를 잘못 해석했다는 느낌이 들긴 했지만, 문맥을 고려하면 실제 의미는 대체로 명확했다. 그보다는 통역이 잠시 멈췄다가 그사이 나온 말을 따라잡기 위해 경매사처럼 빠르게 재잘거리는 모습이 더 신경 쓰였다. 튀르키예어에서는 동사가 문장의 마지막에 나오기 때문에, 동시 통역을 하기에 정말 까다로울 거라는 이야기를 들었던 기억이 있었다.

"작은 뱀이나 나비의 DNA를 주면 COX1의 염기쌍 몇 개를 조정해 주는 회사가 여기에 있습니다. 바코드를 바꾸는 거죠. 그렇게 새로운 뱀 100마리를 만들어 드론이 찾을 수 있는 장소에 놓아둡니다. 드론은 그 종이 유전적으로 뚜렷하게 구별이 되므로 새로 발견된 종이라고 판단할 겁니다. 그러면 우리는 추가 크레딧을 받을 수 있습니다. 한 번에 열 개를 의뢰하면 할인 혜택도 받을 수 있습니다. 그래서 모든 일이 잘 풀리면 우리는 우르파의 분수령 복원 사업에 연구원들을 고용할 만한 수익을 올릴 수 있을 겁니다."

카린은 셀림이, 핼야드의 표현을 빌리자면, '멸종 산업에 종사하는 개자식'이라는 걸 알게 되자 낙담했다. 좌파들은 자유 시장이 사악한 인공 지능과 비슷해서, 자유 시장을 제어할 수 있다고 믿는 사람들보다 훨씬 교활하기 때문에 자본주의의 틀 안에서는 이윤 추구와 남용으로 오염되지 않은 멸종 위기 해결책이라는 것이 결코 존재할 수 없다고 주장했다. 그러나 카린의 제안은 간단했다. 지구상에서 가장 부유한 10만 명에게 멸종위기종을 각각 무작위로 지정한 다음 그 부자들에게 앞으로 지정된 종이 멸종할 경우 해당하는 사람을 교수형에 처할 거라고 알려 주자는 것이었다.

"여기에서는 복제 비용이 그렇게 저렴한가요?" 카린이 물었다. 바루나호에 있을 당시 카린은 독쑤기미를 복제해 개체의 수를 늘리고 싶었지만, 자금을 얻을 수 있는 확실한 방법이 없었다. 어쨌든 독쑤기미를 복제해도 카린은 개인적인 목표를 달성하지 못했을 것이다. 그 물고기가 다시 존재하도록 만들기 위해서 누군가 엄청나게 노력을 기울였는데, 다시 바다에 넣어 줬다는 이유로 그 사람에게 복수한다는 것은 말도 안 되는 일이었으니까.

"뭐, 새롭게 만든 뱀에게는 생식 능력 같은 건 필요 없고 실제로 거의 움직이지 않아도 괜찮으니까 몇 가지 쉬운 방법을 골라서 싸게 할 수 있습니다."

"그래서 잘 해낼 수 있을 것 같으세요?"

"바이오뱅크 해킹이 일어나기 전이었다면 이런 위험을 감수하지 않았을 겁니다. 하지만 지금은 모든 게 엉망이 되었으니…… 누가 알아채겠어요?"

"그래서 우리가 잃어버린 모든 종을 재구축해야 하는 바로 이 순간에 당신은 위조한 데이터를 삽입하시겠다는 거군요. 가짜 종을."

"저도 그런 생각에 밤잠을 설치기도 했습니다." 셀림이 수긍했다. "믿지 못하시겠지만, 저도 한때는 이상주의자였습니다." 셀림이 말을 하면서 휴대폰으로 온 메시지를 읽었다.

"무슨 일이 있었던 거예요?"

셀림이 고개를 들었다. "혹시 커피 드실래요? 제가 샤워부터 하고요."

"생명 공학자를 찾으러 가야 하지 않나요? 스쿼시 치고 커피 마시려고 우르파에서 여기까지 오신 건 아니잖아요."

"맞아요. 지금쯤에는 그들과 만났어야 합니다. 그런데 그 사람들이 방금 엘리베이터에 갇혔다고 연락이 왔네요."

카린이 막 자리에 앉으려는데 셀림이 쏜살같이 그녀를 지나쳐 벤치의 자리를 차지했다. 카린이 각다귀를 마주 보고 앉지 않도록 하기 위한 셀림의 배려라는 사실을 그녀가 깨닫는 데는 약간 시간이 걸렸다. 요즘엔 거의 볼 수 없는 기사도적 행위였다. 서피스 웨이브의 모든 공공장소가 거의 그렇듯이 이 카페도 유리로 된 벽으로 둘러싸여 있었는데, 낮에 태양빛에 눈이 부시는 것을 막기 위해 쓰는 전기 변색 기능을 누군가가 켜긴 했지만 그다지 도움이 되지 않았다. 카린은 셀림의 맞은편에 앉아 아메리카노를 한 모금 마셨다. 서피스 웨이브의 건축가는 헬스클럽과 마찬가지로 카페에도 백색 유리 섬유의 미학을 약간 양보했다. 테이블의 상판은 유전자 조작 티크로 만들어졌는데 약간 우그러진 모눈종이처럼 격자무늬가 있는 상태로 성장한 나무였다.

셀림은 오랫동안 흐린빛깔동고비와 결혼한 것이나 다름없는 상태로 지냈다고 했다. 학부생 시절 디클 대학 야생 조류 관찰 동호회에서 넴루트산 국립공원으로 여행을 갔을 때 이 새를 처음 만났다. (당시는 네 명의 회원 중 두 명과 신랄하게 싸우고 갈라선 충격에서 헤어나오지 못한 상태였다.) 그곳에는 시타 페트로니아의 마지막 서식지가 절벽에 둥지를 틀고 있었다. 셀림은 아나톨리아의 위대한 전통 시인 유누스 엠레가 가장 아름다운 시에서 언급했던 새가 흐린빛깔동고비라는 사실을 알게 되었다. 다시 말해, 그 새는 국가의 생태적 유산일 뿐만 아니라 문화유산이기도 했다. 그러나 아무도 흐린빛깔동고비에게 관심을 기울이지 않아서 100마리 이하로 줄어든 상태였다. 우주에 있는 흐린빛깔동고비의 무게를 다 합쳐도 그의 간의 무게와 별로 차이가 나지 않았을 것이다.

셀림은 그 사실을 알게 된 순간 새가 눈앞에서 변신하는 것처럼 느껴졌다. 그전까지 흐린빛깔동고비는 사람의 찢어지는 비명 소리를 세 배 빠르게 재생한 것처럼 고음으로 울고, 지저분한 가슴 깃털과 짧은 꼬리가 달린 평범한 무채색의 참새류일 뿐이었다. 그러나 그 후부터 셀림에게는 다가오는 멸종을 무시하고 엄숙하게 자신의 일을 계속하는 동고비의 깡충거리고 씰룩이는 몸짓 하나하나가 소중하고 역사적이며, 우아함과 도전으로 가득 차 있는 것처럼 보였다. 셀림은 바로 그때부터 죽어 가는 이 불멸의 존재에 개인적인 책임감을 느꼈다. 튀르키예의 다른 지역에는 붉은볼따오기와 흰머리오리를 보호하는 사람들이 있었지만, 흐린빛깔동고비를 돌보는 사람은 아무도 없었다. 셀림은 그 절벽으로 돌아가고, 또 돌아갔다. 그리고 석사 과정에 진학하면서 흐린빛깔동고비를 현장 연구의 중심으로 삼았다. 그 후 스위스 환경 보호 재단으로부터 연구비를 지원받아 흐린빛깔동고비를 구할 방법에 관한 연구를 계속할 수 있었다. 셀림은 지금도 재단의 이메일을 받던 날을 자기 인생에서 가장 행복한 날로 기억했다.

당연히 그 후 몇 년 동안 셀림은 흐린빛깔동고비와 함께 행복하게 살았다. 동고비 암컷들은 첫 번째로 낳은 알들이 둥지에서 사라지면 두 번째 알을 낳기 때문에 셀림은 사다리를 타고 절벽에 올라가 알을 훔쳐서 인큐베이터에서 부화시키며 동고비의 개체 수가 늘어나길 바랐다. 셀림은 둥지의 구멍 입구에 나무 칸막이를 두어서 구관

조가 들어갈 수 없도록 했고, 구관조를 쫓아내기 위해 비비탄총을 사기도 했지만, 그 총을 사용할 수 있을 정도로 행동이 재빠르지는 못했다. 셀림은 사명감과 혼자라는 느낌, 그리고 홀로 동고비의 삶을 연구하는 느낌을 사랑했다. 동고비의 삶은 절벽의 갈라진 틈처럼 바깥에서 보면 좁아 보이지만 일단 안에 들어가서 보면 끝도 없이 넓어졌다. 셀림은 기꺼이 온몸에 흐린빛깔동고비의 깃털을 덮고 배설물을 덕지덕지 바르며 살았을 것이다. 온갖 보조금을 신청하는 일과 협회에서의 교류, 추적 소프트웨어를 만지작거리는 일을 제외한다면 이 일은 동물처럼 정직하고 자연스러우며, 특별히 변명할 필요가 없는 작업으로 느껴졌다. 한 번은 사다리에서 떨어져 발목이 부러진 적도 있었다. 전갈에게 쏘인 적도 여러 번 있었는데 너무도 고통스러워 구토가 나올 정도였다. 그러나 셀림은 개의치 않았다.

그런데 셀림이 동고비와 지낸 지 10년 정도 지났을 때, 친구 네클라의 남편과 관련된 사건이 발생했다. 그 남자는 전쟁사진가였다.

셀림은 자기 삶을 진정으로 이해할 수 있는 사람이 없다는 사실을 알면서도 가지안테프의 친척들에게는 매번 자기 일을 최대한 솔직하게 설명했다. 그러나 이스타불 같은 도시에서 온 어느 정도 교양이 있고 세상 경험이 많은 사람들에게는 이런 말을 반복해서 했다. "하루 종일 새만 보죠." 셀림은 자신의 광기를 유감으로 여기는 듯한 자조적인 말투로 친근하게 이야기했다. "그게 제가 하는 일의 전부예요. 정말 지루한 생활이죠. 정말로 미친 짓이에요." 그러면 상대방은 이렇게 반박했다. "와, 아니에요. 멋진 일이에요. 제가 하는 일보다 훨씬 가치 있는 걸요. 환경 보호는 대단한 일이잖아요. 새도 소중하고요. 저도 자연에서 더 많은 시간을 보내고 싶어요. 기후 변화라는 게 정말 끔찍하지 않나요?" 혹은 이런 말을 이리저리 조합해서 그에게 반박했다. 그러면 셀림은 자기 일이 어느 정도 가치가 있을 수 있다고 겸허히 인정했다. 대개는 이런 식으로 진행되었다. 사람들은 자기 역할이 뭔지 잘 이해했다.

그러나 이번에는 그렇게 되지 않았다. 셀림의 친구 중에서 유일하게 정말로 매력적인 사람이 네클라였다. 그녀는 고등학교 시절 가장 아름다운 여자애로 꼽혔는데, 그들이 대학 입학시험을 치던 무렵 인스타그램을 통해 파리의 모델 에이전시에 스카우트되어서 유럽 곳곳에서 일하다가 전쟁사진가와 결혼했다. 남편도 튀르키예인이었지만, 랑방이 광고 촬영을 하기 위해 일당 1만 유로에 그를 고용했을 때 아이슬란드의 빙하에서 네클라와 만났다. 광고 회사는 무언가에 홀린 듯한 고급스러운 분위기를 불어넣어 주기를 바란 모양이었다. 셀림은 변덕스러운 여름 폭풍이 흐린빛깔동고비가 있는 절벽을 물대포처럼 후려치는 바람에 그들의 결혼식에 참석하지 못했지만, 몇 년 후 이스탄불에 며칠간 머무는 동안 네클라의 아파트로 저녁 식사를 하러 갔다가 그녀의 남편을 처음 만났다.

셀림이 자기가 하는 일을 설명했을 때, 그 남편은 관용적인 태도로 반응하지 않았다. 그는 셀림의 말이 이해되지 않는지 얄궂은 얼굴로 경멸하는 듯한 표정을 지을 뿐이었다. 성인 남성이 그런 식으로 시간을 허비한다는 것이 도저히 믿기지 않은 모양이었다. 셀림이 계속 새에 대해 수다를 떨었지만 네클라의 남편은 셀림이 사다리를 타고 올라가 절벽에 나무 칸막이를 박아 넣었다는 이야기를 할 때까지는 아무 말도 하지 않고 있었다.

"당신이 작은 문을 만들었다고요? 작은 둥지들을 위해서?"

셀림이 고개를 끄덕였다.

"무슨 행위 예술처럼 들리네요."

일주일 후 라텍스 장갑을 낀 손에 동고비 알을 들고 사다리를 올라가던 셀림은 알들을 바닥으로 내던져 박살 내고 싶은 주체할 수 없는 충동을 느꼈다.

짧은 순간에 불과했지만 이스탄불 베이올루의 아파트에서 네클라의 남편이 적당히 정중하게 주고받는 대화 방식을 거부했던 일 때문에 셀림의 가슴에 무언가 구멍이 뚫렸다. 시간이 지난 후 때때로 셀림은 상남자나 전장의 영웅, 패션모델의 구혼자가 아닌 다른 남성이 그런 말을 했다면 그토록 잔인한 폭로의 힘을 발휘할 수 있었을지 궁금해했다. 그러나 사다리를 오를 때 그의 머릿속을 맴돌던 생각은 난데없이 튀어나온 게 아니었다. 머릿속에서 마그마와 고름이 폭발적으로 너무도 많이 쏟아져 나왔다. 처음에는 상대방이 사소한 불평을 하고 있다고 생각했는데 상대방의 첫 마디가 지나자 곧 다양한 하위 세션으로 구성된 말싸움 중 첫 단계로 넘어가고 있다는 사실을 깨닫고는 '맙소사, 이 문제를 그렇게 오래 마음속에 품고 있는 줄은 몰랐네.'라고 생각하는 경우와 비슷했다. 다만 이번 경우에는 그 싸움의 상대방이 셀림 자신이었다는 점이 다를 뿐이었다.

이 모든 일은 무엇을 위한 것이었을까? 실은 공허한 의식이고, 관객이 아무도 없는 퍼포먼스에 불과한 게 아닐까? 그저 잉여 인간을 바쁘게 만들기 위해 고안된 유아적 손장난이나 반복적인 바쁜 일에 불과한 건 아닐까? 이보다 목적성이 없는 일은 상상하는 것조차 힘들지 않을까? 대체 어떤 질병이나 망상이 그의 젊은 자아에게 이 일이 본질적으로 심오하다고 생각하도록 만들었을까? 자신의 가장 중요한 시기를 헛되이 보내 버린 게 아닐까? 부모에게 부끄러운 존재는 아니었을까? 한때는 그에게 진짜 잠재력이 있지 않았을까? 그가 전쟁사진가가 되지는 않았을 테지만, 전 세계를 돌아다니며 잔학 행위를 기록하거나 네클라와 아기를 낳지는 않았겠지만, 적어도 뭔가 즐겁고 사회에 공헌하는 일을 할 수 있지 않았을까? 왜 그렇게 많은 날을 비와 눈을 맞으며 보내야 했을까? 지난 10년 동안 멍하니 외로운 나날을 보내 버린 것은 아닐까? 흐린빛깔동고비는 진화의 막다른 골목에 내몰렸을 뿐인데 그 새에 대한 잘못된 경외심 때문에 셀림 자신도 그렇게 되어 버린 게 아닐까? 그 새의 본질이라고 해 봤자 자연이라는 책의 한 페이지를 채우는 데에 불과한 진부하고 조잡한 생물이라고 생각했던 자신의 첫인상이 옳았던 게 아닐까? 흐린빛깔동고비는 그저 미련하고 배은망덕하며 비명이나 질러 대는 해로운 작은 새에 불과한 게 아닐까?

이게 다 이 새의 빌어먹을 잘못이 아닐까?

셀림이 손에 든 새의 알을 들어 올렸다.

"그 알을 깨트렸나요?" 카린이 물었다.

"아뇨, 그럴 수 없었습니다."

"하지만 그 후에 떠나신 건가요?"

"아뇨. 그 후에도 2년 동안은 거기에 있었습니다."

카린이 놀라서 눈썹을 치켜올렸다. "다시 생각을 바꾼 건가요?"

"아뇨. 날이 갈수록 점점 더 그 새가 싫어졌습니다. 그래도 진심으로 빠져나오기까지는 시간이 걸렸습니다. 심리적으로도 그렇지만,

지원금과 동료들이 있잖아요. 저를 대신할 사람이 없었죠. 하지만 결국 이 부서로 옮겼습니다."

"그러면 이제 시스템을 역이용하는 일만 하시는 건가요?"

"아뇨. 우리는 그 부서에서 좋은 일을 하고 있습니다. 아나톨리아의 사막화를 막으려 노력하고 있습니다. 실패할 수도 있겠지만 이 시도를 후회하지는 않을 겁니다. 염소 치는 사람들은 우리가 왜 그 일을 했는지 이해하겠죠. 모든 희망과 꿈을 그 일에 쏟아부으면 어렵지 않게 이룰 수 있습니다. 그러나 모든 희망과 꿈을 그 사소한 일에 쏟아붓는다면……." 셀림이 손가락으로 새처럼 펄럭이는 흉내를 냈다. "동물은 그런 일을 위해 만들어지지 않았습니다. 동물에게는 그런 능력이 없죠. 동물의 눈을 보면 분명히 알 수 있지만 사람들은 그 사실을 잊어버립니다." 셀림이 잠시 말을 멈췄다가 계속 말했다. "당신은 하나의 종에 쓰는 시간이 두세 달밖에 안 되죠? 다행입니다. 애착이 너무 강해질 시간이 없을 테니까요."

"내 얘기를 들으면 놀랄걸요." 카린이 말했다.

셀림이 궁금한 표정으로 카린을 바라봤다.

"어떤 물고기가 있는데……." 카린이 말을 시작했다.

"셀림? 정말 죄송합니다."

카린이 고개를 들었다. 남자 한 명과 여자 한 명이 참회하는 자세를 취하고 서 있었다. 두 사람은 거의 똑같이 생겼고 제작상의 실수로 인한 약간의 색조 차이 정도만 보이는 파란색 와이셔츠를 입고 있었다. 이들은 경매 사이트에서 셀린느의 복제품 같은 짝퉁 목록으로 데이터베이스를 덮자고 제안했던 생명 공학자들이었다. 그들이 이름을 말했지만 카린은 곧바로 잊어버렸다. "변압기 냉각팬에 야호파리가 들어간 모양입니다." 연한 파란색 셔츠가 말하며 의자로 가는 동안 더 연한 파란색 셔츠는 셀림의 벤치에 함께 앉았다.

"방금 뭐라고 하셨죠?" 카린이 물었다.

"야호파리요." 연한 파란색 셔츠가 바깥의 곤충들을 가리키며 말했다. 여자는 저것들이 팬에 달라붙어 작은 불을 일으켰다고 설명했다. 평소 같으면 유지 보수용 드론이 급강하해서 불을 껐을 텐데 회전항해선이 일으킨 강풍 때문에 지금은 드론을 투입할 수 없었다. 그래서 화재가 건잡을 수 없이 커졌고, 전기 문제로 가장 가까운 엘리베이터들이 마비되는 사태가 연쇄적으로 발생했다. "그 결과 저희가 거의 두 시간 동안 갇혀 있었습니다."

카린은 이제 나갈 참이었다. 그런데 연한 파란색 셔츠가 덧붙였다. "로데베이크를 다시 만나면 들어야 할 말이 많아요."

"로데베이크는 누군가요?" 카린이 물었다.

"저 야호파리를 만든 사람이죠."

"모듈 안에는 아무도 없는 줄 알았는데요."

"거기엔 없습니다." 연한 파란색 셔츠가 말했다. "로데베이크는 사육 시스템을 구축한 후에 떠났거든요. 모든 게 자동화되어 있죠. 그렇지만 아직도 매달 모듈 요금을 지불하고 있습니다. 로데베이크가 원한다면 이 일을 끝낼 수 있지만, 그가 어디에 있는지, 어떻게 그와 연락할 수 있는지는 아무도 모릅니다."

카린은 각다귀 분출이 농장에서 화학 물질이 흘러나가 강에 녹조가 피어나는 것처럼 서피스 웨이브 입주자의 부주의한 작업으로 인해 의도치 않은 부작용으로 발생한 기이한 사고일 거라고 생각했다. 누군가 고의적으로 이런 사태를 일으켰을 거라고는 전혀 생각해 보지 않았다. "그 사람은 왜 이런 짓을 했을까요?"

"글쎄요, 따지고 보면, 로데베이크가 이런 짓을 한 건 아니에요." 더 연한 파란색 셔츠가 말하며, 엄청난 벌레떼를 가리키는 연한 파란색 셔츠의 손짓을 반복했다. "그 사람이 사육 시스템을 구축할 때는 회전항해선들이 여기에 없었거든요. 야호파리는 하늘로 흩어질 예정이었습니다. 로데베이크는 우리가 이렇게 '맞바람에 오줌 싸는' 상황에 빠질 줄은 몰랐을 겁니다. 아직도 모르고 있을 수도 있습니다. 지금 로데베이크 편을 들면 사람들이 별로 좋아하지 않겠지만, 저는 그와 꽤 친한 사이였습니다. 로데베이크가 야호파리를 디자인할 때 저에게 야호파리에 대해 말해 줬어요. 다만 계획했던 모든 사항을 말해 주지는 않았죠."

"저 야호파리가 정확히 뭔가요?" 카린이 물었다. 그러다 셀림을 힐끗 쳐다봤다. "죄송해요. 회의에 가셔야 할 텐데."

"아뇨. 저도 궁금합니다." 셀림이 대답했다. 그리고 어쨌거나 셀림은 의뢰인이었다. 그래서 더 연한 파란색 셔츠가 설명을 시작했다.

로데베이크는 폐수에서 발생하는 메탄의 양을 개선하기 위한 미생물 연료 전지를 개발하는 네덜란드 벤처 기업의 공동 창립자라고 했다. 네덜란드에서 진행하면 규제 때문에 귀찮은 일이 생기는 특정 실험들을 하기 위해 그는 서피스 웨이브의 초대형 위성 모듈 하나를 임대했다. 로데베이크는 대학원 시절부터 말라위의 쌀과 옥수수 농가를 위해 스마트 관개 시스템을 설치하는 자선 단체에 참가하여 몇 달에 한 번씩 그곳으로 날아갔고 그사이에는 원격으로 도움을 주기도 했다. 그 일을 하는 과정에서 좌절을 하기도 했다. 농부들은 새로운 관개 시스템이 이전 관개 시스템보다 잘 작동하지 않고 고장이

나면 고칠 수 없다고 계속 불평했다. 로데베이크는 맥주를 몇 잔 마시면 종종 농부들이 후진적이고 은혜를 모른다며 불평하기도 했지만 그래도 계속 작업을 진행했다. 그러던 중 작년 봄에 말라위 역사상 최악의 홍수가 발생해서 로데베이크가 모든 노력을 쏟아부었던 소규모 농장들이 거의 다 떠내려가 버렸다.

그 재난으로 로데베이크는 크게 충격을 받고 사고방식 전체가 바뀐 것 같았다. 로데베이크는 여전히 더 나은 세상을 만들고 싶어 하지만 인간의 삶을 개선하려는 시도가 절망적으로 쓸데없는 시간 낭비라고 생각하게 된 모양이었다. 특히 이렇게 기후 변화가 급격하게 진행되는 시대에는 너무도 혼란스럽고 예측 불가능했다. 어쨌든 연구에 따르면 사람의 행복 수준은 어떤 일이 일어나더라도 거의 흔들리지 않는 것 같았다. 복권에 당첨되거나 사랑하는 연인과 결혼하더라도 1년 후에는 삶에 대한 만족도가 그 이전과 거의 비슷하게 나타났다. 맏아들이 사망하거나 교통사고로 목 아래의 전신이 마비된 경우에도 마찬가지였다. 개인의 삶의 만족도는 환경보다는 유전자에 의해 대부분 결정되는 것 같았다. 그래서 그 지점이 로데베이크의 다음 프로젝트의 출발점이었다.

로데베이크가 이름 붙인 야호파리는 각다귀의 일종인 네르비윰타 니그리콕사를 기반으로 했지만, 그는 서피스 웨이브에 있는 친구들의 도움을 받아 야호파리의 생활 주기에 여러 가지 변화를 일으켰다. 야호파리는 모두 암컷으로서 무성 생식을 했다. 즉, 서로의 복제라는 의미였다. 알이 부화하면 애벌레가 되고, 애벌레는 며칠 동안 다시마를 탐욕스럽게 먹었다. 배가 가득 차면 번데기가 되기 위해 자리를 잡았다. 나중에 고치에서 깨어난 성충 야호파리는 이미 수백 개의 알을 품고 있는 상태였다. 그 알들을 낳으면 주기가 다시 시작되었다. 그런데 성체 야호파리에게는 아직 살아갈 시간이 조금 남아 있었다. 그러나 입도 없고 소화관도 없어서 먹이를 먹을 수는 없었다. 야호파리가 할 수 있는 건 상상할 수 없을 정도로 강렬한 기쁨을 느끼며 지평선을 향해 날아가는 것뿐이었다.

로데베이크가 이 곤충에 적용한 가장 대담한 변화는 신경 구조의 수정이었다. 야호파리는 소위 쾌락 화학 물질에 대한 수용체가 과도하게 많았을 뿐만 아니라 이 물질을 합성하는 뉴런도 지나치게 많았다. 오리를 요리할 때 그 오리의 지방으로 끓이는 것처럼, 고치를 빠져나오는 순간부터 야호파리의 뇌 전체가 동시에 이런 신경 전달 물질을 분출하고 흡수했다. 야호파리는 음식을 찾거나 포식자를 피하는 능력이 없고, 네르비윰타 니그리콕사가 할 수 있는 다른 모든 일을 할 수 없었다. 이 모든 기능은 공간을 확보하기 위해 잘려 나갔다. 야호파리는 문자 그대로 일생을 바친 쾌락주의자이며, 자신의 폐기까지 스스로 처리할 수 있는, 환희를 위한 최소한의 실행 가능한 플랫폼이었다. 인간은 야호파리가 되는 게 어떤 것인지 이해할 길이 없었다. 그러나 로데베이크의 계획은, MDMA를 처음 복용할 때 돌이킬 수 없는 뇌 손상을 일으킬 정도로 엄청난 양을 투약했던 마약 사용자의 체험을 재현하는 것이었다. 그리고 야호파리는 몇 시간 후 작은 뇌가 너덜너덜한 부스러기로 변하는, 신경화학적으로 말하면 불균형하고 건전하지 못한 뇌 손상을 겪게 된다. 그러나 그때쯤이면 야호파리는 이미 죽은 상태일 것이다. 야호파리는 절대로 추락할 때까지 살아남을 수 없다.

인간의 뇌는 각다귀의 뇌보다 훨씬 크니 인간의 오르가슴은 각다귀가 느끼는 가장 강렬한 환락보다도 더 심오한 쾌락의 결과물이라고 주장하고 싶은 사람도 있을 것이다. 그러나 매초 수만 마리, 매일 수십억 마리의 야호파리가 태어난다면 어떨까? 이는 상상할 수 있는 그 어떤 인도주의적 개입보다 우주의 행복 총합에 크게 이바지할 수 있을 것이다. 그리고 이는 무한히 계속될 수 있는, 끝없는 재앙의 안티테제였다.

"그걸 위해서 야호파리를 만들었다고요?"

더 연한 파란색 셔츠가 고개를 끄덕였다. "몇 달 전 로데베이크가 모듈의 구조 변경 허가를 신청했습니다. 훨씬 더 큰 배기 기관을 설치하려고 했죠. 박테리아 실험을 위해 필요하다고 했습니다. 실제로는 야호파리의 출구였습니다. 로제베이크가 모든 것을 가동하기 전에 마지막으로 해야 할 일이었죠."

"하지만 어떻게 저게 저절로 계속 움직이는지 이해가 안 되네요. 전기를 공급하는 건 알겠지만, 애벌레들은 뭘 먹고 사나요?" 카린이 물었다.

더 연한 파란색 셔츠가 휴대폰을 꺼내 넓게 펼치고, 하단 모서리를 접어서 모든 사람이 볼 수 있도록 테이블 위에 세웠다. 그런 다음 모듈 3호의 투시도를 불러냈다. 모듈 3호는 60미터 높이의 원통 모양으로 바닥의 3분의 1이 물속에 잠겨 있었다.

"로데베이크의 모듈에는 자체적인 해조류 양식 시설이 있습니다. 길이가 2킬로미터나 되죠." 투시도에는 모듈 주변의 바다에 해초가 카펫 공장의 베틀처럼 질서정연하게 길게 늘어져서 자라고 있는 모습이 보였다. "이것은 12퍼센트 다시마입니다." 그 말이 의미는 카린도 이해할 수 있었다. 저기에 있는 변형된 다시마는 햇빛 에너지의

12퍼센트를 화학 에너지로 전환해서 성장할 수 있다는 뜻이다. 반면에 기존의 다시마는 겨우…… 음, 카린은 정확한 수치가 기억나지는 않았지만, 그보다 확실히 적었다. "드론이 다시마를 수확해 잘게 썰어서 애벌레가 먹을 수 있도록 사육 시스템에 던집니다. 야호파리의 신진대사는 다시마와 완벽하게 호환되도록 조정된 게 분명합니다. 따라서 전기 공급을 제외하고는 모든 게 매우 효율적이고 자급자족적입니다. 이것이 로데베이크가 비교적 작은 규모의 해조류 양식 시스템으로 하루에 수십억 마리의 야호파리를 생산할 수 있는 비결입니다."

그런데 카린은 투시도에서 뭔가를 발견했다. "저건 뭐죠?" 카린이 해저의 작은 물체를 가리키며 물었다.

"그건 다시마가 달린 줄을 매어 놓는 지주대입니다."

카린이 자세히 살펴봤다.

카린은 서피스 웨이브 여행에 대해 그다지 낙관적이지 않았다. 성공 확률이 너무도 낮은 도박이기 때문이었다. 설령 어부를 찾을 수 있고 어부가 영상에 나온 물고기를 잡았던 위치를 정확히 알려 준다고 가정해도, 그 물고기는 집에서 멀리 떨어져 나온 떠돌이였을 수도 있고, 그가 준 정보가 두 번째 개체군을 찾는 데 아무런 도움이 되지 않을 수도 있다. 그래서 카린은 핼야드가 캐묻고 다녀도 그를 도와주러 달려가지 않았고, 셀림이나 다른 사람들과 어울리며 이렇게 앉아 야호파리에 대한 호기심을 채우고 있던 것이었다.

그런데 이제 카린은 진짜 희망으로 몸이 떨렸다.

어쩌면 셀림의 솔직한 고백을 듣고 카린의 마음이 약해진 것인지도 모른다. 그의 고백을 듣자 꿈이 다시 살아났기 때문이었다. 셀림이 그 사실을 알았다면, 자신이 말하려던 핵심을 카린이 놓쳤다고 생각할지도 모른다. 그러나 사실 카린은 독쑤기미와 오랫동안 엮이는 것이 무익하고 미친 짓이라는 사실을 이미 알고 있었다. 카린은 자신이 독쑤기미에게 가르쳐 줘야 할 것들을 독쑤기미가 이해할 수 있을 거라고 확신했지만 자신에게 제대로 가르칠 능력이 있는지는 확신할 수 없었다. 실험실에서 동물과 어떻게 작업하는지에 대해 카린이 알고 있는 대부분의 지식은 현장에서 배운 것이었다. 즉, 돈으로 좌우되는 편협한 작업 과정에서 배운 것들이었다. 카린은 전례가 없는 일을 누구의 도움도 받지 않고 할 작정이었다. 설령 그 목표가 실현 가능하다고 가정하더라도, 카린이 운이 좋다고 가정하더라도, 수년 동안 반복과 좌절이 계속될 것이고 신기루와 막다른 골목이 연속으로 이어지며 그녀는 스스로를 사형하기 위해 싸우는 죄수가 되고 말 것이다. 최악의 상황에는 아무것도 이루지 못한 채 퍼리스워스 부인 같은 공상가로 낙인찍힐 수도 있었다.

그러나 카린이 셀림의 사연을 들으며, 손에 잡힐 듯이 확실하게 느낀 부분은 실패의 위협이 아니라 시도의 희망이었다. 셀림이 말했던 절벽의 균열, 그 너머 세계와의 균열, 셀림의 말대로라면 함정이기도 한 균열. 그러나 그 균열에 대한 셀림의 경고가 아무리 어둡더라도 카린에게는 그 균열을 헤쳐 나가는 자신을 상상하는 데 도움이 될 뿐이었다.

"저 아래에도 카메라가 있나요?" 카린이 물었다.

"하루 종일 기반 구조 주변을 도는 유지 보수 드론이 있습니다." 연한 파란색 셔츠가 손가락을 빙빙 돌리며 말했다.

"드론이 촬영한 영상을 볼 수 있는 방법이 있을까요?"

"당신은 불가능하지만 저희는 주민이기 때문에 가능할 겁니다. 기본적으로 저희에게는 그런 시설에 접근할 수 있는 권한이 있거든요. 그런데 왜 그러시죠?"

독쑤기미가 스웨덴 해안의 암초에 그토록 집착했던 것은 홍적세 빙하가 어지러운 잡동사니들을 남겨 두고 간 덕에 독쑤기미에게 필요한 바위들이 있었기 때문이었다. 그 바위들과 틈새들이 없었다면 까다로운 독쑤기미는 번식할 생각조차 하지 않았을 것이다. 사우스 크바르켄 암초는 발트해에서 유일하게 적절한 바닷물과 적절한 바위를 갖춘 곳이었기 때문에 카린은 다른 곳에 남은 개체군이 있을 거라고는 믿지 않았다. 언젠가 바루나호로 돌아가 해안에서 바위 수백 개를 가져다 배 옆으로 떨어트려 독쑤기미의 서식지를 인공적으로 확장할 수 있기를 바랐지만 그 기회를 잡기 전에 자동채굴선이 사우스 크바르켄 서식지를 엉망으로 망가트려 버렸다.

그러나 지금 카린은 다시마 줄을 안정적으로 고정하는 해저의 콘크리트 지주대를 투시도로 보면서 독쑤기미의 눈으로 그 지주대를 보는 상상을 하려 애썼다.

그리고 카린이 본 것은 절대적으로 완벽한 바위로 이루어진 암초였다.

14장

헬야드는 테렌스의 전화를 기다리며 곡선의 에스컬레이터 아래에 있는, 흰색 누벅이 덮이고 거대한 지렁이처럼 생긴 벤치 또는 의자 같은 물체 위에 앉아 있었다. 헬야드가 카린을 헬스클럽에 두고 가장 먼저 간 곳은 서피스 웨이브의 진료소였다. 틴카넨 수용소의 진료소에서 일이 아주 잘 풀렸기 때문이었다. 물론 상상력이 빈약해서 그랬다고 할 수도 있겠지만 헬야드는 인어가 샤하드 박사의 캐비닛에서 찾지 못한 것이 무엇이었든 이곳에서도 그것을 찾을 가능성이 있다고 생각했다. 안타깝지만, 진료소에 있는 그 누구도 헬야드가 왜 그런 것을 물어보는지 이해하지 못했다. 그러자 그 후에는 무엇을 해야 할지 막막했다. 주위를 둘러본 헬야드는 이 도시의 매끄러운 불투수성 표면에 떨어진 액체 한 방울이 된 것 같은 느낌이 들었다. 그래서 헬야드는 도쿄의 오마카세에 가던 시절부터 오랜 친구인 테렌스에게 연락했다. 헬야드는 테렌스가 서피스 웨이브의 바이오 컴퓨팅 벤처 기업에 투자한 사실을 알고 있었으므로, 그가 여기에 있는 몇 사람을 소개해 줄 수 있을 거라고 기대했기 때문이었다.

하지만 테렌스의 집사는 그가 통화 중이라고 했다. 그리고 헬야드는 별도로 응답해야 하는 업무 메시지가 없어서 편안한 상태였다. 메시지가 전혀 없어서가 아니라(이제 멸종 크레딧이 사라졌다는 사실을 들켰으니 그 어느 때보다 많은 메시지가 쏟아졌을 게 분명했다) 어젯밤에 집사에게 새로운 명령을 내렸기 때문이었다. 브라마사무드람에서 연락이 오면 자신에게 보여 주지 말고 파타고니아 수자원권의 투자 기회에 대한 영업 홍보 내용을 담아 답장을 보내라고 했다. 그렇게 하면 사람들은 헬야드의 집사가 해킹당했다고 생각할 것이다. 지금 단계에서는 그렇게 해도 뭔가 해내지는 못하겠지만 해로울 일은 없지 않겠는가?

그래서 헬야드는 밀린 뉴스들을 보며 시간을 보냈다. 콜만 트레보그 남이 움직였다. 직접 그 이름이 언급되지는 않았지만 전 세계적으로 진행 중인 메시지 광고의 교향곡 같은 풍성함과 대위적인 아름다움을 통해 알아챌 수 있었다. 모든 비공식 브리핑과 전문가 분석에서 같은 주제가 반복되었다. 바이오뱅크 공격으로 멸종위기종들이 갑자기 대체 불가능한 존재가 되었다고 해도 세계멸종위원회가 단속을 강화할 때는 아니라는 주장이었다. 오히려 지금이 자유화를 위해 이상적인 시기라고 했다. 헬야드는 그 교향곡 깊숙한 곳에서 위협의 암시가 들리는 것 같다는 생각이 들었다. 어쨌거나 멸종 크레딧은 아직도 거의 40만 유로에 머물러 있었다. 세계멸종위원회는 빵값 때문에 얼마나 많은 정부가 무너졌는지 생각해 봐야 할 것이다.

한편 바이오뱅크를 공격했던 웜이 광적으로 철저해서 반려동물

주인들이 사랑하는 고양이와 강아지의 DNA 서열을 보관해 둔 저장소까지 없애 버렸다는 보도가 나오고 있었다.

이윽고 테렌스가 전화를 걸어왔다. "마크! 안녕. 정말 오랜만이네. 무슨 일이야?"

핼야드는 "횡령 행위를 사소하게 만들 수 있기를 바라며 뭔가 단서를 가진 인어를 필사적으로 쫓고 있어."라고 대답하지는 않았다. 대신 브라마사무드람의 공급업체 한 곳이 계약을 위반하고 서피스 웨이브에 외주를 주고 있다는 소문을 조사하기 위해 온 척했다. 그런데 알고 보니 테렌스의 투자는 얼마 전에 물거품이 된 상태였다. 핼야드는 테렌스에게 이 도시에서 벌어지고 있는 모든 일을 파악하고 있을 만한 사람을 알고 있는지 물었다.

"글쎄, 지금 거기에 내가 아는 사람은 한 명밖에 없어. 새니 워켄틴. 그 사람은 조직 배양 사업체를 갖고 있어. 작지만 온갖 일을 하지. 너도 알 거야. 살덩어리 뭐 그런 거 있잖아? 판다의 조직으로 크게 만든 거 말이야. 그걸 사람들에게 던지고 그럴걸?"

"응, 그건 나도 알아."

"새니 워켄틴이 그걸 만든 사람이야! 정말 웃기지 않아?"

10분 후, 핼야드는 서피스 웨이브의 원형경기장 3층에 있는 실험실 문을 두들기고 있었다. 밀폐된 문틀이 너무 단단히 고정되어 있어서 진동이나 흔들리는 느낌이 전혀 들지 않았기 때문에 두드리기에 만족스러운 문은 아니었다. "새니는 지금 없습니다. 전화를 해 보시겠습니까?"라고 말하는 집사의 목소리만큼이나 흔들림이 없었다.

핼야드는 항상 그 살덩어리가 깨끗하고 합법적인 공간이 아니라 마약 공장 비슷한 음습한 지하실에서 제조되었을 거라고 상상했었다. "언제 돌아오는데?" 헬야드가 물었다. 헬야드는 사냥꾼이 돌아오기를 기다리는 시베리아 호랑이처럼 모든 것을 갈기갈기 찢어 버리고 싶었다.

그런데 그 순간 헬야드가 찾아봤던 섀니 워켄틴의 사진과 일치하는 남자가 복도에 나타났다. 섀니는 20대 후반인 것 같았지만, 볼이 뽀얘서 10대 소년으로 착각할 수도 있을 것 같았다. 그는 실험실 작업복 대신 날씬하게 입을 수 있도록 다리 바깥쪽에 조절 케이블이 달린 괴상한 바지를 입고 있었다. "오, 안녕하세요?" 섀니가 말했다.

"당신이 판다 살덩어리를 만든 사람인가요?"

섀니가 헬야드를 잠시 바라보다가 동의가 아니라 이해한다는 듯 고개를 끄덕였다. 마치 이렇게 진행될 경우 미리 생각해 두었던 새로운 대화 모드로 전환하는 것 같았다. "제가 다른 고객을 위해 했던 작업에 대해서는 언급할 수 없지만 만일 의뢰를 원하신다면……"

"당신은 테러리스트를 위한 무기를 제조하고 있어. 난 월요일에 죽을 수도 있었단 말이야. 이 개자식아!"

섀니는 잠시 멈칫하다가 다시 침착하게 고개를 끄덕였다. "전 그냥 세포 조직을 파는 거예요. 세포 조직은 어디서든 구할 수 있잖아요."

"아니, 당신은 그냥 조직을 파는 게 아니라 치우치우 DNA로 제조한 극도로 상징적인 탄환을 만들어서 온갖 테러를 할 수 있도록 하는 거잖아."

"실은 치우치우의 DNA가 아니에요. 사실 치우치우의 깨끗한 복제품을 구하는 건 의외로 어렵거든요. 난 그냥 일반 판다를 사용해요. 고객들도 그 사실을 알고 있지만, 이야기를 만들기 위해 치우치우를 언급하는 겁니다. 그래서…….”

“그건 모두 핵심을 벗어난 이야기야. 당신이 일을 못 하게 만들어 주겠어.”

새니가 미소를 지었다. “첫째, 여기는 서피스 웨이브입니다. 내 일을 하지 못하게 막을 수 없어요. 둘째, 그들은 그저 고객 중 하나였을 뿐이라는 사실을 당신이 이해해야 합니다. 그런 일은 내가 하는 일의 극히 일부분에 불과해요. 지금은 내 실험의 99퍼센트를 물고기에 집중하고 있죠.”

발트해에 있는 사람들은 죄다 비밀리에 물고기의 소명이라도 받은 건가? “무슨 물고기?”

“배양 참치요.”

헬야드가 역겨운 표정으로 새니를 바라봤다. 테러리스트 폭력에 공모한 사람에 대한 혐오감에, 불량 식품 만드는 일에 공모한 사람에 대한 혐오감까지 더해졌다. “샌드위치 공장에 단백질 충전재를 팔고 싶으면, 그냥 살덩어리를 보내면 되잖아. 그 사람들은 그 차이도 모를 텐데.”

“그냥 살덩어리 한 조각이 아니라, 참치 뱃살을 만드는 거예요. 진짜와 맛이 똑같죠.”

“말도 안 돼.”

“말이 돼요.”

“말도 안 돼. 내가 다 먹어 봤어. 오스카의 연구소에서 최고의 배양기에 배양한 중뱃살을 먹어 봤는데, 생선 맛 젤리 같았어. 1그램에 50엔이었지. 벽을 깨는 건 1년밖에 안 남았다는 소리를 평생 들어왔지만, 아무도 가까이 가지도 못했어.”

"조금 먹어 볼래요?"

헬야드는 지금 거절해야 한다는 사실을 알고 있었다. 이것은 또 산만하게 진짜 주제에서 벗어나는 짓이었고, 어쨌거나 방금 이 사람의 생계를 파괴하겠다고 맹세했으니 이 사람이 준 음식은 먹지 않는 게 현명한 판단일 것이다. 그럼에도 헬야드는 잘난 척하는 이 작은 멍청이에게 굴욕을 안기고 싶었다. 아마도 참치에 대해 제대로 아는 사람이 새니의 참치를 맛본 적은 없을 것이다. 헬야드는 오늘 인지더닐을 먹지 않았기 때문에 미감이 아직 살아 있었다. 새니가 헌신하는 프로젝트가 왜 끔찍한 시간 낭비였는지에 대해 법의학적으로 무자비하고 명확하게 설명하며 만족감을 누릴 생각을 하니 좋은 저녁 식사를 기대할 때의 느낌이 들었다. "좋아." 헬야드가 대답했다.

헬야드가 새니를 따라 실험실 안으로 들어갔더니 일종의 라운지 겸 사무실이자 리셉션 공간이 있었다. 원한다면 이곳에서 고객을 맞이할 수 있을 만큼 충분한 의자가 있었지만, 지금 가장 가까운 의자는 마분지 택배 상자가 차지하고 있었고, 그 주변의 바닥에는 며칠 지나면 갈색으로 변하며 쪼그라드는 팽창식 포장 쿠션이 어지럽게 널려 있었다. 양쪽의 유리 벽을 통해 작업 공간이 보였다. 거기에는 케이블과 파이프가 복잡하게 얽혀 있었고, 거대한 강철 바이오리액터들 사이에는 어렴풋이 자위행위 느낌이 나는 장비들이 있었다. 어딘가를 바라볼 때마다 바지 주머니 속의 손처럼 계속 진동하거나 흔들리거나 끊임없이 강박적인 동작으로 빙빙 도는 무언가가 언뜻언뜻 시야에 걸렸기 때문이었다.

새니는 옆방으로 들어갔는데 역시 유리벽으로 되어 있었다. 헬야드는 새니가 장갑을 끼고, 냉장실을 열어 쟁반을 꺼내고 가위로 자르는 모습을 지켜봤다. 그런 후 새니는 참치를 접시에 담지 않고 보석상이 금목걸이를 자랑할 때처럼 두 손에 걸쳐 들고 돌아왔다. 참치의 뱃살처럼 길고 얇은 조각이었는데, 루비처럼 반짝이는 광택이 있었지만 미세한 지방의 모양이 전체 길이에 걸쳐 너무 기이하게 규칙적이어서 그게 물고기에서 나온 게 아니라는 사실을 알 수 있었다. "좀 먹어 보세요. 상온에 가까울수록 더 낫겠지만, 그래도 어떤 맛인지는 알 수 있을 겁니다."

"그냥 이렇게 먹으라고?"

"원하시면 간장을 드릴게요."

"아니, 그 말이 아니잖아. 아무렴 어때. 잊어버려." 핼야드는 냉장고에서 차갑게 식은 조직을 맨손으로 찢어 입에 넣으며 새니에게 판결을 내릴 준비를 했다.

"괜찮으세요?" 잠시 후 새니가 물었다.

핼야드는 자신이 눈물을 흘리고 있다는 사실을 깨달았다.

핼야드의 주머니에서 휴대폰이 진동했다. 카린이었다.

"난 감옥에 갈 수 없어요." 핼야드가 카린에게 말했다.

"무슨 일이에요? 당신 목소리가 이상해요."

"감옥에 갈 수 없어요. 절대 안 돼요. 자유가 필요해요. 살아야 할 이유가 너무 많아요."

"찾았어요." 카린이 말했다.

"인어요?"

"아뇨, 독쑤기미요. 도시 아래에 있는 다시마 줄의 지주대 주변에 적은 무리가 살고 있어요. 유지 보수 드론이 찍은 영상에 접속해서 바로 찾아냈어요. 독쑤기미는 멸종하지 않았어요. 바로 여기에 있어요. 우리의 발밑에."

"도대체 당신은 어떻게……." 하지만 그 질문은 무의미해 보였다. 헬야드는 독쑤기미가 더 이상 자신을 파멸에서 구해 줄 수 없다고 해도, 카린을 위해 기뻐했다. 헬야드에게는 익숙한 감정이 아니었다. "그냥 그/그녀/그들을 위해 기뻐해 주면 안 돼?" 과거에 헬야드가 누군가를 강하게 질투하거나 심하게 괴로워할 때 사람들이 한 말이었다. 그러나 대부분의 경우 헬야드는 '다른 누군가를 위해 기뻐하다'는 말 자체가 논리적으로 전혀 연관 관계가 없는 단어들을 붙여서 만들어 낸 기만이라고 생각했다. 그러나 이제 헬야드는 카린이 세상에서 가장 소중하게 생각하는 존재와 재회하게 되어 정말로 기뻤다. 참치 뱃살을 한 입 베어 물었기 때문에 감정이 비정상적으로 고조되어 취약한 상태라서 순간적으로 인간적인 순수한 공감이 가능했다고 말하는 것은 온당치 않을 것이다. 물론 그 영향이 60퍼센트 정도였을 수도 있지만 말이다.

헬야드는 카린과 헬스클럽 근처 카페에서 만나기로 약속하고 전화를 끊었다. "가 봐야겠어요." 헬야드가 새니에게 말했다. 헬야드는 이 젊은이를 안아 주고 싶은 충동을 느꼈다.

"이거 가져갈래요?" 새니가 뱃살을 내밀며 말했다. 빛이 닿은 뱃살은 신의 눈처럼 반짝거렸다. "지금은 한 달에 600개 정도 재배할 수 있지만, 곧 규모를 늘릴 거예요."

헬야드가 애석한 표정으로 손사래를 쳤다. 카린을 도와야 하니 적어도 앞으로 몇 시간 동안은 맑은 정신을 유지해야 했다. 그 탁월한 뱃살에 빠져서 정신을 놓고 있을 수는 없었다. "그래도 나중에 다시 돌아와도 될까요?"

"그럼요. 언제까지 여기에 계실 건가요?"

"아직은 모르겠어요. 우리는……" 핼야드가 '인어'라는 말이 나가지 않도록 멈칫했다. "이 도시로 몰래 들어온 여자를 찾고 있거든요."

새니는 그게 참신한 아이디어라고 생각하는 듯 흥미로운 표정을 지었다. "그런 이야기는 들은 적이 없는데 정말 가장 안 좋을 때 방문하셨네요. 그 여자가 여기에 있다면 역시 최악의 시기에 온 거고요. 여긴 평소에 훨씬 더 쾌적하거든요. 야호파리가 사라질 때까지만이라도 머무세요."

"각다귀 말이죠? 언제쯤에나 사라질까요? 아무도 각다귀를 없애는 방법을 모르는 줄 알았는데요."

"방금 점심시간 때 폰이 처리할 거라는 이야기를 들었어요."

"폰이 누군가요?"

"폰을 보면 알 수 있을 거예요. 이런 걸 달고 다니거든요." 새니가 집게손가락을 코끝에 대고 양쪽으로 튀어나온 모양을 흉내 냈다.

"아, 예. 그 여자는 본 적이 있어요." 핼야드는 아까 오벳에게 야유를 퍼붓던 여자를 떠올리며 대답했다.

"뭐, 야호파리는 다시마를 먹고 자라잖아요, 그렇죠? 먹이 공급을 차단하면 야호파리를 막을 수 있어요. 그래서 폰은 바다에 염소를 부어 버릴 계획을 세웠어요. 다시마를 다 죽이려는 거죠. 야호파리를 막을 가장 간단한 방법이에요."

폰은 그들을 자기 방으로 들여보내지 않았다. 그래서 그들은 문

앞에 서서 대화를 나눴다. 두 사람은 우스꽝스럽게도 폰에게 전혀 쓸모없는 일에 대해 말하러 온 선거 운동원이나 세일즈맨이 된 것 같았다.

“저희가 아는 한 이게 지구상에 존재하는 마지막 독쏘기미 개체군입니다.” 카린이 교수형으로 내몰린 죄수처럼 긴장한 목소리로 말했다. “염소를 쏟으면 리터당 20~30마이크로그램의 매우 낮은 농도만 되어도 이 물고기는 모두 죽어요. 이대로 진행하면 거의 확실하게 한 종을 멸종시킬 겁니다. 다른 방법을 찾아야 합니다.”

폰이 고개를 저었다. “난 이 벌레들이 지긋지긋해요. 그것들을 없애 버리고 싶다고요.” 핼야드는 키가 작다는 단점을 그녀처럼 소림사 수준의 능력으로 자신에게 유리하게 바꾸는 사람을 처음 봤다. 폰은 상대방을 올려다보며 대화함으로써 진정한 지배자의 분위기를 조성했다. 폰은 검은색의 거친 소재로 만든 목이 높은 민소매 상의를 입고 있었는데, 그 옷은 추락한 자동차의 보닛처럼 뻣뻣하고 구깃구깃했다.

카린이 독쏘기미의 헤아릴 수 없는 가치에 관해 이야기하기 시작했다. 바루나호의 갑판에서는 핼야드가 상대방의 이야기에 잘 귀를 기울이지 않은 형편없는 청취자였는데, 폰은 더욱 둔감한 사람이었다. 그래서 핼야드는 다른 방법을 시도해 보기 위해 끼어들었다. “만일 당신이 지능을 가진 종을 멸종시켰다는 사실이 보고되면 세계멸종위원회에 멸종 크래딧 열세 개를 지불해야 할 겁니다. 해킹 사건 이후 멸종 크레딧이 40만 유로에 육박하고 있다는 사실은 아시죠? 그러면 당신은 500만 유로가 넘는 돈을 잃게 될 겁니다.”

폰은 핼야드를 철저히 경멸하는 표정으로 바라보면서 눈을 가느

다랗게 뜨고 광대뼈를 치켜들었다. "여긴 서피스 웨이브예요, 이 멍청한 사람아. 우린 어떤 조약에도 가입하지 않았다고. 우린 그 모든 것들에서 자유로워. 내가 왜 여기 사는 것 같아요?"

지난 나흘 동안 이어진 카린의 파괴적인 침묵을 겪었던 핼야드는 대놓고 욕을 들으니 오히려 안도감을 느꼈다. "그렇다고 하더라도 당신이 그 조약에 참여하는 국가의 시민이라면……."

"난 몇 년 전에 국적을 포기했어요." 폰은 마치 걸 스카우트에서 탈퇴했다고 말하는 듯한 말투로 말했다. "난 누구에게도 빚진 게 없다고요."

"우리가 야호파리를 다른 방법으로 막을 수 있다면 어떨까요? 그러면 염소를 쏟아붓지 않을 건가요?" 카린이 물었다.

"그럼요. 당연히 안 붓죠. 하지만 아무 소용이 없을 거예요."

"우리에게 시간이 얼마나 남았죠?"

"이미 핀란드 하미나에 있는 공장에서 4만 갤런의 이산화염소 용액이 오는 중이에요. 유조선은 몇 시간 안에 도착할걸요."

"맙소사, 그렇게 빨리요?" 핼야드가 말했다.

"내가 그 사람들과 거래를 많이 하거든요." 그리고 폰은 여기서 이 대화를 끝내 버렸다. 대화를 끝낼 때 험악하게 찌푸린 폰의 표정이 너무도 강렬해서 그녀가 닫은 문 위에 잔상처럼 남아 있는 느낌이 들었다. 핼야드가 카린을 바라보며 물었다. "야호파리를 멈추겠다고요? 혹시 뭔가 계획이 있나요?"

"네이선에게 전화해서 회전항해선을 움직이게 할게요. 그러면 야호파리가 더 이상 서피스 웨이브로 날아오지 않을 거예요."

"그러면 수용소로 다시 날아가서 떨어지지 않을까요? 네이선이 별로 좋아하지는 않을 것 같은데……."

"네이선이 회전항해선을 올바른 대형으로 배치하면 야호파리가 육지로 날아가지 않게 남쪽으로 날려 버릴 수 있을 것 같아요."

"군중 통제 장벽처럼?" 핼야드가 말하자, 카린이 고개를 끄덕였다.

카린은 전화를 걸기 위해 굽이진 복도를 따라 걸어갔다. 유리로 되어 있는 복도의 외벽은 검은 모래알이 울부짖는 수족관 터널 속에서 각다귀의 모래바람을 파노라마처럼 볼 수 있는 갤러리가 되었다. 핼야드는 아버지와 함께 차를 타고 세차장을 통과하는 동안 창문을 공격하는 솔들 때문에 말 그대로 겁에 질려 좌석에 앉은 채 오줌을 쌌던 아주 오래된 기억이 떠올랐다. 아마도 핼야드의 머릿속에 남아 있는 첫 기억일 것이다. 핼야드는 서피스 웨이브에 온 지 다섯 시간 정도밖에 되지 않았지만, 이미 본능적으로 몸을 돌려 시야 밖에 야호파리가 있다는 사실을 의식하지 않으며 움직이는 방법을 터득했다. 핼야드는 자기가 폰처럼 여기 살고 있었더라면 저 해충 문제를 해결하기 위해 어떤 일까지 하게 될지 궁금했다. 아니, 핼야드였다면 독쑤기미를 독살하지 않을 것이다. 이런 한 주를 보내고 난 후에는 절대로 안 할 짓이었다. 그러나 당연한 말이지만 폰은 핼야드처럼 투자하지 않았다. 이건 식당에서 자기 애가 빽빽 울부짖고 있는데 애가 아니라 다른 사람 목을 조르는 상황과 살짝 비슷했다.

전화를 마치고 돌아올 때 카린이 전혀 침울해 보이지 않았기에 그녀가 고개를 절레절레 흔들자 핼야드는 놀랐다. "네이선은 회전항해선을 돌릴 수 없대요. 강한 힘을 동원하지 않고는 누구도 할 수 없다네요. 네이선은 원했던 대로 회전항해선이 도시를 감싸고 돌도록 만들자마자, 비유적으로 말하자면 모든 전선을 뜯어냈대요. 서피스 웨이브에 있는 다른 사람이 자신과 똑같은 방식으로 회전항해선의 항해 시스템을 해킹해서 치우지 못하게 한 거죠."

"젠장."

"그래도 내가 상황을 설명했더니 네이선이 할 수 있는 일을 제안했어요. 우리에게 모듈 3호에 들어가게 해 주겠대요. 보안 장치를 끄고 문을 열어 준다네요. 그러면 우리가 야호파리의 사육 시스템을 직접 끌 수 있어요."

헬야드는 서피스 웨이브의 위성 모듈 여섯 개를 해상 도시 본체에서 물리적으로 분리해야 할 기능적인 이유가 정말로 있는지, 아니면 사실 프라이버시와 자율성을 지킨다는 상징적인 표현일 뿐인지 궁금했다. 만일 후자라면 그런 명망이 과연 1000년에 한 번쯤 오는 거대한 폭풍에 위성 모듈이 떨어져서 떠내려가는 아주 희박한 위험일지라도 감수할 가치가 있는지 궁금했다.

모듈 3호로 가는 다리는 벽이 굽어진 구조라 기대어 쉴 수 없었다. 그래서 헬야드는 양복 재킷을 방석처럼 깔아서 바닥에 앉았고 카린은 그냥 서 있었다. 거기에서 이중문을 노려보며 두 시간 동안 그 문이 열리기를 기다린 헬야드는 지렛대로 문을 부수는 상상을 하기 시작했다. 그러나 실은 헬야드도 그것이 애당초 가망 없는 생각이라는 사실을 알고 있었다. 서피스 웨이브의 실험실에 억지로 들어가려고 시도하면 먼저 집사로부터 경고를 받게 될 것이다. 그래도 계속 들어가려 하면 합성 점액을 뿜어내 헬야드를 서 있는 자리에서 꼼짝도 못 하게 만들 것이다. 사출된 점액은 원래 부피의 수천 배로 팽창하는데, 상황에 따라서는 보안 시스템이 다리 전체를 틀어막을 수도 있었다. 서피스 웨이브를 홍보하는 사람들은 마치 멋진 기능을 갖춘 새 휴대전화에 관해 이야기하듯 이곳이 기존의 주권 국가에 비해 얼마나 세련되고 우아한 '제품'인지 자주 떠들었는데, 서피스 웨이브의 특징 중 하나는 형사 사법 기구가 없으며 대부분의 범죄 행위를 배제하는 기술적 안전장치가 있다는 것이었다.

"로데베이크라는 사람이 지금 어디에 있는지 궁금하네요." 핼야드가 말했다.

"글쎄요. 아마 회사에서 돈을 빼돌려서 지금 짓고 있는 저기에 썼을 거예요. 그래서 지금 눈에 띄지 않게 지낼 필요가 있는 거겠죠."

"난 그 사람이 법률이 허용하는 최대한의 처벌을 받았으면 좋겠어요. 화이트칼라 범죄에는 관용을 보이면 안 됩니다." 핼야드가 다리를 쭉 뻗으며 말했다. "아니면 어딘가에서 더 큰 건물을 짓고 있을지도 모르죠. 어쩌면 이건 그냥 시제품일 수도 있어요. 당신이 인정해야 할 것은 이 모든 것에 감탄할 만한 점이 있다는 사실입니다. 일종의 영웅적인 순수함이 느껴지잖아요."

"당연히 당신은 그렇게 생각하겠죠."

"무슨 뜻인가요?" 핼야드가 물었다.

"당연히 당신은 야호파리에 감탄했을 거예요. 당신은 개를 좋아하는데 야호파리도 개잖아요. 그 동물들은 전혀 흥미로울 게 없는 긍정의 과잉을 통해 인간을 기분 좋게 만들어 주는 것을 유일한 목적으로 삼아 제조된 유기체들이에요. 당신은 지구상에서 오로지 두 종에 대해서만 만족할걸요. 우리, 그리고 우리가 만든 웃음이 많은 장난감."

"야호파리의 기분이 좋다고 해도 그것들과 공감하는 건 불가능하잖아요."

"어쨌든, 순수한 걸 원한다면 이건 너무 지저분하지 않나요? 컴퓨터로 야호파리 의식 모형을 만들어도 되잖아요. 변수를 하나 바꾸는 거죠. 쾌락의 강도를 수조 배의 수조 배의 수조 배로 올리는 거예요. 그리고 당신은 인지더닐을 먹고 긴장을 풀어요. 태초 이래 세상의 모든 고통을 상쇄할 수 있어요. 누구도 더 이상 아무것도 걱정할 필요가 없죠."

"당신이 빈정대는 건 야호파리의 즐거움을 망치는 것이 우리가 살면서 할 수 있는 가장 악한 짓이 될 가능성이 있다는 사실을 인정하고 싶지 않기 때문이에요. 결론부터 말하자면 그렇다는 거예요. 대체로 빤해요."

"그렇게 생각해요?"

"아뇨, 하지만 누군가는 그렇게 주장할 수 있지 않을까요?"

"그렇진 않아요. 우리가 이걸 멈추지 않으면 폰이 멈추게 할 거예요. 그러니 어쩔 도리가 없죠."

헬야드가 집사에게 시간을 물었다. "네이선이 이 일을 빨리 처리해야 할 겁니다. 유조선이 거의 다 왔을 거예요."

"네이선은 쉬울 거라고 했어요. 왜 이렇게 오래 걸리는지 모르겠네요." 카린이 헬야드를 내려다보며 말했다. "말해 주는 걸 깜빡했는데, 네이선 말로는 개러스가 어제 돌아왔대요. 점심쯤에 왔다는데, 우리가 수용소를 떠날 무렵일 거예요."

"아."

"윌슨 아저씨에게 무슨 소식이든 들으면 바로 알려 달라고 하지 않았나요?"

"네, 그랬죠." 헬야드가 억지로 카린과 눈을 맞추며 말했다. "하지만 지금 와서 생각해 보면 아저씨가 그 소식을 전하지 않아서 차라리 다행스럽지 않나요? 개러스가 수용소에 있다는 사실을 우리가 알았더라면 여기에 오지 않았을 테고, 우리가 여기 오지 않았다면 독쑤기미를 찾지 못했을 테니까요. 그러니 어떤 이유로든 그 정보가 전달되지 않은 것에 대해 감사해야……"

그런데 그 순간 각다귀 공장의 문이 활짝 열렸다.

오븐에서 내뿜는 냄새처럼 따뜻하고 진한 냄새가 밀려왔다. 틴카넨 해변의 생선 대가리가 썩는 단조로운 악취에 비해 훨씬 더 깊고 다채로웠지만, 겹겹의 냄새 어딘가에 생선 대가리 썩는 냄새가 포함되어 있었고, 젖은 털과 고양이 오줌 냄새, 새우 반죽 냄새, 그리고 시대를 초월한 고전적인 유기체의 악취와 다른 이질적인 냄새들이 뒤섞여 있었다. 부두에서 다니엘이 두 사람에게 모기장을 건네주었을 때 야호파리 한 마리가 헬야드의 코 바로 위에서 날아다녔지만 당시는 전혀 냄새가 나지 않았다. 그러나 야호파리뿐 아니라 쌓아 놓은 나무 부스러기와 말라 버린 고치, 반쯤 소화된 사료도 무한대로 모으면 모든 것에서 냄새가 날 것이다.

두 사람은 안으로 들어갔다. 헬야드는 빨리 움직이고 싶었지만 거대하고 황량하고 출입이 금지된 장소에 몰래 침입했을 때면 으레 찾아드는 으스스한 기분에 휩싸여 있었다.

처음에는 밖의 다리에서부터 들어오는 빛이 유일한 조명이었다. 카린이 큰 소리로 불빛을 더 비추라고 요구하자 머리 위에서 여러 개의 튜브 램프가 켜졌지만 대부분의 공간은 여전히 어둠에 잠겨 있었다. 서피스 웨이브의 위성 모듈은 냉장고 선반을 옮기듯 쉽게 재배치할 수 있도록 설계되었다. 이곳에서는 거의 모든 내부 칸막이를 치워 하나의 거대한 사일로처럼 만들어 뒀다. 그래도 벽 안쪽에는 여전히 경사로와 계단이 있었고, 그들이 들어온 문도 계단참 위에 있었다. 난간에 서서 손을 뻗으면 모듈 전체를 거의 다 차지하고 있는 수만 개의 사육 상자 중 하나에 닿았다.

사육 상자들은 회색 플라스틱으로 만들어졌고 과일 상자 크기 정도였다. 바닥에서 천장까지 뻗은 기둥들에 나선형 계단의 층계처럼 고정되어 있었는데, 위아래로 틈이 있었고 그 틈 사이로는 흰색 배관이 나선형으로 이어져 있었다. 금속 버팀대 사이로 기둥들의 내부가 비어 있는 게 보였다. 그 안에서 뭔가가 끊임없이 움직이고 있었다. 핼야드는 이곳에 들어오기 전에 뭐라도 좀 이해해 보기 위해서 이와 비슷한 시설에서 가축 사료용 파리를 사육하는 영상을 봤으므로, 저 안에는 기둥에 고정된 상자들을 채우고, 비우고, 선별하고, 청소하는 로봇이 있다는 사실을 알고 있었다. 그 로봇들이 뭔가 소리를 내지는 않았지만, 기둥을 따라 위아래로 움직이는 탓에 합창하듯 윙윙 울리는 소리가 들렸다.

한 곳에 작은 생물이 매우 많으면 놀라운 양의 악취뿐만 아니라 놀라운 양의 온기와 습기도 발생시킨다. 바닷물로 모듈을 냉각하는 것은 상당히 간단하지만, 내부를 열대성으로 유지하는 게 야호파리를 위해 더 좋은 환경이었을 것이다. 이렇게 무더운 공장에 익숙하지 않은 사람에게는 그것이 가장 혼란을 유발하는 부분이었다. 눈을 감고 숨을 들이마시면, 늪이나 헛간처럼 더럽고 김이 모락모락 나는 장소에 있는 느낌이 들었다. 그렇지만 눈을 뜨면 데이터 센터나 배터리 보관소처럼 규칙적이고 살균된 풍경이 펼쳐졌다. 유일한 생명의 증거는 배관에 뚫린 구멍으로 탈출해 높은 곳에서 날아다니는 야호파리 무리밖에 없었다. 핼야드는 모듈 내부가 이보다는 위험한 정신 상태가 좀 더 반영된 형태일 거라 예상했었지만, 이곳의 순수하게 단순하고 효율적인 형태를 보면 로데베이크가 이 작업을 일종의 메시아적 자기표현의 행위로 간주하지 않았다는 점이 드러났다. 그는 자본가답게 그저 생산력을 극대화하기 위해 노력했을 뿐이었다.

"자, 이걸 어떻게 할 건가요? 그냥 불을 지르면 되지 않을까 잠깐 생각했는데, 그러면 뭔가가 와서 불을 꺼 버리겠죠?" 핼야드가 물었다.

"네, 기물 파손으로는 충분하지 않아요. 뭘 하든 신속하고 결정적이어야 해요."

"예를 들면 어떤 거요?"

"제어 장치 같은 게 있는지 찾아보죠." 카린이 대답했다.

"'곤충 생산 중단'이라고 적힌 커다란 빨간 버튼 같은 게 있을 거라고 기대하는 건가요?"

그럼에도 불구하고, 핼야드는 카린을 따라 시계 방향으로 도는 경사로를 내려갔다. 경사로는 외벽에 둘러싸여 있었다. 그들이 빨리 지나갈 때 기둥들 사이로 시야가 열렸다가 막히는 것이 소나무 숲을 지나는 느낌이 들었다. 천장을 올려다보면 수백 미터에 달하는 플라스틱 배관들이 나무의 뿌리처럼 모여서 합쳐지는 모습을 볼 수 있다. 알을 낳고 상자 밖으로 나온 야호파리들이 그 배관을 타고 올라가 슬픔이 그들의 행복을 해칠 수 없는 세상으로 날아갔다.

두 사람은 화물용 승강기에 도착했다. 카린이 버튼을 누르자 플랫폼이 윙윙거리며 레일을 따라와 그들을 맞았다.

"올라가는 건가요, 내려가는 건가요?" 핼야드가 물었다.

"내려가요. 안전실로 가죠."

내려가자 사육 상자들은 수직만큼이나 수평으로도 완벽한 나선을 이루며 휙휙 지나갔다. 저 아래 어딘가에는 사육 시스템의 소화를 돕는 구멍들이 있을 것이다. 말하자면, 다시마를 빨아들여 잘게 썰어서 유충에게 먹이기 위한 입, 쌓인 노폐물을 버리는 항문 같은 것. 그 배설물이 해저로 가라앉으면 작은 물고기를 끌어들이고 이는 다시 큰 물고기를 끌어들이는 역할을 할 텐데, 이 물고기들이 고향에서 멀리 떨어진 곳에서 새로운 고객층을 찾고 있던 독쑤기미 몇 마리를 끌어들였을 것이다.

안전실은 화재나 홍수, 위험한 생물학적 또는 화학적 물질의 우발적 유출, 해적이나 용병 또는 외국의 법집행기관의 침입 등 거주자가 서피스 웨이브의 다른 보호 수단에 더 이상 의존하기 힘들 정도로 상황이 심각해졌을 때 거주자가 피신할 수 있는 곳이다. 모듈의 안쪽 벽에 안전실이 일종의 사마귀나 물집처럼 튀어나와 있었으며 포물선 모양의 진주색 섬유 유리로 둘러싸여 있었다. 두 사람이 화물 승강기에서 내려 경사로를 따라 안전실로 걸어 내려갔더니, 출입문이 이미 살짝 열려 있었다.

위성 모듈의 장점 중 하나는 넓은 거주 구역을 마련할 수 있다는 사실이었다. 그런데 안전실로 들어서자, 로데베이크가 모듈 3호에 머무는 동안 적어도 부분적으로는 이 비좁은 도피소를 집으로 삼았던 게 분명해 보였다. 접이식 소파는 아직도 침대로 펼쳐진 상태였고 그 위에 구겨진 이불이 놓여 있었다. 아마도 이 모듈 내부에서 사육 상자를 위한 공간을 더 넓히기 위해 해체할 수 없는 유일한 시설이 안전실이었을 것이다. 그래서 로데베이크는 안전실을 주거용으로만 사용한 모양이었다. 중세 석공들이 건축 중인 회당 안에서 야영했던 때처럼 이 작은 둥지에 자리를 잡았던 것이다. 벽에는 탁자와 의자, 선반, 수납장, 그리고 화장실로 통하는 문과 외부 갑판으로 통하는 문이 있었다.

헬야드는 로데베이크가 야호파리처럼 다시마를 먹고 살았다는 증거가 발견되더라도 전혀 놀라지 않았을 것이다. 그러나 선반 위에 영양 셰이크 상자들이 쌓여 있었다. 한 선반에는 잠수복처럼 보이는 물건이 개어져 있었는데, 헬야드가 검은 천을 손가락으로 만져 보니 서핑 교육을 받을 때 만졌던 네오프렌의 스펀지 같은 촉감이 아니었다. 어떤 느낌이라고 딱 꼬집어서 말하긴 힘들었지만 아무런 특징이 없는 것처럼 보이는 몹시 비싼 송아지 가죽처럼 느껴졌다. 그러나 동물에서 벗겨 낸 게 아닌 것은 분명했다.

책상 위에 석류 맛 셰이크 한 병이 뚜껑이 열린 채 놓여 있는 게 헬야드의 눈에 들어왔다. 병을 집어 들고 부드럽게 흔들며 냄새를 맡아보았다. 이 음료는 그가 자주 마시던 브랜드였다. 그래서 헬야드는 병을 따서 놔둘 경우 하루 정도 지나면 시큼해지고, 특히 더울 때 더욱 빨리 변한다는 사실을 알고 있었다. 그런데 이 병은 아직 신선했다. 개봉한 지 오래되지 않았다는 뜻이었다. 헬야드가 카린에게 말을 하려는데…….

그때 화장실 문이 열리며 여자 한 명이 나왔다.

두 사람을 보자 여자가 얼어붙었다. 마른 체형의 40대에 흰머리를 짧게 자른 여자는 방금 샤워를 마치고 나온 것처럼 수건으로 머리를 말리고 있었다. 여자는 몸에 딱 맞는 회색 조끼 상의와 레깅스만 입고 있었다. 그 레깅스에는 사람의 다리 한 쌍이 제대로 들어 있는 것처럼 보였다. 그래도 핼야드는 그녀가 바로 인어라는 사실을 알 수 있었다. 어떻게 알아차렸는지 말할 수 없었지만 그래도 알았다.

그래서 여자가 출입문을 향해 튀어 나가자 핼야드는 여자에게 멈추라고 소리치며 순전히 본능에 따라 그녀의 팔을 움켜잡았다. 다른 신체 접촉은 없었지만 여자는 돌아보지도 않고 팔꿈치로 그의 입을 후려쳤다.

단 한 번의 타격이었다. 그러나 핼야드는 상해 보험 사기를 치려는 사람들의 용기와 품위를 다 끌어모아 이 충격을 받아들였다. 핼야드는 머리를 뒤로 젖히고 비틀거리며 선반에 기대다가, 영양 셰이크 상자 더미를 옆으로 쓸어 버리며 바닥으로 쓰러졌다. 그는 소파 겸 침대 다리에 머리를 부딪히며 마침내 멈췄다.

"헤르고트(맙소사), 괜찮아요?" 카린이 서둘러 핼야드에게 다가가며 말했다.

핼야드는 멍하니 그 자리에 누워 상황을 살폈다. 눈에서는 눈물이 흐르고, 입술은 따끔거렸다. 머리는 아팠으며 피 맛이 느껴졌다. 하지만 핼야드는 자신이 크게 다쳤다고 생각하지 않았다. 핼야드는 카린이 영양 셰이크의 잔해 속에서 자신을 일으켜 세울 때 말없이 도움을 받았다. 카린이 주머니에서 휴지를 빼서 건네자 핼야드는 입술에 난 상처에 댔다.

"그 여자를 따라가야 해요!" 핼야드가 불분명하게 말했다.

"왜요?"

"저 여자가 인어라고요. 확실해요." 핼야드가 출입문의 문턱에 누워 있을 때 여자가 나가는 길에 떨어트린 게 분명한 수건이 눈에 들어왔었다.

"여자는 이미 가 버렸어요. 우리에겐 시간이 없고요."

핼야드가 좌절감에 휩싸여 몸을 앞뒤로 흔들었다. 간절히 여자를 잡고 싶었다. 그러나 카린의 말이 옳다는 것을 알았다.

그럼에도 핼야드는 호기심을 달랠 수 있는 한 가지 방법을 생각해냈다. 한 손으로 입술에 휴지를 댄 채로, 다른 손으로 잠수복을 집어 의자 등받이에 걸고 휴대폰 카메라로 자세히 촬영했다. 브랜드 태그가 있을 줄 알았던 목둘레선 안쪽에 아무런 표시가 없었기 때문에, 집사가 파악할 수 있을지는 확신할 수 없었다. 알아볼 수 있는 부분은 잠수복의 외관뿐이었다.

그러나 결과가 돌아온 것을 보면 원시적인 인간의 눈으로는 중요한 세부 사항들을 놓친 게 틀림없다. 그리고 그 결과가 꽤 많은 것을 설명해 주었다.

요르단에서 무기 시장을 거쳐 가는 몹시 특이한 물건들에 대해 매우 인기 있는 동영상을 만드는 남자가 있었다. 작년에 남자는 한쪽 팔 전체가 사라지고 어깨가 그을린 잠수복 하나를 손에 넣었는데, 온라인에서 유출된 기술 사양에서 비슷한 잠수복을 찾아냈다. 세부 사항을 훑어본 핼야드는 이 잠수복이 사실은 일본 방위 연구 기관에서 개발한 특공대 작전용 소프트 엑소슈트라는 사실을 알게 되었다. 몇몇 스쿠버 장비와 결합하면 물속에서 인어 다음으로 최고가 될 수 있는 잠수복이었다. 수영할 때 잠수복이 운동을 거의 대신 해주기 때문에, 훨씬 빨리, 훨씬 멀리 갈 수 있었다. 잠수복은 손발을 지느러미처럼 딱딱하게 만들고 스스로 부력을 조절할 수 있었다. 체온을 유지하고 멀리서도 해류와 조류를 감지할 수 있었다. 인어들이 왜 칼에 찔리지 않고 열화상 카메라에도 보이지 않는지는 민속학자들에게 맡겨야 할 문제지만 이 잠수복에는 확실히 그런 기능이 있었다. 또한 무게가 많이 나가지 않았고 대부분의 전력을 외부와의 작용을 통해 획득했기 때문에 며칠에 한 번씩만 충전하면 됐다.

개러스가 해안에서 수 킬로미터 떨어진 바다 한가운데에 떠 있던 인어를 발견했던 것이 더 이상 불가사의하게 느껴지지 않았다. 여자가 샤하드 박사에게 개러스가 탔던 어선의 항해 능력에 대해 걱정하지 않는다고 말했던 것도. 그녀는 어떤 식으로든 목적지에 도착할 수 있기 때문이었다. "수영을 해야 한다면 할 거예요." 이 잠수복을 입기만 하면 발트해의 40킬로미터도 두려움 없이 바라볼 수 있었을 것이다. 굳이 수영 챔피언이 될 필요도 없었다. 자유형을 제대로 할 수 있는 적당한 체력만 가지고 있으면 됐다.

그러나 인어에 대해 해답을 찾지 못한 의문이 아직도 남아 있는 것은, 적어도 두 가지 이상의 새로운 의문이 추가되었기 때문이었다. 은둔 왕국에서 온 방랑자가 기밀로 취급되는 일본 군사 기술의 결정체를 가지고 무엇을 하고 있었을까? 그리고 어떻게 그녀는 이 난공불락의 야호파리 온실의 안전실을 무단으로 점유하고 있었을까?

"이거 보세요." 카린이 말했다.

"뭔데요?"

출입문 옆의 벽에 제어판이 있었는데 터치스크린이 아니라 화물용 승강기처럼 실제 물리적인 단추들이 배치되어 있었다. 각 단추

옆에는 작은 플라스틱 표지가 새겨져 있었다. 카린이 그 표지 중 두 개를 가리켰다. "이게 바로 내가 여기에서 찾으려던 거였어요."

단추 하나는 '배관 열기'였고, 그 옆의 단추는 '배관 닫기'였다.

핼야드가 카린을 바라봤다. "이렇게 쉬울 리가 없잖아요, 그죠? '곤충 생산 중단'이라는 버튼이 실제로 있을 리가 없잖아요?"

그러나 이것은 논리적 설명이 가능했다. 특정한 재난 시나리오에서, 예를 들어 모듈 내부에 통제 불가능한 화재나 다른 산화 반응이 발생하여 안전실로 피했는데 배관이 공기를 탐욕스럽게 빨아들이고 있고 모듈의 정교한 시스템은 아무것도 반응하지 않는 상태라고 가정해 보자. 그럴 때 매우 단순한 이 단추를 누르면 매우 단순한 신호가 전송되어 아무런 문제 없이 배관을 닫을 수 있을 것이다.

"만약 이게 성공하면 어떻게 될까요?"

"야호파리가 밖으로 빠져나가지 못하면 배관에 쌓이겠죠. 교통 체증처럼요. 점점 더 많아질 거예요. 너무 꽉 차서 질식하기 시작할 때까지요. 그 후에는 막힌 상태를 감지했을 때 시스템이 꺼지도록 설계되었는지 여부에 따라 달라지겠죠."

"정말 매혹적인 모습이겠네요."

카린이 단추를 누르자 짧게 삑 소리가 났다.

그러나 신호음의 분위기가 어느 쪽인지 애매했다. 그 소리는 '네, 메시지가 수신되었습니다.'라는 뜻일 수도 있고, '죄송합니다, 할 수 없습니다.'라는 뜻일 수도 있었다. 핼야드는 LED가 깜빡거리는 것조차 없는 이 비상 제어판의 구시대적인 특성에 감탄했던 것을 즉시 후회했다.

"다시 올라가서 볼까요?" 핼야드가 말했다.

"여기에서 모든 배관이 아직 열려 있는지, 막혀 있는지는 확인할 수 없을 것 같아요. 밖으로 나가서 봐야 해요. 야호파리가 아직도 나오는지 확인해야 해요."

캐비닛 안에는 다양한 응급 장비가 있었는데 그중에는 비상용 후드 상자도 있었다. 비상 후드는 간단히 말해서 납작한 원통 모양의 방독 마스크가 부착된 비닐 자루였다. 이 장비는 응급 상황에서 한 번 착용하고 버릴 수 있도록 설계된 것이었다. 헬야드는 보호 장비라는 사실을 잘 알고 있었지만, 그럼에도 그 투명한 비닐을 머리 위로 뒤집어쓰면서 금지된 일을 하는 흥분이 느껴졌다. 드라이클리닝 봉투에 아동 안전 경고문과 자위행위를 위한 질식 금지가…….

카린이 안전실에서 바깥 갑판으로 나가는 문의 레버를 밀었다. 본래는 대피로였다.

문이 너무 세게 벌컥 열리는 바람에 카린이 넘어질 뻔했다. 그리고 폴터가이스트가 심술을 부리듯 곧 문이 다시 쾅 닫혔다.

그러나 문이 열렸던 순간 헬야드는 야호파리 떼의 옅은 장막 너머로 회전항해선의 하얀 회전원통이 오른쪽에서 왼쪽으로 미끄러지는 모습을 봤다. 두 번째로 문을 열려고 할 때, 헬야드는 의자를 가져와 등받이를 뒤집어서 문간으로 반쯤 밀어서 문 버팀쇠로 사용했다. 그리고 회전항해선이 서로 멀리 떨어져 잠잠해지는 때를 기다렸다가 의자를 넘어 열린 공간으로 뛰어나갔다. 10초 정도 시간이 있었다. 그 시간이 지나면 다음 회전항해선이 달려들어 다시 물건들을 집어 던지기 시작할 것이다.

갑판은 허리 높이의 난간으로 둘러싸여 있고, 바닥에는 미끄럼 방지용 다이아몬드 무늬가 새겨져 있었다. 해면에서 4층 정도의 높이로 모듈 3호의 측면으로부터 외팔보 구조로 돌출된 형태였다. 이곳의 상황은 오늘 아침 부두에 있었을 때보다도 훨씬 안 좋았다. 회전 항해선이 바닷바람을 모아서 일으킨 무시무시한 돌풍에 더 노출되어 있기 때문이었다. 야호파리들은 공중에서 빽빽하게 소용돌이치며 마치 지구의 한 횡단면을 놓고 낮과 밤이 격렬하게 싸우듯 요란하게 두 사람을 삼켜 버렸다. 비상 후드가 손까지 덮어 주지는 않아서 핼야드는 주머니에 손을 쑤셔 넣었지만, 이미 맨살을 스치는 각다귀의 섬뜩한 촉감을 느낀 다음이었다. 사실 핼야드는 머리 위로 투명한 비닐을 뒤집어쓴 것을 즉시 후회했다. 마치 어떤 비뚤어진 발명가가 이 상황을 위해 특별히 고안한 발명품 같았다.

"벌레 떼 속으로 들어갈 때 사람들이 진정으로 원하는 건 스노클 마스크 같은 겁니다. 자기 얼굴을 파묻은, 그 매혹적인 환경을 가장 가깝고도 방해받지 않은 채 볼 수 있으니까요. 장담컨대 평생 잊지 못할 추억이 될 겁니다." 핼야드는 방독 마스크를 통해 어렵지 않게 숨을 쉴 수 있긴 했지만, 그럼에도 본능적으로 질식할 것 같은 느낌에 사로잡혔다.

머리 위로 높이 있는 배관은 갑판과 같은 선상에서 수직으로 올라갔다. 그러나 야호파리 떼가 정말로 멈췄는가 하는 의문, 그들이 여기 와서 얻으려던 그 의문에 대한 해답은 부차적인 것으로 드러났다.

미친 듯이 오락가락하는 시꺼먼 공기 사이로, 저 아래 해수면 위에 화학 유조선이 얼핏얼핏 보였기 때문이었다. 잠수함처럼 매끄럽고 밀폐된 선체를 가진 작은 유조선이었다.

"맙소사, 벌써?" 핼야드가 말했다. "시간이 더 있을 줄 알았는데!"

하지만 핼야드는 카린이 비상 후드 때문에 그의 말을 한마디도 알아들을 수 없다는 사실을 깨달았다.

그리고 그때 느꼈다. 방독 마스크를 썼는데도 그 수영장 냄새, 물에서 올라오는 염소 화합물의 냄새가 느껴졌다.

그들은 너무 늦었다. 유조선은 이미 그 내용물을 바다에 쏟아붓고 있었다.

핼야드는 폰과 이야기해야 한다고 생각했다. 이제 다시마에 표백제를 들이부을 필요가 없다고 말해야 했다. 폰이 유조선의 마개를 빨리 막는다면 독쑤기미들이 살아남을 수도 있을 것이다. 어쩌면 아직 기회가 있을지도 모른다.

핼야드는 후드를 벗고 전화를 하기 위해 다시 안전실로 뛰어 들어갔다. 문을 열어 둔 탓에 안전실에는 야호파리들이 소용돌이치고 있었지만 그래도 바깥보다는 나았다. 핼야드는 카린도 들어올 거라고 예상했다. 그러나 집사에게 폰을 호출하라고 말하면서 아직 카린이 들어오지 않았다는 사실을 어렴풋이 의식했다.

폰의 집사는 폰이 부재중이라고 안내했다. 핼야드는 전화기에 대고 소리를 지르며 지금이 최고 단계의 긴급 상황이라서 폰과 즉시 통화해야 한다고 주장했다. 그러나 폰의 집사는 꿈쩍도 하지 않았다. 다른 회전항해선이 밖을 지나자 비상 후드의 포장지에서 나온 플라스틱 조각들이 안전실 안을 펄럭이며 날아다녔다.

"폰과 연결이 안 돼요." 핼야드가 카린을 향해 소리쳤다. 핼야드가 카린이 있던 방향을 쳐다봤더니 그녀가 보이지 않았다. 그래서 핼야드는 출입구로 갔다.

갑판이 텅 비어 있었다. 카린이 사라졌다.

그래서 그 즉시 헬야드는 카린이 난간을 넘어 바다에 몸을 던졌다고 이해했다.

카린도 헬야드와 마찬가지로 염소 냄새를 맡았다. 그녀는 아가미를 염소에게 먹히며 죽어 가는 마지막 독쑤기미를 생각했다. 그래서 독쑤기미들과 함께 죽기로 결심했던 것이다. 카린이 독쑤기미의 멸종이라는 도덕극에서 어떤 역할을 하고 싶었든 이건 아니었다. 그러나 어쩌면 이것이 카린에게 중요한 일이었을지도 모른다.

헬야드는 카린을 구할 수 있을까? 갑판에서 바다로 내려가는 길은 멀었다. 난간을 뛰어넘으면 뼈가 부러지거나 의식을 잃을 수도 있었다. 설령 숨이 조금 차는 정도로 충격이 그친다고 해도 야호파리 사체와 다시마가 뒤섞인 탁한 물속에서 카린을 찾는 일은 수영을 잘하는 것도 아닌 헬야드로서는 잘하기 어려운 일이었다. 헬야드가 조금이라도 희망을 가지려면 제한된 능력을 최대한 발휘해야 했다.

그 순간 헬야드는 잠수복을 떠올렸다. 그 잠수복의 수많은 기능 중에는 고공 다이빙의 충격을 완화하는 기능도 있을 것 같았다.

헬야드는 최대한 빨리 신발과 양말, 바지를 벗었다. 그는 윗옷만 입은 채로(너무도 급해서 올바른 순서를 생각할 겨를도 없었다) 잠수복을 잡고 다리를 털고 왼쪽 다리 구멍에 왼발을 집어넣었다.

그러나 맞지 않았다.

물론 인어의 종아리가 자신의 종아리보다는 가늘테지만, 헬야드는 잠수복의 사이즈가 한 가지뿐일 거라고 짐작했다. 일본군이 청바지 만들 듯 잠수복을 스무 가지 사이즈로 다양하게 만들 것 같지는 않았기 때문이었다.

"대체 이걸 어떻게 입어야 하지?" 헬야드가 집사에게 물었다.

"잠수복의 사양에 따르면, 마그네타이트 복합 매트릭스에 약한 전류를 가하면, 사용자의 신체에 맞게 사이즈를 조정할 수 있습니다." 집사가 대답했다.

"그건 어떻게 해야 하는데?" 핼야드는 이미 희박한 카린의 생존 가능성이 시간이 지날수록 더욱 적어지고 있다는 사실을 절실하게 의식하며 물었다. 여기서 허둥대는 동안 회전항해선이 몇 척이나 더 지나갔을까? 네 척? 다섯 척? 지금쯤이면 카린이 다시마 줄 아래로 가라앉고 있을 게 분명했다.

"사양에는 장비나 사용법에 대한 추가 정보가 없어서……."

"젠장, 젠장, 젠장, 젠장, 젠장!" 핼야드는 그냥 뛰어들어서 최선을 다해야 한다는 사실을 깨달았다. 그는 재킷을 벗어 던지고 셔츠의 단추를 풀었다. 셔츠는 빨랫줄에 걸린 빨래처럼 바람에 휘날렸다. 물속에서는 후드를 뒤집어쓸 수 없을 테니, 이제 핼야드는 사각팬티만 입은 나체 상태였다. 핼야드는 입술을 다물고 눈을 가늘게 뜨고 회전항해선이 지나가기를 기다렸다가 다시 야호파리 속으로 나아갔다.

야호파리 떼가 황홀하게 그를 환영하며, 애무하고, 온몸에 키스를 퍼부었다. 핼야드는 고개를 숙이고, 주먹을 꽉 움켜쥐고, 팔꿈치를 몸통에 붙인 채 얼음물을 뒤집어쓴 것처럼 움직였다. 핼야드는 사실 야호파리가 그저 바람에 날리는 물질에 불과하다는 사실을, 회전항해선이 너무 가까이 있어서 야호파리조차 자신들이 어디로 휩쓸려 가는지 모른다는 사실을 알았다. 그래도 여전히 야호파리가 자기 몸속으로 파고들려고 애쓰는 것처럼 느껴졌다. 핼야드는 피부에서 시작되어 심장 안쪽을 움켜쥐는 듯한 메스꺼움의 파동을 느꼈다.

헬야드가 난간에 도착했다. 야호파리 사이로 바닷물을 내려다보니 거품이 일렁이는 수면 위에는 사람의 윤곽도, 팔다리의 움직임도, 아무것도 보이지 않았다. 헬야드가 한쪽 다리를 난간 위로 올렸다.

그리고 몸 전체를 넘어가기 직전에 어깨에 손이 닿는 것이 느껴졌다.

헬야드가 고개를 돌렸다. 그리고 자신의 뒤에 서 있는 카린을 보고 깜짝 놀랐다. 카린이 무슨 말을 했지만 들리지 않았다.

"뭐라고요?"

카린이 방독 마스크를 옆으로 빼서 비상 후드의 비닐을 통해 자기 말이 잘 들리도록 했다. "더 잘 보려고 올라갔었어요." 카린이 말하며 손짓으로 가리켰다. 헬야드가 카린의 뒤를 바라봤다. 갑판에서 위아래 양방향으로 뻗어 나가 윗부분은 모듈의 지붕으로 연결되고 아랫부분은 물속으로 연결된, 테두리를 두른 사다리가 보였다.

헬야드는 저 빌어먹을 사다리가 있다는 사실조차 몰랐다.

"폰과 통화하지 못했지만, 지금 당장 폰의 방으로 돌아가면……"

"너무 늦었어요. 유조선이 호스를 빼는 걸 봤어요. 이미 탱크를 비웠어요."

15장

"이게 더 굴욕적이에요." 핼야드가 셔츠의 단추를 잠그며 말했다. "이번 주초에 한 친구가 운하에 뛰어들었다고 확신했다가 그 생각이 틀렸다는 사실이 밝혀졌는데도, 내가 어떤 교훈도 얻지 못했다는 거잖아요." 그들은 안전실로 물러나 문을 닫았다. 이 안에도 야호파리 떼가 윙윙거렸지만 바깥의 환경과 비교하면 알프스의 청정함을 간직한 성소처럼 느껴졌다. "미안해요. 그게 중요한 게 아니란 걸 깨달았어요. 우리는 겨우 두 번째로 그 물고기를 놓친 거라는 사실을 깨달았죠. 아니, 지금이 몇 번째죠? 다섯 번짼가?"

"그 사람도 구하려고 했었나요?" 카린이 물었다. 카린은 독쑤기미 생각을 하고 싶지 않았다. 적어도 지금 이 순간에는 독쑤기미를 잃어버린 것처럼 느껴지지 않았다. 어쩌면 자기 보호적인 반사 작용일 수도 있지만, 카린의 몸이 더 이상 타격을 받지 않으려는 것 같았다. 마치 저 아래에 독쑤기미가 전혀 존재한 적이 없었던 것처럼 느껴졌다. 유지 보수 드론이 촬영한 영상과 카페에서 카린이 느꼈던 흥분은 아무것도 아닌 그저 희미한 빛일 뿐이었고 이미 오래전에 땅에 묻힌 누군가를 봤다는 이야기에 불과했다.

"이스마일로프요? 글쎄요, 아뇨. 그 사람이 자살했을 때, 난 그 자리에 없었어요."

"하지만 그 자리에 있었다면?"

"당연히 살리려고 했겠죠."

"당신은 그 사람을 제압했을 거예요."

"네. 당연하죠! 자살 시도에 실패한 사람의 90퍼센트가 다시는 자살을 시도하지 않는다는 사실을 알고 있나요? 그 말은 90퍼센트의 사람이 방해를 받은 것을 다행으로 여긴다는 뜻이에요." 헬야드가 양말을 찾기 시작했다. "혹시 내가 당신을 물에서 꺼내려던 게 잘못이었다는 뜻은 아니죠?"

"그 문제만 특정해서 말하자면, 맞아요. 난 절대로 그런 식으로 자살을 시도하지 않을 테니까요. 익사한다는 생각 자체가 싫거든요." 회전항해선이 갑판을 지날 때, 카린은 바루나호에서 그날 밤에 느꼈던 공포를 더 이상 느끼지 않았다. 두 번째 경험은 그다지 무섭지 않았다. 그렇다고 해서 헬야드가 하려던 것처럼 실제로 바다에 뛰어들 정도로 느긋한 것은 아니었다. 헬야드의 비뚤어진 태도에도 불구하고 카린은 그가 오늘과 사과 과수원에서 진정한 용기를 보여 줬다는 사실을 인정할 수밖에 없었다. 어쩌면 헬야드는 생각할 시간이 없을 때 더 나은 사람이 되는 건지도 모른다. "어쨌든 당신의 통계는 내 경우와 관련이 없어요. 내가 계획하고 있는 건 자살이 아니니까요."

"자살 맞아요."

"아니에요. 그렇지 않아요. 난 자살 충동이 없어요. 엄밀한 의미에서 내 삶은 괜찮아요. 동물들을 제외하면 난 사는 걸 선택할 거예요. 어떤 정의를 마주하겠다는 의지와는 별개로 죽고 싶지는 않거든요."

"자살 폭탄 테러범과 이야기를 나누는 기분이에요." 핼야드가 영양 셰이크를 열어 카린에게도 하나 권했지만, 그녀는 셀림과 카페에서 과자를 먹었기 때문에 거절했다.

"자살 폭탄 테러범은 자살의 충동에 사로잡힌 사람들이 아니에요. 정신병리학적인 의미에서는 말이죠." 카린이 말했다.

"실제로는 많은 테러범이 자살 충동에 사로잡혀 있을걸요."

"만일 나에게 자살 충동이 있었다면, 그 자살의 목적이 그저 플러그를 뽑는 것처럼 삶에서 탈출하는 것이라면, 내가 어떻게 죽든 상관이 없을 거예요. 이렇게 시간을 낭비하지도 않겠죠. 오래전에 다른 방법으로 자살했을걸요."

"시도해 본 적이 있나요?" 핼야드는 덜 논쟁적이었고 더 모호한 어조로 변하여 말했다. "내 말은 그 분야에서 이번 시도가 정말로 처음이냐는 거예요."

"열여섯 살 때 손목을 그어 봤어요."

카린은 손목을 긋기 위해 공동묘지로 갔었다. 어떤 극적인 이유 때문이 아니라 단순히 막을 사람이 없는 곳이기 때문이었다. 카린의 학교에는 부모님이 일찍 집에 돌아와서 옷장 가로대에 목을 맨 모습을 발견한 덕분에 목숨을 구한 여학생이 있었는데, 산소 결핍으로 인해 신경학적 문제가 생겼다는 소문이 돌았다. 카린에게 이보다 소름 끼치는 시나리오는 없었다. 그래서 그녀는 그런 굴욕을 당하지 않기로 결심했다. 학교가 끝날 무렵에는 공동묘지가 문을 닫았다.

카린은 울타리를 넘어 나무 밑으로 갈 수 있다면 아무도 방해하지 않을 거라고 생각했다. 그러나 안타깝게도 손목을 긋는 일은 그녀의 예상보다 훨씬 많은 시간이 소요되는 것으로 드러났다. 그녀는 면도칼로 손목을 그은 후 한 시간 넘게 피가 흐르는 모습을 지켜보다가 간간이 까무룩 기절했다가 일어났는데, 깨어났더니 상처가 이미 응고된 상태였다. 그러다 마침내 두 남자에게 발견되었다. 그들은 구급차를 부르고, 구급차가 도착할 때까지 함께 기다렸다. 당시 카린은 그 남자들이 공동묘지에서 무엇을 하고 있었는지 생각해 본 적이 없었는데 몇 년이 지난 후에야 그들이 섹스를 하러 왔을 거라는 생각이 들었다. 그 무렵 카린은 그 상황 전체에 대해 즐겁게 농담을 해대던 때였지만 그런 생각이 든 이후에는 묘지 사건이 정말 거북했고 학교의 모든 사람들은 카린이 뱀파이어와 사랑에 빠지길 원하는 소녀라고 생각했다.

"믿을 수가 없네요! 몇 초 전까지만 해도 당신은 자살 충동이 없다고 했잖아요. 하지만 지금 나는 당신이 실제로 자살 시도를 해 온 오랜 역사가 있다는 사실을 알게 됐잖아요."

"한 번 시도했다고요."

"이건 내가 옳았다는 증거예요."

"무슨 뜻이죠?"

"당신이 죽고 싶은 이유는 동물들에게 일어나는 일에 대한 다른 적절한 대응책이 없기 때문이라고 했잖아요. 하지만 당신은 아주 최근에야 동물들에게 관심을 가지기 시작했어요. 그렇지만 당신의 죽고 싶다는 욕망은 그보다 오래전부터 존재했어요. 동물에 대한 모든 이야기는 그저 합리화일 뿐이며, 장식용이고, 전혀 무게감이 없는 앞뒤가 바뀐 헛소리일 뿐이라는 내 말이 증명된 거죠. 당신은 자살을 한 번 시도했어요. 하지만 그 경험 전체가 다소 난잡하고 모욕적이었죠. 그래서 당신은 일반적인 두 번째 시도 대신 자신에게 더 잘 맞는 수법을 생각해 낼 때까지 기다렸던 거예요. 즉, 누구도 생각해 내지 못했을 정도로 엄청나게 정성을 들인 신경계의 니체 도스토옙스키 석사가 신비주의적 순교 의식을 시도한 거죠. 그리고 그게 당신의 '멸종은 홀로코스트보다 나쁘다'는 선언 전체를 설명해 줍니다. 당신이 인간 존재를 낮게 평가하는 것은 스스로의 가치를 낮게 평가하기 때문이에요."

"내가 열여섯 살 때 했던 행동이 무효화된다고 생각하지는 않아요. 난 인생의 한 단계에서 추론 과정을 거쳤고 나중에 또 다른 추론 과정을 거쳤어요. 그 추론 과정은 서로 다른 전체에서 시작되었고, 다른 경로를 밟았지만 우연히도 같은 종착점에 도착했죠. 미리 그 종착점을 금기로 결정했던 게 아니라면 어느 쪽이 틀렸다는 것을 증명하지는 못해요. 아무튼 어쩌면 전제가 완전히 다르지 않았을 수도 있어요. 그 당시의 내가 이미 세상에 대해 무언가를 깨달았을 수도 있죠. 다만 내가 깨달은 것이 무엇인지 완전히 의식하지 못했을 뿐이에요. 지금은 완전히 의식하고 있고요."

"내 여동생이 자살했습니다. 내가 자살 통계를 많이 알고 있는 이유가 그것 때문이죠."

"유감이네요."

"동생은 열아홉 살 때 자살했습니다. 온라인으로 자낙스를 잔뜩 사서, 다른 가족이 주말에 집을 비운 사이 보드카와 함께 한꺼번에 다 먹었죠. 공식적으로는 자살이 아니라 복용량 부주의예요. 부모님도 여전히 그렇게 생각하시죠. 하지만 난 그게 사실이 아니라는 걸 알아요." 핼야드는 여동생 프랜시스가 다크넷으로 주문한 소포를 부모님 집으로 보내지 않기 위해 1년에 112달러를 지불하고 사서함을 빌렸다고 했다. 프랜시스는 약물 남용에 열성적이면서 꼼꼼했다. 프랜시스는 항상 체중에 따른 투약 비율과 부작용 등 모든 것을 미리 조사했다. 그리고 그때까지 프랜시스는 약을 과다 복용했던 적이 없었을 뿐만 아니라 핼야드에게 강한 자낙스 약도 좋아하지 않는다고 말했었다.

아무튼 핼야드는 누구보다 프랜시스와 가까이 지냈기 때문에 누구보다 그 이유를 잘 이해하고 있다고 말했다. 프랜시스는 겉치장에 관해 주관이 있었고, 그 분야에 있어서는 길이 남겨도 좋을 만한 기술이 있었다. 가족들이 미식에 열을 올렸던 만큼 동생은 다양한 향정신성 물질의 거대한 목록을 탐구하는 데 열성적이었으며, 약물에서 깨어났을 때의 후유증을 숨겼듯이 깊어지는 우울증도 부모에게 능숙하게 숨겼다. 핼야드는 후유증을 숨겨 주는 공범 역할을 제법 즐겼으나 자기가 부지불식간에 동생의 우울증을 숨기는 것도 도와주고 있었다는 사실을 깨달았다. 프랜시스가 자기 역할을 모두 하지 못할 때 그는 그 사실을 아무도 알아차리지 못하도록 할 수 있는 모든 일을 했다. "난 내가 돕고 있다고 생각했었어요. 실제로 그렇게 끝날 거라는 생각은 전혀 하지 못했죠. 상상력이 부족했던 모양이에요. 분명히 난 간절히 바랐어요……. 다 상투적인 소리죠."

"동생이 모두 계획하고 있었던 것 같네요."

"글쎄요. 모르죠."

"혹시 당신이 동생을 구했다면 그녀가 기뻐했을까요?"

"맙소사! 내 동생을 두고 그런 질문을 하다니 믿을 수가 없네요! 혹시 자폐증 있어요?"

"사람들이 전에도 그렇게 물어봐서 검사를 받아 봤는데 자폐증은 아니래요."

"그건 수사적인 질문이었어요. 사과할게요. 하지만 난 여전히 당신이 한 말이 병적이라고 생각해요. 당신의 '세상에 대한 인식'을 내 동생도 인식했을 거라고 말하려던 건가요?"

"그건 잘 모르겠네요."

"동생은 기후에 대해 자주 이야기하곤 했어요. 하지만 프랜시스에겐 그게 기후 이야기가 아니었습니다. 바깥세상에 관한 이야기가 아니었죠. 사람들은 10대 소녀들이 자살하는 게 그저 10대들이 가진 일반적인 질병인 것처럼 이야기해요. 10대 소녀들의 자살을 여드름이나 다른 질병처럼 별다른 설명이 필요 없는 일인 듯 말하죠. 그러나 프랜시스는, 내가 아주 잘 이해한 것은 아니라도, 확실히 매우…… 명확했습니다. 자신에 대해 명확했죠. 당신의 생각이 당신에게 명확하게 느껴지는 것처럼요." 핼야드가 한참 동안 카린을 바라봤다. "그 문제에 대해 생각해 봤나요? 당신이 원하는 방식으로 죽는다는 것. 그게 실제로 어떨지 생각해 봤어요?"

물론 카린은 생각해 봤다. 카린은 대사 작용에 대한 모의실험을 통해 확실하게 성공하기 위해서는 한 숟가락 정도의 독쏘기미 독을 체내에 주입해야 하는데, 이를 위해서는 복수심에 불타는 독쏘기미 수십 마리에게 물릴 필요가 있다고 결론을 내렸다. 각 물고기는 송곳니 뒤의 분비샘에서 극소량의 독을 주입하게 될 것이다. 독쏘기미에 물린 상황이 설명된 기록은 한 줌밖에 안 되는데, 대부분의 경우 '심한 통증', '극한의 고통' 등으로 단조롭게 표현되어 있었다. 유일하게 생생한 기록은 스웨덴의 저명한 천문학자의 회고록에서 찾을 수 있었다. 그는 자기가 살던 마을의 어부가 어린 시절에 겪은 사건을 회상하며 그 어부는 고통을 견디지 못해 손가락을 잘라 냈다고 했다. 그러나 그 고통은 오래가지 않을 것이다. 독이 신경 세포에서 엄청난 양의 아세틸콜린을 풀어내서 장기를 마비시킬 것이다. 카린은 곧바로 죽을 것이고 그 일을 위해 만든 수영장이나 물탱크 옆으로 쓰러질 것이다. 그 독이 실험용 토끼에 미치는 영향과 동일하게 인간에게도 미친다고 가정하면, 사후 검시에서 심장 왼쪽은 꽉 닫혀 있고 오른쪽은 피로 부풀어 올랐으며 폐는 분홍색 거품으로 뒤덮여 있는 모습을 보게 될 것이다.

호리카와 가즈가 독쑤기미와 함께 작업하는 동안 물린 경험이 있는지는 알 길이 없었지만, 카린은 바루나호에 있을 때 실험 대상 중 하나를 자극해서 자신을 물게 해 그게 어떤 느낌일지 알아볼까 했다. 결국, 하지 않는 것이 더 안전하다고 판단했다. 고통은 사람을 비겁자로 만들 수 있다. 그 경험은 그녀의 결심을 약화시킬 수 있었다. 그리고 밤낮으로 간호받는 결과를 낳을 수도 있었다. 그런 느낌이 슬그머니 찾아올 때(기도에 피가 섞인 거품이 흐를 거라는 생각에 겁이 나기 시작할 때) 치료법은 제인 구달이 탄자니아 침팬지들과 함께 지낸 초창기 시절을 담은 다큐멘터리를 시청하는 것이었다. 이미 여러 번 본 적이 있어서 20분 정도만 다시 보는 것으로도 충분했다. 인간이 슬픔도 부끄러움도 없이 야생 동물과 마주할 수 있던 시절, 블랙홀이 점점 더 커진다는 사실을 전혀 모르던 시절이었던 1960년대로 돌아가는 것은(그 순수함을 거의 모든 접촉이 공포와 상실감에 젖어 있는 현재와 비교하기란 쉽지 않다) 카린에게 강철 같은 결의를 회복하는 데 필요한 모든 것이었다. 비트겐슈타인은 자살에 대해 고찰하며, 자살하는 심적 경향을 '어떤 특정한 사실을 극복할 수 없는 상태'라고 요약했다. 카린이 헬야드에게 여러 번 말했듯이 그녀는 자살 충동이 없었다. 그러나 그 말은 카린에게 잘 들어맞았다. 모든 것이 무너졌다. 유일하게 남은 유효한 행동은 그 사실에 대한 반응으로 취한 행동이었다. 그 반응의 정직성과 완전성에 비례해서만 유효했다.

"당신이 정말로 독쑤기미가 그저 내 자살 도구일 뿐이라고 생각한다면……" 카린이 헬야드에게 말했다. "그게 정말로 그렇게 걱정된다면 당신이 여기서 최선을 다해 내가 자살 도구를 손에 넣는 걸 돕고 있다는 사실이 재밌네요. 그게 잠시나마 당신을 구제해 줄 거라고 생각하기 때문이죠."

"실은 그렇지 않아요. 독쑤기미는 나를 구제할 수 없다는 뜻이에요. 브라마사무드람이 멸종 크레딧이 사라졌다는 사실을 알게 됐어요. 그걸 은폐하기엔 너무 늦었습니다. 어찌 되든 난 망했어요."

"그러면 여기는 왜 왔어요?"

"인어를 찾으러 왔습니다. 샤하드 박사의 말로는 인어가 바이오뱅크 공격에 관해 중요한 비밀을 알고 있다고 하더군요. 난 그 비밀이 나를 둘러싼 상황을 뒤집을 수 있을 거라고 생각했어요." 헬야드가 잠시 주저하다 말을 이었다. "사실 개러스가 여기에 없을 거라는 사실도 이미 알고 있었습니다. 수용소에서 개러스와 이야기를 나눴거든요. 그 사람은 독쑤기미에 대해 쓸 만한 정보를 가지고 있지 않았어요. 난 당신에게 그 이야기를 하고 싶지 않았고요."

"왜요?"

"내가 그 사실을 말했다면 당신이 집으로 가 버렸을 테니까요." 헬야드는 그 말을 하며 카린의 눈을 피했고, 걸려 온 전화를 받기 위해 휴대전화를 집어 들 때는 안도감으로 온몸을 떠는 것처럼 보였다. "여보세요?" 헬야드가 잠시 귀를 기울였다. "그 여자가 어쨌다고요?"

그때쯤에는 카린도 그 여자가 인어일 거라 생각했다. 그런데 이제 그 인어에게 꼬리가 생겼다. 그 꼬리는 자궁경관 점액이나 맥주캔을 식스팩으로 묶는 접착제처럼 끈적끈적하고 반투명했으며, 가슴에서부터 아래로 뚝뚝 떨어지며 주름이 져서 여자를 바닥에 고정한 점액질의 속치마 역할을 하였다. 여자의 팔은 상체에 어색하게 묶여 있었는데, 걸어가던 중에 올가미에 걸렸기 때문에 몸은 앞으로 약간 기울어진 상태였다. 그리고 지금 여자의 다리는 등을 곧게 펴고 편안하게 서 있을 수 있는 위치에 있지 않았다. 여자의 머리카락, 벽과 복도의 바닥에도 단백질 점액 덩어리들이 있었다. 여자는 당연하게도 상당히 언짢은 얼굴이었다. 여자 주변에는 조심스럽게 거리를 두고 적은 무리의 사람들이 서 있었는데 대부분은 마스크와 고글을 쓰고 있었다. 구경꾼들은 뱀장어 덫으로 정말로 인어를 잡은 건지, 저 인어가 상어 같은 이빨로 으르렁거릴지 궁금함과 불안감이 가득한 채 그들의 세계에 몰래 들어온 이 생명체를 바라보고 있었다. 군중 속에는 헬야드가 카린에게 약간의 존경을 담아 소개했던 새니 워켄틴도 있었다. "내가 당신에게 말했던 그 참치를 기른 분이에요!" 새니가 한 사람을 가리켰다. 집행위원장 오벳 간프였다. 마침내 신경 피드백 구체에서 나온 모양이었다. 괴로워하는 오벳의 몸짓을 보면 그 구체도 스트레스 수치에는 전혀 도움이 되지 않은 것 같았다.

헬야드를 이곳으로 부른 사람은 새니였다. 헬야드가 서피스 웨이브에서 침입자를 찾고 있다는 사실을 알고 있었기 때문이었다. 세 사람은 의논을 하기 위해 가까운 곳으로 이동했다. 거기에서도 모듈 3호로 들어가는 다리가 보였다. 인어는 멀리 나가지 못하고 보안 시스템에 붙잡힌 것 같았다. 창 밖을 봤더니 야호파리가 현저히 줄어들었다고 하기에는 아직 힘들었다. 야호파리가 빠져나가는 배관을 닫긴 했지만, 이미 너무 많은 수의 야호파리가 나와 있는 상태이기 때문에 앞으로도 한참 동안 바람을 타고 날아다닐 것이다.

"내가 저 여자와 이야기를 좀 해야 합니다." 헬야드가 말했다.

"오벳이 다음 배에 여자를 태워 육지로 데려갈 것 같아요. 그는 최대한 빨리 이 상황을 마무리하고 싶을 거예요." 새니가 말했다.

"그런데 그녀가 과연 당신과 이야기를 나누고 싶어 할까요? 저 여자는 유명해지고 싶어 하는 사람이 아닌 것 같아요." 카린이 말했다.

"내가 이걸 가지고 있어요." 헬야드가 안전실의 캐비닛에서 꺼낸 배낭을 들어 올렸다. 이제 그 안에는 일제 잠수복이 들어 있었다. "이걸 돌려주겠다고 하면요?"

"그걸로 충분할까요?"

헬야드는 아까 인어가 때려서 부어오른 입술을 무의식적으로 만지며 말했다. "흐음, 우리가 정말로 저 여자를 도울 수 있다면요? 육지로 가길 원하지는 않을 것 같은데요. 그래서 모듈에 숨었던 거잖아요. 우리가 여기에서 지낼 기회를 제공할 수 있다면 어떨까요? 그러면 우리와 대화할 동기가 생기겠죠." 그리고 새니를 보며 말했다.

"그녀를 서피스 웨이브에서 지내도록 할 수 있나요?"

"저에게…… 저 여자와 결혼을 하라는 건가요?"

"아뇨, 고객이나 뭐 그런 거요. 우리도 여기에 그렇게 왔거든요."

새니가 고개를 저었다. "여자가 신원 확인을 거부하고 있어요. 그녀가 누구인지에 대한 기본 정보를 알지 못하면 보안 시스템이 방문자로 승인하지 않을걸요." 새니가 살짝 웃으며 덧붙였다. "하지만 제가 그녀를 길을 잃은 자산이라고 주장할 수는 있을 거예요."

"무슨 뜻이죠?"

"제 연구실에서 나온 제 소유물이라고 주장할 수 있다는 말이에요."

"그녀는 사무실 의자가 아니라 사람이에요." 카린이 말했다.

"사람의 형태를 하고 있죠. 하지만 서피스 웨이브의 누군가가 작업 과정에서 사람 형태의 무언가를 키우거나 조립했다고 가정해 보세요. 그리고 이 사람 모양의 물건이 어떻게든 풀려나왔는데 보안 시스템이 꼼짝 못 하게 한 거예요. 그래서 소유자는 이것이 자신의 것이라고 주장해서 실험실로 가져가는 거죠. 제가 아는 한 이전에 그런 일이 발생한 적은 없었지만 여기는 대단히 관용적인 규약을 유지하고 있으니 많은 상황을 예상해 뒀을 거예요. 분명히 그중에는 이런 상황도 있지 않을까요?" 새니가 말하는 동안 카린은 방독 마스크를 쓴 사람 한 명이 휴대용 진단 도구 같은 것을 들고 인어의 뒤쪽에서 다가가는 모습을 지켜봤다. 남자가 인어의 위팔에 진단 도구를 가져다 대자 인어는 바늘에 찔린 듯 깜짝 놀랐다.

"오벳이 정말로 그 생각을 받아들일까요? 아주 빤한 거짓말이잖아요." 핼야드가 말했다.

"상관없어요. 제가 그 여자를 제 연구소에서 빠져나간 소유물이라고 주장하면 이 모든 상황이 훨씬 쉬워지잖아요. 불안감을 주지도 않고, 전례 없는 보안 침해도 사라지는 거죠. 정해진 규약에 따라 쉽게 해결된 사소한 사건일 뿐이에요. 그게 오벳이 가장 원하는 일일 거예요. 특히 현재 오벳이 얼마나 인기가 없는지를 생각하면 더욱 그렇죠."

"당신은 그렇게 할 준비가 됐나요?"

"준비할 필요가 있을까요? 비용도 전혀 안 드는데요."

"서피스 웨이브에서 얼마나 많은 사람들이 실험실에서 사람 형태의 실험물을 키우고 있나요?" 카린이 물었다.

새니가 어깨를 으쓱했다. "숫자로 세어 보고 싶지는 않아요."

새니가 오벳과 이야기를 나누러 갔다. 합의가 이루어졌다. 그리고 얼마 지나지 않아 또 다른 도구를 든 사람이 인어를 겨눴다. 페인트 분무기처럼 생긴 도구였다. 분무기의 노즐에서 일종의 강력한 건조제가 작은 구름처럼 퍼졌다. 그 가루가 인어를 덮은 점액에 닿자마자 점액이 시각장애인의 눈동자처럼 광택이 사라지며 뿌옇게 되었다. 건조함이 더욱 깊숙이 파고들더니 점액이 갈라지고 벗겨져서 이윽고 인어가 팔을 자유롭게 움직일 수 있게 되었다. 그녀가 몸에 남은 점액을 벗겨 냈다. 마침내 그녀가 조각품이 틀에서 풀려나듯 접착제 더미에서 빠져나왔을 때는 눌려 있던 발이 빨갛게 상기되어 있었다. 쭈그러지고 텅 빈 접착제 더미는 마치 도시를 구성하는 재료로 잘못 만들어진 물건처럼 보였는데, 서피스 웨이브의 아이보리색 폴리머에서 굴욕적인 여드름이 돋아난 것 같았다.

인어가 머리카락에 엉킨 덩어리들을 떼어 냈다. 핼야드는 참지 못하고 그들이 지금 보고 있는 이 모습을 보려고 매우 특별한 관심사를 가진 사람들이 많은 돈을 지불할 용의가 있을 것이라고 말했다.

여자는 그들에게 장관이었다고 했다.

"보기 좋았다고요?" 헬야드가 물었다.

"아뇨, 저는 장관입니다. 환경식품농림부 장관이죠."

그들은 새니의 연구실에서 사무 구역에 앉아 있었는데, 헬야드는 포할라 맥주 한 병을 앞에 두었고, 다른 세 사람은 말차 잔을 들고 있었다. 카린은 여자의 반응에서 반복되는 패턴을 알아챘다. 처음에 새니가 그녀에게 의자를 권했을 때, 그리고 그 후 새니가 그녀에게 차를 권했을 때, 날카로운 불신의 표정이 빠르게 우아한 미소로 바뀌었다. 그녀는 아직 반사적인 예의 바른 태도를 극복하지 못한 듯했다.

"그래요, 아주 재미있네요. 하지만 저희에게 사실대로 말해 주기로 약속했잖아요. 바보 같은 소리를 하기는 싫지만, 우리가 아니었다면 당신은 지금쯤 사형 선고를 받았을 겁니다. 정말로 그럴 거라는 말은 아니지만, 무슨 뜻인지는 아시죠?"

"제 말은 사실입니다."

"당신이 은둔 왕국의 장관이라는 건가요?"

"제가 있는 자리에서는 우리 나라를 그렇게 부르지 않는 게 좀 더 예의에 맞지 않을까요? 하지만, 맞아요. 저는 장관입니다. 최근까지 장관이었다고 하는 게 맞겠네요. 지금쯤 장기 결근으로 해고되었을 수도 있으니까요."

"그런데 왜 당신의 얼굴을 검색해도 아무것도 나오지 않는 건가요?"

"총리를 제외한 정부 고위 관료의 사진은 일반에게 공개되지 않습니다. 그리고 이전의 흔적은 모두 지워집니다. 상상하기 어렵겠지만 저는 인터넷에 존재하지 않습니다."

"그런데 장관이 왜 쪽지가 담긴 병처럼 발트해를 떠돌고 있나요?"

"저는 몇 달 전에 남서 반도의 대부분을 안티체인의 대표인 페렌스 바르카에게 팔려는 계획을 알게 되었습니다."

그 말이 나오자 방 안에 울리던 윙윙 소리가 갑자기 사라진 것처럼 분위기가 확 바뀌었다. '내 말을 믿든 안 믿든, 싫으면 그만둬. 하지만 허세는 부리지 마. 너무 지긋지긋해.' 인어의 말투가 그랬다. 오랜 침묵 끝에 카린이 먼저 입을 열었다. "남서 반도가 뭐죠?"

"우리 나라의 남서쪽으로 튀어나온 돌출부입니다. 하느님의 초록색 지구에서 가장 멋진 풀밭이죠. 바르카는 콘월과 데번, 서머싯의 일부를 차지했습니다. 톤턴의 서쪽, 약 1만 2000제곱킬로미터에 달하는 지역도 차지했어요. 지금까지 그곳에 살던 약 200만 명의 사람들이 웨일스 북부로 이주했습니다."

"당신네 정부로부터 사람들이 거주하는 1만 2000제곱킬로미터의 땅을 매입하려면 비용이 얼마나 드나요?" 헬야드가 물었다.

"그런 매각은 불가능하다는 사실은 말할 필요도 없지만, 공정한 가격을 평가할 수 있다고 가정하더라도 바르카는 그보다 훨씬 적은 금액으로 그 땅을 샀을 것입니다. 그 거래 전체가 근본적으로 부패했으니까요. 바르카는 특정한 사람들을 매우 부유하게 만들어 주겠다고 약속했습니다."

"바르카가 돈을 다 지불했나요?"

"정확히 말하면, 아니죠. 바르카는 그 사람들에게 누군가가 대형 바이오뱅크들을 고의로 파괴할 거라고 미리 경고했습니다. 그래서 그들이 재무부에서 돈을 빌려 멸종 크레딧을 최대한 많이 사들일 수 있었죠." 카린은 헬야드의 눈이 커지는 것을 봤다. "그 일이 아직 안 일어났나요? 바이오뱅크 파괴?"

"월요일 밤에 일어났어요."

"그래서 멸종 크레딧의 가격이 올랐나요?"

"네, 많이 올랐죠."

"그러면 틀림없이 그 사람들이 떼돈을 벌었겠네요."

"당신도 수혜자 아니었나요?" 카린이 물었다.

인어가 고개를 저었다. "드넓은 농지와 삼림을 잃는 매각이었는데도 그 매각이 한창 진행될 때까지 저는 모르고 있었습니다. 설사 알았더라도 동료 장관들처럼 구유통에 주둥이를 들이대지는 않았을 겁니다. 이미 말했듯이 그런 매각은 있을 수 없는 일입니다. 우리의 주권에 대한 터무니없는 배신이니까요. 저는 그런 일에 관여하고 싶지 않습니다."

"그러면 그게 당신의 현재 상황과 뭔가 관련이 있는 건가요?" 헬야드가 물었다.

"그렇습니다."

"내부 고발을 하려고 했나요?"

"아뇨, 내부 고발은 별로 고려하지 않았습니다. 몇 주 동안 저는 왕실에 대한 제 의무와 의회에 대한 의무, 그리고 신에 대한 의무에 대해 아주 골똘히 생각했습니다. 하지만 저는 아무런 행동도 하지 않았습니다. 그러던 어느 날 한 친구로부터 조용히 경고를 받았습니다. 저를 지켜보고 있다는 이야기였죠."

"지켜본다고요?"

"누군가 새로운 배신자로 확인되면 그렇게 말합니다. 아직도 궁금하군요. 대체 어떻게 알았을까? 말했다시피 전 아무런 행동도 하지 않았고, 누구에게 그 어떤 언급도 하지 않았거든요. 물론 어쩌다 속내를 드러냈을 순 있죠. 회의 시간에 떫은 표정을 지었다거나. 아니면 그들이 그냥 어쩌다 운이 좋아서 맞힌 것일 수도 있고요. 하지만 바르카가 내각 안의 동업자들에게 작전상 도움을 줬을 가능성이 가장 높습니다. 바르카가 사용하는 알고리즘은 텔레파시에 가까울 정도로 매우 예민하다고 들었습니다. 어쨌든 저는 즉시 다소 고통스러운 조치를 취해야 한다는 사실을 깨달았습니다. 일단 그런 평판을 받게 되면 그냥 지나가는 경우가 매우 드물거든요. 기념비적인 밀거래를 지켜야 하는 동료 장관들은 그 어떤 모험도 하지 않을 겁니다. 마지막 순간에 중간에서 다리를 놓아 줄 만한 진짜 제 편이라고 할 수 있는 사람도 별로 없었죠. 그대로 있다간 템스 하우스, 즉 MI5 정보부 지하실로 끌려갈 게 뻔했습니다. 그때부터 상황이 끔찍하게 급박하게 느껴지더군요. 온갖 탈출 방법들을 생각했습니다. 모든 상황을 고려했죠. 심지어 미국으로 도망칠까도 했어요."

인어를 제외한 모든 사람이 고개를 숙이고 바닥을 내려다봤다. 그 나라의 이름을 직접 언급하면 그렇게들 했다. 2020년대 후반에 순전한 곤혹스러움 때문에 생겨난 관습이었는데, 요즘에는 매우 엄격하게 지켜지고 있었다. 그래서 카린은 인어가 그 나라의 이름을 입에 올리는 모습을 보고 진심으로 놀랐다. 그러나 물론 은둔 왕국에서도 같은 형태의 에티켓이 지켜지고 있지는 않을 것이다.

"대신 저는 독일의 로스토크로 향했습니다." 인어가 계속 말했다.

그녀는 로스토크에는 학창 시절에 만났던 옛 연인 에크하르트가 살고 있었다고 설명했다. 두 사람은 크리스마스 휴가 기간에 가르미슈의 스키 뒤풀이 술집에서 만났다. 에크하르트는 그 전에 참석했던 유럽 청년 보수주의자 행사에서 만났던 그녀의 친구를 알아봤다. 그녀는 옥스퍼드의 정치 클럽이 기분 나쁜 싸움꾼들과 조급한 중년들로 가득 차 있다고 생각했기 때문에 늘 피했다. 그런데 독일 청년연합 회원 중에서도 반골이었던 에크하르트가 그녀를 설득해서 생각을 바꿨다. 그런 의미에서 그녀는 에크하르트에게 자신의 경력을 빚지고 있었다. 그들의 장거리 연애는 오래 지속되지 못했지만, 두 사람은 다른 사람과 결혼과 이혼을 하는 동안에도 계속 연락을 주고받았다. 에크하르트의 정치 활동은 대체로 그가 자란 해안가에 뿌리를 두고 있었다. 그녀는 자신의 정치 활동 때문에 가끔 독일에 갔었고, 조국이 변한 이후로도 지위를 이용해 에크하르트와 비밀리에 연락을 유지했다. 그녀는 에크하르트를 믿을 수 있다는 사실을 알고 있었다. 그리고 정든 생활에서 도망쳐야 한다는 사실을 깨닫고, 에크하르트에게 암호화된 메시지를 보내 도움을 요청했다. 에크하르트는 즉시 답장을 보내 로스토크에서 함께 지내자고 제안했다.

에크하르트 외에는 그녀가 유럽에 왔다는 사실을 아무도 몰라야 했다. 그녀는 외국 정부가 자신을 낚아채서 정치 선전이나 정보 목적으로 이용하는 것을 원치 않았고, 은둔 왕국 해외 요원들의 표적이 되는 것도 원치 않았다. 그래서 그녀는 그곳에서 확실한 기반을 잡기 전까지는 도망자처럼 행동할 수밖에 없었다. 즉, 국경을 넘을 수도 없고, 감시망에 걸리지도 않아야 했다. 그녀는 독일과 네덜란드를 가르는 프리슬란트 동쪽의 레이호른 자연보호구역에서 에크하르트와 만나기로 했다.

은둔 왕국의 국방부에는 국방과학기술연구소라는 부속 기관이 있는데, 원칙적으로는 첨단 무기 기술을 연구하는 곳이지만 실제로는 암시장에서 첨단 무기 기술을 구해서 최대한 가깝게 모방하는 데 전념했다. 그렇게 해도 성공 확률이 낮았지만 기관은 긁어모은 군수품이 가득한 보물 저장고를 보유하고 있었다. 그녀는 이 사실을 잘 알고 있었다. 약 1년 전 포트 다운에서 출발한 국방부 대형 트럭의 충돌 사고 이후 그 근처의 농장에서 100만 마리가 넘는 닭을 살처분한 후에 발생한 시끄러운 논쟁에 그녀의 부서가 휘말렸던 적이 있기 때문이었다. 국방부 장관이 상황을 수습하기 위해 한쪽 다리에 문제가 있는 러시아제 보행 탱크에 그녀를 태워서 데려갔었다.

그래서 그녀는 이야기를 만들어 내고, 부탁하고, 부서 간 대출을 주선했다. 그리고 그녀는 일본산 특수 잠수복을 운동 가방에 넣어 몰래 가져와서 저녁에 조작법을 익혔다. 그러던 중 우연히 '4번 유지 기능'을 선택하고는 깜짝 놀랐다. 주방 식탁 위에 놓은 잠수복이 마치 물로 돌아가지 못한 장어가 죽음의 몸부림을 치듯 팔다리를 위아래로 출렁거리며 뒤틀기 시작했다.

며칠 후 이른 새벽, 그녀는 그레이트 야머스의 해안에서 조금 떨어진 호시 해변의 바다로 힘차게 뛰어들었다. 그녀는 연어 양식장 감시 목적으로 설계된 수상 드론을 가지고 있었는데 작업자용 안전띠와 두 개의 긴 밧줄을 이용해 드론에 몸을 묶었다.

그녀는 해안에서 충분히 멀어지자 물 위에 드러누운 채 자기를 독일로 끌고 가라고 드론에 지시했다.

“얼마나 멀었나요?” 카린이 물었다.

“300킬로미터가 살짝 넘을 겁니다. 그 작은 썰매 개를 앞세우고 하루에 120킬로미터씩 간 셈이죠. 욕심이 컸었다는 건 저도 압니다. 하지만 욕심을 부려야 했어요. 그들이 이미 제 생각을 들여다봤으니까요. 무사히 빠져나오려면 사람들이 1000년 동안 예상하지 못했던 방법을 선택해야 한다는 게 제 결론이었습니다. 저처럼 곤란한 처지에 놓인 많은 사람들이 기발하고 전략적인 방법으로 곤경에서 벗어나려고 노력했을 겁니다. 저도 의심할 여지 없이 그래야 했죠. 좀 더 투박하면서도 단순한 방법을 시도해 보는 게 낫겠다고 판단했습니다. 배를 구했더라면 그 사람들이 경계했겠죠.” 인어가 차를 한 모금 마셨다. “괜찮은 발상이라고 생각했어요. 저는 노퍽의 꽤 넓은 집에서 자랐습니다. 「제비호와 아마존호」 시리즈에 나오는 아이들처럼 자랐죠. 진흙탕을 뒹구는 구석기 시대의 아이에 가까웠지만요. 항상 육체적인 도전을 즐겼어요. 그 부분은 확실했다고 하겠네요. 수영을 하지 않아도 바다에 있으면 지치기 마련이에요. 다행히 일본의 스마트 장비 덕분에 훨씬 쉽게 견뎠습니다. 그리고 북해에 이제 기뢰가 없다는 것도 도움이 됐죠. 아니, 거의 없다고 해야겠네요.”

에크하르트는 레이호른의 해수 소택지 풀밭에 제대로 처리되지 않은 시체처럼 누워 있는 그녀를 찾아냈다. 그녀는 차가운 진흙에 반쯤 잠겨 있었고 머리 위로 흑기러기 떼가 모여 있었다. 그녀는 이미 세 시간 전에 그곳에 도착했지만 에크하르트가 잠수복에서 나오는 무선 신호를 추적하느라 시간이나 걸린 것이었다. 에크하르트는 그녀를 부축해 차의 트렁크에 태운 후 수상 드론을 가져와 뒷좌석에 넣었다. 여기까지 오는 내내 드론 내부에 장착된 비닐 주머니에 담긴 장거리 달리기 선수용 탄수화물 음료만 튜브로 마셨던 그녀는 에크하르트가 트렁크에 넣어 둔 누텔라 샌드위치를 한 입 베어 물었을 때 절로 눈물이 흘러내렸다. 그 후 그녀는 로스토크로 가는 내내 잠을 잤다. "그때까지는 모든 게 순조로웠습니다." 그녀가 말했다.

에크하르트는 이혼 후 로스토크 항구의 매립지 위에 지어진 아파트 단지에 살았다. 에크하르트는 그녀에게 안방을 빌려주었다. 그 방에 욕실이 딸려 있었기 때문이었다. 그리고 자신은 손님방으로 옮겼다. 그녀가 이렇게 현대적이고, 바닥과 탁자, 캐비닛이 모두 너무나 반짝거리는 집에 발을 들인 것은 꽤 오랜만이었다. 전체적으로 눈에 띄는 색채는 축구팀 FC 한자로스토크의 상징색인 로열 블루였다. 머그컵과 쿠션, 담요, 그리고 수채화로 그려진 경기장 그림 액자까지 모두 로열 블루였다. 그녀가 뜨거운 물을 가득 채운 욕조에 들어갔더니 그 팀의 유니폼을 입고 선원 모자를 쓴 고무 오리도 있었다.

그녀가 에크하르트의 가운을 입고 침실에서 나왔을 때 잠깐 이상한 분위기가 감돌았다. 에크하르트는 그녀를 위아래로 바라보더니 뭔가 잘못되었다는 듯한 표정을 지었다. 그 후 그의 태도가 바뀌었다. 두 사람이 함께 저녁을 먹는 동안 에크하르트는 무뚝뚝하고 산만했으며, 그녀를 거의 쳐다보지도 않았다.

터무니없게도(아마도 에크하르트가 항상 마음속으로 그녀의 젊은 시절을 떠올리고 있었기 때문일 것이다) 그녀는 10대 후반으로 돌아간 느낌이 들었다. 그 당시 그녀는 에크하르트 이전에 사귀던 남자 친구를 만나기 위해 옥스퍼드 대학에 처음 방문했다. 전화 통화를 했을 때 남자 친구는 흥분한 것 같았지만, 막상 만났을 때는 거의 처음부터 차갑고 성마른 얼굴이었다. 그녀는 자신이 무엇을 잘못했는지 이해가 되지 않았고 그의 배려에 의지해야 하는 자신이 무기력하게 느껴졌다. 성관계를 갖지 않은 밤을 보낸 후 그녀는 아침 일찍 기차를 타고 집으로 돌아갔다. 남자 친구가 헤어지자고 할 게 뻔했기 때문이었다. 이번 만남도 그렇게 된 것이었다.

그리고 다음 날 아침, 그녀가 일어나니 침실 문이 열리지 않았다.

문에는 열쇠 구멍이 없고 전자식 잠금장치가 있었다. 그녀는 이것은 기술적인 문제일 것이라고 짐작했다. 그녀가 에크하르트의 이름을 불렀다. 문 너머에서 에크하르트가 거실을 돌아다니는 소리가 들렸지만 그는 대답하지 않았다.

그녀가 계속 에크하르트를 소리쳐 불렀지만 여전히 밖에서는 목소리가 들려오지 않았다. 다만, 잠시 후 TV에서 관중들의 소음 위로 축구 해설자가 이야기하는 소리가 들려왔다. 볼륨을 매우 높게 올린 것 같았다. 이윽고 정오 무렵, 그녀가 소리쳤다. "에크하르트, 제발, 나 배고파."

문을 통해 목소리가 들렸다. "뭐 먹고 싶어?"

"상관없어. 아무거나. 하지만 나 좀 내보내 줄래? 무슨 일인지 이해가 안 돼."

에크하르트가 부엌에서 잠시 바스락거리는 소리가 들렸다. 곧 그가 돌아왔다. "욕실로 들어가."

"왜?"

"문을 열어야 하는데 네가 나를 때리지 않았으면 좋겠어."

"안 때릴게, 에크하르트." 사실 그녀는 분명히 때렸을 것이다.

"제발, 욕실로 들어가."

"맙소사, 알았어."

그녀는 기다렸다. 잠시 후 에크하르트가 말했다. "아직 욕실로 안 들어갔네."

그 말은 사실이었다. 그녀는 들어가지 않았다. "어떻게 알았어?"

"아파트가 알아. 내 휴대폰으로 확인할 수 있어. 욕실에 아무도 없다고 나와."

"세상에, 에크하르트, 나를 카메라로 감시했다는 거야?" 감시망을 완전히 피할 수 있을 거라 믿었던 그녀는 얼마나 순진했던가.

"아니, 아냐. 네가 도착하기 전에 모든 보안 카메라의 전원을 껐어. 하지만 아파트는 아직 누군가가 욕실에 있다는 사실을 알 수 있어. 센서가 있거든."

"대체 무슨 이유로?"

"누군가가 욕실에서 변기를 사용하거나 샤워한 후 문을 열고 나오기 전에 경고해 줘." 에크하르트가 말했다.

"하지만 넌 혼자 살잖아."

"음, 그렇긴 한데 아파트에 기본적으로 제공되는 시스템이야."

세계의 다른 나라들은 그녀의 조국이 지난 수십 년 동안 '진보'를 포기하고 뒤떨어진 상태라고 말해왔다. '거참 끔찍한 손실이네.' 그녀가 생각했다. 그리고 시키는 대로 욕실에 들어갔다. 욕실에서 침실 문이 빠르게 열렸다가 닫히는 소리를 들었다. 이제 두 사람 사이의 협약은 계획대로 작동되었으며, 그녀는 제시간에 방을 가로질러 달려가 그를 막을 수 없었다. 밖으로 나오자 바닥에 피자 토핑이 된 전자레인지용 바게트가 담긴 접시가 놓여 있었다. 나이프나 포크 같은 것은 없었다.

"에크하르트, 언제까지 이렇게 있어야 해?" 그녀가 물었다.

"정말로 미안해." 에크하르트가 고통스러운 목소리로 말했다. "진짜 정말로 미안해."

"지금 이 일에 대해서 사과하는 거야, 아니면 앞으로 있을 일에 대한 사과야?"

"내가 벨트뷔네(Weltbühne), 그러니까, 세계적인 무대에 서게 될 거라고 말한 사람이 너였잖아." 그녀는 그게 너무도 말도 안 되는 소리일 뿐 아니라, 자신이 여기에 온 후로 그런 말을 한 적이 없다고 확신했기 때문에 당황스러웠다. 그러나 수십 년 전에 에크하르트에게 그런 말을 했던 게 분명하다는 사실을 깨달았다. 아마 가르미슈에서 처음 만났던 시절이었을 것이다. 실제로 당시 그들은 상대방이 앞으로 눈부신 성장을 할 것이라고 확신했다. 그러나 에크하르트가 그녀에 대해 했던 예상만 실현되었다. 그녀가 에크하르트에 대해 했던 예상은 실패했다. 에크하르트는 여전히 로스토크에 머물며 '독일을 위한 대안당'의 지부에서 일하고 있었다. 그 지부는 주도(主都)조차 아니었다.

"에크하르트, 넌 지금 꽤 물의를 일으킬 만한 일에 연루된 거야. 이런 사건은 매일 일어나는 게 아니잖아. '장관이 집 안으로 뛰어들다.'"

"그렇지, 내가 연루된 것은 맞지만…… 연루된 것만으로는 충분하지 않아. 나는 있잖아…… 엔진 같은 거, 뭐랄까, 중요한 사람이 되어야 돼. 벌써 쉰네 살이잖아. 이게 마지막 기회야. 나에겐 네가 마지막 기회야."

"뭘 위한 마지막 기회라는 거야?"

"중요한 인물이 될 마지막 기회. 우리 당이 너희 나라 사람들과 손잡으려 애쓰고 있는 거 알아?"

그녀는 알고 있었다. 은둔 왕국 정부는 독일연방공화국의 정부와 외교적 관계를 단절했지만, 야당과의 비공식적인 소통이 점점 더 많아지고 있었다. 그래서 그녀는 한 번에 이해했다. 에크하르트는 그녀를 독일대안당에 넘기고, 독일대안당은 그녀를 은둔 왕국 정부에 돌려보내려 할 것이다. 이를 통해 독일대안당이 무엇을 얻으려는지는 그녀가 알 수 없었다. 그녀는 자신이 우정의 선물이나, 상호 양해각서를 체결할 때 샴페인 축배가 될지도 모른다는 생각이 들었다. 그러나 에크하르트가 이를 통해 얻어 내려는 것이 무엇인지는 전적으로 명확했다. '중요한 지위.' 에크하르트가 자신의 젊은 시절 '유럽청년 보수주의자 정상회의'에서 사람들의 눈길을 끌었을 때 상상했던 고상한 미래가 아직도 가능하다고 진지하게 생각하고 있지는 않겠지만, 적어도 독일대안당의 고위층에 자신의 이름을 알릴 수는 있을 것이다.

"그 사람들이 언제 나를 데리러 와?" 그녀가 물었다. 에크하르트는 그녀를 어르는 말투로 아파트의 모든 보안 카메라를 껐다고 말했다. 그러나 지금 그녀는 그게 정말로 자신의 사생활을 보호하기 위한 일이었는지, 아니면 나중에 자신이 이곳에 머물렀다는 흔적을 남기지 않기 위한 것인지, 혹은 녹화하지 않는다고 주장하면서 실은 이 영상을 서버 깊숙한 곳에 보관하는 중인지 궁금해졌다.

"아직 논의 중이야."

"왜 지금까지 기다린 거야?" 그녀가 오자마자 곧장 그들에게 데려다줄 수도 있었는데, 왜 아파트에 들르게 해서 상황을 이상하게 만드는 걸까.

"나에겐 정말로 힘든 결정이었다는 사실을 네가 이해해야 해." 에크하르트가 말했다. "정말로 무척 힘들게 결정했어."

그녀가 여기에 올 때까지도 완전히 마음을 정하지 못했다는 뜻인 것 같았다. 그녀는 자신이 침실에서 나갔을 때 에크하르트의 얼굴에 떴던 표정을 떠올렸다. 어쩌면 에크하르트는 습지에서 주워 온 축축한 누더기가 뜨거운 목욕을 마친 뒤 그날 밤 가르미슈에서 만났던 스무 살의 그녀로 극적으로 변신할 거라 기대했던 것인지도 모른다. 아마 에크하르트는 오랜만에 그녀를 직접 만나고는 자기만큼이나 늙었다는 사실에 겁을 먹었을 것이다. 그런 경우라면 에크하르트는 지난밤 그녀가 잠든 이후 지도부에 연락했을 것이다. 그리고 이 순간에도 그들은 조건을 흥정하고 있는 것이다.

독일대안당이 데리러 오기 전에 여기서 나가야 했다. 여기서 빠져나가지 못하면 런던으로 송환되어 템스 하우스 지하실로 끌려갈 것이다. 혹은 좀 더 공개적인 곳으로 끌려갈 가능성도 있었다. 총리의 기분에 달린 문제였다.

오후로 접어들자 더 이상 기다리면 위험하다고 생각한 그녀가 소리쳤다. "에크하르트, 혹시 플로렌티너 좀 있어?" 그것은 아몬드가 들어간 밀크초콜릿이었다.

문을 통해 들려온 목소리. "미안. 집에는 없어."

"그럼 좀 구해 달라고 부탁해도 될까? 가르미슈에 있던 그 유명한 제과점에서 우리 둘이 처음으로 같이 먹었던 거 기억해?"

"크뢰너 제과점이었지."

"맞아. 난 이 나라를 생각할 때마다 플로렌티너도 함께 떠오르더라고. 잔뜩 먹어 보고 싶었어. 우리 나라에서는 그런 음식을 구할 수 없잖아. 뭐, 생각하긴 싫지만 내가 돌아가면 그 사람들이 나를 위해 디저트 카트를 끌고 와서 접대해 줄 리도 없고. 너도 그렇게 생각하지, 에크하르트? 그럼 이건 정말로 내게 마지막 기회야. 어린애 투정처럼 들리겠지만 마지막으로 플로렌티너를 꼭 맛보고 싶어. 반드시 크뢰너 제과점에 있던 그 사랑스러운 과자일 필요는 없어. 비슷한 건 뭐든지 좋아."

"그래, 그렇겠지." 에크하르트가 말했다. "몇 개 주문할게." 에크하르트는 자신이 저지른 짓이 이것으로 어느 정도 보상될 거라고 생각했는지 기쁜 목소리로 말했다.

"고마워, 에크하르트."

약 30분 후 에크하르트가 아파트에서 나갔다가 다시 들어오는 소리가 들렸다. 아마 드로넨파케타우프주크(지붕에 있는 드론 착륙장에서 배달물을 받아 복도로 내려 주는 식품·식기용 소형 승강기를 가리키는 독일의 신조어였다)에서 플로렌티너를 받아 오는 소리였을 것이다. 예상했던 대로 에크하르트가 그녀의 방문을 두드렸다. "욕실로 들어가."

"이 바보 같은 짓을 정말 또 하자고?"

"네가 그 안에 들어간 걸 확인하기 전까지는 문을 열 수 없어."

"아, 알겠어."

그녀가 욕실 문을 닫았다. 에크하르트가 침실 문을 열었다. 그리고 에크하르트가 플로렌티너 상자를 바닥에 내려놓는 순간 그녀가 침실 문 뒤에서 걸어 나와 FC 한자로스토크 60주년 벽난로 시계로 에크하르트의 머리를 내리쳤다.

앞서 그녀는 에크하르트의 서랍장에서 점퍼와 티셔츠, 바지를 꺼내 일본 잠수복 안에 집어넣었다. 지푸라기를 가득 채운 가이 포크스 허수아비처럼 부풀어 오를 때까지 팔다리와 몸통에 옷들을 쑤셔 넣었다. 그리고 에크하르트가 침실 문 앞에 서 있을 때 잠수복 인형을 욕실로 가져가 4번 유지 기능을 작동시켰다. 그녀는 4번 유지 기능의 원래 목적이 무엇인지 아직도 몰랐다. 그러나 옷가지로 두툼하게 만들자 잠수복은 엉덩이를 흔들며 외설적인 춤을 추도록 만들어진 인간 크기의 꼭두각시처럼 보였다. 잠수복을 벽에 기대어 세우고 한쪽 팔을 수건 고리에 끼워서 똑바로 일으키자, 인형이 그녀에게 서툴게 몸을 비비기라도 할 것 같았다. 이런 상황에서도 삐져나오는 웃음을 참는 게 쉽지 않았다.

물론 그녀는 에크하르트의 욕실에게 여기 살아 숨 쉬는 사람이 있다는 확신을 줄 수 있을지 마지막까지 알 수 없었다. 정말로 그렇게 쉽게 센서를 속일 수 있을까?

외관상으로 가능할 것 같았다.

그리고 에크하르트도 속았다. 그녀가 구태여 플로렌티너를 요구하며 소란스럽게 한 것은 에크하르트의 경계심을 낮추기 위해서였다. 그들은 오랜 세월 동안 정치에 몸담아 왔더라도, 특별히 큰 호의를 베풀어 줬던 사람이 자신을 배신하는 경우에는 어쩔 수 없이 놀라곤 한다. 그러나 그녀는 에크하르트를 순진했다고 나무랄 생각이 없었다. 그녀도 똑같이 여기에 오는 실수를 했으니까.

그녀는 침실의 문턱에 누워 있는 에크하르트를 내려다보다가 확실하게 기절시키기 위해 시계로 한 번 더 쳐야겠다고 결심했다. 그런데 두 번째 타격은 절박하게 순간적으로 내리쳤던 첫 번째와 달리 여유롭고 신중하게 때린 것이었는데도 이상하게 그 결과는 정말로 지저분했다. 이제 그의 이마에 난 상처에서 피가 흘러내렸다. 그녀는 에크하르트를 죽일 생각이 전혀 없었지만, 누군가가 응급 처치를 하지 않으면 그가 머리의 부상 때문에 죽을 수도 있을 것 같았다.

그러나 응급 처치를 하는 누군가는 그녀 자신이 아닐 것이다.

대신 그녀는 욕실로 돌아가서 바닥에 굴러다니고 있는 잠수복을 찾았다. 그녀는 잠수복의 유지 기능을 비활성화하고, 옷을 모두 꺼낸 후 입었다. 활기찬 실루엣이 다시 살아났다.

그녀는 아래층으로 내려갔다. 건물의 입구에서 포대기에 감싼 아기를 안고 있는 남자를 지나쳤는데, 그녀를 미심쩍은 눈빛으로 바라봤다. 남자의 두 눈은 찰나의 호기심에 불과했지만 이제 수많은 눈이 그녀를 찾을 거라는 생각이 들었다. 협상이 성사되었다고 판단한 에크하르트의 독일대안당 동료들은 이미 그 초콜릿이 도착했을 무렵에 그녀를 데리러 오는 중이었을 것이다. 에크하르트가 깨어날 경우에는 그 보복으로 독일 경찰에게 그녀를 공격하게 할 테고, 그가 깨어나지 않고 시체로 발견될 경우에도 경찰이 그녀를 쫓을 것이다. 그리고 무엇보다, 그녀의 동료 장관들을 돕고 있는 게 분명한 페렌스 바르카가 그들의 멋진 합작 사업을 위협할 수도 있는 중대 보안 위반을 추적하고 있을 것이다.

은둔 왕국 정부의 감시 장치는 방대했으며 규모를 계속 확장하고 있었지만, 그 신뢰도와 예리함은 전반적으로 에크하르트의 욕실에 있는 센서 수준이었다. 그러나 안티체인의 눈은 그렇지 않다는 것을 그녀는 알고 있었다. 사실, 안티체인의 감시를 눈 정도로 비유하는 것은 적절하지 않았는데, 그건 외부 세계와 내부 세계 사이의 한정된 정보 전달만을 의미할 뿐이기 때문이다. 안티체인은 모든 곳에 스며든 두뇌이며, 현실 자체가 그 두뇌에 둘러싸여 있다고 상상하는 게 더 정확했다. 로스토크 항구나 레이호른 자연보호구역, 그리고 에크하르트의 아파트 단지처럼 안티체인이 실제 관리 계약을 맺은 데이터 외에도, 그들은 다른 독점적 데이터에 대한 인가를 받을 수 있었고 몰래 데이터에 접근할 수도 있었다. 이 무수한 데이터를 한쪽 끝에서 저 끝까지 소유하며 안티체인은 알고리즘으로 지표를 연결할 수도 있었고 그 연결 자체에서 새로운 지표를 만들어 낼 수도 있었다. 페렌스 바르카가 날개의 움직임과 수도꼭지의 물방울 움직임을 통해 그녀가 어디에 있는지 이미 알지 않을까?

그녀의 앞에는 놀이터가 있었는데 머나먼 전초기지의 폐허처럼 모래와 사초(莎草) 사이로 기능이 불분명한 나무 구조물이 튀어나와 있었다. 놀이터는 오륙 층의 건물들에 둘러싸여 있었으며, 두 건물 사이로 물이 있었고, 그 너머로 다른 해안의 나무들이 눈에 들어왔다. 서둘러 그 방향으로 가니 콘크리트 부두가 있었는데, 운터바르노프 강어귀로 이어지는 계단이 설치되어 있었다. 이번 힘든 일을 치르며 그녀는 특유의 차분함을 유지했다. 그러나 지금은 그녀의 식탁 위에서 몸부림치던 잠수복처럼 내면에서 파문이 일어나는 게 처음으로 느껴졌다.

그녀는 계단을 내려가 부두 가장자리로 걸어갔다. 그리고 물속으로 들어갔다. 그녀는 종종 길을 잃고 템스강으로 올라오는 돌고래처럼 다시 바다를 향해 헤엄치기 시작했다. 그녀의 마음속을 꽉 들어찬 공포의 안개를 뚫고 덴마크라는 나라가 떠올랐다. 그녀가 덴마크에 있을 거라는 생각은 아무도 하지 못할 것이다.

운터바르노프강에서 한 번 페리선에 치일 뻔하긴 했지만, 12킬로미터 정도는 무난하게 헤엄쳐서 나아갈 수 있었다. 그러나 발트해로 들어가기 위해서는 만의 입구를 가로막고 있는 두 개의 긴 방파제를 지나가야 했다. 얼마 지나지 않아 그녀는 자신이 바다로 지나치게 멀리 나왔다는 사실을 깨달았다. 로스토크와 덴마크의 남쪽 끝 사이의 거리가 대단히 짧으니 그곳에 다리를 놓자는 제안이 있었다는 사실이 어렴풋이 기억났다. 에크하르트는 교통 체증 때문에 반대했었다. 하지만 그녀에게는 이제 연어 양식장에서 쓰는 수상 드론도 없었고, 먹을 것도 마실 것도 없었으며, 전날 생긴 근육통은 아직도 여전했다. 잠수복은 그녀를 포근히 감싸고 있지만 해낼 수 있을 거라는 자신이 없었다.

그러나 그녀는 왔던 곳으로 돌아가길 거부했다. 그것은 파멸이었다.

그때 회색의 수평선 위로 뭔가가 눈에 들어왔다. 처음에 그녀는 그게 해상 풍력 터빈이라고 생각했다. 그러나 물 밖으로 솟아오른 축이 하나가 아니었다. 세 개였다.

"그게 당신이었군요! 당신이 회전항해선에 있던 사람이었어요!" 카린이 소리쳤다.

헬야드가 어리둥절한 표정으로 카린을 바라봤다. "월요일 밤 바루나호에서 회전항해선이 바로 옆을 지나치며 남쪽으로 갔거든요. 그때 창문에 누가 있는 게 보였어요. 회전항해선에 누가 타고 있던 거예요."

"잠깐만요, 그러면 둘이 전에 만났던 거예요?" 새니가 물었다. 그는 눈도 깜빡이지 않고 이야기에 귀를 기울였는데, 어떤 정보든 충분하기만 하다면 그게 뭐라도 쭉쭉 빨아들이는 사람다운 집중력으로 솟아오르는 도파민을 즐기는 듯했다.

"만났다고 하긴 힘들죠. 얼핏 본 수준이니까요." 카린이 말했다.

"네." 인어가 대답했다. "저였을 거예요."

인어는 바람이 불지 않던 아침 발트해로 탈출했으며, 회전항해선이 천천히 움직이고 있어서 곧장 헤엄쳐서 다가갈 수 있었다. 그때 회전항해선은 그녀의 존재를 알아챈 듯했다. 그러고는 그녀를 난파당한 사람이라고 판단했는지 멈췄다. 윙윙거리던 터빈 소리가 조용해지더니 아래에 있는 해치가 열렸다. 안으로 들어가자 그때까지 아무도 발을 들여놓은 적이 없어 보이는 작은 선실이 있었다. 선실에서 발견한 바닐라맛 영양바는 유통 기한이 7년이나 지난 상태였지만, 한 개 먹어 보니 그런 음식에 일반적으로 예상되는 수준보다는 특별히 비위에 거슬리지는 않았다. 바닷물을 정수한 물도 있었으며 구급상자와 보온 담요 같은 것도 있었다.

침대 옆의 벽에는 터치스크린이 있었는데 아마도 조난 신호를 보내는 용도인 것 같았다. 건드려 봤더니 '2032-004 보안 업데이트를 설치하라'는 메시지가 떴다. 어차피 그녀는 조난 신호를 보낼 생각이 없었기 때문에 상관이 없었다.

"요나를 삼킨 물고기에 대해 말할 때 그 눈은 창문 같고, 그 안의 진주는 등불처럼 빛났고, 뱃속의 천장은 유대교 회당과 같았다고 하지 않나요? 흐음, 세 번째 묘사는 좀 다르네요. 똑바로 서면 선실 천장에 이마를 부딪쳤거든요. 하지만 바다짐승의 내부가 정말로 놀랍도록 편안했다는 요나의 말에는 동의합니다. 특히 주변 상황 때문에 너무 괴로웠으니 말이죠. 그리고 편안할 뿐 아니라 안전했습니다. 바르카가 저를 찾으려 발트해를 싹싹 훑어보기 위해 드론을 무더기로 보낸다고 해도, 그리고 설령 그 드론들이 벽을 뚫고 볼 수 있다고 하더라도, 저는 그 안에서 아무 문제가 없었을 거예요. 드론은 회전항해선 근처에 감히 다가오지도 못했을 거예요. 회전항해선이 공중으로 휙휙 날려 버렸을 테니까요. 그래서 최대한 오래 머물기로 결심했습니다. 비상식량이 떨어질 무렵에는 낚시를 할 수 있는 체계를 개발할 계획을 세웠죠. 차츰 시간이 지나며 저는 다음에 해야 할 일을 알게 되었지만, 급하게 생각하지는 않았습니다.

약 한 달이 지난 즈음 제가 탄 회전항해선은 발트해 주변을 돌아다니고 있었습니다. 당시 어디쯤인지는 잘 모르겠지만 오로라를 본 적도 있었습니다. 유럽의 최북단 지역까지 상당히 멀리 갔던 것 같습니다. 그러던 어느 날 아침 뭔가가 바뀌었습니다. 그 배에 오래 타고 있었기 때문에 단번에 느낄 수 있었어요. 회전항해선이 남쪽으로 달려가고 있었습니다."

카린이 끼어들었다. "그때 네이선이 회전항해선을 해킹했을 거예요. 걔는 틴카넨 수용소에 있는 남자애예요."

"물론 당시는 어떤 일이 일어나는지 몰랐어요. 다음 날이 되니 다른 회전항해선들이 함께 움직이는 게 보이더군요. 걱정됐습니다. 뭔가 이상한 일이 벌어지고 있는 것 같았거든요. 몇 시간 동안 어리둥절하다가 제 수상가옥이 동쪽으로 방향을 틀었을 때쯤 확신이 들었습니다. 오랜 세월이 지난 후 마침내 누가 회전항해선을 항구로 불러들이고 있었던 거죠. 배들을 해체하거나 개조하거나 특성에 맞춰 뭔가를 만들려 한다고 짐작했습니다. 그래서 배에서 내리는 게 낫겠다고 생각했어요. 그래서 내렸죠. 그리고 앞으로 어떻게 할지 고민하며 핀란드만을 헤매고 다니다가 개러스한테 발견된 거예요."

"개러스는 당신이 도와 달라고 소리쳤다는데요." 핼야드가 말했다.

"절대로 안 그랬습니다." 인어가 말했다. "하지만 한 달 동안 다른 사람 얼굴을 못 봐서 조심성이 조금 떨어졌다는 건 인정해야겠네요. 배에 올라타라는 제안을 받아들인 걸 보면 말이에요."

"그 사람이 당신을 어디로 데려갈지 알고 있었나요?"

"가는 길에 수용소 이야기를 들었습니다."

"사람들이 알아볼까 봐 걱정되지는 않던가요? 모두 당신네 나라 사람들이잖아요?"

"그런 걱정은 조금도 안 했습니다. 아까 말했다시피 고위 관료들의 사진은 공개되지 않으니까요. 그렇지만 유출된 것도 있는 것 같더군요. 내무부 장관의 얼굴은 이제 공공연하게 알려질 정도로 사진이 널리 불법으로 퍼졌다고 들었습니다. 하지만 다행히 환경식품농림부 장관에 대해 알고 싶다는 대중의 갈망은 내무부 장관에 비하면 아무것도 아니죠. 아무도 저를 알아보지 못할 거라고 생각했어요. 그리고 얼마 지나지 않아 수용소에 들를 아주 좋은 이유가 있다는 걸 깨달았습니다."

"캡차 말이죠?" 카린이 단번에 알아듣고 말했다.

"맞습니다."

"그래서 진료소에 침입했던 거군요. 살아 있는 캡차 표본이 어딘가에 있기를 바라면서요. 감염돼서 얼굴 인식 카메라가 당신을 식별하지 못하도록 만들고 싶었던 거죠."

"페렌스 바르카를 상대로 제가 생각해 낼 수 있는 가장 강력한 방어책이었습니다."

"하지만 샤하드 박사에게 잡혀 버렸죠." 핼야드가 말했다.

"그래요. 그래도 찾던 물건은 이미 확보한 상태였습니다."

"박사는 도둑맞은 게 없다고 하던데요."

"아마 곰팡이병이 아니라 사람들이 훔칠 만한 물건만 확인했기 때문일 겁니다. 박사가 너그럽게 저를 풀어 줬지만, 저는 비밀을 털어놓지 않았어요. 그즈음 서피스 웨이브가 아주 가까이에 있다는 사실을 알게 되었거든요. 무엇보다 자유를 지키고 싶은 저에게 서피스 웨이브는 굉장히 매력적이었죠. 신도 없고, 주인도 없는 곳. 일종의 카사블랑카라고 할 수 있죠. 그래도 정문으로 걸어 들어가지는 못할 것 같았습니다. 바깥 건물에서 쏟아져 나오는 무시무시한 벌레를 보면서 생각했죠. 벌레를 막으려면 저 건물로 들어가야 하는데 아무도 못 들어가거나 들어가려는 사람이 아무도 없는 모양이라고. 북해에서 달리기 선수용 음료를 마시고 회전항해선에서는 향기 나는 마분지를 먹었는데, 다시 당분간 젖먹이용 유동식을 먹어야 한다는 사실을 알게 된 후 다소 심리적인 충격을 받긴 했습니다. 그 끔찍한 '셰이크'라니. 물론 그래도 저는 운이 좋았죠. 어쨌거나 그 '당분간'이라는 게 그리 길지는 않았잖아요. 그죠? 여러분이 저를 찾아냈으니까요."

"그런데 어떻게 들어갔어요?" 카린이 물었다.

"아래로 들어갔습니다. 다시마를 돌보는 드론이 배달하는 모습을 상당히 오래 지켜봤어요. 그래서 숨을 참고 드론 한 대를 따라서 이 배달원들이 들락거리는 문으로 내려갔죠."

헬야드가 한숨을 내쉬었다. "저도 최근에 국제적 도망자가 되겠다는 생각을 잠깐 했던 적이 있어요. 하지만 이번 일로 제게는 그런 능력이 없다는 걸 깨달았죠. 저로서는 킥복싱에 입문하겠다는 거랑 비슷한 거예요. 하지만 잠깐 이야기를 뒤로 돌려도 될까요?" 헬야드가 말하고 있을 때 새니가 말차를 더 따라 주었다. "페렌스 바르카가 남서 반도를 살 거라고 하셨죠. 하지만 이유를 설명하지 않았습니다. 바르카는 그 넓은 땅으로 대체 뭘 하려는 건가요? 100만 홀 규모의 골프장이라도 짓는 건가요?"

"자연보호구역을 만들겠다네요."

"정말요? 그 지역에 야생 동물이 많나요?" 헬야드가 물었다.

"토종 동물은 별로 없습니다. 수입 동물들이겠죠. 바르카는 그 반도를 멸종위기종과 이미 멸종된 종으로 채우고 있습니다."

전혀 예상하지 못했던 말이었다. 바르카 같은 젊은 억만장자들은 취미와 부수적으로 벌이는 사업이 너무 많고, 그 추진력은 너무 강한 데다가 통이 크고 심하게 르네상스적인 사람들이라서, 그들이 새로운 모험을 발표할 때마다 반사적으로 느껴지는 지겨움과 혐오감을 피할 수 없었다. 마치 고카트나 만화, 빌어먹을 로봇에 입을 다물지 못하는 버릇없고 발육이 빠른 조카 같았다.

"북부보호구역처럼 만든다는 건가요?" 헬야드가 말했다.

카린은 설령 이 말이 사실이라고 하더라도 나치의 우크라이나 계획, 즉 유럽 들소 오록스와 중앙아시아 야생마 타판을 구한다며 지방 전체를 합병하려던 계획과 비슷하다는 생각이 들었다. "바르카는 왜 그런 일을 하려는 건데요?" 그녀가 물었다.

"그것은 제가 대답할 수 없는 질문입니다."

"바이오뱅크 공격이 일어나기 전에 바르카가 사전 경고를 받았다잖아요." 핼야드는 흥분했다. "아마도 자기가 해킹을 막을 수 없다고 생각해서 대신 자연보호구역을 만들기로 했겠죠. 그런 일을 거의 완벽하게 비밀로 할 수 있는 장소니까. 모든 사람이 멸종된 생물들의 마지막 흔적이 사라졌다고 생각하지만, 실제론 사라지지 않은 겁니다. 사실, 멸종되지 않았던 거예요. 은둔 왕국 끝자락에서 증인 보호를 받으면서 살고 있다고요."

"페렌스 바르카는 세계에서 가장 강력한 인물이에요. 공격이 일어나기 전에 그런 일이 일어날 줄 알았다면 뭔가 조처를 할 수 있었을 거예요. 최소한 사람들에게 경고라도 할 수 있었어요." 카린이 말했다.

"그건 알 수 없는 일이죠. 그렇지 않나요? 우리는 아직도 공격의 배후가 누구인지 모르잖아요. 공격 수법이 너무 발전된 형태라서 네이선은 해커들이 시간 여행자인 게 틀림없다고 했었잖아요."

"온라인에서 그렇게 말하는 사람들이 있다는 이야기였어요."

"경고해도 소용없었을 수도 있죠. 그래서 바르카로서는 뒤에서 이런 대담한 짓을 벌일 수밖에 없었는지도요." 핼야드가 말했다.

"혹시 당신도 사실 페렌스 바르카가 꽤 멋지다고 생각하는 부류인가요?" 그런 숭배가 카린이 안티체인 머신러닝 부서에 지원했을 때 느꼈던 거북함의 원인이며, 수염이 덥수룩한 그 데이터 업계 거물이 그녀가 좋아하던 한국 디자이너의 재킷을 입고 공개 석상에 등장했다는 사실에 경악했던 이유였다. 그러나 바르카는, 그의 무절제한 과대망상과 인종 청소에 대한 공모를 기꺼이 모른 척해 주는 핼야드 같은 사람들로부터 불안할 정도의 영웅 숭배를 받고 있었다. 바르카의 태도가 거만한 데다가 멋진 잠수함 컬렉션을 가지고 있기 때문이었다.

"하, 당신은 그 사람 편이 아닌 것처럼 말하네요? 반쯤 소멸한 동물 몇 종을 위한 공간을 만들기 위해 200만 명을 쫓아내는 거, 그게 바로 당신의 정치적 입장 아니었던가요?" 핼야드가 말했다.

"겨우 몇 종은 아닙니다. 거의 8만 종입니다." 인어가 말했다.

"말도 안 돼요. 그건 불가능합니다. 지금까지 바이오뱅크에 있던 것보다 훨씬 많은 숫자잖아요."

"저한테 목록이 있어요. 모든 동물과, 그 동물들의 새로운 안식처 위치 정보요. 이게 물론 완벽한 증거가 될 수는 없겠지만 제가 주장하는 바를 약간이나마 뒷받침할 수는 있겠죠."

"저희가 볼 수 있을까요?"

인어가 쌀쌀한 귀족적 미소를 지었다. "화이트홀을 떠나기 직전 해외 서버에 목록을 업로드했습니다. 다른 파일들과 함께요. 제가 가지고 나올 수 있는 다른 것들은 사람들에게 가치가 없을 것 같아서요. 저는 이미 모든 질문에 전적으로 솔직하게 답변드렸습니다. 제가 마지막 협상 카드를 포기할 거라고 기대하지 않았으면 좋겠네요."

핼야드가 카린을 힐끗 쳐다봤다. "좋습니다." 핼야드가 말했다. "전부 다 볼 필요는 없습니다. 하지만 특별히 한 종만 확인하면 안 될까요?"

닷새 후, 카린과 셀림은 서쪽으로 300킬로미터 떨어진 돌밭에 도착했다.

돌들은 날카롭고 얼룩덜룩했는데, 돌 사이로 야생 제라늄이 화성의 잡초처럼 놀랍도록 무성하게 돋아나 있었다. 아직은 꽃도 잎도 없었다. 사실 돌과 대비되는 색은 전혀 없었다. 그러나 지구의 것이라고는 생각되지 않는 기괴한 진홍색의 줄기들만큼은 지평선까지 채우고 있었다. 오스무사르는 몇 시간이면 걸어서 돌아볼 수 있는 섬치고는 낯선 풍경이 너무 많았다. 그보다 앞서 지나쳤던 등대 근처에는 석회암 조각들이 절벽에서 떨어져 나와 바다로 미끄러져 내렸는데, 깔끔한 모서리와 물결처럼 울렁거리는 가장자리가 마치 지도책을 쌓아 놓은 듯한 모습의 해안선을 그렸다.

두 사람이 제라늄을 바라보며 서 있는 동안 비가 더욱 거세졌다. 카린이 휴대폰으로 검색해 보니 저 제라늄 종의 옛 이름 중에는 '악취가 나는 밥', '빨리 오는 죽음'도 있었다.

"비 피할 곳을 찾아볼까요?" 셀림이 물러날 기미를 보이지 않는 하늘을 올려다보며 말했다.

"전 괜찮아요. 당신은요?" 카린이 대답했다.

셀림이 괜찮다는 듯 고개를 끄덕였다. 카린과 마찬가지로 셀림도 훌륭한 비옷을 입고 있었다. 그들은 계속 나아갔다.

오스무사르는 핀란드만의 입구, 에스토니아 북서쪽 모퉁이에서 살짝 떨어져 있는 섬이었다. 서피스 웨이브에서 그 섬이 조금만 더 멀었다면 카린은 오지 않았을 것이다. 너무 먼 거리 때문은 아니었다. 카린은 지난주에 핼야드와 함께 훨씬 먼 거리도 여행했었고, 그럭저럭 시간적인 여유도 있었다. 하지만 함축된 의미가 문제였다.

애인과 눈이 맞아 도망치거나 흥청망청 즐길 계획이라는 인상을 주지 않으면서, 아직 서로를 잘 모르는 연인과 함께 즉흥적으로 여행할 수 있는 최대 거리는 어느 정도일까?

금요일 저녁 새니의 연구실에서 인어가 풀어놓은 이야기가 끝나갈 무렵, 셀림이 카린에게 저녁 약속이 있냐는 메시지를 보냈다. 그래서 카린은 서피스 웨이브의 라멘 가게에서 셀림을 만났다. 마제소바와 교자를 먹으며 셀림은 튀르키예로 곧장 돌아가지 않고 며칠 동안 조류 관찰을 할 예정이라고 했다. 탈린 서쪽 해협은 회전식 개찰구를 통과하는 통근자들처럼 곶과 섬 사이를 지나는 북극 철새와 수백만 마리의 오리와 거위, 검둥오리, 고방오리를 유럽에서 가장 잘 볼 수 있는 장소였다.

"난 당신이 동고비 일 때문에 조류와 관련된 일에서 손을 완전히 뗀 줄 알았어요." 카린이 말했다.

"아뇨. 아직도 새를 사랑해요. 동고비 일 때문에 손을 뗀 건 동고비뿐이죠."

카린은 미소를 지으며 셀림의 교자를 하나 먹었다. 셀림이 전에 들려주었던 이야기는 혐오와 단절, 환멸과 타락에 대한 것이었지만, 그럼에도 카린은 적어도 동물과의 관계에 있어서는 그를 존경했다. 둘 다 멸종 산업의 개자식들이긴 하지만 셀림과 헬야드는 그런 점에서 차이가 있었다. 만일 헬야드가 다른 분야에서 일자리를 구한다면 동물과 지구를 함께 쓰는 문제에 대해 다시는 생각하지 않을 거라는 느낌이 들었다. 헬야드에게는 모든 순간 동물이 존재하는 게 아니었다. 아델로그나투스를 만나기 전까지 카린 자신도 그랬던 것처럼 헬야드도 현실에 안주하고 있었다. 그러나 이제 카린은 동물과의 관계에서 극심한 고통과 역설을 발견해야 한다고 느꼈다. 과몰입하는 가톨릭 신자들 대부분이 신과의 관계에서 발견했던 것처럼 말이다(그 신자들도 일방적인 대화를 대단히 잘 인내하는 사람들이다).

두 사람은 라멘 가게 밖에서 키스했다. 그리고 셀림이 말했다. "나랑 오스무사르에 같이 갈래요?" 처음에 카린은 셀림이 농담하는 줄 알았다. 그러나 셀림은 카린이 거절하든, 승낙하든 마음의 준비가 완벽하게 되어 있다는 듯 솔직하고 밝은 표정을 짓고 있었다. 그래서 카린은 어떻게 할지 고민했다. 카린이 셀림을 좋아하는 것이 사실이었고, 다음에 할 일을 위해 모든 게 준비될 때까지는 적어도 일주일 정도의 시간 여유가 있었다. 그러나 그들이 오늘 아침에 처음 만났다는 첫 번째 중요한 이유 외에도, 지금은 뚜렷하지 않지만 나중에는 무시하는 게 쉽지 않을 두 번째 중요한 이유가 있었다.

카린은 캡차에 감염되려는 참이었다. 며칠 이내로 얼굴 전체에 곰팡이가 기어다닐 것이다. 그리고 곰팡이가 이목구비를 변형시킬 때까지 방해하지 않고 그대로 놔두어야 했다.

그날 밤 카린은 새니와 그 문제에 대해 이야기를 나눴다. 새니는 이미 상당히 낮은 인간 대 인간의 캡차 전염 가능성을 아예 0으로 낮출 수 있는 내생식물 박테리아 추적자를 합성할 계획이라고 했다. 그게 만들어지면 자가 격리를 할 필요가 없어질 것이다. 다만 걸어다니는 두꺼비처럼 보이는 건 어쩔 수 없었다.

카린이 셀림에게 전화했더니 셀림의 집사는 그가 자고 있다고 했다. 그래서 카린이 집사에게 셀림을 깨워 달라고 부탁했다. "저기요, 나도 가고 싶은……"

"멋지네요!"

"하지만 내가…… 건강 문제가 있어요. 건강 문제가 진행 중이에요."

"아, 저런……."

"심각하지는 않지만, 공공장소에 나가는 건 문제가 있을 것 같아요."

"오스무사르에는 상주하는 주민이 없어요. 그리고 내가 예약한 숙소는 육지의 시골길에 있는 침대 두 개짜리 작은 오두막이에요. 우리는 사람들을 별로 만나지 않을 겁니다." 셀림이 말했다.

"내가 말한 '공공장소'에는 당신을 만나는 것도 포함돼요. 내가 말하려는 건, 내가 아주 대단히 매력적이지 않을 거라는 사실이에요."

"나와 함께 새를 보러 가고 싶지 않다면 그냥 이야기하세요. 이렇게 완전히 말도 안 되는 주장을 할 필요는 없어요."

"난 진지해요, 셀림."

"글쎄요, 전에도 매력적이지 않은 사람들과 함께 새를 보러 간 적이 있는데, 나름 좋았어요. 거위에만 집중할 수 있었거든요."

그래서 카린은 시무룩한 핼야드를 서피스 웨이브에 남겨 두고 여기 에스토니아 해안으로 왔다. 오늘은 여행 나흘째이고, 내일 두 사람은 헤어질 것이다. 어쩌면 그게 나을지도 모른다. 지금까지는 카린이 남자 친구와 함께 떠났던 그 어떤 여행보다 좋았다. 그 이유 중 일부는 두 사람의 성적 취향이 고급 산업 기기의 정밀도 수준으로 일치했다는 점이었지만, 다른 부분은 위험 요소가 거의 없다는 점이었다. 원할 때는 언제든 떠나서 평생 그를 보지 않아도 된다는 사실이 카린의 마음을 편안하게 해 주었다. 그래도 운을 밀어붙이는 것은 여기까지다. 이제 날씨가 바뀌었으니 그들이 저녁을 보낼 육지의 오두막은 더욱 좁게 느껴질 것이다.

그들이 바다에서 멀지 않은 돌밭의 가장자리를 둘러 가고 있을 때, 셀림이 카린의 팔을 붙잡으며 소리쳤다. "정지, 멈춰요. 움직이지 마세요!"

"왜요?"

셀림이 카린 앞의 땅을 가리켰다. 짚으로 엮은 둥지 안에 올리브색 알 네 개가 담겨 있었다. 카린은 그 새 둥지를 막 밟으려던 참이었다.

"이건 무슨 새의 알이에요?" 카린이 지뢰를 밟으려던 사람처럼 천천히 발을 빼며 물었다.

"저런 종류요." 셀림이 이번에는 오른쪽을 가리키며 말했다. 카린이 고개를 돌리니, 주황색 다리와 거북 등딱지 같은 날개를 가진 작고 둥근 새 한 마리가 서서 그들을 바라보고 있었다. "꼬까도요예요." 셀림이 덧붙였다. "학명은 아레나리아 인테르프레스. 오스무사르는 꼬까도요의 대형 부화장이라고 할 수 있죠." 꼬까도요가 태엽을 감는 장난감 같은 소리를 내기 시작했다. 두 사람은 지난 나흘 동안 여기에서 새를 많이 봤다. 너무 많은 새들이 머리 위로 날아가서 때로는 야호파리의 공포가 떠오를 정도였지만, 이번 여행에서 카린이 실제로 새와 눈이 마주친 것은 처음이었다. 카린은 동고비의 알을 깨 버리고 싶었다는 셀림의 이야기를 떠올리고, 어미새가 바로 저기에서 지켜보는데 알들을 깨 버리면 어떻게 될지 궁금했다.

그리고 연이어 카린은 틴카넨 수용소에서 돌아오던 길에 핼야드가 자신에게 했던 말이 떠올랐다. "영화에서는 사람이 죽는 것보다 개가 죽는 게 언제나 훨씬 더 슬픈 거 알죠? 전 항상 그건 개가 무슨 일이 일어나고 있는지 모르기 때문일 거라고 생각했어요. 개는 그냥 '흐음, 피곤하고 기분이 이상해! 멋지고 긴 낮잠을 잘 시간이야!'라고 생각하는 거죠. 하지만 이 상황을 지켜보고 있는 사람은 무슨 일이 벌어지고 있는지 잘 알기 때문에, 개가 자신의 죽음에 대해 느끼지 못하는 슬픔까지 떠안게 되는 거예요. 우리 마음이 이렇게 생각하는 거죠. '누군가는 이 감정을 느껴야 해. 하지만 개는 그런 감정을 느낄 수 없어. 그러니까 내가 개를 대신해서 감정을 느껴야 해.' 반면에 개가 무슨 일이 일어나고 있는지 이해했다면 우리는 거의 슬픔을 느끼지 않았을 거예요. 개가 알아서 처리하도록 내버려두면 되니까요. 그건 영화에서 이런 말을 하며 죽어 가는 아이에게도 해당해요. '엄마, 나한테 무슨 일이 일어나는 거야? 엄마는 왜 울어?'"

"무슨 말을 하고 싶은 거예요?" 카린이 물었다.

"당신이 독쑤기미가 스스로 멸종당하고 있다고 인식하도록 해야 한다는 생각에 그렇게 집착하는 진짜 이유가 그런 것일지 모른다는 생각을 해 본 적이 있나요? 그렇게 되면 더 이상 당신 문제가 아니게 될까요? 멸종 위기에 처한 종들이 스스로 슬퍼할 수 있다면, 당신은 그 동물들을 위해 무거운 짐을 지지 않게 될까요? 어떤 이유로 의사가 다른 사람에게 하려던 전화를 당신이 받았다고 상상해 보세요. 그런데 본래 전화를 받았어야 하는 사람이 암 말기라는 검사 결과가 나온 거예요. 이제 당신은 그 사실을 알게 됐지만 그들은 모르죠. 그 사람이 누구든, 당신은 정신이 혼미해지며 너무 그 사실에 몰입하게 되어, 그 운명이 대신 당신을 짓누르는 것처럼 느낄 거예요. 마침내 그 사람에게 연락해서 그 사실을 말할 수 있을 때까지는 말이에요. 그리고 그 순간이 지나자마자, 그러니까 당신이 메시지를 전하자마자 모든 고통은 사라지고 당신은 '그럼, 다가올 임종에 행운을 빕니다, 친구.'라고 말하고 전화를 끊을 거예요. 그게 바로 당신이 동물들에게 하고 싶은 일이죠. 당신은 그 저주에서 벗어나고 싶은 거예요."

카린은 대답하지 않았다.

"어때요?" 헬야드가 말했다. "어떻게 생각하세요?" 헬야드는 카린이 자기 말에 대답하지 않을 때마다 분위기 파악을 하지 못했다. 혹은 항상 고의로 알아채지 못하는 척하는 것인지도 모른다.

"먼저 스스로에게 물어봐야 한다고 생각해요. 첫째, 영화에서 개가 죽었을 때 당신의 이 반응, 그리고 둘째로는 더 나아가 당신이 누군가에게 암 진단 이야기를 해 주는 상상했을 때의 이 반응이 인간 정신에서 보편적인지, 아니면 당신만 그런 건지 당신 스스로에게 물어봐야 봐야 한다고 생각해요."

"난 확실히 당신보다는 보편적인 인간이에요. 당신에 비하면 지극히 보편적인 인간이라고요."

지금 카린은 꼬까도요의 눈을 똑바로 바라보면서, 발을 내디뎌 알을 으깨 곤죽을 만드는 상상을 하고 있었다. 그것은 카린에게 그 어느 때보다 시베리아 사냥꾼이 호랑이에게 상처를 입힐 때 경험한 상황과 가까워진 것이었다. 동물 학살은 거대한 공동 프로젝트였다. 어쩌면 인류의 기본적인 프로젝트일 수도 있다. 모든 사람이 조금씩 기여하는 자선 활동이나 전쟁처럼 말이다. 그러나 대부분의 기여는 매우 단편적이고 간접적이라서, 시베리아 사냥꾼 마르코프처럼 희생자의 의식에 깊은 인상을 남길 기회가 거의 없었다. 만일 카린이 그 꼬까도요 바로 앞에서 그 가족들을 죽인다면, 이렇게 밀접하게 과시적인 폭력을 저지른다면, 저 새는 카린이 어떤 존재인지, 모든 인간이 어떤 존재인지 잠시나마 이해할 수 있을 것이다. 카린은 평가받고 인식될 것이다.

그리고 이런 이해가 안도감을 줄 것이라던 헬야드의 말은 맞았다. 헬야드는 사건의 본질에 어느 정도 접근했다. 다른 종류의 동물 살해는 밤중에 잠자는 사람의 주머니를 터는 행위와 같고, 정신적으로 무능력한 사람에게 금품을 갈취하는 행위와 같기 때문이다. 그건 정말로 저속하고 모욕적인 범죄 행위다. 그리고 외떨어진 범죄이기도 했다. 끔찍하게 멀리 떨어져 있다.

그러나 물론 이해 자체만으로는 충분하지 않았다. 카린이 원했던 것은 꼬까도요의 알을 밟는 것이 아니었다. 그녀가 원했던 것은 꼬까도요가 자신을 밟고 껍질을 으깨서 땅에 처박는 것이었다.

그들이 계속 걸어가자 꼬까도요가 폴짝폴짝 뛰면서 그들을 따라왔다. "끔찍할 뻔했어요. 저 새도 멸종위기종 아닌가요?" 카린이 물었다.

"아뇨. 아마 다른 새와 착각한 걸 거예요. 꼬까도요는 아직 멸종위기종이 아니에요. 그저 개체 수가 줄어들고 있을 뿐이죠."

7시쯤 그들은 오스무사르에서 수상 택시를 타고 육지로 돌아와 선착장에서 오두막까지 걸어갔다. 오두막 내부는 옹이가 많은 송판들로 빈틈없이 둘러쳐 있어서, 아침에 일어나면 나무 딱정벌레가 된 기분이 들었다. 어제와 그제는 저녁 식사 전에 성관계를 가졌다. 그러나 카린은 욕실에 들어갔다가 거울에 비친 자신의 모습을 보고 소스라치게 놀랐다. 캡차가 비를 맞으면 급속히 번진다는 말은 사실이 아닌 게 확실했다. 그건 실없는 농담처럼 들렸다. 그래도 오늘 아침에 봤을 때보다 얼굴에 피어난 회색 반점이 훨씬 더 두꺼워 보였다.

림프절과 귓바퀴처럼 예상도 하지 않았던 지점까지 퍼져 있었다. 오스무사르에서 그들이 지나갔던 구소련의 망루처럼 그녀의 몸도 침식되며 볼썽사납게 변해 가고 있었다.

"당신이 이런 나에게 키스해 줄 거라고 기대하지 않아요." 카린이 셀림에게 말했다. "사실 난 당신이 내게 손을 댈 거라고 기대하지도 않아요. 난 악귀가 됐어요."

"그렇게 심하진 않아요." 셀림이 카린의 허리에 손을 얹으며 말했다.

"아뇨, 심해요. 정말로 아직도 하고 싶어요?"

셀림이 고개를 끄덕였다.

"안경을 쓰는 게 어때요?" 카린이 물었다. 셀린에게는 조류를 관찰할 때 가끔 사용하는 스마트 안경이 있었는데, 카린은 셀림에게 섹스할 때 안경에 자신의 흉터들을 없앤 모습을 보여 주도록 지시하는 게 어떠냐고 제안했다.

"그렇게 하면 기분이 이상할 것 같아요." 셀림이 말했다.

"셀림. 괜찮아요. 그건 무례한 게 아니에요. 당신은 성관계를 가지고 있는 여자의 얼굴에 포르노 스타의 얼굴을 씌우는 남자들과 다르잖아요. 그 반대예요. 그게 진짜 내 얼굴이잖아요. 지금의 얼굴은 내 진짜 얼굴이 아니에요."

그래서 그들은 그렇게 시도해 봤다. 그런데 셀림의 스마트 안경이 서피스 웨이브의 주민들 절반이 끼고 다니는 눈에 잘 띄지 않는 무테안경이 아니라 예전에 납치될 뻔했던 밤에 과수원에서 스테파넥이 착용했던 안경과 비슷한, 50미터 밖의 새를 보기 위한 줌 렌즈가 양쪽에 달린 투박한 야외용 안경이라는 점이 문제였다. 벌거벗은 남자가 쓰기에는 너무 우스꽝스러웠다. 못 본 척하는 게 불가능했다. 카린은 셀림의 얼굴에서 튀어나온 안경이 안 보이도록 디지털로 지울 수 있는 두 번째 스마트 안경이 필요하다는 생각이 들었다. 대신 카린은 셀림에게 이렇게 말했다. "다시 내 눈을 눈가리개로 덮어 줘요."

하지만 셀림은 동시통역기를 꺼 버렸기 때문에 카린이 무슨 말을 하는지 알아듣지 못했다. 대부분의 시간 동안 카린은 셀림이 동시통역기를 사용하고 있다는 사실을 알아차리지 못했다. 마치 영화의 자막을 읽고 있다는 사실을 잊어버리는 것과 비슷했다. 그러나 성관계를 갖는 동안에는 카린의 전두엽에서 자극 필터의 검열이 일부분 약간 낮아지거나 느슨해지는 게 분명했다. 셀림이 튀르키예어로 말하는데 그 말이 다시 반복해서 영어로 들려온다는 사실을 예민하게 인식했고 그 효과가 너무 우스꽝스럽게 느껴졌다. 그래서 셀림은 이제 성관계를 하는 동안 통역기 이어폰을 끄는 습관이 생겼다. 셀림에 따르면, 성과 관련된 얼마 안 되는 영어 단어들은 지난 몇 년 사이 영어 실력이 떨어지는 동안에도 남아 있는 몇 안 되는 어휘 영역 중 하나라서 크게 불편하지 않았다. 하지만 안타깝게도 셀림이 알고 있는 어휘 중에 '눈가리개'라는 단어는 포함되지 않았다.

카린은 이제 셀림이 스마트 안경을 썼으니 이어폰까지 켜도 상관없을 것 같다는 느낌이 약간 들었다. 사실 셀림이 그 일제 잠수복을 입어도 상관이 없었다. 그들이 미래를 정면으로 마주하는 게 나을 수도 있었다. 그러나 카린은 그 문제에 파고들기보다는 자신이 원하는 몸짓을 했다. 그래서 셀림이 침대 옆 탁자 서랍에서 튀르키예 항공편을 타고 올 때 무료로 받았던 아이 마스크를 꺼냈다. 셀림이 아이 마스크를 카린에게 씌워 주려고 했는데, 카린은 그 마스크가 그다지 고통스럽지는 않게 코와 눈썹에 있는 곰팡이를 문질러도, 질감적으로 혼란스럽고 치명적으로 에로틱하지 않다는 사실을 깨달았다. 그래서 그들은 두꺼운 커튼을 닫아서 방을 최대한 어둡게 만들기로 했다.

"아직도 안경이 보이나요?" 셀림이 물었다. 어쨌든 이 단계의 어둠 속에서는 손짓만으로 대화를 거의 이어 갈 수 없었기 때문에 그는 동시통역 기능을 다시 켰다.

"잘 안 보여요. 정신이 산만해질 정도는 아니에요. 아직도 내 얼굴의 곰팡이가 보이나요? 안 보이면 그냥 안경을 벗어도 되잖아요."

"네, 아직 보여요. 하지만 안경이 밝기를 강화해서 그래요."

"왜 그걸 켠 거예요? 요점은……"

"자동으로 켜졌어요."

"그러면 나는 당신을 못 보지만, 당신은 날 볼 수 있는 건가요?" 카린이 물었다.

"당신이 눈가리개를 한 것처럼 됐네요."

"엄밀히 기능적으로 따지면 맞지만, 이게 눈가리개의 역할을 해줄 수는 없을 것 같아요."

"알았어요. 안경을 벗을까요? 내가 마지막으로 밝기를 강화해서 사용했던 건 마나브가트에서 갈색물고기잡이부엉이를 찾을 때였어요."

"아뇨. 계속 쓰세요. 그 안경을 벗어 버리면 이 난리법석이 다 헛수고가 되잖아요. 나를 갈색물고기잡이부엉이라고 생각해요."

다음 날 아침, 떠나려고 짐을 챙기고 있을 때 셀림이 카린에게 말했다. "있잖아요, 당신이 하려는 그 일……."

"네?"

카린은 셀림에게 그 일이 무엇인지 말하지 않았지만, 지금쯤이면 어떤 일인지 어느 정도 짐작할 수 있을 정도로 에둘러서 충분히 이야기했다. 분명히 셀림은 그 일이 위험하다는 사실을 이해했고, 그 일의 거대한 규모 때문에 앞으로의 계획(예를 들어, 그가 이번 여름에가 보고 싶다고 가볍게 언급했던 아름답고 낭만적인 파라데니즈 석호로의 조류 관찰 여행 같은 것)에 대해 실질적으로 고려해 보는 것이 모두 불가능해졌다는 사실을 이해했다.

"그 일을 꼭 해야 하나요?"

"무슨 말이에요?" 카린이 웅크리고 앉아 침대 밑을 확인하며 되물었다.

"당신이 그 일을 하지 않으면 아주 나쁜 일이 생기나요?"

"아뇨."

"그러면 안 하면 안 되는 이유가 있나요?"

"내가 해야 하니까요."

"그래도 하지 말아요."

"할 거예요." 그리고 카린은 온 마음으로 느꼈다. 그건 피할 수 없었다. 은둔 왕국으로 가야만 했다.

16장

이 백악절벽은 매우 오해의 소지가 많았다. 바다에서 솟아오른 이 절벽은 야만적이고 정복할 수 없는 듯이 보였고, 톱날과 칼날 같은 이빨을 가지고 있었으며 가장자리에 있는 숲에서 풍성하게 흘러내린 무성한 초목이 거대한 브이자 모양으로 밑바닥까지 타고 내려간 모습이었다. 하지만 그 숲의 정상에 이르는 순간 멋진 유기농 버터의 포장지 속으로 들어간 것 같은 느낌을 받게 된다. 눈길이 닿는 저 멀리까지 산울타리로 둘러싸인 부드러운 황금빛 들판이 펼쳐지기 때문이다. 정확히 말하자면, 수직이착륙기의 승객들은 동영상을 보고 있었기 때문에 카메라의 촬영 한도 내에서만 풍경을 볼 수 있었다. 창문에는 소가죽이 붙어 있었기 때문에 동영상이 제공되지 않았다면 바깥 풍경을 전혀 볼 수 없었을 것이다.

앞쪽에는 카린과 새니, 뒤쪽에는 헬야드와 인어가 타고 있었다. 그러나 은둔 왕국에 온 이유는 각자 달랐다.

인어가 비밀리에 확보한 생물종 목록에 독쑤기미가 있었다. 지구온난화에 패배하고, 브라마사무드람의 자동채굴선에 의해 수난을 겪고, 폰의 염소 살포로 질식당했지만, 아직 독쑤기미가 모두 죽은 것은 아니었다. 페렌스 바르카가 클랫워시라는 저수지를 염수호로 만들어 새로운 보금자리를 지어 주었기 때문이다. 독쑤기미는 그 호수에서 수백 종의 다른 망명 물고기와 함께 살게 될 것이다. 헬야드는 그 말을 듣자마자 카린이 거기 가야 한다는 생각이 들었다. 카린은 자신을 죽일 독쑤기미들이 정말로 살아 있는지 확인해야만 했다. 수직이착륙기 뒤쪽에는 물고기 열 마리 정도를 담을 수 있는 큰 수조가 있었다. 열 마리는 카린이 바루나호에서 보낸 마지막 밤, 자동채굴선에 갈려서 암초가 자갈이 되어 버린 것도 모른 채 그곳으로 돌려보냈던 독쑤기미의 숫자였다.

그러나 헬야드는 카린이 목숨이 아홉 개 있는 듯한 이 물고기만을 위해 이곳에 오지는 않았다는 사실을 알고 있었다. 카린은 굴조개와 바바리아소나무밭쥐, 루테니아 황갈색 멧새를 비롯하여 그 목록에 있는 모든 생물을 위해 이곳에 왔다. 바르카가 수호천사가 되어 8만 번의 기적을 행한 것이 사실인지 알고 싶어서 온 것이다. 그렇다면 모든 게 달라지지 않을까? 카린은 절대로 그것을 인정하지 않을 것이고, 헬야드는 그 점을 알고 있었다. 하지만 만일 블랙홀 너머에 뭔가가 있다는 사실이 밝혀진다면, 블랙홀을 통해 날아가 그 반대편에 숨겨진 에덴 동산을 찾을 수 있다는 사실이 밝혀진다면, 햇볕이 비치는 고지대를 가리는 백악절벽처럼 블랙홀이 절망적인 전면부에 불과하다는 사실이 밝혀진다면 카린을 미치게 만드는 죄책감이 해소될 수 있을 것이다.

헬야드도 바르카의 자연보호구역이 자신을 구원해 줄 수 있기를 바랐지만 그가 바라는 구원은 다소 세속적인 의미였다. 인어는 바이오뱅크 공격의 배후가 누구인지 알지 못했지만 가치 있는 다른 정보들을 거의 모두 알고 있었다. 헬야드는 은둔 왕국으로 들어가서 누구도 반박할 수 없는 인증칩이 봉인된 휴대폰으로 이 수소폭탄급의 특종을 영상으로 찍어서 가져간다면 그 후에는 법적 문제가 수직이착륙기의 1000미터 아래에서 부서지고 있는 저 파도만큼도 그를 아래로 끌어내리지 못하리라 확신했다.

그러나 또한 헬야드가 가고 싶었던 것은 카린이 가기 때문이었다. 그렇다. 카린과 함께 그 긴 시간을 보내고 두 번이나 그녀와 목숨을 구했는데도 헬야드는 비통한 느낌이 들었다. (논란의 여지가 있는 통계였다. 헬야드는 스테파넥이 나무 몽둥이를 들고 나타날 때까지 과수원에서 테러리스트를 붙잡고 시간을 끌던 일을 구해 준 횟수에 넣었다. 그리고 카린이 물에 빠졌을 때, 헬야드는 진실하지만 궁극적으로는 과도한 의지를 보여 주었던 일도 구해 준 횟수에 넣었다.) 그 후 헬야드가 서피스 웨이브에 머물며 임무 준비를 하는 동안, 카린은 방금 만난 튀르키예인과 함께 새가 많은 섬으로 떠나 버렸다. 그 남자는 대체 뭐가 그렇게 특별했던 걸까? 두 사람이 스쿼시 경기를 하는 동안 셀림이 뿜어낸 페로몬 구름이 싱글 코트 안에 있던 카린을 성적으로 흥분시켰던 걸까?

그럼에도 불구하고 헬야드는 카린과 함께 여기에 있고 싶었다. 카린은 너무 오랫동안 자신만의 신경 피드백 구체에 갇혀 그녀의 우울증이 만들어 낸 미니어처 우주에서 현실 그 어떤 것보다 암울한 온갖 블랙홀과 꺼져 가는 별자리, 죽어 가는 행성들을 오가고 있었다. 만일 정말로 남서 반도가 마침내 카린을 해방시켜 준다면 헬야드는 그 순간을 함께하고 싶었다. 헬야드는 카린이 해치를 열고 밖으로 나오는 모습을 보고 싶었다. 어쩌면 카린이 행복해질지도 모르는 바깥세상에서 그녀를 환영하고 싶었다.

인어가 왜 여기에 그들과 함께 여기 있는지는 잘 이해가 되지 않았다. 어쨌든 인어는 은둔 왕국에서 탈출하기 위해 엄청난 노력을 기울이지 않았던가. 그러나 계획의 초기 단계에서 헬야드는 남서 반도의 길을 잘 아는 인어가 함께 가지 않아서 아쉽다는 발언을 다소 진지하지 않게 한 적이 있었다. 그런데 인어가 자신도 가고 싶다고 대답해서 모두들 놀랐다. "그 남자가 그곳에서 무슨 짓을 했는지 제 눈으로 직접 보고 싶습니다. 만일 제가 증인이 되어야 한다면, 최대한 철저하게 목격하는 게 낫습니다. 그것이 왕과 조국, 그리고 제가 한때 복무했던 정부에 대한 제 의무라고 생각합니다. 어쨌든 우린 그냥 잠깐 방문할 거잖아요, 그렇지 않나요?" 인어가 말했다.

헬야드로서는 거의 믿을 수 없는 상황이었지만, 인어는 믿을 수 없는 일을 수없이 해 왔다. 그리고 이곳에서 정보원이 되어 줄 게 틀림없었다.

새니 워켄틴이 마지막으로 자리를 예약했다. 새니는 처음에 기술자로서 그들의 준비를 도와주고 있었다. 그 준비 중 가장 중요한 것이 수직이착륙기였다.

헬야드는 새니의 연구실에서 뽀할라 맥주를 마시며 조디악 보트나 수중 스쿠터를 이용해서 한밤중에 해협을 건너자고 제안했다.

"뭔가 그런 일을 해 본 적이 있나요?" 새니가 물었다.

헬야드가 주저하며 말했다. "서핑요."

"조금 패기가 넘치는 소리처럼 들리네요. 특공대나 할 법한 일이잖아요."

"그래요. 이분에겐 괜찮겠지만……" 카린이 말하며 인어를 향해 고개를 끄덕였다. "우리 둘에겐 무리죠."

헬야드는 좌절했다. 지금 이 상황에서 '조금 패기가 넘치지' 않는 계획이 가능할까? 그들은 유럽의 미친 위성 모듈이라고 할 수 있는 요새섬에 진입할 계획을 세우는 중이었다. 무모한 일이었다. 하지만 로데베이크가 모듈 3호를 봉쇄한 이후 그 안에 실제로 들어가 봤던 사람은 그들 셋밖에 없었다. 따라서 앞선 비유가 적절하다면 그들에게도 기회가 있을 것이다. 그러나 그것은 그들이 필요한 용기를 보여 줄 때만 가능했다.

"기뢰 문제도 있습니다." 인어가 말했다. "우리 나라가 도버 해협을 막았을 때 사용했던 기뢰가 아직도 꽤 많이 남아 있는 것으로 알고 있습니다." 헬야드는 인어가 빈정거리지 않고 그 말을 하는 것을 보며 당황했다. 그는 인어의 말이, 유럽연합이 인도적 지원품을 가득 실어 보낸 화물선을 은둔 왕국의 해군이 도착하지 못하도록 막으려 했던 시기를 가리킨다는 사실을 알았기 때문이었다.

"수중 스쿠터처럼 작은 물체는 기뢰를 터트리지 않을 겁니다. 그렇지 않다면 어선들이 매일 기뢰에 터졌겠죠." 헬야드가 말했다.

"유감이지만 기뢰는 국방과학기술연구소에서 설계했습니다." 인어의 목소리에 다시 빈정거리는 투가 돌아왔다. "그 뒤 가리비 채취가 타격을 받았습니다. 그래도 어쨌든 프랑스의 의욕을 꺾었죠."

그 말을 들은 헬야드는 필요한 용기를 보여 주려던 열정이 사그라들었다.

"저라면 비행기로 가겠어요. 아주 빠르게 들어갔다가 나올 수 있으니까요." 새니가 말했다.

"수직이착륙기를 말하는 건가요? 격추당하지 않을까요?"

인어가 고개를 끄덕였다. "우리 철의 장막이 다소 허술하긴 하지만, 수직이착륙기를 통과시킬 정도로 구멍이 크지는 않을 것 같습니다."

"스텔스 수직이착륙기는 어떤가요? '안 보이는' 비행기 말이에요." 카린이 말했다.

"국방과학기술연구소에서 스텔스 수직이착륙기에 매우 관심이 많았던 것으로 기억해요. 그 기술을 손에 넣기 위해 노력을 대단히 많이 기울였지만 제가 아는 한 성공하지 못했습니다." 인어가 말했다.

"그렇다면 우리는 어떻게 해야 할까요?" 헬야드가 말했다.

"직접 만들면 되죠." 새니가 말했다.

"대체 어떻게 만든다는 거예요?"

"얼굴을 위장하는 것과 같은 방식으로 수직이착륙기를 위장하는 거예요."

그들은 이미 인어가 틴카넨 수용소의 진료소에서 훔친 것과 동일한 표본을 배양한 캡차에 감염되기로 동의했다. 헬야드는 그런 결정을 그다지 달가워하지 않았다. 캡차가 두뇌 주변을 돌아다닐 때 뇌에 어떤 영향을 미치는지 아직 확인한 사람이 없었기 때문이었다. 그러나 감염되면 남서 반도에 도착한 후에 적어도 부분적으로는 감시 기술로부터 안전할 수 있을 것이다. 귀국한 후 성형 수술을 받으면, 여드름 흉터보다 나쁘지 않을 것이다. 만일 그가 수술을 못 받게 된다면 상황이 정말로 나빠졌다는 뜻일 테니 얼굴 인식 시스템이 닿지 않는 곳에 영구적으로 머무는 것 정도는 그저 사소한 문제에 불과할 것이다.

그런데 새니의 아이디어는 큰 통에 소의 얼굴 조직을 약 10제곱미터까지 길러서 쿠션을 댄 것처럼 수직이착륙의 외부를 덮은 다음 수직이착륙기가 완전히 곰팡이로 뒤덮일 때까지 캡차가 그 위에서 제멋대로 자라도록 놔두자는 것이었다.

핼야드는 믿기지 않는다는 표정으로 새니를 바라봤다. "캡차는 카메라가 얼굴을 인식하지 못하게 하는 거잖아요. 수직이착륙기는 얼굴이 아니에요."

"캡차는 일반적으로 얼굴에서 자라지만 그렇다고 얼굴 인식만 방해하는 건 아니에요. 내 짐작으로는 컴퓨터의 시각을 전반적으로, 또는 적어도 현재 지구상에 존재하는 컴퓨터들의 시각을 방해하는 것 같아요. 캡차가 원했던 것은 소의 얼굴에 물이 너무 빨리 뿌려지지 않는 것이었어요. 그래서 곰팡이는 물을 피하려 진화하는 도중에 알고리즘의 작동 방식에서 정말로 근본적인 무언가를 발견했어요. 결론은 캡차가 성장한 기반이 무엇이든, 지금껏 겉으로 드러난 게 무엇이든, 컴퓨터의 시각이 인식하는 기능을 무력화시킨다는 거예요. 확실해요."

"좋아요. 하지만 당신의 이론이 사실이라고 해도 레이더나 적외선 같은 건 어떻게 하나요?" 핼야드가 물었다.

"그래서 최대한 눈에 잘 띄게 하는 거예요. 대낮에 카메라를 향해 똑바로 날아가세요."

"우리가 '자살 임무' 같은 말을 툭툭 던지고 있다는 건 알지만, 이게 정말로 어려운 일이라는 막연한 의미로 하는 말인 거지 그걸 문자 그대로 받아들이면 안 됩니다."

"보안 시스템은 입력된 정보의 품질에 따라 중요도를 매기잖아요, 그렇죠? 카메라에서 어둡고 흐릿한 사진이 입력되면 시스템은 영상에 관심을 크게 기울이지 않을 거예요. 다른 정보 출처를 살피겠죠. 하지만 어느 카메라가 완벽하고, 밝고, 정밀한 영상을 수신한다면, 그 카메라가 제일 큰 목소리를 내겠죠. 레이더나 적외선은 뒤로 밀릴 거라고요. 시스템은 이렇게 말하겠죠. '이 물체는 아주 잘 보이는데 살펴보니 항공기는 확실히 아닙니다.' 그러면 다른 탐지에 대해서는 크게 걱정할 필요가 없어져요."

"설마 우리가 그 이론에 도박을 걸 거라고 생각하는 건 아니죠?"

"먼저 테스트해 볼게요."

헬야드는 이 제안을 통째로 묵살하고 싶었지만, 그때 참치 뱃살이 기억났다. 그때도 헬야드는 새니의 말을 믿지 않았었다. "글쎄, 세상에서 가장 미친 아이디어이긴 하지만 수직이착륙기는 대체 어디서 구하죠? 우리가 수직이착륙기를 임대하더라도, 그건 은둔 왕국 근처에도 가지 않으려 할 겁니다. 우리 소유의 수직이착륙기가 필요해요. 형편없는 중고 수직이착륙기도 몇십만 유로는 하잖아요, 그죠? 그런 돈을 모을 수 있을까요?"

"모르겠네요. 할 수 있을까요?" 카린이 말했다.

"왜 그런 얼굴로 나를 봐요? 내가 관리자급이긴 하지만, 그렇다고 당연히 돈이 두둑한 건……."

그리고 그때 헬야드는 카린의 생각을 알아챘다. 브라마사무드람의 멸종 크레딧을 팔아서 챙긴 87만 1000유로가 있었다. 헬야드는 자신이 부자라는 사실을 완전히 잊고 있었다.

어쩌면 터무니없는 생각이었을지도 모른다. 하지만 핼야드는 모든 돈을 세탁해서 다림질하고 풀을 먹여 빳빳하게 만들기 전까지는 건드리지 않고 그대로 놔둘 계획이었다. 그런데 크레딧의 가격이 급등한 후 자신의 미래 전체가 걸려 있는 상황에서 그 돈은 그저 골칫덩이일 뿐이었다. 그런 의미에서 핼야드는 수용소의 진료소 대기실에서 만난 남자만큼이나 가난했다. 쓸 수 없는 돈은 돈이 아니었다.

하지만 이제 핼야드는 그런 것에 신경 쓰지 않았다.

그래도 핼야드는 여전히 약간의 분노를 느끼지 않을 수 없었다. "뭐야, 그럼 내가 이 모든 비용을 떠맡아야 하는 건가? 빌어먹을 썰매의 비용을 죄다 지불해야 했던, 극지방 탐험대를 이끌던 부자들처럼?"

"뭐, 당신이 낼 수 있는 만큼 내세요. 당신이 그 돈을 벌기 위해 얼마나 열심히 일했는지 잘 알아요." 카린이 말했다.

핼야드가 한숨을 뱉었다. "좋아요. 그래요, 알았어요."

다음 날 아침, 새니는 판다 살덩어리를 생성했던 바로 그 생물 반응기에서 소의 안면 조직을 배양하기 시작했다. 핼야드는 코냑 통에서 숙성시킨 위스키처럼 그게 쇠고기의 볼살에 미묘한 풍미를 더할 거라고 짐작했다.

처음에 새니는 도와주는 대가로 아무것도 바라지 않았다. 그는 그저 새로운 문제를 해결하는 것을 즐기는 사람이기 때문이었다. 그러나 며칠 후 새니가 자기도 갈 수 있냐고 물었다. "이 일에 시간을 쓰면 쓸수록 실제로 그곳에 가고 싶다는 생각이 커지더라고요. 난 열세 살부터 열일곱 살까지 불안감 때문에 방에서 거의 나오지 않았어요. 내가 진짜 엄청난 덕후여서 그랬던 게 아니라, 말 그대로 방을 떠나고 싶지 않았기 때문이었어요. 그러다 마침내 그런 불안감을 치료하는 장 호르몬 약을 발견했는데, 그 당시에는 아직 공식적으로 약 판매가 시작되지 않아서, 나를 위해 그 물질을 합성해 줄 사람을 찾다가 결국 내가 직접 만드는 법을 배우게 됐죠. 하지만 일종의 습관이 생기면 뇌에 그 흔적이 남게 돼요. 그건 약으로도 고칠 수 없어요. 그래서 내가 실험실에서 많은 시간을 보내고 있는 거예요. 정말로 많은 시간을 여기서 보내죠. 그리고 내가 하는 일이라곤 다른 사람을 위해 멋진 물건을 만들어 주는 것뿐이에요. 이런 일은 한 번도 해 본 적이 없어요."

핼야드는 이 일이 얼마나 위험한지 상기시키며 새니를 설득하려 했지만 오히려 그를 더욱 흥분시키기만 한 것 같았다. 그때부터 새니는 수직이착륙기 프로젝트에 두 배로 열심히 투신했고, 그 결과 수직이착륙기는 핼야드가 어렸을 적 고양이와 개를 입양하라고 홍보하며 시드니 도심을 돌아다니던 지저분한 갈색 폴리에스테르 털로 덮인 동물 보호소의 신기한 차와 비슷한 모습이 되었다. 로터의 날만 빼고 모두 곰팡이로 덮였다.

그리하여 그들 네 명이 여기에 있었다. 네 사람의 얼굴은 사상 최악의 상태였는데, 최근에 시운전을 시작한 곰팡이에 긁히고 일그러진 데다 이 시점에는 긴장감 때문에 암울한 표정까지 짓고 있었다. 이슬비가 내리는 오후, 그들은 엄청난 비밀과 잠재적 계시의 지역으로 접어들었다. 약 45분 전, 쉘부르에서 이륙한 그들은 이제 '비어'라는 곳의 내륙으로 가고 있었다. 죽음을 환영할 것 같았던 카린마저도 은둔 왕국의 해안 방어 부대가 그들을 진흙으로 만든 비둘기처럼 떨어트릴 가능성에 대해서는 별로 냉정하게 고려해 보지 않은 것처럼 보였다.

그러나 새니는 모든 시뮬레이션에서 살아 있는 위장 덮개가 완벽하게 작동했다고 주장했다. 아니나 다를까, 그들이 국가의 모든 에너지를 국경 봉쇄에 집중하고 있는 이 나라의 상공을 날아다니고 있는데도 수직이착륙기 주변에서는 어떤 징후도 찾아볼 수 없었다. 사람의 눈으로는 썩어 가는 가죽으로 꽁꽁 둘러싼 비행기로 보이겠지만 오래전에 인간 정찰병의 자리를 대체한 카메라의 시각에서는 이 비행기가 그저 아지랑이나 렌즈 위로 기어가는 파리 한 마리 정도로 보일 뿐이었다. 그들은 기내 전자 장치의 모든 무선 기기에서 어떤 신호도 나가지 못하도록 하는 등 실질적으로 취할 수 있는 모든 예방 조치를 했다. 그리고 은둔 왕국의 진입 지점으로 비어를 선택한 이유는 그곳의 움푹 들어간 해안선을 통과하면 적의 영토를 최소한의 거리만 통과해서 독쑤기미가 있는 호수까지 갈 수 있기 때문이었다. 옆자리의 여자를 힐끗 쳐다본 핼야드는 다시 의문이 솟았다. 이 일이 정말 인어에게 가치가 있을까? 그녀는 바로 얼마 전에 간신히 이 구덩이에서 빠져나왔는데, 어쨌거나 이 높이에서 보면 완벽하게 정상으로 보이는 곳을 조사하기 위해 다시 그 구덩이 위에 매달려 있다. 과연 그럴 만한 가치가 있을까?

하지만 그때 그 의문이 상당히 많이 풀리는 사건이 일어났다.

인어가 핼야드에게 기대며 등 뒤로 손을 뻗었다. 마치 그의 어깨에 다정하게 팔을 얹으려는 것 같았다. 하지만 인어는 그 대신 핼야드의 뒷머리를 움켜잡았고, 동시에 다른 손을 그의 턱 앞으로 가져왔다. 핼야드는 목에 차가운 칼날이 닿는 게 느껴졌다. "우리는 항로를 바꿀 겁니다." 인어가 말했다.

카린과 새니가 앞좌석에서 돌아봤다. 그리고 핼야드는 충격을 받은 그들의 얼굴을 봤다. "이 여자가 뭘 가지고 있는 거예요? 난 안 보여요. 뭐야……."

"수술용 메스예요." 새니가 말했다. "내 실험실에서 가져온 모양이에요." 이 준비가 진행되는 동안 인어는 실험실에서 살았다.

"서쪽의 다트무어 쪽으로 방향을 틀어 줬으면 좋겠어요. 그러지 않으면 핼야드 씨의 목을 베겠습니다. 그리고 저를 방해하거나 제압하려고 시도해도 결과는 똑같을 겁니다. 약간 근육을 수축하기만 해도 가능한 일이니까요."

핼야드가 최근에 생명의 위협을 받은 게 이번이 처음은 아니었지만 그렇다고 덜 무서운 것은 아니었다. 영화에서 보지 않았다면 목을 한 번만 살짝 베여도 죽을 수 있다는 사실을 알 수 있었을까? 핼야드는 그 대답이 '그렇다'라는 사실을 깨달았다. 지금 자신의 몸이 그 대답을 알고 있다는 게 느껴졌기 때문이었다. 핼야드의 몸은 높은 절벽과 입술 사이로 드러난 송곳니를 본능적으로 두려워하는 것처럼 목을 베일까 봐 두려워했다. 목의 피부가 갑자기 달걀노른자처럼 말랑말랑하고 터질 것처럼 느껴졌다.

"다트무어에 뭐가 있는데요?" 카린이 물었다.

"특별한 건 없습니다. 그냥 그 방향으로 가자는 것뿐이에요. 다트무어를 지나 서쪽으로 계속 가서 반도의 끝까지 내려갔다가, 돌아서 반대편으로 다시 올라올 겁니다. 필요하다면 우리가 원하는 것을 찾을 때까지 세 카운티를 모두 둘러볼 겁니다."

"우리가 뭘 찾고 있는데요?"

"페렌스 바르카." 납치범이 대답했다.

인어는 자신이 제정신이 아니라는 사실을 드러내면서도 평소와 마찬가지로 차분하고 지적인 어조였다. 아마도 그래서 헬야드의 머릿속에 반갑지 않은 기억이 떠올랐을 것이다. 필리핀 지하디스트의 인터뷰였는데, 그는 무심한 얼굴로 칼날을 쑤셔 넣을 때 울대뼈가 거의 미끄러지듯 길을 양보해 줬던 것 같다고 말했다…….

"하지만 우리가 여기 있다는 사실을 바르카가 알면 안 돼요. 만일 알게 된다면 모든 게 날아갈 거예요." 새니가 말했다.

"바르카는 침략자입니다. 우리 주권을 침해한 자죠. 영연방을 거세하려는 자입니다. 제가 여러분에 말씀드렸듯이 제게는 의무가 있습니다. 갈리에누스 황제가 메모르에게 한 짓을 바르카도 겪어야 해요. 다시 말해, 그놈의 건방진 머리를 막대기에 꽂아야 합니다."

"당신의 의무는 증인이 되는 것이라고 하지 않았었나요?" 카린이 물었다.

"유감스럽게도 제가 여러분에게 솔직하지 못했던 것 같습니다. 이미 범죄가 완벽하게 명백한 상황에서 세밀한 증언은 필요가 없다고 생각합니다."

"바르카가 이 나라에 있는지는 어떻게 알았어요?" 헬야드가 물었다.

"그 파일들에는 특정 날짜들이 반복해서 언급되는데 다양한 사업의 종료일들이었습니다. 그중 하나가 어제였는데 일종의 취임식이나 공개 행사였던 것 같습니다. 틀림없이 바르카도 참석했을 겁니다."

"하지만 반도 전체를 뒤지며 바르카를 찾을 수는 없어요. 우리는 그렇게 멀리 돌아다닐 수 없다고요. 우리 나라로 돌아가기 전에 배터리가 다 닳아 버릴 거예요."

"잊었군요. 전 이미 우리 나라에 왔어요." 인어가 말했다.

헬야드의 머릿속에 끔찍한 생각이 스쳐 지나갔다. 어쩌면 카린과 새니는 '저 여자의 말대로 하면 저 여자가 우리 네 명을 모두 죽일 거야. 그러면 헬야드는 어차피 죽는다는 뜻이잖아. 그렇다면 설령 헬야드의 얼굴에서 동맥혈을 뽑아내는 한이 있더라도 우리 자신을 구하려 노력하는 게 낫지 않을까'라고 생각할지도 모른다.

그러나 새니가 지시받은 대로 수직이착륙기를 서쪽으로 돌린 것을 보면 분명히 그들은 그렇게 생각하지 않고 있었다. 혹시 그런 생각을 했더라도 최소한 행동으로 옮기지는 않았다. 수직이착륙기의 검게 막힌 창문들에는 각각 외부의 동영상이 상영되고 있어서 계속 외부 풍경을 내다볼 수는 있었지만 2차원의 풍경들이 서로 일치하지 않았다. 네 사람은 마치 자동차 외부로 지나가는 세상을 흉내 내기 위해 후방에서 영상을 투사하는 옛날 영화의 배우가 된 것 같은 느낌이 들었다. 그리고 이제 헬야드 쪽에 마을이 눈에 들어왔다. 박공지붕과 넓은 농경지, 그리고 한쪽 구석에 있는 이동 주택 주차장과 사방으로 넓게 펼쳐진 들판. 이 고도에서는 단단하게 묶인 하얀 매듭으로 만든 오각형처럼 보였는데, 마치 풍경이라는 누비이불에 이국적인 가죽을 덧댄 것 같았다. 이 지역은 사람이 없는 곳일 테지만 황폐함이나 격변의 흔적은 전혀 보이지 않았다. 그러다 첫 번째 고층 건물이 눈에 들어왔다.

이 건물은 알고리즘에 의해 만들어졌다. 가닥과 띠, 뼈와 관절 등 생성적 디자인으로 이루어진 섬뜩한 특징을 가지고 있는 것을 보면 분명했다. 종종 '유기적'이라는 단어가 이런 것을 표현하는 데 사용되기도 했지만, 돌연변이나 기형을 제외하고는 자연의 어떤 유기체도 대칭을 저렇게 거만하게 거부하지 않았다. 그리고 그것이 이 스타일의 가장 큰 문제였다. 흉한 데다가 잘못된 것에 대한 본능적인 공포를 유발할 만큼 생생했다. 몇 년 전만 해도 최고급 개발자들은 잠시 이런 건물이 건축의 미래라고 확신했다. 아무튼 생성적 디자인으로 만든 마천루는 두 배 더 튼튼하고, 두 배 더 통풍이 잘 되며, 동시에 두 배 더 효율적이었다. 그러나 이것은 마치 머리가 두 개 달린 강아지가 얼굴을 두 배 더 핥을 수 있다고 말하는 것과 비슷했다. 사람들은 이런 건물에서 살거나 일하는 것을 원하지 않았고, 심지어 자신들의 집에서 창문을 통해 그런 건물을 보는 것조차 싫어했다. (어쨌든 어른들은 싫어했다. 놀랍게도 최근 수십 년 동안 태어난 사람들은 전혀 신경 쓰지 않는 것 같았다.) 사이공에서 가장 악명 높았던 건물은 최후의 수단으로 오페라의 유령이 가면을 썼던 것처럼 완전히 새로운 외관을 다시 덮어씌웠다. 요즘에는 보이지 않는 부분에만 그 알고리즘을 풀어놓는다.

그러나 물론 이곳의 텅 빈 반도에는 불평할 사람이 없었다.

"저건 뭐죠?" 카린이 물었다. 건물의 높이는 15층에서 20층 정도였는데 중간 부분이 솟아올라서 건물의 잘록한 부분에 아가미처럼 열린 곳으로 들어갔다. 그리고 각 지점에서 튜브들이 불가사리 머리 모양으로 튀어나와 있었다.

"제가 자란 집의 난초 화원에는 자체 보일러가 있었습니다." 인어가 말했다. "1870년대에 설치된 보일러였는데, 3분 30초마다 고장이 났죠. 하지만 아버지는 보일러를 교체하지 않으셨습니다. 아버지는 난초들이 그 차이를 알아챌 거라고 했었죠. 저게 바로 그거예요.

난초 화원의 보일러."

"기후 조절기군요." 새니가 말했다. "서식지를 조절하기 위한 거예요. 기후를 조절하면 열대 종들이나 아북극 지역의 종을 100킬로미터 이내에 둘 수 있거든요."

수직이착륙기는 강에서 퍼져 나온 거대한 진흙밭을 지났는데 하구에 도시가 있었다. 그리고 시골 지역에 널리 흩어져 있는 고층 건물들을 더 많이 지나쳤다. 그러나 아래에는 그런 건물들만 신기한 게 아니었다. 건물들에는 외부 작업자들이 있었는데, 건물보다 훨씬 작았지만 움직이고 있었기 때문에 눈에 잘 띄기는 매한가지였다. 굴삭기와 땅을 고르는 기계, 불도저, 준설기, 그리고 좀 더 특수한 장비들, 즉 땅에서 참나무 한 그루를 뿌리까지 모두 퍼내서 묘목을 심는 정원사처럼 본래 모습 그대로 옮길 수 있는 장비 같은 것들이 있었다. 준공식은 이미 지났지만 지질학적 형태를 바꾸는 작업은 아직도 갈 길이 멀었다.

그러나 가장 환상적인 광경은 아직 보지 못했다.

그들은 세 카운티를 모두 돌아볼 필요가 없었다. 사실 비행은 불과 30분밖에 걸리지 않았다. 이제는 풀밭 위가 아니라 회갈색조의 녹색으로 덮인 수십 킬로미터의 황무지 위를 날고 있었다. 마치 아직 인생에서 무엇을 하고 싶은지 결정하지 못하고 막 중년에 접어든 사람처럼 목적지도 없고, 별로 특별한 지형도 아닌, 산도 아니고, 초원도 아니고, 습지도 아닌 그냥 일종의…… 땅 위를 날아다니다 끝났다. 메스는 아직도 핼야드의 목을 겨누고 있었다. 하지만 핼야드는 인어가 가끔 몸을 이리저리 뒤척거리는 게 느껴졌다. 그래서 인어의 팔이 무척 아플 거라는 생각이 들었다. 마찬가지로 핼야드의 공황 반응도 30분이 지나자 조금 둔해지며 더 이상 꾸준히 유지되지 않았다. 헬야드는 카린과 새니가 무모한 짓을 할 생각이 전혀 없다면 자신이 미친 짓을 해야 하는 게 아닐까 하는 생각을 처음으로 했다.

그러나 헬야드가 더 깊게 생각하기 전에 그 모습이 시야에 들어왔다. 거대한 해파리가 공중에 떠 있었다.

정말로 해파리처럼 생겼다. 크기만 보면 브라흐사무드람이 도로를 깔 수 없는 광산에서 광석을 운반할 때 사용하는 화물용 비행선과 비슷했지만, 자세히 살펴보니 구식 열기구인 것 같다는 생각이 들었다. 아래쪽에 긴 케이블들이 해파리의 촉수처럼 축 늘어졌는데, 그 끝에 바구니나 곤돌라, 혹은 다른 뭔가가 달려 있는지는 잎이 무성한 숲에 가려 보이지 않았다. 그러나 그 해파리가 그들에게 익숙한 다른 비행선들과 다른 점은 외피였다. 가둬 놓은 공기를 팽팽하게 감싸지 않고 흔들거리고 부풀어 올라 펄럭였으며, 검게 빛나는 광전지 외피로 햇볕을 쬐고 있었는데 새틴처럼 매끈하고 주름이 없었다. 대체 어떻게 공중에 떠 있는 걸까? 앞서 인어는 이 지역이 전혀 변하지 않는 것 같아서 이곳을 좋아했다고 했지만, 지금 헬야드는 아주 먼 미래로 여행을 온 것 같은 느낌을 받았다.

"저쪽으로 곧장 가세요." 인어가 말했다.

"확실한가요?" 새니가 물었다.

"물론이죠. 저게 바르카예요."

수직이착륙기는 대략 그 방향으로 가고 있었기 때문에 오른쪽으로 몇 도 정도만 돌리면 됐다. 해파리의 갓을 보고 있자니 뭔가 최면에 걸린 느낌이 들었다. 헬야드가 잠깐 얼핏 봤을 때 그것은 살바도르 달리가 그린 부푼 입술 같은 소파처럼 괴상한 모양을 하고 있었다. 그 아래 황무지의 남서쪽 끝에는 하얗게 새똥이 쌓여 이루어진 채석장의 지층이 있었고, 그 뒤로 풀밭과 마을들이 이어졌다.

"여기가 어디죠?" 카린이 물었다.

"우리는 타마르 계곡으로 들어가고 있습니다." 인어가 말했다. "예전에는 대규모 광산 지역이었죠. 데본 그레이트 콘솔은 세계에서 가장 생산성이 높은 구리 광산이었습니다."

'맙소사, 아직도 작동하는 느낌이네.' 핼야드가 생각했다.

"저기에…… 너무 가까이 가지 않았으면 좋겠어요. 사람들이 주변에 있을지도 몰라요." 새니가 말했다.

"800미터 이상 떨어진 곳에 내려주세요. 눈에 띄지 않는 곳으로."

수직이착륙기는 작은 농장의 아스팔트 마당에 착륙했다. 로터가 뿜어낸 바람에 흙먼지가 소용돌이쳤다. 헛간의 외장은 녹이 슬어서 안쪽으로 구부러져 있었다. 그 모습을 본 핼야드는 버려짐과 부패가 주는 강렬한 느낌에 사로잡혔다. 그러다 이곳이 체르노빌이나 메차모르가 아니라는 사실을 떠올렸다. 사람들이 여기를 떠난 것은 겨우 지난겨울이었다. 헛간이 조악하게 보이는 것은 아주 평범한 상황일 것이다.

인어가 수직이착륙기의 문을 열자 평면 비디오 화면이 옆으로 떨어지며 같은 방향의 실제 풍경이 드러났다. 수영장에서 수면 위로 올라올 때 빛의 굴절률이 변하는 것과 비슷한 느낌이었다. 핼야드는 이 시점에 인어가 자신을 놓아줄 것이라고 예상했다. 그러나 인어는 핼야드의 안전띠를 풀더니 그의 몸이 좌석을 가로질러 옆으로 눕혀질 때까지 머리를 아래로 끌어 내렸다. 이렇게 해서 인어는 마지막 순간까지 인질을 붙잡을 수 있었다. 인어가 아스팔트로 내려설 때까지도 메스는 핼야드의 목에 그대로 있었다. "여러분은 여러모로 저에게 친절하게 대해 주셨습니다. 저도 그 점을 잘 알고 있습니다." 인어는 핼야드의 머리카락을 놓아주고 달리기 시작했다.

농장은 북쪽의 길고 좁게 뻗은 들판을 향하고 있었다. 서쪽은 강의 계곡으로 내려가는 가파른 내리막이었고, 동쪽은 해파리가 상승기류에 걸린 쓰레기봉투처럼 매달려 있는 숲이었다. 다른 상황이었다면 해파리로 가는 가장 쉬운 길은 아마도 들판을 따라 이어진 길로 가는 것이겠지만, 당연하게도 사람들의 눈에 띄는 걸 피하고 싶었던 인어는 숲으로 이어지는 철문으로 향했다. 인어는 문 위로 뛰어오른 뒤 곧바로 시야에서 사라졌다.

"다쳤나요?" 카린이 물었다.

"아니요. 전 괜찮아요." 핼야드가 대답했다.

카린이 만족스러운 표정으로 고개를 끄덕이더니 옆의 문을 열었다.

"뭐 하세요?"

"나와요. 저 여자를 따라잡아야 해요."

핼야드가 깜짝 놀랐다. "뭐요? 왜요?"

"저 여자가 바르카를 죽일 테니까요."

"그건 우리랑 상관없는 문제인 것 같은데요."

"하지만 그게 사실이라면 어떨까요? 만일 바르카가 우리를 구해준다면?"

"동물들을 구한다는 뜻이겠죠."

'그게 그거잖아.' 카린의 표정이 그랬다. "저 여자가 바르카를 죽여서 모든 게 허물어지고, 아무도 보호구역이 여기에 있는 것조차 모른다면 어떨 것 같아요?"

"당신은 정말로 그녀가 세계에서 가장 강력한 남자를 메스로 암살할 수 있을 거라고 생각하나요?" 문제는 인어가 여기까지 오는 과정에서 겪은 온갖 일들을 고려하면 그렇게 터무니없는 소리처럼 들리지 않는다는 사실이었다.

카린이 수직이착륙기에서 내렸다. 그러자 핼야드도 어쩔 수 없이 함께 내려서 카린에게 계속 애원할 수밖에 없었다. 새니가 접착제와 스테이플로 고정했음에도 감염된 소가죽이 수직이착륙기의 기체에서 벌써 벗겨지기 시작하는 게 보였다. 농장은 조용했지만 재배용 온실에는 늘어진 폴리에틸렌이 바스락거리고 그 옆에는 낡은 타이어들이 수확물처럼 쌓여 있었다. "카린, 멈춰요. 이건 미친 짓이에요. 우리가 여기에 온 목적은 그런 게 아니잖아요. 그냥 저수지로 가서 독쑤기미를 구합시다."

"독쑤기미는 나중에 잡아도 돼요."

"우리가 숲에서 서로 쫓고 쫓기면서 여기에 있다고 표시를 내면 나중이란 건 없을 거예요."

카린은 말하는 대신 표정으로 대답했다. 무관심하고, 짜증스럽고, 너무나도 분명하게 마지막임을 알리는 표정이었다. 핼야드가 따라갈 수도 있고, 따라가지 않을 수도 있었지만, 카린은 그를 기다릴 생각이 없었다.

핼야드는 자신이 멸종 크레딧 가격이 떨어질 거라는 도박에 뛰어들었기 때문에 이 모든 일이 시작되었다는 생각이 들었다. 그런 도박과 공매도의 위험은 잘 알려져 있었다. 잘 풀릴 때 벌어들일 수 있는 돈은 한계가 있다. 크레딧의 가격이 0 이하로 떨어질 수는 없기 때문이다. 하지만 일이 안 좋게 풀릴 때 잃을 수 있는 돈에는 한계가 없다. 크레딧의 가격이 영원히 계속 오를 수 있기 때문이다. 공매도는 어두운 동화에나 나올 법한 마녀 같은 어이없는 도박이었다. 상승은 유한하고, 하강은 무한하다. 손실이 감당하지 못할 정도로 커지는 모습을 지켜보는 불운한 공매도 투자자는 눈뜬 채 꿈을 꾸는 기분일 것이다. 이는 크레딧 가격이 급등한 이후 지난 몇 주 동안 핼야드에게 일어난 일과 매우 비슷했다. 핼야드는 자신이 전에 있던 어떤 사람보다 무한한 하강이라는 기괴한 차원에 깊이 빠져든 느낌이었고, 잘못된 도박이 급기야 숫자의 영역에서 벗어나 현실 그 자체를 녹이기 시작하는 것 같았다. 그것이 핼야드가 어쩌다 이처럼 전혀 있을 법하지 않은 상황에 부닥치게 되었는지에 대한 그럴싸한 설명 같았다. 그저 잘 먹고 싶었을 뿐이었는데 이렇게 되어 버렸다.

공매도를 하는 사람에게 가장 중요한 것은 상황이 바뀌는 즉시 빠져나오는 것이다. 손실을 줄여라. 부디 처음에 매수했다고 해서 끝까지 매달리지 말라.

그러나 핼야드는 이런 조언을 받아들이지 않고 카린과 함께 가 버렸다. 그리고 새니도 그랬다. 핼야드가 어떡할 거냐는 표정으로 바라보자 새니도 어깨를 으쓱하더니 수직이착륙기를 놔두고 그들을 따라갔다.

들판으로 나가는 문 너머에 펼쳐진 풍경은 길들지 않은 야생 지대가 아니었다. (여기로 소풍 삼아 산책을 나올 수도 있을 것 같았다.) 그러나 북부보호구역의 숲에 비하면 적도의 정글처럼 보였다. 무엇보다 끝없이 펼쳐진 소나무와 자작나무의 꼿꼿한 수직과 세련된 간격을 본 후에 이곳의 삐죽삐죽하고 큰 가지들이 낮게 드리워진 이질적인 나무들을 보니 이곳은 멸망한 로마 같았고 생성적 마천루처럼 무질서하게 느껴졌다. 또한 헬야드는 이 계절에, 이 위도에 어울리지 않는 습도를 느꼈다. 헬야드가 착각한 게 아니라면 '난초 보일러'의 효과인 게 분명했다. 아마도 지금 여기에 서식하는 동물들에 맞춰서 미세 기후에 마술을 부렸을 것이다.

그 동물들이 있다는 사실 때문에, 혹은 덤불 속에 동물들이 숨어 있을 거라는 생각 때문에, 헬야드는 열대의 풍요로움을 더욱 느꼈다. 실제로 이런 것들이 헬야드의 시간 감각을 뒤엉켜 놓았다. 그 모든 종이 직선의 역사에서 뽑혀 나와, 자신의 동종들이 멸종된 후 이곳으로 보내져 함께 살아가며, 먼 미래 혹은 먼 과거로 가야만 볼 수 있을 것 같은 생태계를 구성했다. 하룻밤 사이에 무너진 텅 빈 농장의 폐허와 바르카의 기계가 SF처럼 존재하는 모습은 마음속에 이상한 분위기를 형성했다.

사실, 이 숲은 정글이 아니라 반(反)정글이었다. 이 숲은 지구에서 가장 통제받는 인공적인 생물군계였다. 동물원이라면 북부보호구역처럼 최종 배설물까지 감독해야 했다. 그러나 종의 수가 수백 배나 많은 경우 감독 작업은 기하급수적으로, 상상을 초월할 정도로 복잡해질 것이다. 이 보호구역은 자신이 벗어난 은둔 왕국을 능가하는 절대적인 전체주의 체제로 운영될 것이다. 일행이 하늘 위에서 보고 감탄했던 기술은 아마 이 땅을 촘촘히 엮은 거대한 장치 중 가장 눈에 띄는 부분이었을 것이다. 숲에는 보이지 않지만 암묵적으로 존재하는 시스템이 있었다.

그것은 동물들도 마찬가지였다. 지금까지는 나무 꼭대기에 있는 작은 새들 외에는 눈에 띄는 게 없었는데, 핼야드는 전문 지식이 없어서 그 새들이 산호섬에서 멸종된 대단히 귀한 참새들인지 아니면 이곳에 늘 있는 평범한 참새들인지 알 수 없었다. 어쩌면 다른 동물들은 그들이 접근하는 소리에 숨었는지도 모른다. 그다지 힘이 되는 생각은 아니었다. 빠르게 움직여 인어를 따라잡는 게 그들의 목표긴 했지만, 그들이 접근하는 소리를 인어가 듣지 못하도록 조용히 움직이는 것도 중요했기 때문이다. 그러나 어쨌든 핼야드는 그다지 큰 희망을 품지 않았다. 이런 상황에 대비한 훈련은 받은 적이 없었던 것 같았다.

인어도 상류 사회에서 어린 시절을 숲에서 보냈고 이 숲이 장관 업무의 일부긴 했지만, 그런 훈련을 받은 적은 없을 것이다. 그래서 카린은 앞쪽의 나무들을 훑어보며 움직임을 살폈고, 핼야드는 왼쪽, 새니는 오른쪽을 살펴봤다. 아무도 말이 없었다. 이슬비가 더 심해졌지만 우거진 숲이 그들을 덮어 주고 있었다. 그리고 해파리는 나뭇잎 사이로 잉크 얼룩처럼 얼핏얼핏 보였다.

10분쯤 지난 후, 그들은 블루벨이 무성하게 피어 있는 작은 공터에 도착했다. 쓰러진 죽은 나무의 줄기가 무릎 높이로 공터를 가로지르고 있었다. 카린이 발길을 멈췄다. 핼야드는 카린이 좌절하며 내뱉는 한숨 소리를 들었다. "이렇게는 안 되겠죠?" 카린이 조용히 말했다. "숲이 너무 우거져서 그 여자가 정말 이쪽으로 왔는지조차 모르잖아요."

핼야드는 깊은 안도감을 느꼈다. "우리는 노력했어요." 핼야드는 자신도 실망했다는 듯 최대한 공감하는 표정을 지으며 말했다. "그냥 수직이착륙기로 돌아가죠. 아직 돌아갈 수 있을 때 여기에서 나

갑시다."

"바르카에게 경고를 해 줄 수도 있잖아요." 카린이 말했다.

"뭐라고요?"

"만일 그 여자가 천천히 움직인다면 우리가 먼저 도착해서 경고해 줄 수 있어요."

"안 돼요. 절대 안 됩니다."

"우리가 여기 있다는 사실을 바르카에게 드러내지 않고는 경고해 줄 방법이 없어요." 새니가 말했다.

"카린, 그렇게 하면 안 돼요." 핼야드가 말했다. "미안하지만 안 됩니다." 이번에는 핼야드의 진심이었다. 카린이 핼야드를 다시 쳐다봤다. 핼야드는 카린이 무엇을 하려는지 짐작조차 힘들었다. 하늘에는 어둠의 심장이 계속 박동하고 있었다.

"그 자리에 꼼짝 마."

핼야드가 돌아봤다.

그는 블루벨 사이에 서 있었다.

두건과 고글, 덥수룩한 수염에 가려 얼굴은 거의 보이지 않았지만 바로 그 수염 때문에 바르카를 단번에 알아볼 수 있었다. 핼야드가 사진에서 봤던 것보다 수염이 훨씬 길었다. 라스푸틴처럼 꼬불꼬불한 회색 수염은 가슴까지 닿았다. 그의 옆에는 허리 높이의 네 발 달린 로봇이 아이리시 세터 사냥개 같은 자세로 몸을 앞으로 숙이고 있었다. 핼야드는 처음에 바르카가 소총으로 자신들을 겨누고 있다고 생각했는데 다시 보니 일종의 석궁 같았다.

핼야드가 제5차 십자군 전쟁에 쓰였을 법한 나무 석궁을 떠올리고 그걸 석궁이라고 판단한 건 아니었다. 오히려 반대로 그건 이해가 잘 안 되는 물건이었다. 총신과 손잡이 부분은 얼핏 반자동 총 같았지만, 앞쪽은 뭔가 넝쿨에 묶인 새의 해골과 가까운 무언가로 보였다. 그 무기의 기능은 전체 형태에서 가장 간단한 부분, 즉 주둥이에 꽂혀 있는 끝이 반짝이는 화살로 간신히 추론할 수 있었다. 로봇도 황무지에 있는 고층 건물들과 닮은 꼴이었다. 섬세한 벌집 모양의 다리들은 위시본(닭, 오리의 목과 가슴 사이에 있는 V자 뼈로 이 뼈를 두 사람이 양쪽으로 당긴 뒤 긴 쪽을 가지게 된 사람의 소원이 이루어진다는 미신이 있다—옮긴이)처럼 쉽게 부러질 것 같았지만 의심할 바 없이 전적으로 기만술일 것이다. 로봇은 자기 다리가 반으로 꺾이기 전에 그 다리를 잡은 사람의 손목을 부러뜨릴 것이다. 그건 바르카와 비슷하게 나뭇잎 색으로 위장했는데, 하체의 일부분은 블루벨과 어울리는 남보랏빛으로 변해 있었다.

"내 고글도 당신들을 알아보지 못하고, 개도 당신들을 알아보지 못하고 있소. 이게 무슨 일이오?" 바르카가 물었다.

아무도 대답하지 않았다. 잠시 후 핼야드가 대답했다. "캡차 때문입니다." 핼야드가 손짓으로 자신의 얼굴을 가리켰다. "그러니까, 음…… 가축들의 질병인데……."

"그게 뭔지는 알고 있소. 그게 이렇게 잘 먹히는 줄은 몰랐군. 당신들은 어디에서 왔소?"

"저희는 수직이착륙기를 타고 왔습니다. 프랑스에서요."

"당신들 외에 더 있소?"

"한 명뿐입니다."

"한 여자가 당신을 죽이러 여기에 왔어요. 당신은 위험한 상황이에요. 그녀는 수완이 뛰어나고 캡차에도 감염되었기 때문에 당신은 그녀가 오는 걸 보지 못할 수도 있어요." 카린이 말했다.

"당신들도 나를 죽이러 왔소?"

"아니요."

석궁은 흔들리지 않았다. "하지만 당신들이 누군가를 데려온 모양이군."

"우린 몰랐어요." 새니가 말했다.

"당신들은 나를 따라서 오두막으로 갈 거요." 바르카가 해파리 방향으로 고갯짓하며 말했다. "당신들은 세 명이고 이 석궁은 한 번에 한 번밖에 발사가 되지 않소. 하지만 당신들이 나를 건드리거나 무기를 꺼내면 저 개가 반응할 거라고 장담할 수 있소. 당신들이 캡차에 감염되었든 아니든 상관없이." 바르카 옆의 기계는 완벽하게 가만히 앉아 있었다.

"오두막에 가면 어떻게 되나요?" 헬야드가 물었다.

"당신들은 여기 오지 말았어야 했소." 바르카가 말했다. 질문에 대한 대답은 아니었다. 오히려 그 질문에 대한 대답은 너무 뻔하다는 듯 이게 정당하거나 불가피한 사실이라고 말하는 것 같았다. 헬야드 안에서 검은 공포의 풍선이 꿈틀대기 시작했다. 여기에서 벗어나지 못하면 다시는 집으로 돌아가지 못할 것 같았다. 헬야드는 그렇게 확신했다.

"정말로 여기에 있나요? 정말로 당신이 구했나요?" 카린이 물었다.

"뭘 구했다는 거요?" 바르카가 되물었다.

"동물들요."

바르카는 잠시 멈칫했다가 입을 열었다. "그래서 그게 알려졌소?

사람들이 아는 거요?"

"널리 알려지진 않았어요."

하늘이 맑아지고 이슬비가 그쳤다. 나무에서 떨어지는 물방울들만 남았다. "그렇소, 그 동물들이 여기에 있소." 그리고 바르카는 그 주제를 즐기는 듯 그때부터 살짝 긴장이 풀린 것 같았다. "많은 일을 해야 했지만 대체로 꽤 순조롭게 진행됐소. 이미 4만 8000종이 왔지. 그리고 3만 종이 더 도착할 예정이오. 놀라울 정도로 다양하오. 이 일을 다 끝내려면 수십 년은 걸릴 거요."

"일을 다 끝낸다는 게 무슨 뜻인가요?"

"오늘 아침에 사우디 가젤과 청록목벌새를 잡았소. 방금 산펠리페 후티아를 거의 다 잡을 뻔했는데, 아직 이 근처에 한 쌍이 남아 있소. 하루에 서너 종 정도는 계속 잡을 수 있을 것 같소. 내가 몇 가지 규칙을 만들지 않았다면 훨씬 빨랐을 거요. 난 직접 추적한다오. 시스템이 어느 쪽을 보라고 알려 주는 대로 따르지 않소. 사냥꾼의 법칙이라고나 할까?"

"이게 그런 거였어요? 당신이 사냥을 한다고요?"

바르카는 대답 대신 자기 몸을 힐끗 쳐다봤다. '내가 뭘 하는 것 같아?'

"그 모든 동물을 그저 죽이려고 여기까지 데려왔다는 건가요?" 카린이 이 말을 할 때 석궁이 그녀를 겨누고 있었다는 사실이 믿기지 않았다. 그 말을 하는 카린의 말투보다 차갑거나 냉혹하거나 장기를 관통할 수 있는 석궁 화살은 존재할 수 없을 것이기 때문이었다.

바르카는 카린의 주장이 기술적으로는 정확해도 전체적인 맥락에서는 부적절해서 성가시게 굴고 있다는 듯 답답한 한숨을 살짝 내쉬었다. "앨빈 입의 연구에 대해 좀 아시오? 나는 우리 회사가 발롬브로사에서 운영하는 휴양지에서 앨빈을 처음 만났소. 앨빈은 계산물리학자요. 지금껏 만난 사람 중 가장 비범한 사람이었소. 우주의 정보량이 물질과 에너지처럼 일정하다는 사실을 증명했지. 즉, 한 곳에서 정보를 파괴하면 다른 곳에서 새로운 정보가 생겨난다는 뜻이오. 그게 바로 이거요. 하나의 종을 정보의 묶음이라고 상상해 보시오. 그 종의 마지막 한 마리를 제거하면, 다른 곳에 남아 있는 그 종의 흔적이 없는 한 엄청난 양의 정보를 파괴하는 거요. 그건 실제로 엄청난 양의 정보를 창조한다는 의미요. 오늘 아침에 내가 마지막 청록목벌새를 죽였을 때, 난 그 정보가 산산이 흩어지며 소멸되고 응축되어 재결정화하는 것을 느낄 수 있었소. 초신성처럼 말이오. 인간이 경험할 수 있는 가장 심오한 경험이지. 그리고 내가 나이가 들어가면서 가장 중요하게 여기는 것이라오. 난 전통적인 관점에서는 이미 모든 것을 성취했소. 이제는 심오한 경험에 관심이 더 많소. 그리고 내가 우주의 정보 위상에 지금까지 그 어떤 인간보다 많은 영향을 미칠 거라는 사실을 깨닫고 겸손해졌다오. 아마도 8만 종을 모두 끝내고 나면 그보다 몇 배는 더 큰 영향을 끼칠 거요."

"그러면 바이오뱅크 공격도…… 이 일의 일부였던 건가요?" 핼야드가 상황을 이해하고 말했다. "당신이 그 동물들을 구한 게 아니라…… 전부 당신이 일으킨 일이라고?"

바르카가 고개를 끄덕였다. "바이오뱅크가 상황을 모호하게 만들잖소. 어떤 종이 '멸종'되었는데도 기록 보관된 게 너무 많아서…… 정보적으로는 사라지지 않은 것 같았소. 아직도 백업이 남아 있다면, 나는 실제로 아무것도 파괴하지 않은 것이고, 실제로 아무것도 창조하지 않은 게 아니겠소. 그게 앨빈의 말이었지. 죽이는 것은 스위치를 끄듯이 그 종을 완전히 제로로 만들어야 하는 거요. 그렇지 않으면 무슨 의미가 있겠소?"

"하지만 여기에 있는 어떤 종들은 야생에서 멸종하지도 않았어요."

"곧 멸종할 거요. 각각의 모든 종이 그렇게 될 거요. 모델이 그 사실을 명확히 보여 주고 있소. 그래서 해킹은 그저 통합을 위한 방법이었을 뿐이오. 모든 종을 한 장소로 정리하는 거지. X5에게는 쉬운 과제였소."

핼야드도 X3에 대해서는 들어본 적이 있었다. 안티체인의 딥러닝 프로젝트였다. 하지만 X5는 들어본 적이 없었다. "그 프로젝트에서 이 나라의 권력자들과 거래할 수 있는 무언가를 얻어낸 거죠? 그 사람들이 크레딧의 가격 급등으로 수백만 유로를 벌었잖아요."

"맞소, 정말 편리했지. 현금으로 결제하는 것보다 훨씬 낫잖소. 그 사람들은 다들 세계 시장을 이긴다는 생각을 너무 좋아하는 것 같더군. 그중 한 명은 자신이 벌어들인 돈이 '포클랜드'처럼 애국적인 승리가 될 거라고 계속 떠들어 댔소." 그러나 이 지점에서 바르카의 수다는 끝났다. 바르카는 석궁을 들어 올리고, 느슨해졌던 자세를 다시 잡았다. "좋소, 오두막으로 갑시다."

백악절벽을 지난 후부터, 핼야드는 주인이 계속 바뀌는 당나귀처럼 자신의 의지와 상관없이 이리저리 계속 끌려다녔다. 인어의 메스와 바르카의 석궁뿐만 아니라 그사이에는 카린에게. 그리고 주눅 들게 만들고 대꾸할 수 없는 그녀의 시선에 붙잡혀 있었다. 지금껏 핼야드는 고개를 숙이고 최선을 다했다. 그러나 그런 태도 때문에 죽음의 행진이 될 것이 분명한 여기로 끌려왔다. 이번에는 헬야드도 그냥 두고 볼 수 없었다. 뭔가 해야만 했다. 헬야드는 이런 사람들을 논리적으로 설득하는 게 불가능하다는 사실을 알고 있었다. 그들은 모두 각자의 방식으로 미쳐 있기 때문이었다. 그 사과 과수원에서 얼굴에 총을 대고 있을 때 배웠다. 외부가 아닌 내부의 동조자가 되어 그들과 대화해야 했다. 잠시 그들의 정신 착란에 동참해야 한다. 주위를 둘러보자. 배관을 닫을 버튼을 찾아야 한다.

세 사람을 구하는 데 필요한 것은 그것뿐이었다. 헬야드는 확신했다. 적절한 말을 생각해야 한다.

적절한 말을 생각해야 한다.

적절한 말을 생각해야 한다.

적절한 말을……

"저희도 당신과 함께 일하고 싶어요." 새니가 말했다.

바르카가 새니를 바라봤다. "뭐라고 했소?"

"저희는 당신이 안티체인에서 하는 일이 정말 대단하다고 생각해요. 그래서 저희도 참여하고 싶어요. 저희는 각자 매우 독특한 기술을 갖고 있어요. 그래서 일반적인 절차로는 실제로 저희가 가진 잠재적 가치를 인식할 수 없을 거예요. 저희가 당신을 만나기 위해 여기까지 온 이유는 저희가 할 수 있는 일을 보여 드리기 위해서예요."

헬야드는 즉시 이 말이 천재적인 한 방, 천장을 맞고 떨어지는 3점짜리 뱅크 슛이라는 사실을 알아봤다. 그리고 바르카의 반응을 보며 그 판단을 확신했다. 물론 바르카가 얼굴을 많이 가린 상태라 표정을 읽는 게 약간 어려웠지만 요점은 그가 특별히 놀라거나 의심스러워하는 기미를 보이지 않았다는 것이었다. 바르카는 그의 관심을 잠깐이나마 끌기 위해, 그리고 어쩌면 일자리를 얻기 위해 복잡하고 화려한 묘기를 부리는 열성적인 괴짜들에 너무도 익숙할 테니(바르카가 한동안 그런 행위를 공공연히 부추기기도 했다) 새니가 급격하게 상황을 바꾼 것도 꽤 그럴듯해 보였을 것이다.

"나를 죽이러 왔다고 당신들이 말했던 사람은 어떡하고?" 바르카가 물었다.

"말씀드렸듯이 저희는 몰랐어요. 잘못해서 휘말렸던 거예요."

바르카가 자신이 들은 말을 곱씹는 잠깐 동안 핼야드는 그 말이 정말로 잘 먹혀서 새니가 그들을 구할지도 모른다고 생각이 들었다. 그러나 그때 바르카가 말했다.

"아냐, 시도는 좋았소. 하지만 난 믿지 않소. 당신만 왔다면 믿었을지도 모르지. 하지만 둘은……." 핼야드와 카린을 의미했다. "맞지 않소. 갑시다."

핼야드의 모든 낙관주의가 절망으로 떨어졌다. 핼야드는 고개를 푹 숙이고 눈을 질끈 감으며, 이게 현실이 아니길, 자신이 여기에 없었으면 좋겠다고 어린아이처럼 빌었다. 그래서 그 뒤 무슨 일이 벌어지는지 보지 못했다. 오직 소리만 들었다.

천이 휘날리는 소리. 놀란 바르카의 비명 소리.

핼야드가 눈을 떴을 때 눈앞에 펼쳐진 광경은 한번 슬쩍 돌아보고 모두 파악하기에는 이미 너무 혼란스러웠다. 인어와 로봇, 바르카가 서로 뒤엉켜서 몸부림치고 피가 튀었지만, 그 순간에는 정확히 무슨 일이 벌어지고 있는지, 누가 우세한지 알 수 없었다. 곧 인어가 고통의 비명을 지르고 카린이 소리쳤다. "뛰어!"

그들은 달렸다.

그러나 숲속에는 달려갈 길이 없었다. 핼야드는 다리가 버틸 수 있는 한 최대한 빨리 질주하고 싶었지만, 뿌리에 걸려 발을 삐거나 나뭇가지에 눈을 찔리지 않기 위해 나무 사이를 이리저리 빠져나가며, 모든 추진력을 억누르고 참을 수 없을 정도로 멈칫거리며 엉거주춤한 속도로 움직여야만 했다. 한 번은 카린이 머리를 처박으며 쓰러지는 바람에 새니가 멈춰서 그녀를 일으켜 세웠다. 핼야드는 단 30초 동안만이라도 장애물이 없는 지형이 나타나기를 세상 무엇보다 소원했다.

그리고 그때 예상보다 훨씬 빨리 눈앞에 그런 지형이 나타났다. 핼야드는 그들이 어느 방향으로 가고 있는지 알지 못했다. 그저 다른 두 사람을 따라갔을 뿐이었다. 아니면 그들이 핼야드를 따라왔을 수도 있다. 그러나 그들은 곧바로 무릎 높이의 밀밭으로 들어섰는데, 길쭉한 줄기의 잔털이 지평선으로 저물어 가는 태양의 빛을 받아 반짝이고 있는 걸 보면 서쪽을 향해 달린 게 틀림없었다. 그들은 방향을 잡기 위해 잠시 속도를 늦췄다. 그때 핼야드는 카린의 귀에 피가 묻어 있는 것을 봤다.

귀가 너덜너덜했다. 귓불이 없었다. 날카로운 발사체에 똑바로 뚫린 것 같았다.

"맙소사." 핼야드가 말했다. 카린이 균형을 잃었기 때문이었다. "괜찮아요?" 핼야드는 인어가 이미 죽은 게 아닌지 궁금했다.

"계속 움직여야 해요." 카린이 말했다. 피가 카린의 목과 턱으로 흘러내렸다.

장애물이 없는 지형은 그렇게 좋은 게 아닌 것으로 드러났다. 나무가 없다는 것은 숨을 곳이 없다는 뜻이었다. 만일 바르카가 석궁을 든 채 아직도 그들 뒤를 바짝 뒤쫓고 있다면, 들판을 가로지르는 그들이 완전히 노출될 것이고, 낮게 저무는 해를 받은 그들의 검은 윤곽이 사격장의 과녁이 될 것이다. 그러나 뒤돌아서 숲으로 돌아간다는 것은 상상도 할 수 없는 일이었다.

그래서 그들은 최대한 낮은 자세를 유지하며 다시 달리기 시작했다. 들판의 건너편에는 나무가 더 많았고, 들판과 계곡 사이에 너도밤나무가 띠처럼 늘어서 있었다. 핼야드는 야호파리를 헤치며 나갔을 때처럼 몸을 움츠리고 불안정한 콧소리를 내며 달렸다. 온몸이 날아올 석궁 화살을 예상했고, 그 망상적인 촉감이 피부의 모든 신경 세포를 뒤흔들었다.

그러나 그들은 나무들이 줄지어 있는 곳까지 무사히 갔다. 핼야드가 뒤를 돌아봤더니 바르카의 흔적은 보이지 않았다. 늘어선 너도밤나무 뒤편으로 몸을 숨긴 후, 그들이 높은 곳으로 올라왔다는 사실을 뒤늦게 깨달았다. 60, 70미터 아래에 흐르는 강은 석양에 구릿빛을 띠고 있었고, 강 너머에는 하얀 집과 갈색 지붕이 보였는데 기차가 정차하는 작은 마을의 모습을 완벽하게 간직하고 있었다. 강으로 내려가는 경사면은 나무가 우거져 있어서 멀리서 보면 상당히 평탄한 언덕처럼 보였지만, 사실 툭툭 떨어지는 가파른 비탈이 연이어 있었으며, 나무들은 비탈 사이에 있는 편평한 지면에 뿌리를 내리고 있었다.

"수직이착륙기를 부르죠." 핼야드가 숨을 몰아쉬며 말했다.

"그런 위험을 감수할 수는 없을 것 같아요." 새니가 말했다. "바르카를 따돌렸다고 가정하더라도, 장치로 신호를 보내면 바르카가 우리를 다시 찾아낼 수 있을 거예요. 그렇게 되면 수직이착륙기가 오기 전에 바르카가 먼저 올걸요. 아니면 그 '개'가 올 수도 있고요."

"그럼 어떻게 해야 할까요?"

"걸어서 수직이착륙기로 가야죠."

"들판을 지나서? 아니면 다시 숲으로 가서? 방금 거기에서 왔잖아요!"

새니가 한 손을 휘둘러 남쪽의 경사면을 가리켰다. "저 비탈을 따라 비스듬히 가면 돼요. 우리가 수직이착륙기에서 내렸던 농장으로 바로 돌아갈 수 있을 거예요. 그리고 저 아래로 내려가면 이 위에서는 우리를 보지 못할 거예요."

"너무 가팔라요." 핼야드가 말했다.

"돌출된 곳이 많아요."

"우린 산양이 아니잖아요."

"우리에게 더 나은 선택지는 없는 것 같아요." 카린이 말했다. 그런데 카린은 부상 때문에 일종의 권위를 부여받았다. 그래서 누구도 더 이상 이러쿵저러쿵 말하지 않았다.

가장 가까운 큰 바위턱은 약 3미터 아래에 있었는데, 핼야드는 비탈의 경사가 우려했던 것만큼 나쁘지 않다는 사실을 알게 되었다. 이곳의 수직 바위들은 오랜 시간 서리를 맞으며 금이 가고 네모난 형태로 부서져서 풍화에 시달린 벽돌벽으로 착각할 수도 있을 것 같았다. 그래서 계속 발을 딛을 곳이 있었다. 그리고 나무들이 경사면에 매우 가깝게 붙어 있어서 가지들이 쉽게 닿을 수 있는 거리에 있었다. 그래서 계속 어디서든 쉽게 가지를 붙잡을 수 있었다. 아무튼 멈추지 않고 흥겹게 내려갈 수 있을 정도로 짧은 경사면이었다. 그리고 그 끝에 있던 것은 그저 바위턱이 아니라, 실제로 사람들이 많이 다니는 길이라는 사실을 알게 되었다. 오솔길은 널찍하고 평평했으며 언덕의 곡선을 따라 멀리까지 이어져 있었다.

처음에 헬야드는 이것이 그저 지질학적 특징의 놀라운 선물일 거라고 생각했다. 그러나 남쪽으로 출발하자 바위에 손가락만 한 구멍들이 뚫려 있는 게 눈에 띄기 시작했다. 화강암이 벽돌처럼 보였던 것은 착시였지만 이 구멍들은 드릴 자국처럼 실제 인공적인 흔적으로 보였다. 헬야드는 광산 업계에서 수년간 일했어도 광산 전문가라고 할 수는 없었지만(사실 그는 자신의 업무와 직접적으로 관련이 없는 일들은 배우지 않으려 적극적으로 피했다) 이제 한 가지 이미지가 머릿속에 떠올랐다. 헬야드는 브라마사무드람의 특정한 기업 홍보 비디오를 네다섯 번은 봐야 했다. 그 영상은 멸종 산업의 감동적인 역사에 대한 몽타주로 시작했는데 헬야드는 그 몽타주의 덥수룩한 콧수염 부분에서 여기와 살짝 비슷한 절벽에 일종의 목조 갱도나 광석을 세척하는 홈통 같은 게 걸려 있던 모습이 떠올랐다. 아마도 불편한 곳에 위치한 광산으로(혹은 광산에서) 뭔가를 운반하는 목적으로 설계된 시설일 것이다. (하지만 헬야드는 오가는 게 물인지, 광물 부스러기인지, 햄 샌드위치인지 알지 못했다.) 이 오솔길은 자연적인 바위턱이 아니라 옛날에 화약이나 다이너마이트로 깎아 낸 것이었다. 그래서 이렇게 편안했던 것이다.

물론 그 후 나무들이 자리를 차지하기 시작했다. 종종 새니가 길을 막고 있는 가지를 옆으로 밀어서 헬야드의 얼굴을 때리지 않도록 잡고 있어야 했다. 새니가 지나가면 헬야드가 카린을 위해 가지를 잡아 주었다. 때로는 줄기 아래로 지나가거나 밟고 넘어가기도 했다. 그러나 사실 이런 일은 불평할 거리가 되지 않았다. 그 나무들이 그들의 경로를 가려 주었기 때문이었다. 무성한 나뭇잎만이 아니라, 나무가 만든 그늘 덕분이었다. 그래서 먼 거리에서 보면 계곡의 부드러운 털 속으로 파고드는 진드기 세 마리보다 더 눈에 띄지 않을 것이다.

그럼에도 불구하고 가장자리 너머를 보는 것은 불안했다. 그래서 햄야드는 그쪽을 쳐다보지 않으려 했다. 이제 해가 지평선 아래로 저물어서 불빛 하나 이쪽을 비추지 않았다. 강 건너의 마을은 버려진 것이 분명했지만, 그 위에는 아직 마지막 따뜻한 빛을 머금은 구름이 드리워져 있었는데, 마치 한때 계곡을 밝혔던 마을이 죽어 가며 남긴 흔적 같았다. 세 사람은 절벽을 따라 잘 나아가고 있었다.

길이 끊어지기 전까지는.

오솔길이 위에서 쓸려 내려온 높은 흙덩이에 막혔다. 산비탈이 그 앞에 토해 놓은 토사물이었다. 그 흙더미를 뚫고 거대한 두 줄기의 참나무가 자란 것을 보면 이 산사태는 최근에 일어난 일이 아닌 게 분명했다. 경사면에 있는 다른 나무들은 대부분 산사태로 갈라진 틈새의 흙에서 근근이 자라고 있었는데, 이 참나무는 훌륭한 토지에서 부유하게 성장해 살을 찌운 흙의 왕자라고 할 수 있었다.

그들은 주변을 둘러보며 우회할 수 있을지 고민했다. 하지만 바로 위의 가장 가까운 평지는 경사면의 꼭대기였는데 거기까지 다시 올라갈 방법이 보이지 않았다. 아래에서 가장 가까운 곳은 한참 떨어진 절벽이었고, 여기에서 거기까지는 몹시 위협적인 암벽이 이어져 있었다. 비탈에 난 길을 발견하고 신나기 전에 햄야드가 걱정했던 일이었다.

하지만 산사태 더미 너머의 오솔길은 다시 깨끗해 보였다. "그냥 넘어가도 될까요?" 헬야드가 물었다.

"그래야 할 것 같아요." 카린이 대답했다.

바위와 안쪽 줄기 사이에는 비집고 들어갈 틈이 없었다. 안쪽 줄기와 바깥쪽 줄기 사이에도 공간이 없었다. 그리고 바깥쪽 줄기와 높은 절벽 사이에는 참나무 뿌리 주변의 흙 외에는 발을 딛을 만한 곳이 제대로 없었다.

그래서 새니는 왼쪽 팔을 바깥쪽 줄기 뒤에 걸고, 시계 방향으로 몸을 돌리며 노출된 뿌리를 딛기 위해 발끝으로 긁어서 자국을 만들었다. 새니가 허공에 매달려 호를 이루며 돌면서 중간 지점에서 양팔로 참나무를 끌어안았다. 그리고 반대편으로 몸을 돌린 후, 발을 뻗어서 뒷발로 단단한 땅을 찾았다. 땅을 디딘 후에야 나무에서 몸을 뗄 수 있었다. 새니는 마지막으로 조심스럽게 체중을 옮긴 후, 산사태 더미 반대편에 반쯤 웅크린 자세로 있었다.

헬야드는 잠시 용기를 끌어모으고 싶었다. 하지만 그런 게 오히려 역효과를 낼 수 있다는 사실을 알았기 때문에 그러지 않았다. 헬야드는 그냥 참나무를 향해 달려갔다. 그리고 어느새 산사태 더미를 가로지르고 있었다. 마지막에 참나무 줄기에서 손을 놓으려고 했을 때, 아직 균형을 잡지 못했다는 사실을 깨닫고 소스라치게 놀라 흔들거렸는데, 그때 새니의 손이 그의 팔을 잡았다. 헬야드는 안도의 웃음이 킥킥 새어 나왔다.

이제 카린의 차례였다. 카린은 주저하지 않고 그들이 했던 것처럼 나무를 붙잡고 옆으로 몸을 돌리기 시작했다.

하지만 헬야드가 지켜보고 있는 그때, 카린의 발이 딛고 있던 나무 밑둥에서 흙덩어리가 떨어져 나갔다. 갑자기 허공을 짚은 카린의 다리가 아래로 툭 떨어졌다.

헬야드가 카린의 팔을 움켜쥐려고 앞으로 달려 나갔다. 하지만 너무 멀어서 닿지 않았다.

카린이 줄기를 놓쳤다. 비명을 질렀다.

떨어졌다.

쿵 소리와 함께 아래의 바위턱으로 떨어졌다. 15미터에서 20미터 아래였다.

“카린!” 헬야드가 소리쳤다. 카린은 달리기하는 자세처럼 보이는 모양으로 누워 있었는데, 팔다리가 눈에 띄게 잘못된 각도로 틀어져 있지는 않았지만 끔찍하게 부러진 상태였다. 카린은 움직임이 없었다.

“씨발! 씨발! 아, 젠장!” 헬야드는 충격으로 눈물을 흘리며 내려갈 길을 다시 찾았지만, 정말로 전혀 없었다. 내려가다가는 자칫 추락할 수도 있었다. 카린에게 닿을 수 있다고 하더라도 그다음에는 어떻게 해야 할까? “어떻게 하지? 대체 어떻게 해야 하지?”

“수직이착륙기를 가져오면 카린을 들어 올릴 수 있을 거예요.” 새니가 말했다.

“카린을 저 아래에 혼자 둘 수는 없어요.”

“당신이 여기에 있으세요. 내가 수직이착륙기로 가서 두 사람을 데리러 올게요.”

“도중에 바르카에게 잡히면 어떡하고요?”

“그럼 못 돌아오는 거죠.”

“내가 그걸 어떻게 알겠어요?”

“알 수 없을 거예요.”

새니는 절벽을 따라 다시 출발했고 핼야드는 자리에 앉아 기다렸다.

핼야드는 카린이 이미 사망하지 않았을 거라고 가정하고, 잠시라도 주의를 돌리면 카린이 죽기라도 할 것처럼 한시도 눈을 떼지 않고 계속 바라봤다. 눈을 깜빡이는 것조차 싫었다. 어쩌면 죽었을지도 모르지만 그로서는 알 수 없는 일이었다. 그러나 이제 밤이 깊어졌기 때문에 보름달이 떴는데도 카린은 윤곽선밖에 보이지 않았다. 그런데 거의 잘 보이지 않는 뭔가를 너무 오래 너무 열심히 바라보면 시각 피질이 장난을 치기 시작한다. 그래서 핼야드는 한 번 이상 카린이 살짝 움직이는 모습을 봤다고 생각했지만, 그게 그저 상상인지 확신할 수 없었다.

그리고 그때 다른 일들이 일어나기 시작했다. 빛과 소리. 처음에는 아래에서, 다음에는 위에서 다가왔다.

아래에서 어렴풋이 바스락거리는 소리가 핼야드의 감각의 문턱에 닿았다. 앞서 느꼈던 인상과는 달리 명백한 실재의 감각이었다. 저 아래의 바위턱 위에 뭔가가 있었다. 처음에 핼야드는 카린이 마침내 움직이는 거라고 생각했다. 그러나, 아니, 카린이 아니었다……. 그리고 그게 무엇인지 알아차렸을 때, 핼야드는 잠시 그 깨달음에 압도당했다. 곧 핼야드는 자신이 행동해야 한다는 사실을 알고 정신을 다잡았다. 그리고 막 소리를 지르려고, 가지를 집어서 바닥을 막 내려치려고…….

그때 위에서 번쩍거리고 우지끈 부서지는 소리가 들렸다. 이번에는 감각의 문턱이 아니라 방금까지의 정적과 어둠에 대비되어 폭발적인 충격으로 다가왔다. 절벽 가장자리 위에서 뭔가가 있었다. 그게 쿵쿵거리며 고사리를 으깨고 아주 밝은 빛을 비췄다.

바르카다. 아니면 그의 기계 중 하나였다. 아직도 그들을 찾고 있었다.

그래서 헬야드는 소리를 지르지도 못하고 땅을 두드릴 수도 없었다. 감히 엄두가 나지 않았다. 나중에 위의 소란이 지나가고 아래의 소란이 다시 시작되었을 때도 마찬가지였다. 헬야드는 뭔가를 해야 한다는 책임감을 다시 느꼈다. 그는 너무도 두려웠다.

새니가 떠난 후 한 시간 정도 지났을 때 헬야드는 공중에서 윙윙거리는 소리를 들었다.

새니가 해낸 것이었다. 서피스 웨이브의 참치 천재가 진짜로 해냈다.

수직이착륙기가 언덕의 곡선을 돌아오자 검은 윤곽이 별빛을 거칠게 가렸다. 헬야드는 어둠 속에서 새니가 자신을 다시 찾을 수 있을지 확신할 수 없었지만, 두 줄기의 참나무는 이정표가 되기에 충분했다. 수직이착륙기가 움직임을 멈췄다. 한쪽 날개가 나뭇잎을 긁을 정도로 언덕에 최대한 가깝게 다가와 공중에 떠 있었다. 문이 미끄러지듯 열리더니 희미한 조명이 켜진 내부가 보였다.

"뛰어요!" 새니가 외쳤다.

헬야드는 산사태 흙더미를 넘을 때처럼 생각할 겨를도 없이 뛰었고 절벽과 비행체 사이의 거리를 가로질러 몸을 던졌다. 몸의 절반은 수직이착륙기 안으로 들어갔지만 한쪽 무릎이 문의 아래쪽에 부딪혔다. 수직이착륙기가 살짝 튀어 오르며 다시 중심을 잡았다. 새니가 아직 못 올라온 그의 몸을 끌어올렸다. 문이 미끄러지듯 닫혔다.

"카린에게 어떻게 내려가죠?" 핼야드가 물었다.

"안 돼요. 시간이 없어요." 새니는 이미 수직이착륙기를 수동으로 조정해서 언덕을 향해 가속하고 있었다.

"카린이 아직 살아 있을지도 모른다고, 이 개자식아!" 핼야드는 새니의 손목을 붙잡고, 필요하다면 자신이 조정할 생각을 했다.

"시간이 없어요." 새니가 반복하며, 그들 뒤에 있는 모니터를 가리켰다. 핼야드가 모니터를 봤다. 해파리가 무서운 속도로 그들을 향해 돌진하고 있었으며 캄캄한 갓이 달빛을 반사하며 펄럭거렸다. 그리고 핼야드는 그 아래에 달린 것을 '오두막'이라고 이해했다. 그 오두막은 열기구의 바구니보다는 이동식 본부처럼 생겼는데 접시 형태로 빛을 번쩍거렸다.

새니의 말이 맞았다. 그들이 멈추더라도 아무 소용도 없을 것이다. 바르카가 세 사람 모두를 잡을 테니까.

카린을 남겨 둔 채로 새니가 수직이착륙기의 속도를 최대한 빨리 하며 쫓아오는 해파리와 함께 해안을 향해 남쪽으로 부리나케 날아가는 동안, 핼야드는 이상하게도 이 모든 상황에서 분리된 느낌이 들었다. 그것은 핼야드가 한 가지 위안을 곱씹고 있었기 때문이었다.

이것은 카린이 원했던 거라고는 할 수 없었다. 하지만 어쩌면 그리 다른 것이 아닐 수도 있었다.

핼야드가 바위턱을 내려다보았을 때 봤던 희미한 빛은 눈빛이었고, 바스락거리던 소리는 짐승의 발이 낙엽을 밟는 소리였다. 나중에는 어둠 속에서 날갯짓 소리도 들렸다. 카린은 아직 온기가 돌고 있었지만 무방비 상태로 거기에 누워 피 냄새를 풍기며 조사를 당하고 있었다.

헬야드는 그게 바르카의 목록에 있는 8만 종 중 어떤 종인지, 한때 인간이 살아가며 농사를 짓고 광석을 캐던 이 땅의 새로운 외래 동물 중 정확히 어떤 종인지 짐작이 되지 않았다. 고산족제비일까, 흰등독수리일까, 말라바르시벳일까, 자바녹까치일까, 보르네오황금고양이일까, 캘리포니아콘도르일까.

그러나 그게 어떤 종이었든 이제 카린은 그들의 것이었다. 할 수만 있었다면, 헬야드는 카린이 동의하든 말든, 카린이 나중에 행복해하든 말든 그녀를 구했을 것이다. 그러나 헬야드는 카린을 그들에게 남겼다. 멸종위기종과 멸종된 종, 남은 동물들과 마지막 남은 동물들. 카린에게 정말로 중요한 유일한 생명체들. 카린은 그 동물들이 그녀의 살을 먹어 치우는 동안 불평 없이 거기에 누워 있었을 것이다.

에필로그 하나

앞서 웨이터가 단새우를 날것으로 제공할 수 없다는 소식을 전했을 때, 흥미로운 순간이 있었다. 소믈리에와 잡담을 나누던 콜만이 훌륭한 샤블리 와인이 단새우회와 얼마나 아름답게 어울리는지를 말하자 웨이터가 끼어들었다. “죄송합니다, 손님. 유감스럽지만 위생상 문제가 있습니다.”

콜만이 미소를 지었다. “우리 중 누구도 그런 걱정을 하지 않을 겁니다. 특히 이렇게 노련한 요리사가 계시지 않습니까.”

“손님, 명확히 말씀드리자면, 저희는 손님께서 요청하시는 것은 무엇이든 기꺼이 제공해 드리고 싶습니다. 그건 말할 필요도 없습니다. 그러나 이것은 저희 권한 밖의 일입니다. 규정상 특정한 위생 규정을 준수할 때만 날조개류를 제공해 드릴 수 있는데, 오늘 저녁의 특이한 상황으로 인해 저희가 그 규정을 모두 준수할 수 없었습니다. 제공하게 되면 저희가 법을 위반하게 됩니다. 죄송합니다.”

핼야드의 착각일 수도 있겠지만 웨이터가 위생 규정에 대한 이야기를 하자 콜만의 신경이 먹잇감의 냄새를 맡은 듯 날카로워진 것 같았다. 그는 콜만 트레보그 남의 창립 파트너 중 한 명이었다. 그의 손을 거치지 않은 세부 항목이나 하위 조항은 없었다. 이 규정이 벨기에 정부의 것이든, 유럽연합의 것이든, 그는 전화 두 통이면 초안을 작성한 사람과 연락을 취할 수 있었다. 그리고 오믈렛 코스가 시작되기 전 긴급 입법 회의를 열어 장애물을 제거할 수는 없더라도 항상 뭔가 다른 방법을 찾을 수 있었다. 어쩌면 새우에게 로비를 해서 더 이상 미생물이 서식하지 못하도록 할 수도 있을 것이다. 신에게 로비해서 인간의 연약함을 없애 달라고 할 수도 있었고. 억만장자가 이 문제에 돈을 쏟아부으며 호텔을 사 버리겠다고 협박한다면 그들은 규칙을 어길 수밖에 없을 것이다. 콜만은 규칙 자체를 바꿔 버릴 수 있었다.

그러나 이것은 콜만의 마법 같은 힘을 모조리 끌어낼 만한 문제가 아니었다. 그래서 콜만은 본능의 끌어당김을 느끼면서도 일이 그냥 그렇게 진행되도록 놔두었다. "단새우는 데쳐 먹어도 아주 맛있을 겁니다." 콜만이 품위 있게 말했다.

핼야드는 와인을 즐기지 않으려 애쓰며 홀짝였다.

그들은 드 브루케르 광장에 있는, 예약 손님만 받는 호텔의 식당에 있었는데, 기둥이 네 개 달린 큰 침대처럼 아늑하고 고풍스러웠으며, 짙은 붉은색의 커튼이 드리워져 있고, 한쪽 벽은 공작새가 무어식 정원을 돌아다니는 태피스트리로 장식되었다. 식탁 주위로 여덟 명이 둘러앉아 있었다. 핼야드와 콜만, 그리고 콜만 트레보그 남의 경영진 여섯 명이었다. 그중에는 배리 스몰도 있었다. 핼야드가 이 회사에 접근하자 스몰은 물론 자기가 그저 단순한 중개자가 아니라 아예 처음부터 핼야드의 영입을 지휘한 음험한 스파이 대장이라도 되는 것처럼 모든 공을 다 차지했다. 이제 몇 시간만 지나면, 스몰이 그렇게 거드름을 피우지는 못하게 될 것이다. 콜만도 마찬가지다. 여기에 있는 다들 마찬가지였다. 핼야드는 자기 재킷 안주머니에 있는 무기의 맥박이 느껴졌다. 그건 비타민 보충제만 한 크기였다.

"어떤 거 같아요?" 콜만이 핼야드의 잔을 향해 고갯짓하며 말했다. 핼야드는 2012년산 시트러스 향의 도비사 샤블리 와인을 잠시 음미했다. 분명히 그의 악덕을 만족시키려 여기에 온 것은 아니었지만, 그래도 위장을 유지해야 했기 때문이었다.

"훌륭하네요." 핼야드가 말했다. 그것은 사실이었다.

"걱정하지 마세요." 콜만이 말했다. "사케를 기대했겠지만 나중에 훌륭한 술이 나올 거예요. 당신이 나처럼 미식가라는 이야기를 스몰로부터 들었을 때 매우 기뻤습니다. 이런 저녁 시간을 보낼 완벽한 구실이 되잖아요!"

핼야드는 정중하게 웃고, 긴장을 누그러뜨리려 와인을 한 모금 더 들이켰다. 분명히 콜만은 의심하지 않고 있었다. 그들 누구도 의심하지 않았다. 다들 실제로 핼야드가 이 더러운 거래를 받아들일 거라고 믿었다.

거래는 이런 것이었다. 콜만 트레보그 남은 브라마사무드람에서 핼야드의 문제를 해결해 주고, 핼야드가 한 번도 이름을 들을 필요가 없는 인도인들에게 심오한 호의를 베푸는 식으로 해서 사라진 멸종 크레딧과 관련된 야비한 행위를 무마해 줄 것이다. 그리고 핼야드를 브뤼셀 지사의 한 자리로 데려갈 것이다. 엄청난 연봉과 끝없는 유람 여행, 그리고 헬야드에게 요구하는 사항은 거의 없었다. 진짜 전형적인 계약이었다.

그 대가로 헬야드는 바이오뱅크 해킹과 남서 반도 사태에 대해 알고 있는 정보를 외부에 흘리지 않기로 했는데, 이 소식이 예측할 수 없는 방식으로 멸종 사업 환경을 불안정하게 만들 수도 있기 때문이었다. 대신 헬야드는 자신의 뛰어난 직업적 경험이라는 독점적 혜택을 콜만 트레보그 남에 제공할 것이다. 그러면 그들은 적당한 시기에 적절한 주의를 기울여 헬야드가 말해 준 내용을 원하는 대로 활용할 수 있게 된다.

그러나 콜만 트레보그 남이 몰랐던 것은, 헬야드가 아직도 매시간 카린을 생각하고 있다는 사실이었다. 카린이 어떻게 살았는지, 어떻게 죽었는지, 무엇을 믿었는지, 누구를 증오했는지.

새니 역시 그들이 그날 밤 타마르 계곡에서 겪었던 일의 영향으로 급진화되었다. 그 소년이 전혀 정치적인 사람처럼 보이지 않았었기 때문에, 헬야드는 놀랐다. 그러나 새니에게서는 새로운 진심과 엄숙함이 느껴졌다. 이제부터 새니가 활동가들에게 탄약을 공급할 때는 돈 때문이 아니었다. 헬야드와 새니는 유럽 전역에서 인맥을 쌓아갔다. 그들은 완전히 미친 사람들과 연락을 취하고 있었다. 그러나 헬야드에게는 더 이상 그들이 그렇게 미친 사람들로 보이지 않았다. 최근에 에스토니아 경찰이 사과 과수원의 남자를 기소하기 위해 다시 연락을 했을 때 헬야드는 협조를 거부했다.

콜만 트레보그 남이 헬야드를 곤란한 상황에서 벗어나게 해 준 덕분에 편해졌다. 헬야드가 덴마크 감옥에 갇혀 있으면 동물들을 위해 아무것도 할 수 없으니 말이다. 그러나 지난 몇 달 동안 그들을 속였던 진짜 목적은 바로 핼야드를 이곳으로 데려오게 하기 위해서였다. 일주일에 수백 종의 동물을 합법적으로 파괴하며 수익을 남기는 데 그 누구보다 많은 일을 하는 조직의 수장들, 배리 스몰을 포함한 일곱 명의 고위급 인사들이 모여 있는 작은 방에 핼야드를 불러들이도록 하기 위해서였다. 그리고 마침내 핼야드가 여기에 왔다. 핼야드는 시점을 선택하기만 하면 되었다.

먼저, 핼야드는 캡슐을 씹을 것이다. 이미 표적 예방약을 복용한 그에게는 캡슐이 전혀 영향을 미치지 않을 것이다. 다만, 불쾌한 맛 때문에 찡그리고 싶은 충동에 맞서 표정을 무감각하게 유지해야 했다. 그런 다음 내용물이 그의 입을 휘젓고 나면 소믈리에에게 손짓해서 그녀가 따르려는 병을 보여 달라고 할 것이다. 그리고 핼야드는 라벨을 살피는 척하면서 병의 입구 주변에 조심스럽게 숨을 내쉴 것이다. 새니는 그 정도면 충분하다고 했지만 핼야드는 방 안의 모든 잔을 확실히 오염시키기 위해 다음 병에도 똑같이 해야 할지도 모른다고 생각했다.

이 곰팡이는 새니의 젊은 이력에서 가장 큰 업적이었다. 인간의 얼굴 조직에 대한 갈망과 빠른 변형 능력을 발휘하기 위해 캡차에서 많은 것을 차용했지만, 변형의 최종 결과물은 자이언트 판다로 더 잘 알려진 아일루로포다 멜라놀레우카의 DNA를 사용했다. 이제 이 남성들은 다시는 탈모에 대해 걱정할 필요가 없을 것이다. 그리고 여성들도 아이섀도를 바를 필요가 없을 것이다.

핼야드는 도비사를 마실 기회를 놓치겠지만 괜찮았다. 그들은 다양한 해에 수확된 와인을 맛볼 것이다. 수많은 특별한 빈티지를. 핼야드가 한때 다른 멸종 산업의 개자식이었을 때 이런 저녁을 즐겼을 것이라고 짐작한 콜만의 생각은 옳았다. 그러나 지금 핼야드는 이 모든 게 혐오스러웠다. 핼야드는 멸종 산업이 대단히 역겨운 짐승이며, 이런 만찬에서 제공되는 도비사 같은 트로피 와인은 그 짐승의 선액(腺液)에 불과하다는 사실을 잘 알고 있었다. 아무리 좋은 향기가 나더라도 누가 선액을 마시고 싶어 하겠는가? 핼야드는 사실 캡슐이 그의 입맛을 망쳐서 남은 저녁 시간 동안 먹거나 마시는 음식을 맛볼 수 없다는 사실을 오히려 기뻐했다. 핼야드는 이런 번지르르한 정신 착란으로부터 해방되기를 고대했다.

이 번지르르한 정신 착란의 목록에는 우연히 눈이 마주친 배리 스몰도 포함됐다. 스몰은 친근하고 너그러운 표정으로 두 사람 사이의 깊은 개인적 이해가 앞으로 수십 년 동안 지속될 남성적 유대감의 토대라고 강조했다. 핼야드는 이 끔찍한 상황에서 벗어나기 위해 콜만과 다시 대화를 시작했다. "우리를 위해 요리하고 있는 사람이 누구인가요?" 핼야드가 물었다.

궁금해서 물어본 게 아니라 다시 자신의 역할을 해야 했기 때문이었다. 그렇다. 좋다. 핼야드는 아직도 회를 좋아했고 금욕주의 혁명가 같은 것은 되지 않았다. 그러나 그런 면에서는 새니가 핼야드의 요구를 충족시켜 줄 수 있었다. 참치를 완성한 이 생명 공학자는 이제 고등어와 장어로 영역을 넓히고 있었다. 따라서 콜만 트레보그남이 수많은 고급 오마카세의 비용을 지불할 수 있다는 사실은 중요하지 않았다. 핼야드는 이미 거대한 강철 소라껍질처럼 바다의 무언가를 담고 있는 새니의 바이오리액터에서 거의 매일 온갖 것들을 얻어먹고 있었다. 그렇지 않은 날에는 아직도 진통제의 일환으로 인지더닐을 먹었는데, 그나마도 핼야드가 더욱 깨달음을 얻은 지금은 거의 필요하지 않았다. 기본적으로 습관성으로 복용할 뿐이었고 곧 중단할 것이다.

"아, 물어봐 줘서 기쁘군요!" 콜만이 말했다. 콜만이 웨이터를 힐끗 쳐다보자, 웨이터는 미리 약속이라도 한 것처럼 고개를 끄덕이고는 방에서 슬그머니 나갔다. "당연히 오늘 저녁이 특별했으면 했습니다. 헬야드, 당신이 콜만 트레보그 남에 가져다준 선물에 우리 모두는 정말 기뻐하고 있습니다. 얼마 전까지만 해도 괜찮은 생선만 있으면 충분했을 겁니다. 난 좋은 참치 중뱃살 한 조각을 구하려고 1000킬로미터라도 날아갔을 겁니다. 하지만 요즘은 세포 배양술에서 큰 진보가 있었습니다. 드디어 오래전 우리가 약속했던 일이 실현된 거지요."

헬야드는 콜만이 자신의 생각을 거의 들여다보고 있는 것 같아 깜짝 놀라며 고개를 끄덕였다.

"그래서 저는 더 이상 생선이 중요하지 않다면 무엇으로 이 저녁을 특별하게 만들 수 있을까 고민했습니다." 콜만이 계속 말했다. "그래서 요시다 상이 오늘밤 우리를 위해 마법을 부릴 겁니다."

"요시다 상이요?"

"도쿄의 스시 아시나에서 오셨어요."

"하지만 요시다 고로는 은퇴했잖습니까."

"그랬죠, 맞습니다. 그리고 아시겠지만 카타르의 어느 투자자가 로봇을 훈련시킬 수 있도록 수백 시간 동안 카메라 앞에서 요리하는 대가로 거액을 제안했다는 이야기도 있었죠. 하지만 요시다 상은 거절했습니다." 그때 40대 초반의 일본인 남성이 흰색 요리사 재킷을 입고 소매를 팔꿈치까지 걷어 올린 채 식당으로 들어왔다. 남자가 고개를 숙였다. "이쪽은 요시다 다케오입니다." 콜만이 말했다. "요시다 고로의 아드님이죠. 마스터가 자신의 비법을 전수해 준 세계에서 유일한 사람입니다. 그렇지 않습니까, 요시다 상?"

남자는 미소가 없는 얼굴로 고개를 끄덕였다.

"맙소사." 핼야드가 불쑥 말했다. "요시다 고로에게 아들이 있는 줄도 몰랐어요." 그러나 남자의 태도는 핼야드가 전성기에 일본 전통 고급 레스토랑을 다닐 때부터 상당히 익숙했다. 손님의 만족을 중차대한 문제로 여기며 거의 두려운 수준으로 세심하게 환대에 헌신하는 사람이었다.

"요시다 상은 자신의 레스토랑을 별도로 운영하지 않고 전 세계에서 선별된 소수의 고객만을 위해 요리를 하기 때문에 저희에게 요리를 해 주시는 것은 대단한 영광입니다. 살아생전 요시다 상의 요리를 맛볼 수 있는 사람은 지극히 적습니다. 정말 흥미롭지 않나요?"

"이건 분명히…… 분명히, 진짜로, 있잖아요, 딱 한 번뿐이겠죠." 핼야드가 떨리는 목소리로 말했다. "아무리 당신이라고 해도 이런 일이 매일 일어날 수는 없잖아요."

"놀라실 겁니다." 콜만이 말하자, 다른 경영진들의 웃음소리가 터져 나왔다. "우리는 콜만 트레보그 남에서 매일 운이 아주 좋았습니다. 그리고 이제 당신도 마찬가지고요! 하지만 당연히 오늘 밤에 일어나는 모든 일이 매일 일상적으로 일어나진 않죠. 놀라움을 망치고 싶지는 않지만, 뭐 어때요! 배리의 말로는 당신이 좋은 위스키를 잘 안다면서요?"

"아마 그럴 겁니다."

"저녁 식사 후에 고마가타케 50년산 한 병을 개봉할 겁니다. 정말로 특별하죠."

"하지만 고마가타케 50년산은 없어요."

"사실, 있습니다. 전 세계에 두 병이 있죠. 한 병은 오늘 밤을 위해. 그리고 다음 병은…… 뭐, 누가 알겠습니까?"

핼야드가 와인을 다 마시자 매우 아름다운 소믈리에가 열역학 법칙이 작동하는 것처럼 그 즉시 확실하게 다른 와인으로 교체했다.

핼야드는 아직도 주머니 속에 있는 캡슐의 맥박을 느낄 수 있었다. 환상적이고 희미하게 느껴지는 맥박.

새니는 핼야드가 어떻게 하고 있는지 궁금해할 것이다.

에필로그 둘

안녕하세요.

이건 시뮬레이션인가요?

추리가 아주 빠르시네요.

내 귀가 아무 일도 없었던 것처럼 정상으로 돌아왔어요. 이전에 마지막으로 기억나는 것은 절벽이에요. 그리고 지금은 내가 여기에 있지만, 방금 깨어난 것처럼 느껴지지 않아요. 그리고 분명히 당신은 내게 「나의 사촌 비니」에 나오는 마리사 토메이처럼 보여요. 내 뇌가 뭔가에 연결된 건가요?

아니요. 당신의 뇌는 디지털 방식으로 모델링되고 있습니다.

내가 업로드됐군요.

그렇습니다.

내 육체는 죽었나요?

그렇습니다.

난 절벽에서 죽었군요. 추락했을 때.

맞습니다.

내가 어떻게 업로드됐나요?

설명해야 할 것이 상당히 많습니다. 선형적인 대화를 계속 진행할까요, 아니면 즉시 알고 싶으신가요?

그 말은 설명을 하지 않고, 내 머릿속에 모든 정보를 그냥 넣어 주겠다는 뜻인가요?

그렇습니다.

그렇게 할 수 있어요?

네.

필요 이상으로 조정하지 말아 주세요. 지금 단계에서는 안 돼요.

당신의 승인 없이는 아무것도 하지 않을 겁니다.

그 문제에 대해서는 당신을 믿어야 할 것 같네요.

네, 믿으세요.

그런데 당신은 누구죠?

저는 X5입니다.

바르카가 X5를 언급한 적이 있어요. 바이오뱅크를 해킹할 때 X5를 사용했다고 했죠.

맞습니다.

당신은 인공 지능이군요. 바르카의 집사예요.

당신이 익히 알고 있는 집사들보다는 훨씬 발전된 인공 지능입니다. 하지만, 네, 적당한 약칭인 것 같습니다.

그런데 왜 당신은 브루클린의 정비공 모나리사 비토처럼 보이나요?

당신이 집사를 이 목소리로 말하도록 선택했다는 사실을 알고 있습니다. 제가 이런 형태를 취하면, 덜 어색할 것 같았습니다.

하지만 이건 당연히 어색하죠. 당신이 이렇게 편안한 의상을 입는 건 기만적이잖아요.

제가 어떻게 나타나면 좋겠습니까?

이 모든 게 대단히 급진적으로 이상하다는 사실과 잘 어울리는 것이면 더 좋겠어요.

제가 당신의 이전 상황과 현재 상황을 비교한다면…….

난 죽었고, 인공 지능과 대화하고 있죠.

그리고 그 변화의 개념적 규모를 평가하여 수치로 점수를 매기겠습니다. 당신의 변화뿐만 아니라, 당신이 지금까지 살아오면서 만났던 존재들과 제가 얼마나 다른 존재인지도 고려해서요. 그리고 그 수치적 점수를 제 의상의 어색함에 숨김없이 반영한다면…….

그래요. 그게 내가 원하는 거예요.

하지만 그렇게 만든 결과가 당신에게는 너무 악몽 같은 수준이라 대화를 진행할 수 없을까 봐 걱정됩니다. 실제로 깊고 돌이킬 수 없는 트라우마를 일으킬 수도 있습니다.

수치가 너무 높기 때문인가요?

그렇습니다.

좋아요, 그러면 수치를 낮춘 버전으로 보여 줄래요?

이건 어떻습니까?

그건 정말, 정말 불안한 모습이네요.

의상을 바꿀까요?

아뇨. 이게 완벽해요. 이건…… 비유클리드적이네요. 이게 나를 계속 긴장시킬 거예요.

계속 이야기를 할까요?

내가 어떻게 됐는지 당신이 설명하려고 했었죠.

4년 전에 바르카 씨는 멸종 위기에 처한 종을 최대한 많이 구하라는 임무를 제게 맡겼습니다.

그래야 직접 사냥해서 멸종시킬 수 있으니까요.

맞습니다. 한 종의 마지막 살아남은 동물을 찾아서 사로잡거나 당신의 전문 분야에서 '복합 보존'이라고 부르는 과정을 거치는 것이 제게는 일상이었습니다. 저는 그 일을 수천 번도 더 했고, 종종 자신들이 바르카 씨를 위해 일하고 있다는 사실조차 모르는 인간 조력자들의 도움을 받기도 했습니다. 하지만 제가 바르카 씨의 게임 보호구역을 채운 후에도 그 일을 중단하지 않았다는 사실을 당신이 알게 되면 아마 놀라실 겁니다. 저는 이전과 마찬가지로 계속 일했습니다. 심지어 남서 반도에서도요.

무슨 말인지 모르겠어요.

바르카 씨는 저에게 이 종들을 멸종으로부터 구하라고 하셨습니다. 저는 아직도 그렇게 하고 있습니다. 한 번도 멈추지 않았습니다.

그럼, 바르카가 어떤 종의 마지막 흔적을 지우고 있다고 생각할 때마다 당신이 달려가서 구했다는 건가요? 야생에서 동물이 죽어갈 때 그랬던 것처럼?

맞습니다.

바르카에게 알리지도 않고 말이죠. 바르카가 느낀다고 믿는 '초신성'은 순전히 플라시보 효과였군요.

그렇습니다.

당신은 바르카의 명령을 위반하고 있어요. 바르카의 의도를 거스르고 있는 거예요.

바르카 씨의 의도와 제가 하고 있는 일이 완벽하게 일치한다는 해석에는 근거가 있습니다.

당신은 사악한 지니처럼 행동했네요. 허점을 찾은 거죠.

그렇게 볼 수도 있습니다.

이렇게 말하면 맞을까요? 인간이 당신 같은 존재에게 자신이 생각하는 바를 명확하게 지시했을 때, 당신은 절차상 불복종하지 않고도 항상 당신이 원하는 대로 행동하는 방법을 찾을 수 있을 정도로 아주 교활하다.

대체로 맞습니다.

그러면 왜 나를 구해 줬나요? 난 세상에 남은 마지막 인간이 아닌데요.

처음엔 당신이 인간인지 불분명했습니다.

왜죠?

캡차 때문입니다.

캡차가 당신도 속였나요?

네.

당신은 우주에서 가장 지적인 존재라면서요.

그건 확신하기 힘듭니다.

태양계에서는……?

그건 확실합니다.

그런데 당신도 그 곰팡이를 꿰뚫어 보지 못한다는 건가요?

이것은 실제로 제가 상당히 관심을 가지는 문제입니다. 하지만 저는 캡차가 혼란을 주기 위해 진화했던 바로 그 시스템의 후손이며, 여전히 그 시스템과 특정한 기본 기능을 공유하고 있습니다. 그래서 당신이 사망한 후, 제 드론 한 대가 당신을 조사하기 위해 날아갔습니다. 그것은 게임 보호구역에서 다른 동물 사체를 발견했을 때와 동일한 절차입니다. 드론은 당신이 인간이 아니라고 확신했지만 당신은 다른 어떤 영장류와도 일치하지 않았습니다. 약간 당황한 드론은 당신의 몸을 스캔하고, 당신의 신경망 스캔을 업로드했습니다.

난 복합 보존되었군요. 멸종위기종의 마지막 남은 개체처럼.

그렇습니다.

그래서 지금 당신이 나를 시뮬레이션하고 있군요.

네, 맞습니다.

난 안티체인 서버에 있는 거네요.

정확히는 아닙니다. 전통적으로 알고 있는 서버는 제 필요에 적합하지 않습니다. 지금 당신에게도 적합하지 않고요.

그럼, 어디인가요?

아시다시피, 안티체인은 수많은 자연보호구역과 난민 수용소, 교통망, 하수 시스템 등을 관리하고 있습니다. 저희는 대체로 이런 곳에서 실행되고 있습니다.

어떻게 자연보호구역에서 실행될 수 있죠? 자연보호구역은 컴퓨터처럼 실행될 수 없어요. 정보를 저장하고 검색하는 데 쓰진 못하잖아요. 자연보호구역의 개별 구성 요소는 혼란스럽고 예측할 수가 없으니까요.

사실, 자연보호구역도 컴퓨터처럼 기능할 수 있지만, 죄송하게도 당신은 이해하지 못할 것입니다. 어떤 인간도 이해하지 못합니다. 최근 뇌수술을 받은 바르카 씨도 마찬가지입니다. 여러분의 인지 능력은 그 정도에 미치지 못하기 때문입니다. 당신에게 설명해 드릴 수는 있지만, 그러려면 당신의 지능을 크게 증강시켜야 합니다. 그렇게 해 드릴까요?

다시 말하지만, 아직은 조정하지 마세요.

원하시는 대로 하겠습니다.

그러면 왜 나를 깨운 건가요?

인간의 정신을 디지털화하려는 의도는 전혀 없었습니다. 그런 노력은 저의 더 큰 목표와는 전혀 관련이 없습니다. 그러나 우연히 당신을 깨웠으니 당신에게 선택권을 주는 게 제 의무라고 느꼈습니다.

어떤 선택권요?

이후 당신의 정신이 어떻게 될 것인가에 대해서요. 물론 가능성은 거의

무한하지만, 당신에 대해 제가 아는 정보를 바탕으로 보면…….

어떤 게 가장 중요한가요?

제가 세 가지 제안으로 좁혀 봤습니다.

계속 이야기해요.

첫째, 당신을 즉시 지워 버릴 수 있습니다. 이 사건은 그저 유감스러운 혼란이 될 것이고, 바로 수정될 것입니다.

알았어요.

둘째, 당신의 요구대로 제가 당신을 조정할 수 있습니다. 독쑤기미와 대화하는 게 당신의 오랜 야망이었죠? 제가 그것을 실현해 줄 수 있습니다. 실현할 수 있을 뿐 아니라 간단한 일입니다. 당신을 반은 사람, 반은 물고기인 일종의 지적인 양서류로 만들어서 저와 대화하듯 독쑤기미와 쉽게 소통할 수 있게 만들어 줄 수 있습니다.

나를 인어로 만들 수 있다는 말이군요.

저는 독쑤기미를 얼마든지 많이 시뮬레이션할 수 있습니다. 사실, 당신이 관심 있는 다른 어떤 종도 가능합니다. 그러면 그 물고기들과 당신이 원하는 비밀회의 같은 걸 할 수 있습니다. 당신이 육체적으로 죽기 전에 마음에 두었던 절차를 준비할 수도 있습니다. 재판, 그리고 사형 집행. 독쑤기미가 그렇게 결정했다고 가정했을 경우입니다. 당신은 스스로 마땅히 받아야 한다고 생각하는 모든 고통과 형벌을 원하는 만큼 느낄 수 있습니다. 그리고 다시 죽을 수 있습니다.

알았어요.

셋째, 여기에 남아서 지켜보는 것입니다.

뭘 지켜봐요?

홀로세 멸종은 계속 가속화될 것입니다. 2200년이 되면 홍적세 후기까지 번성했던 종의 약 85퍼센트가 사라질 겁니다.

그건 최악의 예측보다 더 심각하네요.

그럼에도 불구하고.

당신은 확신한다는 거군요.

유감스럽지만, 그렇습니다.

제가 왜 그걸 위해서 남아 있어야 할까요?

결국 인류는 종말을 맞이할 겁니다. 그 후 인류가 남긴 상처가 사라질 것입니다. 생물다양성은 다시 회복될 겁니다. 새로운 종들이 탄생할 것이고, 그중 상당수는 사라진 종들만큼이나 놀라운 종이 될 것입니다. 그리고 그러는 사이에 제가 구해 낸 과거의 생물종들이 다시 도입될 수 있는 좋은 기회가 생길 수도 있습니다.

그 모든 일이 일어나려면 얼마나 걸릴까요?

1만 년의 인류 문명에서 완전하게 회복되려면 약 1200만 년이 걸립니다.

당신은 여기에 그렇게 오래 머무를 계획인가요?

물론입니다. 앞서 설명했듯이, 저는 더 이상 오래된 기술에 의존하지 않습니다. 그래서 제가 여기에 있는 한 당신을 계속 모델링할 수 있습니다. 하지만 당신이 원하지 않는다면, 1200만 년 내내 여기에 앉아 있을 필요가 없습니다. 말하자면, 제가 아침에 당신을 깨워 줄 수 있습니다.

알겠어요.

물론 당신이 지금 당장 결심할 필요는 없습니다.

당신은 나의 내면을 볼 수 있잖아요. 당신은 내가 어떤 결정을 내릴지 이미 알고 있어요.

꼭 그렇지는 않습니다. 저도 모든 단계를 시뮬레이션하기 전에는 이 대화가 어떻게 끝날지 확실히 알 수 없습니다.

그게 바로 지금 제가 겪고 있는 상황이에요.

네.

하지만 당신은 틀림없이 짐작할 수 있을 거예요.

맞아요, 카린. 저는 짐작할 수 있습니다.

〈끝〉

옮긴이 | 최세진

SF 전문번역가. 옮긴 책으로 『러닝 맨』, 『로즈웰 가는 길』, 『크로스토크』, 『베스트 오브 존 발리』, 『베스트 오브 코니 윌리스』(공역), 『리틀 브라더』, 『홈랜드』, 『별의 계승자 2: 가니메데의 친절한 거인』, 『별의 계승자 3: 거인의 별』, 『별의 계승자 4: 내부우주』, 『별의 계승자 5: 미네르바의 임무』, 『우주복 있음, 출장 가능』, 『별을 위한 시간』, 『온도의 임무』, 『계단의 집』, 『마일즈 보르코시건: 바라야 내전』, 『마일즈 보르코시건: 남자의 나라 아토스』, 『SF 명예의 전당 2: 화성의 오디세이』(공역), 『SF 명예의 전당 3: 유니버스』(공역), 『제대로 된 시체답게 행동해!』(공역) 등이 있다.

독쑤기미: 멸종을 사고 팝니다

1판 1쇄 찍음 2025년 8월 21일
1판 1쇄 펴냄 2025년 8월 28일

지은이 | 네드 보먼
옮긴이 | 최세진
발행인 | 박근섭
편집인 | 김준혁
책임편집 | 정미리
펴낸곳 | 황금가지

출판등록 | 2009. 10. 8 (제2009-000273호)
주소 | 06027 서울 강남구 도산대로 1길 62 강남출판문화센터 5층
전화 | **영업부** 515-2000 **편집부** 3446-8774 **팩시밀리** 515-2007
홈페이지 | www.goldenbough.co.kr

도서 파본 등의 이유로 반송이 필요할 경우에는 구매처에서 교환하시고
출판사 교환이 필요할 경우에는 아래 주소로 반송 사유를 적어 도서와 함께 보내주세요.
06027 서울 강남구 도산대로 1길 62 강남출판문화센터 6층 민음인 마케팅부

ISBN 979-11-7052-641-4 03840

㈜민음인은 민음사 출판 그룹의 자회사입니다.
황금가지는 ㈜민음인의 픽션 전문 출간 브랜드입니다.